HEYNE BÜCHER

Das Buch

Ein hauchdünnes Band ist das vorletzte Buch in Philippa Carrs umfassendem Zyklus »Töchter Englands«.

Die Zwillingsschwestern Violetta und Dorabella Denver werden zum erstenmal getrennt, als Dorabella Dermot Tregarland heiratet und in sein stattliches Herrenhaus an der Küste zieht. Dort erfährt sie, daß Dermots erste Frau im Meer ertrunken ist. Bald nach der Geburt des Söhnchens Tristan verschwindet Dorabella, man nimmt an, daß auch sie ertrunken ist. Zusammen mit Jowan Jermyn, dem Nachbar der Tregarlands, macht sich Violetta daran, nach den Hintergründen dieser Unglücksfälle zu forschen.

Der Zyklus

Die Romanserie »Töchter Englands« ist eine Familiensaga, die sich von 1522 bis 1945 spannt. Sie umfaßt insgesamt 19 Bände, sämtliche Romane, die unter dem Autorennamen Philippa Carr im Heyne Taschenbuch erschienen sind. Die folgende Übersicht zeigt den gesamten Zyklus in chronologischer Reihenfolge.

Das Geheimnis im Kloster (01/5927)
Der springende Löwe (01/5958)
Sturmnacht (01/6055)
Sarabande (01/6288)
Das Licht und die Finsternis (01/8450)
Die venezianische Tochter (01/6683)
Die Halbschwestern (01/6851)
Die Dame und der Dandy (01/6557)
Die Erbin und der Lord (01/6623)
Im Sturmwind (01/6803)
Im Schatten des Zweifels (01/7628)
Der Zigeuner und das Mädchen (01/7812)
Sommermond (01/7996)
Das Geheimnis von St. Branock (01/9061)
Das Geheimnis im alten Park (01/8608)
Der schwarze Schwan (01/8787)
Zeit des Schweigens (01/8833)
Ein hauchdünnes Band (01/10552)
Wiedersehen in Cornwall (01/9958)

Einige Bände sind zur Zeit leider vergriffen; sie werden aber in absehbarer Zeit wieder aufgelegt.

Die Autorin

Die 1993 verstorbene Eleanor Buffort Hilbert schrieb unter dem Namen Philippa Carr Liebesromane im historischen Gewand. Als Jean Plaidy verfaßte sie historische Romane von hoher Authentizität und als Victoria Holt romantische Abenteuerromane. Unter allen drei Pseudonymen waren ihre Bücher Welterfolge.

PHILIPPA CARR
besser bekannt als
VICTORIA HOLT

EIN HAUCHDÜNNES BAND

Roman

Aus dem Englischen
von Gerda Bean

Deutsche Erstausgabe

WILHELM HEYNE VERLAG
MÜNCHEN

HEYNE ALLGEMEINE REIHE
Nr. 01/10552

Titel der Originalausgabe
THE GOSSAMER CORD

Umwelthinweis:
Dieses Buch wurde auf
chlor- und säurefreiem Papier gedruckt.

2. Auflage

Redaktion: Werner Heilmann

Printed in Germany 1998
Umschlagillustration: Bavaria Bildagentur/Images, Gauting
Umschlaggestaltung: Atelier Ingrid Schütz, München
Satz: Buch-Werkstatt GmbH, Bad Aibling
Druck und Bindung: Presse-Druck Augsburg

ISBN 3-453-13136-3

Vorfall im Wald

Wenn ich zurückdenke, wird mir klar, daß alles beim Frühstück zuhause auf Caddington Hall begann, als meine Mutter von dem Brief aufsah, den sie gerade las, und beiläufig bemerkte: »Edward hat den jungen Deutschen eingeladen, die Ferien bei ihm in England zu verbringen.«

»Dann kommt er mit seinem Freund sicher bei uns vorbei«, sagte mein Vater.

Mich interessierte alles, was Edward betraf. Wegen seiner Herkunft war er für mich der romantischste Mensch, den ich kannte. Meine Mutter war in Belgien zur Schule gegangen. Dann brach der Krieg aus, und sie mußte das Land wegen der anrückenden deutschen Armee schnell verlassen. Edwards Eltern waren durch eine Bombe ums Leben gekommen, die ihr Haus in der Nähe der Schule getroffen hatte, und sterbend hatte seine Mutter der meinen das Versprechen abgenommen, ihr Kind nach England mitzunehmen, was sie tat.

Edward zeigte sich meiner Mutter gegenüber immer sehr dankbar; und mit Recht, denn was hätte er von einer Armee, die das Land überfiel, wohl erwarten können, oder von Flüchtlingen, die genug mit sich selbst zu tun und bestimmt keine Zeit für ein hilfloses Baby hatten?

Meist lebte er bei meinen Großeltern mütterlicherseits auf Marchlands, ihrem Besitz in Essex, oder im Londoner Haus der Familie im Stadtteil Westminster. Mein Großvater war Mitglied des Parlaments gewesen – eine Tradition der Familie Greenham. Jetzt hatte mein Onkel Charles den Sitz übernommen.

Edward war inzwischen zweiundzwanzig Jahre alt. Er wollte Rechtsanwalt werden und galt selbstverständlich als Familienmitglied.

Mein jüngerer Bruder Robert warf ein, bestimmt würde Edward seinem Freund in Deutschland bei Gelegenheit einen Gegenbesuch abstatten.

»Ich würde auch gern hinfahren«, sagte er. »Es muß schön sein dort. Es gibt Biergärten, und die Leute duellieren sich dauernd. Sie halten nämlich nichts von Männern ohne Schmisse, und die müssen im Gesicht sein, wo sie jeder sehen kann.«

Meine Mutter lächelte nachsichtig. »Das kann ich kaum glauben, mein Schatz«, sagte sie.

»Doch, es stimmt – ich hab's irgendwo gehört.«

»Du darfst nicht alles glauben, was du hörst«, belehrte ihn meine Schwester Dorabella.

Robert schnitt eine Grimasse und zischte: »Und du ... du weißt alles besser!«

»Laßt gut sein«, warf meine Mutter beschwichtigend ein, »streiten wir uns doch nicht deswegen. Ich hoffe, daß Edward uns besuchen wird mit diesem ... äh ...« Sie blickte auf den Brief. »Kurt«, fuhr sie fort. »Kurt Brandt.«

»Klingt ziemlich deutsch«, bemerkte Robert.

»Erstaunlich!« spottete Dorabella.

Es war ein typischer Morgen in den Sommerferien, mit der ganzen Familie gemeinsam am Frühstückstisch.

Ich sehe diesen Morgen noch deutlich vor mir – jetzt, wo ich weiß, wie bedeutsam er war.

Mein Vater, Sir Robert Denver, saß am Kopfende des Tisches. Er war ein wundervoller Mensch, und ich liebte ihn von Herzen. Anders als alle Männer, die ich kannte, wirkte er nicht im mindesten arrogant und benahm sich stets sehr zurückhaltend. Meine Mutter tadelte ihn wegen seiner Bescheidenheit, liebte ihn aber gleichzeitig dafür. Er war sanft, gütig und vor allem äußerst zuverlässig.

Den Titel hatte er beim Tod seines Vaters vor nicht allzu langer Zeit geerbt. Mein Großvater und er waren sich sehr ähnlich gewesen – beides liebenswerte Menschen. Es war für uns alle ein schwerer Schlag gewesen, als mein Großvater starb.

Großmutter Belinda lebte bei uns. Wir nannten sie so, um sie von Großmutter Lucinda zu unterscheiden. Sie kam nicht zum Frühstück, sondern ließ es sich aufs Zimmer servieren. Großmutter Belinda war ganz anders als mein Großvater und mein Vater. Sie war schrecklich selbstherrlich, verlangte viel Aufmerksamkeit und zeigte ein beständiges, meist zynisches Interesse an allen Familienangelegenheiten. Gleichzeitig wirkte sie faszinierend. Sie war schön, hatte immer noch prächtige schwarze Haare, die auf wundersame – oder vielleicht raffinierte – Weise ihre Farbe nicht verloren, und tiefblaue Augen, mit denen sie die Welt stets amüsiert und ein ganz klein wenig boshaft betrachtete. Dorabella und mein Bruder ängstigten sich ein bißchen vor ihr, ich sogar mehr als nur ein bißchen.

Es waren also nur Dorabella, mein Bruder, ich und unsere Eltern am Tisch versammelt.

Dorabella und ich waren Zwillinge. Uns verband etwas Besonderes. Viele Zwillinge kennen das. Wir waren keine eineiigen Zwillinge und sahen uns zwar ähnlich, waren aber geprägt von unseren jeweiligen Charaktereigenschaften. Meine Mutter behauptete, als Babys habe man uns kaum auseinanderhalten können, aber jetzt, wo wir sechzehn waren – das heißt im Oktober sein würden – war die Ähnlichkeit nicht mehr so deutlich.

Dorabella war leichtsinniger als ich. Sie war impulsiv, während ich lieber erst nachdachte, bevor ich handelte. Sie machte einen zerbrechlichen Eindruck, ich einen robusten. Dorabella hatte etwas Hilfloses an sich, das auf das andere Geschlecht anziehend wirkte. Immer hatte sie Männer um sich, die ihr etwas tragen mußten oder sich irgendwie um sie kümmerten. Ich dagegen konnte sehen, wo ich blieb.

Dorabella verließ sich vollständig auf mich. Als wir noch klein waren und in die Schule kamen, wollte sie, daß wir ständig nebeneinander saßen. Sie kuschelte sich an mich und schrieb dabei die Rechenaufgaben von mir ab. Später, als wir ins Internat kamen, hingen wir noch mehr aneinander. Wir mochten uns eben sehr.

Sobald der Krieg zu Ende war, kehrte mein Vater heim. Das war 1918. Er und meine Mutter heirateten, und im Oktober des folgenden Jahres wurden Dorabella und ich geboren.

Damals liebte meine Mutter Opern über alles. Es muß aufregend für meine Eltern gewesen sein, als sie nach vier entbehrungsreichen Jahren, in denen sie ständig um das Leben des anderen hatten bangen müssen, nach London in das Haus meiner Großeltern zogen. Sie wollten alles genießen, was sie versäumt hatten. Meine Mutter war schon immer ein Opernfan gewesen, aber nun wurde diese Vorliebe zu einer richtigen Leidenschaft, und ihr kam die romantische Idee, uns nach Frauen aus zwei Lieblingsopern zu nennen. so wurde ich Violetta aus *La Traviata* und meine Schwester die Dorabella aus *Così fan tutte.* Was meine Großmutter lachend zu dem Kommentar veranlaßte, bei Turandot hätte sie protestiert.

Unser Bruder, der ungefähr drei Jahre nach uns geboren wurde, mußte Robert heißen, weil es immer einen Robert in der Familie gegeben hatte. Das führte manchmal zu gewissen Schwierigkeiten, wenn keiner wußte, wer gemeint war. Aber Traditionen mußten eben gewahrt werden.

Wie angekündigt, stattete uns Edward einen Besuch ab und brachte Kurt Brandt mit.

An einem wunderschönen Sommertag mitten im August trafen sie ein. Wir alle erwarteten den Wagen bereits, und als er in den Hof fuhr, liefen meine Mutter, Dorabella, Robert und ich hinunter, um die beiden zu begrüßen.

Edward sprang aus dem Auto, und ich sah, wie er zunächst nach meiner Mutter Ausschau hielt. Gleich darauf umarmten sie sich. Wenn er sie nach langer Zeit wiedersah, dachte er vermutlich immer daran, daß sie ihn als Baby gerettet hatte. Dadurch war eine besondere Bindung zwischen ihnen entstanden; ganz bestimmt war er für meine Mutter wie eines ihrer leiblichen Kinder.

Ein junger Mann, etwa in Edwards Alter, stieg ebenfalls aus und kam auf uns zu.

»Das ist Kurt … Kurt Brandt«, sagte Edward. »Ich habe ihm von euch allen erzählt.«

Er sah zierlich aus neben Edward und wirkte irgendwie dunkel, weil Edward so groß und blond war. Sehr gerade baute er sich vor meiner Mutter auf, schlug die Hacken zusammen, nahm ihre Hand und küßte sie. Dann wandte er sich Dorabella und mir zu und tat das gleiche. Robert schüttelte er nur die Hand, was meinen Bruder ziemlich enttäuschte, dem das Hackenzusammenschlagen gefallen hätte, ein Handkuß natürlich weniger.

Meine Mutter versicherte, wie sehr sie sich freue, Edward und seinen Freund bei uns zu haben, und führte sie ins Haus, über das Kurt seine Bewunderung in gutem, wenn auch nicht akzentfreiem Englisch zum Ausdruck brachte. Das Haus war sehr alt; es stammte aus dem fünfzehnten Jahrhundert, und die Leute waren immer sehr beeindruckt, wenn sie es zu sehen bekamen. Das war also nichts Außergewöhnliches.

Zum Mittagessen gesellte sich mein Vater zu uns. Normalerweise hatte er auf den Ländereien zu tun, aber dies war eine besondere Gelegenheit, und meine Mutter hatte ihn gebeten, doch dabei zu sein.

Kurt erzählte uns, er komme aus Bayern und lebe in einer Burg, die seit vielen Jahren im Besitz der Familie sei.

»Nicht so groß ... nicht so prachtvoll wie dieses Haus«, erklärte er bescheiden. »Burg klingt großartig, aber in Deutschland gibt es viele davon. Burgen und Schlösser ... aber meistens sehr klein. Unsere ist jetzt ein Gasthof – schon seit einigen Jahren. Die Zeiten waren schlecht ... der Krieg ... und danach war es auch nicht leicht ...«

Ich dachte an meinen Vater, der im Krieg für seine Tapferkeit ausgezeichnet worden war, und mir fiel ein, daß er dann ja gegen Kurts Vater gekämpft haben mußte. Nun, jetzt war ja alles vorbei.

»Erzählen Sie uns etwas vom Wald«, bat meine Mutter.

Wie begeistert er von seiner Heimat sprach! Ich konnte sehen, wie sehr er sie liebte. Wir lauschten hingerissen. Mit seinen Augen betrachtet, war der Wald ein verzauberter Ort. Er erzählte, wie dort im Herbst der Nebel aufstieg – bläuliche Nebelschwaden, die die Tannen plötzlich ohne Vorwarnung verhüllten, so daß sich sogar Leute, die sich gut auskannten, verirren konnten. Er erzählte, daß an den Hälsen der Kühe, die zu den wenigen auf den waldigen Abhängen verstreut liegenden Bauernhöfen gehörten,

Glocken hingen, die läuteten, wenn die Tiere sich bewegten, so daß ihre Besitzer immer wußten, wo sie sich aufhielten.

Was für ein faszinierender Erzähler er war. Edward lehnte sich stolz lächelnd zurück, weil sein Gast für uns alle eine solche Bereicherung war. Tatsächlich war es ein hervorragender Anfang – und nicht etwa, daß der Rest eine Enttäuschung gewesen wäre!

Edward wollte ihm unbedingt etwas von unserem Land zeigen, und da er sein neues Auto leidenschaftlich liebte, bestand er darauf, uns alle jeden Tag irgendwo hinzufahren.

Wir machten einen Ausflug nach Portsmouth, damit Kurt das Flaggschiff Admiral Nelsons bewundern konnte, und erforschten die nähere und weitere Umgebung. Dann sollte Kurt den Forst kennenlernen, wo Wilhelm der Eroberer auf Jagd gegangen war. Danach war Stonehenge an der Reihe, das Kunde von einer noch früheren Zeit gab.

Jeden Tag kehrten wir nach Hause zurück und schnatterten beim Abendessen ausgiebig über alles, was wir gesehen hatten.

Dabei lernten wir Kurt immer besser kennen. Meist blieben wir lange am Tisch sitzen, weil die Gespräche zu interessant waren, um sie abzubrechen. Wenn es heiß war, aßen wir draußen. Wir hatten einen Hof, der von roten, efeubewachsenen Backsteinmauern umgeben war und wo in einer Ecke ein Birnbaum stand; der ideale Ort für eine Mahlzeit im Freien.

Ich glaube, Kurt genoß seinen Besuch genauso wie wir. Er erzählte uns viel von den Schwierigkeiten des Lebens in seinem Land nach dem Krieg. Es war wohl sehr schwer gewesen. Der Gasthof mußte für eine Weile geschlossen bleiben, und erst vor kurzem hatte man ihn neu eröffnet.

»Jetzt sind wieder Gäste da«, sagte er. »In der schlechten Zeit nach dem Krieg ist niemand gekommen.«

»Das Volk, das keinen Einfluß darauf hat, daß Kriege geführt werden, leidet am meisten an den Folgen«, bemerkte mein Vater.

Wir waren für eine Weile ernst, aber dann lachten wir wieder. Kurt mußte uns noch mehr vom Wald, von seinem Zuhause und seiner Familie erzählen.

Er hatte einen Bruder, Helmut, und eine Schwester, die Gretchen hieß. Sie halfen seinen Eltern, den Gasthof zu führen.

»Helmut übernimmt irgendwann die Wirtschaft«, fügte er hinzu. »Denn er ist der Älteste.«

»Und Sie werden ihm helfen?« fragte meine Mutter.

»Ich glaube, es wird nötig sein.«

Danach wurde das Thema nicht mehr erwähnt. Meine Mutter wollte wahrscheinlich nicht zu viele Fragen stellen, um nicht neugierig zu erscheinen.

Schließlich kam der letzte Abend. Dorabella, Robert und ich würden zwei Tage später ins Internat zurückkehren müssen. Für Dorabella und mich sollte das letzte Schuljahr beginnen.

Wir saßen im Garten, und die Stimmung war ziemlich traurig, wie es eben so ist, wenn etwas Schönes zu Ende geht.

»Schade«, meinte Kurt schließlich. »Morgen muß ich Lebewohl sagen. Es war wunderbar hier. Sir Robert und Lady Denver – wie kann ich Ihnen nur danken?«

»Sagen Sie nichts«, erwiderte meine Mutter. »Es war eine große Freude für uns, Sie bei uns zu haben. Ich sollte Edward danken, daß er Sie mitgebracht hat.«

»Und Sie besuchen uns irgendwann im Bayerischen Wald?«

»O ja, bitte!« rief Dorabella aus.

»Ich komm' bestimmt«, sagte Robert. »Blöderweise gibt's aber noch sowas wie Schule.«

»Es gibt aber auch Ferien«, erinnerte ihn Edward.

»Ich wünschte, du könntest mit mir zurückfahren«, sagte Kurt. »Jetzt ist die beste Zeit des Jahres.«

»Ich möchte den blauen Nebel sehen«, seufzte Dorabella.

»Und die Kühe mit den Glocken«, fügte Robert hinzu.

»Es wäre wunderbar«, wisperte ich.

»Nächstes Jahr müssen Sie kommen ... Sie alle!«

»Wir werden uns das ganze Jahr darauf freuen, nicht wahr, Violetta?« hauchte Dorabella.

Kurt sah mich an. »Spricht Ihre Schwester für Sie beide?«

»Das tut sie meistens«, antwortete ich. »Und in diesem Fall hat sie recht.«

»Dann ist es abgemacht«, sagte Kurt. Er hob sein Glas. »Auf nächstes Jahr im Bayerischen Wald!«

Es war ein aufregendes Jahr für Dorabella und mich, weil es unser letztes im Internat war. Im kommenden Oktober würden wir siebzehn werden, und das beschäftigte uns sehr, so daß wir uns erst mitten im Schuljahr wieder an unseren geplanten Deutschlandbesuch erinnerten. Edward hielt sich in Caddington auf, und das erste, was er sagte, war, Kurt habe nicht vergessen, daß wir versprochen hätten, ihn im Sommer zu besuchen. Da fiel es natürlich auch uns wieder ein, und wir hielten es für eine ausgezeichnete Idee.

Wir verabschiedeten uns von unseren Freunden in der Schule und warfen ohne Bedauern einen letzten Blick auf die Tennisplätze und die Aula; schließlich waren wir erwachsen geworden, und vor uns lag die Aussicht auf eine Reise nach Deutschland.

Robert folgte einer Einladung, die Ferien bei einem Freund in Devon zu verbringen. Damit war für ihn gesorgt. Meine Mutter war erleichtert, denn sie meinte, Edward habe genug zu tun, auf uns Mädchen aufzupassen, ohne sich auch noch um einen lebhaften Jungen kümmern zu müssen.

Meine Eltern fuhren uns an die Küste, und bald darauf gingen wir an Bord des Kanaldampfers und kamen im Hafen von Ostende an. Dorabella und ich waren auf der langen Eisenbahnfahrt durch Belgien und Deutschland schrecklich aufgeregt. Edward, der diese Reise schon einmal unternommen hatte, machte uns auf interessante Sehenswürdigkeiten aufmerksam; natürlich wollten wir nichts verpassen. Schließlich wurde es dunkel, und wir schliefen ein, wurden aber durch das Ruckeln des Zuges immer wieder aus dem Schlaf gerissen.

Als wir endlich in München ankamen, mußten wir dort übernachten, da der Zug zum Städtchen Regensbruck erst am folgenden Tag fahren würde.

»Dann«, informierte uns Edward, der sich gut auskannte, »haben wir wieder eine lange Fahrt vor uns, aber natürlich nicht so lang wie die, die hinter uns liegt. Wir sollten noch vor Einbruch der Dunkelheit in Regensbruck eintreffen. Dort wird Kurt uns abholen und zur Burg fahren.«

»Ich kann es nicht erwarten«, sagte Dorabella.

»Das mußt du aber«, neckte sie Edward. »Also sag nicht, daß du's nicht kannst!«

»Ich meine, ich freu' mich so darauf.«

»Ich weiß«, sagte er lächelnd. »Wir freuen uns alle.«

Es war aufregend in der großen Stadt. Wir wurden ins Hotel gebracht, wo zwei Zimmer – eins für Dorabella und mich und eins für Edward – reserviert worden waren.

»Vielleicht wollt ihr euch erst einmal ausruhen«, schlug Edward vor.

Wir sahen ihn entgeistert an. Ausruhen! Wo wir doch in München waren, einer Stadt, die für uns bis jetzt nur aus Buchstaben auf der Landkarte bestanden hatte!

»Na schön«, sagte er. »Schauen wir uns ein bißchen um. Aber nicht lange, weil ich nämlich Hunger habe und dringend etwas Nahrhaftes in den Magen kriegen muß.«

Die Frau mittleren Alters an der Rezeption war sehr freundlich. Sie lächelte uns an und sagte mit starkem Akzent auf Englisch, sie hoffe, daß es uns in München gefallen werde.

Edward, der etwas deutsch sprach und seine Sprachkenntnisse gerne einsetzte, erzählte ihr, daß wir am nächsten Tag nach Regensbruck fahren wollten.

»Ah«, rief sie aus. »Sie fahren in den Bayerischen Wald! Das ist gut … wunderbar, wunderbar. Haben Sie Freunde dort?«

»Ja, jemand, mit dem ich studiert habe.«

»Das ist gut … gut … so eine Freundschaft. Aber Sie müssen auch etwas von München sehen – nur ein bißchen wenigstens, nur die schönsten Dinge. Zuerst die Kirchen – die Frauenkirche, dann den Alten Peter …«

Wir baten sie, uns zu sagen, wie wir dort hinkämen, und sie gab uns lächelnd Auskunft.

München war wirklich eine schöne Stadt, und es war eine Menge los. Es gab mehrere Museen, aber wir hatten keine Zeit, sie zu besuchen. Edward sagte, wir hätten nur einen Nachmittag zur Verfügung und erinnerte noch einmal an die dringend nötige Nahrungsaufnahme.

Überall wurden wir freundlich behandelt. Es machte Spaß, nach dem Weg zu fragen und Auskunft zu bekommen. Gutgelaunt kehrten wir zum Hotel zurück, um zu Mittag zu essen.

Das Restaurant war fast voll, nur ein einziger Tisch war noch frei. Er war zwar für sechs Personen gedeckt, aber wir durften uns setzen.

Heiße Suppe wurde vor uns hingestellt, und während wir sie aßen, erschien der Kellner mit zwei jungen Männern. Er bat für irgend etwas um Entschuldigung. Edward bemühte sich, ihn zu verstehen, und mit Hilfe einiger Gesten begriffen wir, daß auch die jungen Männer etwas essen wollten. Es war kein anderer Tisch frei – gestatteten wir, daß sie sich zu uns setzten?

Sie waren groß und blond, und wir hatten ganz und gar nichts gegen ihre Gesellschaft einzuwenden. Sie zeigten großes Interesse, als sie hörten, daß wir aus England stammten.

Die jungen Männer wohnten am Stadtrand von München, einer sehr großen Stadt, wie sie stolz hinzufügten – der zweitgrößten Deutschlands nach Berlin.

Wir blickten angemessen beeindruckt drein.

Sie hatten geschäftlich in der Stadt zu tun. Es hätte sich viel verändert, seit der Führer an die Macht gekommen sei, erklärten sie.

Wir lauschten aufmerksam. Ich wollte ein paar Fragen stellen, aber es war schwierig wegen der Sprachprobleme. Sie konnten nur ein bißchen Englisch, doch mit Edwards Deutschkenntnissen klappte die Verständigung einigermaßen.

»Wir mögen die Engländer«, sagten sie.

»Wir finden die Leute hier sehr hilfsbereit«, erwiderte Edward.

»Oh, natürlich sind sie das.«

»Und uns hat alles gefallen, was wir gesehen haben«, warf ich ein.

Dorabella war still. Sie war ein wenig beleidigt, glaubte ich, weil die jungen Männer ihr nicht die Aufmerksamkeit schenkten, die sie gewohnt war. Diese beiden schienen für einen kleinen Flirt zu ernsthaft zu sein.

»Es ist gut, daß Sie unser Land besuchen«, sagte einer der jungen Männer, dessen Name Franz war. Der andere hieß Ludwig.

»Es ist schön, daß Sie sehen, wie gut es unserem Volk geht.«

Wir warteten, bis er weiterredete.

»Wir haben viel gelitten. Nach dem Krieg gab es ein schlimmes Abkommen. Es ging uns wirklich schlecht. Aber jetzt nicht mehr. Wir werden bald wieder eine Großmacht sein!«

»Aber das seid ihr doch schon!« rief Dorabella aus und lächelte süß.

Beide Männer betrachteten sie danach mit Interesse.« Das haben Sie bemerkt?«

»O ja«, sagte Dorabella.

»Und Sie fahren nach Hause und erzählen Ihren Leuten, daß Deutschland wieder an Bedeutung gewonnen hat?«

Dorabella sagte: »O ja.« Dabei wußte ich ganz genau, daß sie nicht die geringste Absicht hatte, so etwas zu sagen, und wenn sie es täte, wäre keiner daran interessiert.

»Wir sind stolz«, sagte Ludwig, »weil unser Führer hier in München den großartigen Versuch wagte, unsere Nation zu lenken.«

»In welchem Jahr war denn das?« fragte Edward.

»1923«, antwortete Franz. »Es war der Putsch im Bierkeller.«

»Bierkeller!« rief Dorabella aus. »Können wir in einen Bierkeller gehen?«

Keiner der beiden Männer schien sie zu hören. Sie starrten schweigend geradeaus, die Gesichter vor Aufregung gerötet.

»Der Putsch wurde niedergeschlagen, und Adolf Hitler mußte ins Gefängnis«, sagte Franz.

»Aber diese Zeit war nicht umsonst«, setzte sein Freund hinzu. »Denn dort entstand das Buch *Mein Kampf*.«

»Und als Hindenburg starb, wurde er Reichskanzler ... und alles änderte sich«, sagte der andere.

»Oh, gut«, murmelte Dorabella. »Wie nett.« Es klang ein bißchen spitz. Diese ernsten jungen Männer langweilten sie. Aber die Stimmung am Tisch blieb harmonisch, und das Essen schmeckte.

Wir hatten uns erholt und verbrachten einen angenehmen Nachmittag in der Peterskirche – dem Alten Peter, wie ihn die Münchner nannten –, einer der ältesten Kirchen, die ich je gesehen hatte. Danach saßen wir vor einem Restaurant, tranken Kaffee und aßen wunderbaren Kuchen. Es war interessant, die Leute beim Vorbeischlendern zu beobachten, doch Edward sagte, wir dürften uns nicht zu lange aufhalten. Wir müßten an unsere Weiterreise denken und früh aufstehen.

Im Hotel aßen wir dann zu Abend und gingen auf unsere Zimmer, wo Dorabella und ich über unsere Erlebnisse redeten, bis wir einschliefen.

Wir freuten uns riesig auf unsere Ankunft in Regensbruck.

Als wir aus dem Zug stiegen, glaubte ich, mich in einer Märchenwelt zu befinden. Wir waren durch eine bergige Landschaft mit waldigen Abhängen, Wasserfällen und Bächen, die im Sonnenlicht glitzerten, gefahren. Ab und zu hatten wir Dörfer mit Backsteinhäusern und Straßen mit Kopfsteinpflaster gesehen, die mich an Märchenbücher meiner Kindheit erinnerten.

Kurt erwartete uns und begrüßte uns so freudig, daß wir uns wie Ehrengäste fühlten.

»Wie froh ich bin, daß ihr gekommen seid!« rief er aus. »Ihr habt eine sehr lange Reise hinter euch, und es ist wirklich schön, daß ihr sie auf euch genommen habt, um uns zu besuchen.«

»Wir fanden, daß sich die Mühe lohnen würde«, sagte Edward lachend. »Kurt – ich freue mich, dich wiederzusehen!«

»Und die jungen Damen sind auch da ... Violetta ... Dorabella!«

»Ja, wir sind auch da«, sagte Dorabella energisch. »Hoffentlich finden Sie es richtig, daß wir Edward begleitet haben?«

»Sie können es alle kaum erwarten, Sie zu begrüßen. Meine Familie, meine ich«, sagte Kurt. »Kommen Sie! Wir wollen keine Zeit verschwenden. Ist das Ihr Gepäck?«

Kurt nahm unsere Koffer, und wir verließen den Bahnhof und setzten uns in sein Auto. Die Luft duftete nach Tannen.

»Es ist wunderbar!« jubelte ich. »Alles ist so, wie ich es mir vorgestellt habe.«

Bald fuhren wir durch einen Wald. »Die Burg ist fünf Kilometer vom Bahnhof entfernt«, erklärte Kurt.

Wir blickten uns neugierig um und kamen in ein kleines Städtchen mit einer Kirche, holperten auf dem Kopfsteinpflaster der Straßen entlang und überquerten den Marktplatz, den das Postamt und ein paar Läden säumten. Die kleinen Häuser waren bestimmt schon mehrere hundert Jahre alt, und es hätte mich nicht gewundert, den Rattenfänger von Hameln zu sehen.

Kurts Zuhause lag einen knappen Kilometer außerhalb des Städtchens, das Waldenburg hieß. Die Straße verlief leicht bergauf. Mir blieb die Luft weg, als ich die Burg im Licht des Nachmittags erblickte – wie eine Szene aus einem Märchen.

Es war ein recht kleines Bauwerk aus hellgrauem Stein, an dessen beiden Seiten sich runde Türmchen befanden. Ich stellte mir eine Prinzessin vor, die ihr langes Haar aus einem der Turmfenster herabließ, damit ihr Liebster zu ihr emporklettern konnte, und hörte Dorabellas Stimme: »Wie albern! Er hätte ihr das Haar herausgerissen, und das hätte doch *weh* getan!« Aber ich war romantischer als sie, und für mich war es ein Zeichen wahrer Liebe, für die Freude, den Liebsten im Turm empfangen zu können, Schmerzen zu ertragen.

Fast hätte ich sie daran erinnert, aber ich kam nicht dazu, denn am Eingang dieses faszinierenden Baus standen Leute.

Kurt rief auf deutsch: »Wir sind da!« Und alle klatschten in die Hände.

Wir stiegen aus und wurden vorgestellt. Edward kannten sie ja bereits und begrüßten ihn herzlich. Kurt machte uns – wie immer überaus höflich, woran ich mich inzwischen schon gewöhnt hatte – mit allen bekannt. Da waren seine Eltern, sein Großvater und seine Großmutter, sein Bruder Helmut und seine Schwester Gretchen. Daneben, etwas abseits, standen die Angestellten – ein Mann, zwei Frauen und ein Mädchen, das im gleichen Alter wie Dorabella und ich zu sein schien.

Als die förmlichen Vorstellungen vorüber waren, wurden wir herzlich aufgenommen und zu unseren Zimmern geführt. Dorabella und ich sollten eines miteinander teilen, was wir gerne taten. Wir standen am Fenster und blickten auf den Wald hinaus, auf den sich ein zarter Nebel senkte, der der Landschaft etwas Geheimnisvolles verlieh. Für einen kurzen Augenblick wurde ich unruhig und schauderte. Wieder erinnerte mich der Nebel an die Märchen der Brüder Grimm, in denen häufig irgendwo Böses lauerte.

Das unangenehme Gefühl verschwand sofort, als mich Dorabella umarmte, was sie immer tat, wenn sie aufgeregt war.

»Es ist fantastisch!« rief sie aus. »Ich weiß, wir werden unheimlich viel Spaß haben. Wie gefällt dir Helmut?«

»Ich fürchte, so schnell kann ich mir keine Meinung bilden. Er schien aber sehr nett zu sein.«

Dorabella lachte. »Wie schrecklich konservativ du bist, Schwesterlein! Ich bin froh, daß *du* die steife Art in unserer Familie geerbt hast!«

Sie behauptete oft, daß sie und ich eigentlich *eine* Person wären und daß die guten und schlechten Eigenschaften, mit denen die meisten Menschen geboren werden, zwischen uns aufgeteilt worden seien.

Ich muß an unsere erste Mahlzeit in der Burg denken und erinnere mich, die schmale Wendeltreppe zur Gaststube hinabgestiegen zu sein, wo wir mit der Familie aßen, nachdem die übrigen Hausgäste fertig waren.

Es war nur ein kleiner Raum, dessen Fenster – wie in den meisten Zimmern – auf den Wald blickten. Auf dem Holzfußboden lagen Teppiche, und rechts und links neben dem Kamin hingen zwei Hirschköpfe an der Wand.

Wir erfuhren, daß das Gebäude vor langer Zeit, als Deutschland noch aus vielen kleinen Ländern bestand, Jagdsitz eines Barons gewesen war und die Tierköpfe noch aus dieser Zeit stammten. Einer der Hirsche blickte ziemlich grimmig drein, der andere schaute voller Verachtung auf uns herab. Sie paßten eigentlich nicht in die friedliche Atmosphäre des Raumes. Auch Bilder der Familie hingen an den Wänden, die, wie ich später hörte, noch vor den schrecklichen Kriegsjahren gemalt worden waren.

Wir waren eine fröhliche Runde. Die Sprache machte wenig Probleme. Dorabella und ich hatten in der Schule ein wenig Deutsch gelernt, was uns weiterhalf. Kurt und Edward beherrschten beide Sprachen ziemlich gut. Und Kurts Eltern schienen ebenfalls ein bißchen Englisch gelernt zu haben – vielleicht von den Gästen. Auch Helmut und Gretchen hatten Englischkenntnisse. Mißverständnisse, die hin und wieder auftauchten, trugen zur Erheiterung bei.

Es war ein sehr angenehmer Abend.

Dorabella und ich redeten darüber, als wir allein in unserem Zimmer waren.

»Bestimmt wird es hier sehr lustig«, sagte Dorabella. »Helmut ist allerdings eine ziemliche Enttäuschung.«

»Du meinst, daß er den Reizen einer Miss Dorabella Denver nicht sofort verfallen ist?«

»Er ist ein wenig schwerfällig«, sagte sie. »Ich kann solche ernsten Typen nicht leiden. Wie die Männer in München. Helmut lacht ja kaum.«

»Vielleicht hat er nichts zum Lachen, oder vielleicht hält er es nicht für nötig, daß jeder sofort weiß, was er empfindet.«

»Morgen«, verkündete sie, »wird die Umgebung erforscht. Wird bestimmt interessant.«

»Auf jeden Fall sicher ganz anders als alles, was wir bisher gemacht haben.«

Ich ging ans Fenster und sah hinaus. Der Nebel war dichter geworden, und ich konnte die nächsten Bäume nur noch schemenhaft erkennen.

»Es sieht aufregend aus«, sagte ich.

Dorabella stellte sich neben mich.

»Beinahe unheimlich«, fuhr ich fort. »Findest du nicht?«

»Es sieht wie Nebel aus, weiter nichts.«

Ich konnte mich nicht losreißen – und sah plötzlich eine Gestalt, die aus der Burg lief.

Dorabella wisperte: »Das Zimmermädchen.«

»Else«, murmelte ich. »Ja, so heißt sie. Wo sie wohl hingeht? Es ist doch schon fast elf.«

Dann sahen wir, wie ein Mann aus dem Dunkel trat. Wir konnten ihn nicht deutlich erkennen, aber er gehörte offenbar nicht zu den Leuten, die wir bisher gesehen hatten. Er war groß und blond. Else warf sich in seine Arme, und sie hielten sich lange fest.

Dorabella kicherte neben mir.

»Ihr Liebhaber«, sagte sie.

Wir beobachteten, wie sie Hand in Hand in einem der Nebengebäude verschwanden, die zu Zeiten des Barons vielleicht Ställe gewesen waren.

Dann traten wir vom Fenster zurück. Dorabella schlüpfte in ihr schmales Bett, und ich in meines.

Wie vorauszusehen war, schliefen wir nicht besonders gut, und als ich schließlich doch noch ein wenig schlummerte, träumte ich von einem Märchenkönig, umgeben von blauem Nebel, aus dem sich die Formen seltsamer Menschen lösten. Die Zweige der Bäume wurden zu langen Armen, die sich nach mir ausstreckten, um mich zu pakken.

In den folgenden Tagen lebten wir uns in der Burg gut ein. Von Kurts Mutter erfuhr ich, daß der Gasthof keineswegs ausgebucht war. Es hielten sich zur Zeit nur sechs Gäste hier auf, womit die Familie jedoch recht zufrieden war. Die Zeiten waren schlecht gewesen, besserten sich aber mit dem zunehmenden Wohlstand des Landes.

»Es brauchte lang, um sich vom Krieg zu erholen«, sagte Kurt. »Jetzt haben wir mehr Besucher, weil auch wieder Leute aus dem Ausland kommen – aus England, Amerika und anderen Teilen der Welt. Immerhin gibt's auch unseren Biergarten, und bei schlechtem Wetter haben wir eine große Gaststube mit Ausschank. Davon leben wir.«

»Und wir sind dankbar dafür«, setzte seine Mutter hinzu.

Sie war eine sehr energische Frau, und ich staunte, wie fürsorglich sie sich um die Familie kümmerte. Tatsächlich kümmerte sich jeder um den anderen. Das war mir sofort aufgefallen. Es schien mir sogar, als hätten sie Angst um einander. Ein Rätsel.

Der Großvater war ziemlich schwach, verbrachte die meiste Zeit auf seinem Zimmer und las in einem dicken Buch. Mit einer kleinen schwarzen Mütze auf dem Kopf hockte er auf seinem Stuhl und bewegte lautlos die Lippen.

Die Großmutter saß fast immer in ihrem Sessel und strickte Pullover und andere Dinge für die Familie. Sie sagte, im Wald könne der Winter sehr grimmig sein.

»Das Haus liegt sehr hoch«, murmelte sie. »Und die Wolken kommen herab und hüllen uns ein.«

Sie summte leise vor sich hin, und Kurt meinte, sie lebe in der Vergangenheit und sei dort öfter als in der Gegenwart.

Seine Eltern arbeiteten ununterbrochen. Der Vater war häufig im Wald. Ich hatte ihn Bäume fällen sehen, und ab und zu wurden auf einem langen wagenartigen Gefährt Baumstämme zur Burg transportiert.

Es gab eine Menge zu tun, und wahrscheinlich konnten sie sich nicht viel Personal leisten.

Helmut, dieser ernste junge Mann, blieb eine Enttäuschung für Dorabella. Er brachte ihr genauso wenig Interesse entgegen wie Edward und mir, obwohl er uns mit ausgesuchter Höflichkeit und Zuvorkommenheit behandelte. Dorabellas Charme schien ihn jedenfalls nicht zu beeindrucken, was ihm natürlich wenig Zuneigung von ihrer Seite einbrachte.

Gretchen hatte wie alle in der Familie dunkle Haare und dunkle Augen und war ein sehr hübsches Mädchen. Ich bemerkte, daß Edward sie oft lange ansah und sagte das Dorabella. Sie zuckte aber nur mit den Schultern. Die Romanzen anderer Leute interessierten sie nicht.

Nach wenigen Tagen in der Burg hatte ich das Gefühl, schon wochenlang dort zu sein. Kurt hatte uns umhergefahren, damit wir die Gegend kennenlernen konnten. Manchmal stiegen wir den Berg hinunter, an Fichten, silbrigen Tannen und Buchen vorbei. Dann ging es wieder bergauf, wo die Tannen ganz dicht beieinander standen.

Wir mußten viel klettern, dabei gab es aber eine Menge zu entdecken. Es machte Spaß, die kleinen Dörfer aufzusuchen. Sie waren ganz anders als zu Hause, und die meisten erinnerten mich an Märchen. Den Wald fand ich ein bißchen gruselig; oft dachte ich an Kinder, die zwischen den Bäumen verlorengingen und ein Pfefferkuchenhaus fanden, oder an Riesen, die im Unterholz lauerten.

Ich glaube, diese Gefühle wurden durch etwas ausgelöst, das ich damals nicht verstand. Hinter der Freundlichkeit, dem Gelächter und der Fröhlichkeit in Biergarten und Gaststube, die sich mit Leuten aus den umliegenden Dörfern füllten, schien sich irgend etwas Bedrohliches zu verbergen, auch wenn die Menschen an den Tischen saßen, tranken und Lieder mit schönen Melodien sangen, die ins Ohr gingen und meist das Vaterland rühmten.

Hätte ich Edward und Dorabella von meinen Gefühlen erzählt, wäre ich ausgelacht worden. Immer bildest du dir etwas ein, hätten sie gesagt. Und mir wäre nichts übriggeblieben, als ihnen recht zu geben. Es war die Atmosphäre des Waldes, die mich beunruhigte, weiter nichts.

Dorabella und ich marschierten oft alleine los. Wir hatten es uns zur Gewohnheit gemacht, in die kleine Stadt zu wandern, vor einem Café zu sitzen, Kaffee zu trinken und ein köstliches Stück Kuchen zu essen. Für den Kellner waren wir inzwischen »die jungen Engländerinnen«, und jedesmal, wenn er uns bediente, redete er ein bißchen mit uns. Wir beobachteten die Leute, die vorübergingen, und nach ungefähr einer Stunde dieser angenehmen Beschäftigung machten wir uns wieder auf den Heimweg.

Die zweite Woche begann. Es war ein wunderschöner Tag, aber nicht mehr ganz so warm wie bisher. Ein Hauch von Herbst lag in der Luft.

Während wir vor dem Café saßen, schlenderte ein junger Mann vorbei. Er war groß und blond und schien auffallend heiter – ganz anders als die ernsten Menschen, denen wir so oft begegneten. Irgendwie wirkte er sympathisch, und als er uns im Vorübergehen mit einem Blick streifte, spürte ich, wie Dorabellas Interesse erwachte.

»Der sah – so anders aus«, meinte Dorabella und sah ihm hinterher.

»Ich glaube, das war ein Tourist. Der ist bestimmt nicht von hier«, sagte ich.

»Für einen Moment dachte ich, er würde stehenbleiben.«

»Wie kommst du denn darauf?« fragte ich.

»Vielleicht hat er gedacht, daß er uns schon einmal begegnet sei.«

»Ganz bestimmt nicht. Jedenfalls ist er jetzt weg.«

»Schade. Er sah gut aus.«

»Möchtest du noch ein Stück Kuchen?«

»Nein, ich glaube nicht. Violetta, ist dir klar, daß wir bald heimfahren werden?«

»Wir sind noch eine Woche hier.«

»Aber die Zeit verfliegt so schnell. Bald sind wir wieder zu Hause.«

»Es war doch richtig nett hier, nicht wahr?«

»Hmm«, brummte sie – und hob plötzlich den Kopf.

Sie saß mit dem Blick zur Straße gewandt, und ihr Mund verzog sich zu einem strahlenden Lächeln.

»Was ist?«

»Dreh dich nicht um. Er kommt zurück.«

»Wer?« fragte ich.

»Der Mann.«

»Du meinst ...«

»Der, der vorhin vorbeiging.«

Jetzt schien sie sich sehr für ihre Kaffeetasse zu interessieren. Und dann sah ich ihn, denn er hatte sich an einen Tisch in unserer Nähe gesetzt.

»Ja«, fuhr Dorabella fort, als hätte es keine Unterbrechung gegeben. »Jetzt ist es bald so weit. Wahrscheinlich finden unsere Eltern, daß zwei Wochen ohne ihre geliebten Töchter lang genug sind.«

Mir war klar, daß sie sich dabei ganz auf den anderen Tisch konzentrierte.

Plötzlich stand der Mann auf und kam auf uns zu.

»Verzeihen Sie«, sagte er. »Ich konnte nicht überhören, daß Sie englisch sprechen. Es ist doch wirklich eine Freude, in der Fremde auf Landsleute zu treffen, nicht wahr?«

»O ja, ja«, stimmte ihm Dorabella bei.

»Darf ich mich zu Ihnen setzen? Man kann schlecht über die Tische hinweg miteinander reden. Machen Sie hier Urlaub?«

»Ja«, antwortete ich. »Und sie?«

Er nickte. »Wandern.«

»Allein?« fragte Dorabella.

»Ein Freund war dabei. Aber er mußte unerwartet nach Hause zurück. Ich wußte nicht, ob ich mitfahren sollte, aber da es sich nur um eine Woche handelte, beschloß ich, dazubleiben.«

»Sind Sie weit gewandert?«

»Meilenweit.«

»Und Sie sind eben erst angekommen?« fragte Dorabella.

»Vor drei Tagen. Ich dachte, ich hätte sie schon einmal hier gesehen.«

Der Kellner war gekommen, und der junge Mann bestellte Kaffee. Er lud uns zu einem zweiten Kännchen ein, und Dorabella nahm die Einladung sofort an.

»Eine faszinierende Gegend«, sagte ich. »Und beim Wandern sieht man am meisten.«

»Das stimmt«, gab er mir recht. »Sind Sie viel herumgekommen?«

»Nur ein bißchen.«

»Wohnen Sie hier im Ort?«

»Nein«, antwortete Dorabella. »In einer kleinen Burg, nicht weit von hier – kein richtiges Hotel, eher ein Gasthof.« Sie schwenkte die Hand in Richtung unserer Herberge.

»Kenne ich – eine herrliche Umgebung. Wie lange sind Sie schon da?«

»Wir reisen am Wochenende ab. Dann sind wir vierzehn Tage hier gewesen.«

Der Kaffee war eingetroffen, und der Kellner lächelte freundlich, als er uns so angeregt miteinander plaudern sah.

»Es ist schön, englisch sprechen zu können«, sagte der junge Mann. »Mein Deutsch läßt noch ziemlich zu wünschen übrig.«

»Unseres auch«, erklärte Dorabella. »Aber wir haben jemand dabei, der gut deutsch spricht.«

»Ein Freund?«

»Ein Freund der Familie. Eigentlich fast ein Bruder – nur kein richtiger.«

Er erwartete, daß wir die Sache erklärten, da wir aber beide nicht weiter darauf eingingen, entstand eine kurze Pause.

Dann sagte Dorabella: »Wir sind bei einem seiner Freunde zu Besuch. Er war in England und lud uns ein, hier Ferien zu machen. Was wir getan haben.«

»Und jetzt bin ich froh darüber. Es ist tröstlich, jemanden aus England zu treffen, obwohl ich gar kein richtiger Engländer bin.«

»Ach?« Wir waren beide überrascht.

»Ich bin aus Cornwall«, sagte er grinsend.

»Aber ...«

»Ein kleiner Scherz. Der Tamar trennt uns, und wir behaupten immer, daß wir auf unserer Seite einer anderen Rasse angehören.«

»Wie die Schotten und die Waliser«, sagte ich.

»Keltischer Stolz«, erwiderte er. »Wir halten uns für ebenso gut wie … nein, für besser als die Angelsachsen, wie wir euch Ausländer nennen.«

»O je!« Dorabella tat, als sei sie tief erschüttert. »Und ich hatte schon gedacht, wie toll es ist, jemanden zu treffen, der unser Landsmann ist!«

Er sah sie mit ernster Miene an. »Ist es auch«, sagte er. »Es hat diesen Tag zu etwas Besonderem gemacht.«

»Erzählen Sie uns von Cornwall«, warf ich ein. »Leben Sie nah am Meer?«

»Manchmal zu nah, finde ich. Beinah mittendrin.«

»Muß faszinierend sein.«

»Ich liebe unser altes Haus. Und wo wohnen Sie?«

»Hampshire.«

»Ganz schön weit von Cornwall.«

»Freuen Sie sich auf Ihr Zuhause?« fragte Dorabella.

»Nicht in diesem Augenblick.«

»Werden Sie morgen wieder wandern?«

»Ich nehme jeden Tag, wie er kommt.«

Dorabella amüsierte sich. Ihre Augen glänzten. Sie sah sehr attraktiv aus, und ich bemerkte, wie fasziniert er von ihr war. Was mich nicht überraschte. Oft genug hatte ich Ähnliches erlebt.

In ihrer lebhaften Art erzählte sie ihm von Caddington, und er beschrieb sein Zuhause in Cornwall.

Er sagte, sein Name sei Dermot Tregarland. »Ein alter kornischer Name«, erklärte er. »Wir heißen entweder Tre, Pol oder Pen. Wirkt wie ein Etikett. ›Hörst du die Namen Tre, Pol und Pen, weißt du, es sind Cornishmen.‹ Das hab' ich mal irgendwo aufgeschnappt, und es stimmt.«

Und so redeten wir weiter, bis ich sagte, es sei Zeit, zur Burg zurückzukehren – obwohl mir natürlich klar war, daß Dorabella noch nicht wollte.

Wir verabschiedeten uns und machten uns auf den Weg. Nicht lange, dann sagte Dorabella wütend: »Warum wolltest du plötzlich gehen?«

»Schau doch mal auf die Uhr! Sie werden sich wundern, wo wir bleiben. Vergiß nicht, wir wollten gerade aufbrechen, als er kam.«

»Na und?« Wir schwiegen. Dann setzte sie hinzu: »Er hat überhaupt nichts von einem Wiedersehen erwähnt.«

»Warum sollte er?«

»Ich dachte, er würde was vorschlagen.«

»Ach, Dorabella«, sagte ich. »Es war eine Zufallsbekanntschaft. ›Schiffe, die sich nachts begegnen.‹ Er ist nur stehengeblieben, weil er uns englisch sprechen hörte.«

»Meinst du, das war alles?« Sie lächelte geheimnisvoll.

Am nächsten Tag hatte sich das Wetter geändert, und es roch eindeutig nach Herbst. Kurt und Edward hatten einen Ausflug in eines der Bergdörfer geplant und erwarteten, daß wir uns ihnen anschließen würden, Dorabella teilte ihnen jedoch mit, sie müsse unbedingt etwas einkaufen. Ich wußte natürlich sofort, was die Uhr geschlagen hatte. Sie wollte nach Waldenburg gehen und in der Hoffnung, der junge Mann käme vorbei, vor dem Café sitzen bleiben. Selbstverständlich würde ich sie begleiten.

Wir schauten Edward und Kurt hinterher, verbummelten den Vormittag und machten uns nach dem Mittagessen auf den Weg ins Städtchen.

Dort kaufen wir ein paar Souvenirs und kamen schließlich zum Café. Der Kellner begrüßte uns wie immer lächelnd, und wir nahmen Platz – Dorabella erwartungsvoll, und ich amüsiert. Was stellte sie sich eigentlich vor, dachte ich spöttisch. Was sollte aus so einer Zufallsbekanntschaft entstehen?

Wir flachsten herum, aber Dorabella blieb wachsam. Sie hatte sich so gesetzt, daß sie die Straße überblicken konnte, und je mehr Zeit verstrich, desto unruhiger wurde sie.

Ein Einspänner fuhr vorbei. Dann kamen ein paar Reiter – zwei junge Mädchen mit ihrem Reitlehrer. Ein Lieferwagen hielt an, und ein junger Mann, der mir irgendwie bekannt vorkam, stieg aus und gab im Café etwas ab.

Ich beobachtete, wie er einen großen Karton schleppte und im Laden verschwand. Nach einer Weile kam er mit einem Paket wieder heraus. Dann unterhielt sich der Kellner mit ihm.

Plötzlich wußte ich, wer es war.

»Schau mal, Dorabella«, sagte ich. »Siehst du, wer das ist? Elses Freund!«

Ihre Gedanken waren weit weg. Irritiert sah sie mich an.

»Was?«

»Der junge Mann, der eben etwas abgeliefert hat – das ist Elses Freund! Du weißt doch, wir haben ihn vom Fenster aus beobachtet. Ihr Liebhaber! Neulich haben wir gesehen, wie sie sich umarmten!«

»Ach ja ... ich erinnere mich.« Dorabella schien nicht sonderlich interessiert.

Er junge Mann stand jetzt am Lieferwagen und rief: »Bis morgen also – wir sehen uns dann.«

»Sie müssen befreundet sein«, sagte ich. »Er und der Kellner. Sie treffen sich morgen.«

»Und wenn schon«, erwiderte Dorabella verdrießlich.

»Ich find' es nur interessant, das ist alles.«

Dorabella nickte mißmutig auf die Straße.

»Wir können nicht den ganzen Nachmittag hier rumsitzen«, sagte ich.

Widerstrebend stimmte sie mir zu.

Aber ich wußte, daß sie furchtbar enttäuscht war und konnte sie, wie so oft, gut verstehen.

Wir schlenderten in Richtung der Straße, die zur Burg hinaufführte. Es wehte ein sanfter, kühler Wind. Die Luft war dunstig.

»Ich möchte noch nicht ins Haus«, sagte Dorabella. »Lieber würde ich noch ein bißchen spazierengehen.«

»Gut, gehen wir – aber nicht lang.«

»Im Wald«, sagte sie.

Wir bogen vom Weg ab und streiften an den Bäumen vorbei. Ich wollte sie trösten, wie immer, wenn sie enttäuscht war. Wie damals, als ihr Teddy eines seiner Schuhknopfaugen verloren hatte, oder als der Kopf einer ihrer Lieblingspuppen zerbrach. Ich war die einzige, die sie trösten konnte, denn ich verstand sie besser als alle anderen.

Gerne hätte ich sie richtig aufgemuntert. Es war doch ganz absurd, wollte ich ihr sagen. Wie konnte es so wichtig sein, jemanden wiederzusehen, mit dem sie nur ein paar

Worte gewechselt hatte? Lächerlich. Aber so war Dorabella eben. Sie entwickelte starke Gefühle, die zwar nicht in die Tiefe gingen und auch nicht lange anhielten, aber für den jeweiligen Augenblick nahmen sie völlig von ihr Besitz.

Wir gingen nie tief in den Wald hinein, denn davor hatte man uns gewarnt. Die Straße, die von der Stadt zur Burg führte, ging mitten durch den Forst, und die Tannen ragten an den Straßenrändern hoch hinauf, standen aber nicht allzu dicht. Kurt hatte uns tiefer in den Wald geführt, uns jedoch geraten, immer so nah an der Straße zu bleiben, daß wir sie sehen könnten.

Schließlich setzten wir uns auf einen Baumstamm. Ich versuchte, von anderen Dingen zu reden, aber Dorabella war nicht bei der Sache. Ich kannte diese Stimmung. Zum Glück hielt sie nie lange an. Ihre Launen verflogen immer schnell. Diesmal war sie eben enttäuscht, so wenig Verehrer gefunden zu haben. Helmut war zu sehr mit seiner Arbeit beschäftigt, als daß er ihr die Aufmerksamkeit hätte schenken können, die sie sich erhoffte. Und wahrscheinlich fand sie ihn auch nicht attraktiv genug. Aber dieser Dermot Tregarland aus Cornwall wäre genau der Richtige gewesen. Wie durch ein Wunder war er zum Schluß der Ferien aufgetaucht – und wieder verschwunden. Arme Dorabella!

Ich sagte, es wäre kühl geworden und wir sollten uns auf den Heimweg machen.

Dorabella war derselben Meinung, und so kehrten wir um. Plötzlich erschrak ich zutiefst. Wir hatten nicht bemerkt, wie dick der Nebel geworden war. Oft genug hatte man uns gewarnt, wie schnell er sich ausbreiten würde. Nichts sah mehr aus wie vorher.

»Los, schnell«, sagte ich. »Machen wir, daß wir hier rauskommen.«

Aber es war nicht leicht. Ich dachte, ich hätte die Straße gesehen, aber dann konnte ich nur noch Baumstämme und Zweige erkennen, um die sich die Nebelschwaden rankten.

Ich nahm Dorabellas Arm.

»Davor haben sie uns gewarnt«, sagte ich. »Wie dumm von uns.«

Sie schwieg.

»Wir können nicht weit von der Straße sein«, setzte ich hinzu. »Wir müssen sie finden. Bestimmt geht es hier entlang.«

Wirklich? Viel war nicht zu erkennen. Der Nebel war überall. Mir wurde schrecklich bange, aber ich wollte nicht, daß Dorabella es merkte. Der Wunsch, Dorabella zu beschützen, war so stark wie in unserer Kindheit.

Wie früher schon verließ sie sich ganz auf mich, und ich war dankbar, daß sie immer noch dieses kindliche Vertrauen in mich hatte. Zärtlich sah ich sie an.

»Bald sind wir draußen«, tröstete ich. »Wären wir bloß nicht so tief in den Wald gegangen, nach allem, was sie uns erzählt haben.«

Sie nickte, und ich packte sie fest an der Hand.

Wir hasteten weiter. Zehn Minuten kamen uns wie eine Stunde vor, und ich zitterte vor Angst. Der Wald wurde immer unheimlicher. Die Büsche zwischen den Baumstämmen verzerrten sich zu grotesken Gesichtern, die uns höhnisch angrinsten.

Dorabella, die ich heimlich anblickte, schien jedoch nichts zu bemerken. Ihr fehlte meine Fantasie.

Mich überkam das schreckliche Gefühl, statt aus dem Wald heraus immer tiefer hinein zu geraten, und ich blieb plötzlich stehen.

»Was ist?« fragte Dorabella.

»Vielleicht sollten wir abwarten«, riet ich, »bis sich der Nebel hebt.«

»Was? Hier? Das kann die ganze Nacht lang dauern!«

Sie hatte recht. Wie dumm wir gewesen waren! Wir hatten doch frühzeitig gesehen, daß sich Nebel bildete.

Mich packte eine fürchterliche Wut, vor allem, weil meine Angst immer größer wurde.

Und das alles nur wegen des jungen Mannes in der Stadt! Hätte mir Dorabella mit ihrer Enttäuschung nicht so leid getan, wäre ich auf keinen Fall bereit gewesen, mit ihr im Wald herumzutrotten. An allem war *er* schuld. Mit Kurt und Edward wäre uns das nicht passiert.

Dann stellte ich mir vor, wie aufgeregt alle wären, wenn wir nicht zurückkämen. Was sollten wir bloß tun? Stehenbleiben und warten? Oder weitergehen – und vielleicht noch tiefer in den Wald geraten?

Ich wurde immer verzweifelter. Und dann hörte ich Geräusche, Schritte ...

»Hilfe!« schrie ich. »Ist da jemand?«

Wir blieben stehen und lauschten.

Zu unserer großen Erleichterung kam Antwort. Noch dazu auf Englisch!

»Ja – wo sind Sie?«

Dorabella strahlte. Sie hatte die Stimme erkannt. Es war Dermot Tregarland.

»Wir haben uns verlaufen!« rief ich.

»Ich finde Sie – schreien Sie weiter!«

»Hier! Hier!« brüllten Dorabella und ich.

»Ich komme ja schon ...«

Jetzt schien er schon sehr nah zu sein, und wir brüllten wieder: »Hier, hier!«

Wie glücklich waren wir, als er dicht vor uns aus dem Nebel auftauchte!

»Oh«, jubelte Dorabella, »wie wunderbar! Wir hatten solche Angst!«

Er grinste. »Ich hatte gehofft, ich würde Sie finden«, sagte er. »Ich sah Sie in den Wald einbiegen.«

»Und wo waren Sie?«

»Ich kam zum Café und hoffte, Sie dort anzutreffen. Aber der Kellner sagte, Sie wären gerade gegangen. Dann entdeckte ich Sie auf der Straße. Ich beobachtete, wie Sie im Wald verschwanden und lief los, um Sie einzuholen. Wenn ich Sie nicht gefunden hätte, wäre ich zur Burg gegangen und hätte bei einem Bier auf Sie gewartet.«

Dorabella war schrecklich aufgeregt. Alles war so gekommen, wie sie es sich gewünscht hatte.

Jetzt übernahm Mr. Tregarland die Führung. »Dieser verdammte Nebel!« schimpfte er. »Kann einem ganz schön zusetzen, was? Man weiß nicht, welche Richtung man einschlagen soll. Wir machen besser, daß wir hier rausfinden.

Es kann noch schlimmer werden. Ich weiß, woher ich gekommen bin und habe einen recht guten Orientierungssinn. Da gibt's einen knorrigen alten Baum, in den der Blitz eingeschlagen hat. Wenn wir den finden, sind wir richtig. Dann war da noch so ein kleiner Baum ... Auf geht's!«

Dorabella kicherte. Der Alptraum hatte sich in ein spannendes Abenteuer verwandelt, weil ein tapferer Ritter gekommen war, um uns zu retten. Dafür allein hatten sich die Ferien schon gelohnt, sonst wären sie, jedenfalls für Dorabella, fast zu einer Enttäuschung geworden.

Er hatte nicht zu viel versprochen, sondern führte uns in Windeseile zu dem gespaltenen Baum und jubelte: »Wir sind auf dem richtigen Weg!« Dann fand er auch den kleinen Baum, von dem er gesprochen hatte. Gleich danach befanden wir uns wieder auf der Straße.

Dorabella schlang die Arme um mich und rief über meine Schulter hinweg: »Sie sind wunderbar!«

»Ich glaube, wir brauchen was, um uns aufzuwärmen«, sagte Dermot Tregarland. »Wie wär's mit einem Glas Wein? Oder könnte Sie vielleicht das hervorragende Bier locken?«

Frau Brandt stand am Eingang ihres Gasthofs und blickte besorgt die Straße entlang.

»Der Nebel hat sich wie so oft in dieser Jahreszeit schnell verbreitet. Ich habe mir Sorgen gemacht«, sagte sie.

Dorabella erzählte, daß wir uns im Wald verlaufen hätten und daß Mr. Tregarland uns gerettet habe.

»Ach!« rief Frau Brandt und überschüttete uns mit einem Schwall deutscher Worte. Sie erklärte uns, wie leicht man sich im Wald verlaufen könne und daß man dann drin bleiben müsse, bis sich der Nebel auflöse.

Schnell trieb sie uns ins Haus. Kein Wetter für den Biergarten! Und was würden wir gerne trinken?

Wir sagten, ein Glas Wein als Apéritif wäre schön. Der Wein wurde gebracht, und wir setzten uns zusammen – Dorabella die Zufriedenheit in Person. Sie scheint sich in den jungen Mann zu verlieben, dachte ich, oder redet es sich ein. Und er? Er war charmant und offenbar sehr an Dorabella interessiert. Sie gehörte zu den Mädchen, die sich in männlicher Gesellschaft völlig verändern. War sie niedergeschlagen, verflog diese Stimmung sofort, sobald ihr ein Mann Aufmerksamkeit schenkte. Dann strahlte sie und war bei allerbester Laune. Sicher gab es Gelegenheiten, bei denen ich eifersüchtig wurde, in diesem Augenblick aber nicht. Für mich war selbstverständlich, daß ihre weiblichen Reize meinen überlegen waren. Und noch nie hatte ich das Bedürfnis verspürt, die Beachtung jener Männer zu finden, die sie anziehend fand.

Ich mochte diesen jungen Mann. Sicher, er war sympathisch. Das war aber auch alles. Dorabella war immer viel zu schnell entflammt. Was mir angst machte, denn sie wurde dann leicht enttäuscht.

Dermot hob sein Glas und sagte: »Auf unsere Rettung aus dem gefahrvollen Wald!«

Dorabella stieß mit ihrem Glas leicht an seines und lächelte ihn an.

»Was für ein Glück für uns, daß Sie uns entdeckt haben«, sagte sie.

»Das war eher Absicht als Glück«, versicherte er ihr. »Es tat mir so leid, Sie nicht anzutreffen. Ich hatte gehofft, Sie beide beim Kaffeetrinken wiederzusehen und war dem Kellner dankbar, daß er mir sagte, Sie seien gerade erst aufgebrochen. Glücklicherweise sah ich Sie in den Wald gehen. Ich dachte mir schon, daß der Nebel käme.«

»Und in der höchsten Not waren Sie für uns da«, hauchte Dorabella. »Es war einfach wundervoll, wie Sie uns aus dem Wald führten!«

Sie lächelten sich an.

»Engländer müssen auf fremdem Boden zusammenhalten, auch wenn einer aus Cornwall stammt.«

Dorabella lachte über alles, was er sagte, als ob es das Witzigste von der Welt wäre. (Später, als wir allein waren, riet ich ihr, ihn nicht so anzuhimmeln.)

Dann erzählten wir von uns. Wir sagten ihm, wer Edward wäre und wie ihn unsere Mutter von Belgien nach England gebracht hätte.

Er war an allem interessiert. »Und Edward ist jetzt Ihr lieber großer Bruder?«

»O ja«, sagte ich. »Er ist sehr nett zu uns. Immer meint er, auf uns aufpassen zu müssen.«

»Und im nebligen Wald herumzuwandern verbietet er Ihnen nicht?«

»Er wird sehr böse mit uns sein, wenn er es erfährt«, erwiderte Dorabella. »Aber heute ist er mit seinem Freund Kurt unterwegs, dem Sohn der Brandts. Sie kennen sich schon ziemlich lang. Deshalb sind wir auch hier.«

Er sagte, daß er sich sehr freuen würde, Edward kennenzulernen, und erzählte uns dann von seinem Haus in Cornwall. Es war seit mehreren hundert Jahren im Besitz seiner Familie. Aus grauem Stein gebaut, stand es direkt am Meer und bekam die ganze Wucht der Stürme aus Südwest ab. Aber es hatte ihnen immer getrotzt und würde es wohl auch weiterhin tun. An beiden Enden standen Türme, und der Park zog sich über einen Abhang bis zum Strand hinunter, der zum Haus gehörte. Es war jedoch nicht verboten, das Grundstück zu betreten, sonst hätten die Leute, die am Meer entlangspazierten, über die Felsen klettern, das Haus umrunden und wieder hinabsteigen müssen, wenn sie ihren Weg am Wasser fortsetzen wollten.

»Es kommen aber nicht viele Leute vorbei, höchstens im Sommer ein paar Touristen.«

»Haben Sie Familie?« fragte ich.

»Mein Vater ist krank, und meine Mutter starb, als ich klein war. Mehr Verwandte habe ich nicht. Es gibt aber noch Gordon Lewyth, der wie ein Mitglied der Familie bei uns lebt und sich um das Gut und die Ländereien kümmert – ein großartiger Verwalter. Seine Mutter ist für den Haushalt verantwortlich, aber keine richtige Haushälterin, eher eine entfernte Verwandte, glaube ich ... alles ziemlich vage. Sie kam zu uns, als meine Mutter starb. Das muß vor dreiundzwanzig Jahren gewesen sein. Und bisher hat alles immer gut geklappt.«

»Dann ist Ihr Vater der einzige, der Ihnen nahesteht«, warf Dorabella ein.

»Ja, aber wie ich schon sagte, Gordon und seine Mutter sind wirklich wie Familienangehörige.«

»Klingt interessant«, meinte Dorabella.

»Und was machen Sie?« fragte ich.

»Da sind unsere Ländereien, das Gut und so weiter. Das Land wird verpachtet. Ich helfe bei der Verwaltung, wobei Gordon mehr zu tun hat als ich. So ein Besitz macht eine Menge Arbeit, wissen Sie.«

»In Caddington ist es ähnlich«, sagte ich. »Wir kennen uns mit der Verwaltung eines solchen Besitzes gut aus, nicht wahr, Dorabella?«

»O ja. Unser Vater hat immer eine Menge zu tun, und unser Bruder wird alles irgendwann übernehmen. In Familien wie unseren läuft es immer so ab.«

»Stimmt. Ich denke, ich werde heute abend hier essen und mich später durch den Nebel zum Hotel zurücktasten.«

Wir plauderten noch eine ganze Weile, und dann kamen Edward und Kurt nach Hause. Als sie von unserem Abenteuer im Wald erfuhren, machte Edward ein ernstes Gesicht und schimpfte, weil wir nicht vorsichtiger gewesen waren.

Das Abendessen verlief in fröhlicher Stimmung. Man hatte Dermot eingeladen, mit der Familie zu speisen, und alle behandelten ihn wie einen Helden.

Edward war ganz besonders dankbar. Wiederholt sagte er uns, er habe unserer Mutter fest versprochen, gut auf uns aufzupassen. Wie hätte er wissen sollen, daß wir so leichtsinnig sein und uns im Wald verlaufen könnten? Schließlich sei der Nebel ja nicht überraschend gekommen. Dorabella flehte ihn an, endlich damit aufzuhören, machte dabei aber ein äußerst selbstzufriedenes Gesicht. Wäre sie nicht in den Wald gegangen, hätte Dermot ja keine Gelegenheit gehabt zu zeigen, wie tapfer und klug er war.

Dann erzählte Hand Brandt von Leuten, die sich verlaufen hatten. »Es gibt so viele Geschichten über diese Gegend. Manche Leute glauben, daß hier Waldgeister hausen, die bei Nebel aus ihren Verstecken kommen.«

Wir fühlten uns wohl in der Wärme und Behaglichkeit der Burg und in der fröhlichen Runde und blieben gern am

Tisch sitzen, während Dermot ähnliche Geschichten von Cornwall zum Besten gab. Wir lachten herzlich über Anekdoten, die von der Einfalt der Menschen handelten, und staunten bei Erzählungen, die von einer Generation zur nächsten überliefert worden waren.

Von nebenan hörten wir das Geraune der Stimmen aus der Gaststube, wo Leute immer noch vor ihren Getränken saßen. Im Biergarten hielt sich wegen des Nebels niemand mehr auf.

Es war ein wunderbarer Abend, ein angenehmer Abschluß unserer Ferien, denn wenige Tage später sollten wir nach Hause zurückkehren. Ich beobachtete Dorabella und war ein wenig beunruhigt. Sie sah so glücklich aus und kannte diesen jungen Mann doch kaum. Ähnliches war schon einmal geschehen. Ein Freund unseres Großvaters Greenham, ein Mitglied des Parlaments, hatte sich damals für kurze Zeit in Marchlands aufgehalten und sie sehr beeindruckt. Das lag ungefähr zwei Jahre zurück. Wie sich herausstellte, war er ein liebevoller Ehemann und Vater einiger Kinder gewesen. Von dieser Episode hatte sie sich jedoch schnell erholt. Dann gab es einen Lehrer in der Schule, der ein Jahr lang Musik unterrichtete. Auch in ihn hatte sie sich verliebt. Natürlich war sie damals nur ein Schulmädchen gewesen. Jetzt war sie erwachsen.

Nun, wenn Dermot nicht verheiratet war – und falls sie ihn wiedersehen sollte –, könnte ja vielleicht etwas daraus werden. Allerdings lebte er ziemlich weit von uns entfernt, und möglicherweise war in ein paar Wochen sowieso alles vergessen. Dann war es eben nur ein Urlaubsflirt im Bayerischen Wald gewesen.

Wir trennten uns in Freundschaft, aber Dorabella verbrachte eine ziemlich unruhige Nacht.

Edward und Kurt hatten für den folgenden Tag wieder einen Ausflug geplant, und weil wir uns so albern benommen hatten, wollten sie uns auf keinen Fall zurücklassen. Außer Dorabella und mir sollte auch Gretchen dabei sein.

Gretchen freute sich sehr. Sie schien Edward zu mögen,

zeigte aber ihre Gefühle nicht. Keiner von uns zeigte sie so deutlich wie Dorabella.

Dorabella schmollte. Sie wäre lieber nach Waldenburg zum Kaffeetrinken gegangen, um Dermot die Chance zu geben, sich zu uns zu setzen. Aber Edward war unerbittlich, und so zogen wir mit den anderen los.

Es war ein wunderschöner Tag. Das Wetter hatte sich wieder geändert; der Himmel strahlte blau, der Sommer war zurückgekehrt. Kurt kannte den Wald gut – mehrere Straßen führten hindurch –, und er wollte uns einige der hübschen Dörfer zeigen.

Ich war von allem begeistert. Die Ortschaften mit ihren kleinen Häusern, dem Kopfsteinpflaster, den alten Kirchen und ihrer Sauberkeit gefielen mir sehr. Die Menschen waren freundlich. In einem alten Gasthof, vor dem als Wirtshausschild eine Meerjungfrau baumelte und das *Lorelei* hieß, aßen wir zu Mittag. Wir erinnerten uns an das Gedicht, das wir in der Schule gelernt hatten, und Gretchen sagte es mit ihrem zarten Stimmchen auf. Edward klatschte am lautesten Beifall.

Hinterher wurden wir in den alten Weinkeller geführt und erfuhren, daß der Gasthof früher einmal zu einem Kloster gehört und daß die Mönche hier ihren Wein gekeltert hatten.

Wir verbrachten wunderschöne Stunden zusammen, aber Dorabella drängte darauf, zurückzukehren, weil Dermot zum Abendessen erwartet wurde.

Diesen Abend und die Katastrophe, die umso schrecklicher war, weil sie so plötzlich über uns hereinbrach, werde ich nie vergessen. Es war, als ob die Gesichter guter Freunde sich plötzlich zu Monsterfratzen verzerren würden. Und wir waren völlig verwirrt, weil uns das alles ganz unvorbereitet traf.

Nachdem wir von unserem Ausflug zurückgekehrt waren, gingen Dorabella und ich auf unser Zimmer, um uns umzuziehen. Dorabella zog sich das schönste Kleid an, das sie mitgebracht hatte. Sie war bester Stimmung, denn sie war sicher, daß das Ende unserer Ferien nicht gleichzeitig das Ende ihrer Freundschaft mit Dermot bedeuten würde.

Die ganze Zeit redete sie wie ein Wasserfall und erklärte, wie schön es wäre, sein Zuhause kennenzulernen. Riesigen Spaß würde ihr das machen, und so weit von uns entfernt wäre es schließlich auch nicht. Sie wollte unserer Mutter vorschlagen, Dermot nach Caddington einzuladen.

Als wir hinuntergingen, war er schon da. Wir wollten in der Gaststube essen. Die Familie war sehr beschäftigt und konnte erst später kommen. Nur Kurt und Gretchen gesellten sich zu uns.

Es war eine angenehme Mahlzeit mit viel fröhlichem Geschnatter. Anschließend gingen wir in die Bierstube, in der sich mehr Leute als sonst versammelt hatten. Trotzdem bekamen wir einen Tisch für uns.

Es muß so gegen neun gewesen sein, als eine Gruppe junger Männer eintrat. Einer kam mir bekannt vor. Dann erinnerte ich mich. Es war Elses Freund, der im Café ein Paket abgegeben hatte.

Jetzt sah er ganz anders aus. Er und seine Freunde trugen eine Art Uniform und um den rechten Ärmel eine Armbinde. Ob er Else besuchen wollte?

Sie setzten sich an einen Tisch, und Else brachte ihnen Bier. Während sie mit ihr schäkerten, faßte der junge Mann sie am Arm, und die Gruppe lachte laut. Sie sagten etwas zu Else, die zur Gaststube schaute und nickte. Die jungen Männer begannen, eines der Lieder zu singen, das ich schon öfter gehört hatte. Es ging ums Vaterland. Die anderen stimmten mit ein; dann betraten Helmut und sein Vater den Raum.

Das war das Signal.

Elses Freund, der offensichtlich der Anführer war, stand plötzlich auf und brüllte etwas von Juden.

Die Hölle brach los. Jemand warf einen Bierkrug an die Wand. Andere taten es ihm nach. Einer schleuderte seinen Krug nach Helmut und verfehlte ihn nur knapp.

Dermot legte den Arm um Dorabella, und sie verbarg ihr Gesicht an seiner Brust. Edward nahm meinen Arm, zog mich hoch und packte gleichzeitig Gretchen.

»Es gibt Krawall«, sagte er. »Wir machen besser, daß wir hier rauskommen.«

Gretchen wisperte: »Helmut …«

Kurt hatte sich neben seinen Bruder gestellt. Er war leichenblaß geworden. Beide starrten Elses Freund an. Die anderen Leute blieben erschrocken sitzen.

Elses Freund war auf einen Tisch gesprungen und fing an, auf die Leute einzureden. Mehrmals hörte ich das Wort »Führer«. Er brüllte herum, und ich wünschte, ich hätte ihn verstehen können, begriff aber nur, daß er die anderen gegen die Wirtsleute aufhetzen wollte.

»Es ist besser, wir gehen«, sagte Dermot leise.

In diesem Moment fiel einer der Tische um, und klirrend zerbrachen Gläser.

Helmut sagte hastig zu Edward: »Bring die Mädchen weg und nimm Gretchen mit. Mit diesem Krach habt ihr nichts zu tun.«

Es war mir schrecklich, Helmut so verzweifelt zu sehen. Ich verstand damals nicht, was vor sich ging und ahnte nur, daß der junge Mann und seine Freunde alles zerstören wollten.

Es geschah so plötzlich, so unerklärlich. Edward zog mich und Gretchen zur Tür. Dermot hielt Dorabella im Arm. Einer der jungen Männer beobachtete uns, versuchte aber nicht, uns aufzuhalten. Sie schienen zu wissen, daß wir Ausländer waren, und froh zu sein, daß wir gingen. Im Vorraum stand Frau Brandt, die Arme über der Brust gekreuzt und das Gesicht angstverzerrt. Sie zitterte.

Ich legte den Arm um sie.

»Sie sind da …«, murmelte sie. »Jetzt sind sie da.«

»Wer ist das?« fragte ich entsetzt.

»Sie wollen uns verjagen …«

»Kennen Sie die Leute?«

»Oh, wir sind nicht die ersten. Aber woher wußten sie es nur? Wir haben doch nie …«

Hinter uns hörten wir den Lärm. In der Gaststube schlugen sie alles kurz und klein.

Frau Brandt sank auf einen Stuhl und schlug die Hände vors Gesicht. Gretchen ging zu ihr und kniete sich neben sie. »Mutter …«, flüsterte sie zitternd.

Frau Brandt strich ihrer Tochter übers Haar.

»Es ist so weit«, sagte sie. »Nun ist es so weit. Ich hatte gehofft ...«

»Wir müssen doch irgendwas tun!« rief Dermot. »Sollen wir nicht die Polizei rufen?«

»Es hätte keinen Sinn«, sagte Gretchen leise. »Diese Leute ... es passiert jetzt überall. Wir sind nicht die ersten. Wir dachten, sie würden uns in Ruhe lassen. Wir sind so unbedeutend ... und weit weg von der Stadt. Wir glaubten immer, sie würden uns in Ruhe lassen ... Ja, wir sind Juden. So etwas behält man heutzutage lieber für sich.«

»Wir sollten rausgehen«, sagte Edward, »sie rausschmeißen.«

»Ja«, stimmte ihm Dermot bei. »Los, kommen Sie!«

Gretchen klammerte sich an Edward. »Nein ... nein«, flehte sie. »Ihr dürft euch nicht einmischen. Sie machen alles kaputt und gehen dann.«

»Kurt ... Helmut ... dein Vater ... alle sind drin.«

Gretchen ließ Edward nicht los.

Dermot sagte: »Ich geh' rein. Die Mädchen bleiben hier.«

»Und ich komme mit«, erklärte Edward und folgte ihm.

Ich begriff nicht, was das alles zu bedeuten hatte, lauschte nur voller Entsetzen und hörte die jungen Männer eines ihrer Lieder singen, das ich inzwischen auswendig kannte.

Dann wurde es plötzlich still.

Edward ist drin, dachte ich. Vielleicht in Gefahr. Wegen Edward mußte ich herausfinden, was los war. Vorsichtig öffnete ich die Tür. Was für ein Anblick! Der Raum war ein Chaos. Tische waren umgekippt, Glasscherben lagen überall. Die jungen Männer standen stramm und fingen an zu singen, die Hände wie zum Salut erhoben.

Die anderen Gäste waren sitzengeblieben und fummelten nervös an ihren Gläsern herum. Sie waren stumm, wie erstarrt. Offenbar hatte keiner von ihnen versucht, dem Aufruhr Einhalt zu gebieten, des Elses Freund und seine Kumpane ausgelöst hatten. Offenbar war es ihnen egal, daß diese Halunken alles zerschlugen. Dann hörten die Kerle auf zu singen, und Elses Freund trat auf Helmut zu, der mitten in der Verwüstung stand, stellte sich vor ihn und spuckte ihm ins Gesicht. »Jude!« stieß er hervor.

Helmut ballte die Fäuste, als wolle er zuschlagen, doch Kurt packte ihn.

Der Kerl schaute mich an; er starrte mir direkt ins Gesicht. Dann schlug er die Hacken zusammen und verbeugte sich. Er wandte sich ab, winkte seine Anhänger zu sich, und die Horde stapfte im Gänsemarsch aus dem Haus. Ich hörte den Motorenlärm einiger Autos, und dann fuhren sie weg.

Auch die Gäste stahlen sich erleichtert, aber mit schuldbewußter Miene davon. Wir standen im Raum und begutachteten den Schaden. Der Boden war mit Glassplittern übersät. Tische waren umgekippt, Stühle zu Bruch gegangen.

Aber es waren nicht die Schäden, die uns alle bedrückten, sondern das, worauf sie hindeuteten. Ich hatte noch viel zu lernen, aber ich wußte, daß es sich hier nicht um eine einmalige Katastrophe handelte. Es waren schlimme Vorzeichen.

»Was sollen wir bloß machen?« hörte ich Frau Brandt gequält flüstern. »Was soll nur aus uns werden?«

Wahrscheinlich dachten alle das gleiche.

Dermot kehrte erst spät ins Hotel zurück und sagte, er würde frühmorgens wiederkommen und beim Aufräumen helfen. Er begriff nicht, warum die Familie nicht die Polizei rufen wollte. Das hier war doch reiner, durch nichts provozierter Vandalismus gewesen.

Aber sie wollten nicht darüber reden. Der Schock saß tief. Und Frau Brandts Haltung verdeutlichte mir, daß es um etwas sehr Ernstes ging. Ich spürte Resignation, das Hinnehmen einer Gegebenheit.

Es war spät, als Dorabella und ich uns ins Schlafzimmer zurückzogen. Wir waren beide sehr traurig, obwohl sie sagte, daß Dermot sich wundervoll benommen habe. Aber ich wollte nicht über Dermot reden. Meine Gedanken waren bei den Brandts.

In dieser Nacht schliefen wir nicht viel. Wahrscheinlich ging es allen so.

Die wenigen Hotelgäste frühstückten wie Edward, Dorabella und ich im Gastzimmer. Danach gingen wir in die zerstörte Bierstube, wo Kurt und der Rest der Familie Ordnung zu schaffen versuchten. Edward krempelte die Ärmel hoch und stürzte sich ebenfalls mit Energie in die Arbeit. Dorabella und ich taten, was wir konnten. Am schlimmsten waren die Glassplitter, die sich überall eingegraben hatten.

Am späten Vormittag erschien Dermot, der sehr wütend war. Er sagte, es sei eine Schande und er habe mit den Leuten im Hotel gesprochen, die erklärt hätten, Ähnliches geschehe im ganzen Reich. Der Führer wolle ein reinrassiges, judenfreies Deutschland.

Ich war gar nicht auf die Idee gekommen, die Brandts könnten Juden sein. Es hatte nie einen Grund gegeben, dies zu erwähnen. Edward sagte, vielleicht habe er davon gehört, sich aber keine Gedanken darüber gemacht. Kurt sei sein Freund, und Herkunft oder Religion spielten für ihn keine Rolle.

An diesem Vormittag erfuhren wir, was in Deutschland vor sich ging.

Nachdem wir mehrere Stunden gearbeitet hatten, waren die meisten Scherben beseitigt. Wir hatten die zerbrochenen Stühle weggebracht, die umgekippten Tische wieder aufgestellt und die Flecken an den Wänden, die von zerschmetterten Bierkrügen stammten, so gut es ging beseitigt. Im gedämpften Licht sah der Raum nicht viel anders aus als vor dem Krawall.

Müde setzten wir uns zusammen. Die düstere Stimmung hing so schwer über uns wie der Nebel im Wald.

Es hatte keinen Sinn, so zu tun, als wäre nichts geschehen. Im Gegenteil – wir fühlten uns erleichtert, darüber reden zu können.

Kurt sagte: »Früher oder später mußte es passieren. Es tut mir nur leid, daß es ausgerechnet während eures Besuchs geschehen ist. Ich schäme mich, daß ihr es miterleben mußtet. Es ist eine Schande für unser Land. Ihr dürft aber nicht abreisen und denken: ›So sind die Deutschen.‹ Viele von uns machen sich große Sorgen. Es ist ein krebsartiges Geschwür, eine Pest. Wir schämen uns, und ... ja, wir haben Angst.

Von einem Tag zum anderen wissen wir nicht, was uns das Schicksal bringen wird.«

»Das ist ja fürchterlich!« rief Dermot. »Wie können Menschen so etwas zulassen? Diese Verbrecher – das sind sie doch – betreten ein Gasthaus, grölen ihre Lieder, klopfen Sprüche und wagen es, so etwas zu tun! Und kommen auch noch ungeschoren davon! Das Schlimmste war, daß sich niemand eingemischt, daß sich keiner gewehrt hat.«

»So geht es schon seit längerem«, sagte Hans. »Die jungen Leute gehören zur Hitlerjugend der Nazipartei. Als Adolf Hitler 1933 Reichskanzler wurde, machte er Baldur von Schirach zum Anführer der Jugend dieses Landes, und deutsche Jungen werden mit zehn Jahren als reinrassig registriert. Das ist das deutsche Jungvolk. Ahnennachweise müssen ergeben, daß sie kein ›fremdes‹ Blut in sich haben, dann können sie mit vierzehn Jahren der Hitlerjugend beitreten. Mit achtzehn nimmt sie dann die Nazipartei auf.«

»Und ihr Ziel ist es, durch die Gegend zu ziehen und in den Häusern anderer Menschen alles kurz und klein zu schlagen!« schimpfte Dermot.

»Es sind sogenannte Arier.«

»Das ist einfach ungeheuerlich«, meinte Edward, »und darf doch so nicht weitergehen.«

»Diese Dinge passieren schon seit einiger Zeit«, erklärte Kurt, »und es wird immer schlimmer.«

»Willst du damit sagen«, rief Edward, »daß ihr Angst habt, es könnte jeden Augenblick wieder passieren?«

»Mit dieser Angst lebe ich schon lange.«

»Und die Nachbarn stehen dabei und lassen es zu?«

»Sie können nichts machen. Der Führer hat so viel für das Land getan, das in einem schrecklichen Zustand war. Unsere Währung war wertlos, unser Volk verzweifelt. Wir gehören nicht zu den Menschen, die ruhig dasitzen und ein solches Schicksal einfach hinnehmen. Wir tun was dagegen. Wir wurden im Krieg besiegt, und dafür mußten wir Armut und Erniedrigung erdulden. Dann kam dieser Mann und verschaffte den Leuten Arbeit. Leider haßt er unsereinen. Manchmal glaube ich, daß er uns ausrotten will.«

»Das ist unmöglich«, sagte Dermot. »Und so kann es nicht weitergehen. Es ist lächerlich. Und keiner von den Gästen hat was gesagt!«

»Sie haben sich klug verhalten. Niemand kann sich gegen die Nazis wehren. Sie haben die Macht.«

»Unglaublich, daß sich Leute so benehmen dürfen.«

»Es ist schwer für dich, das alles zu verstehen. Aber so ist es in Deutschland.«

»Willst du damit sagen, daß sie heute abend vielleicht wiederkommen und daß sich alles wiederholt?« fragte Edward empört.

»Das glaube ich nicht. Wir sind nicht wichtig genug. Wir sind nur kleine Fische. Die gehen woanders hin. Sie haben uns bloß gewarnt, das war alles. Sie wollen, daß wir fortgehen. Aber wir haben unser ganzes Land hier verbracht. Unsere Vorfahren lebten schon hier. Das interessiert die Kerle aber nicht. Sie wollen uns einfach rauswerfen.«

Wir wünschten alle, wir hätten gewußt, wie wir sie trösten könnten. Aber es gab keinen Trost.

So geknickt, wie wir waren, hatten ich keine Lust mehr zum Ausgehen. Die märchenhaften Dörfer hatten ihren Reiz für mich verloren. Hinter der schönen Fassade schien Böses zu lauern. Ich wollte nur weg, nach Hause, wo alles normal war. Sehnsüchtig blickte ich auf die wunderbaren Tage zurück, die vor diesem schrecklichen Spektakel lagen, aber ich konnte den Ausdruck im Gesicht von Elses Freund nicht vergessen. Wie konnte sich ein junger Mann nur so verhalten? Er hatte überhaupt kein Mitleid mit den unschuldigen Menschen gezeigt. Mir wäre noch verständlich gewesen, wenn es Streit gegeben hätte und er in Wut geraten wäre. Aber er handelte völlig kaltblütig, einfach so. Es war ein geplanter, sinnloser Überfall auf Menschen, die, wie er meinte, seiner Rasse fremd waren.

Ich sagte Edward, daß der Anführer mit Else befreundet sei, und erzählte ihm, was ich beobachtet hatte.

»Ob sie wußte, was er vorhatte?« fragte ich.

»Vielleicht«, sagte Edward. »Es würde jedenfalls einiges

erklären. Sie muß entdeckt haben, daß die Familie jüdisch ist. Wahrscheinlich hat sie den alten Mann mit dem Käppchen im Talmud lesen sehen. Vielleicht hat er seine Familie damit verraten.«

Edward nickte nachdenklich. Später erzählte er mir, daß er mit Kurt darüber gesprochen hätte, der unsere Vermutungen bestätigte. Sie wären von Spitzeln umgeben. Wenn Else sie verraten hätte, könnten sie nichts dagegen unternehmen. Sie zu entlassen wäre unmöglich. Das gäbe mit Sicherheit viel Ärger.

Edward brachte es nicht fertig, die Sache einfach auf sich beruhen zu lassen. Er sprach gut genug deutsch, um mit Else reden zu können, und nahm sie sich vor.

Anschließend berichtete er mir davon. Er hatte sie gefragt: »Was das ein Freund von Ihnen, der gestern nacht Krawall gemacht hat?«

Mit trotziger Miene gab sie es zu.

Edward: »Und was halten Sie von der Sache, die hier passiert ist?«

Else: »Es war für Deutschland und den Führer. Wir brauchen ein arisches Deutschland. Der Führer befiehlt es. Wir wollen keine Juden hier.«

Edward: »Aber Sie arbeiten doch für diese Leute!«

Else: »Es wäre besser, ich würde für Arier arbeiten.«

Edward: »Und warum bleiben Sie dann hier?«

Else: »Die Arbeitsbedingungen sind gut, und mein Freund wohnt in der Stadt.«

»Es war einfach hoffnungslos«, berichtete Edward weiter. »Ich kam nicht an sie heran. Sie erklärte mir sehr freundlich, daß sie nichts gegen mich hätte. Ich sei kein Deutscher, deshalb könne ich nicht verstehen, was es für Deutschland bedeute, die Rasse rein zu erhalten.«

»Ach, Edward«, sagte ich. »Es ist schrecklich. Was, wenn Kurt ... seine Eltern ... Helmut und Gretchen ...?«

Edward machte eine besorgte Miene. »Ich habe mit Kurt darüber gesprochen. Sie sollten das Land verlassen.«

»Geht das?«

»Ich weiß nicht. Aber sie müssen darüber nachdenken.«

»Wir werden bald abreisen«, sagte ich. »Ich mache mir Sorgen, sie so zurückzulassen, nach allem, was wir jetzt wissen, nach allem, was wir gesehen haben.«

Edward sah sehr niedergeschlagen aus. Mir kam der Gedanke, daß er Gretchen vielleicht liebte.

Dann sagte er: »Gretchen ist kaum älter als du und Dorabella. Stell dir vor, was sie durchmacht.« Damit bestätigte er meine Vermutung.

»Kurt und Helmut aber auch. Ich glaube, sie schämen sich. Es wäre ihnen wahrscheinlich lieber, das alles wäre in unserer Abwesenheit passiert.«

»Verständlicherweise. Und wenn man bedenkt, daß diese Dinge im ganzen Land geschehen, muß man sich ja schämen. Violetta, wie können wir sie hier einfach so zurücklassen?«

»Aber was sollen wir tun?«

»Ich denke vor allem an Gretchen. Wir sollten sie mitnehmen.«

»Mitnehmen?«

»Wir sagen einfach, wir laden sie ein, die Ferien bei uns zu verbringen. Sie kann bei uns wohnen. Deine Mutter würde es sicher verstehen, wenn wir es ihr erklären.«

»Meinst du?« fragte ich.

»Sie ist doch nur ein junges Mädchen. Wir können sie nicht im Stich lassen. Wo jeden Augenblick wieder Schlimmes passieren kann.«

»Du hast sie sehr gern, nicht wahr?«

Er nickte.

Ich lächelte. »Na, du kennst ja meine Mutter. Sie ist immer bereit, Leuten in Not zu helfen.«

»Das weiß ich sehr wohl. Du und Dorabella – ihr könntet Gretchen fragen, ob sie nicht für eine Weile bei uns leben möchte. So geht es wahrscheinlich am besten.«

»Und dann kommst du zu uns und wohnst bei uns, während sie da ist«, sagte ich. »Edward, ich verstehe vollkommen.«

»Du mußt es ihr vorschlagen«, drängte er. »Ich kann es nicht. Ehrlich gesagt, Violetta, wenn ich mir vorstelle, daß ich sie hier zurücklassen müßte …«

»Gut«, sagte ich. »Ich mach' ihr den Vorschlag.«

»Und ich rede heimlich mit Kurt darüber. Er wird einsehen, daß es das Beste ist.«

Ich erzählte Dorabella von unserem Plan, den sie ganz lustig fand.

»Armer Edward«, sagte sie. »Ihn hat's böse erwischt.«

»Gretchen ist ein wunderschönes Mädchen.«

»Glaubst du, er wird sie heiraten?«

»Könnte ich mir vorstellen. Er ist sehr verliebt.«

»Toll! Das traut man dem guten alten Edward gar nicht zu.«

»Die meisten Leute tun irgendwann Dinge, die man ihnen nicht zutraut.«

»Mein neunmalkluges Schwesterchen«, murmelte sie liebevoll.

Sie war ausgesprochen gut gelaunt. Die vergangene Nacht war zwar schrecklich gewesen, hatte sie Dermot aber näher gebracht. Wahrscheinlich dachte sie an eine Doppelhochzeit. Sie und Dermot, Edward und Gretchen. Ich kannte sie so gut, daß ich ihre Gedanken lesen konnte.

Mit der Einladung zögerte ich nicht lange, und Gretchen machte große Augen.

»Es würde dir gut tun«, sagte ich, »mal eine Woche von Zuhause fort zu sein, und England findest du bestimmt interessant.«

Sie strahlte vor Freude, machte dann aber ein besorgtes Gesicht. Mir war klar, daß sie an ihre Familie dachte, um die sie immer bangen würde, auch wenn sie selbst den unerfreulichen Ereignissen entging.

In diesem Augenblick schloß ich sie fest ins Herz. Ich glaubte, sie mochte Edward sehr, und der Gedanke, mit ihm in sein Land zurückzukehren, weg von den unheilvollen Schatten, die sich auf ihr Leben gesenkt hatten, machte sie glücklich. Wenn die anderen nur mit ihr kommen könnten …

Aber das war nicht möglich.

Armes Gretchen! Sie wußte nicht, was sie sagen sollte.

Schließlich traf ihre Familie die Entscheidung für sie.

Kurt war sehr dankbar, auch Helmut und die Eltern, und so war es beschlossene Sache, daß Gretchen für einen Urlaubsaufenthalt mit uns nach England ziehen sollte.

Unser letzter Tag war herangerückt; am folgenden Morgen mußten wir abreisen. Kurt würde uns zum Bahnhof bringen, und die lange Fahrt zur Küste konnte beginnen. Wir hatten das Gefühl, uns seit unserer Ankunft verändert zu haben. Ich war mir sicher, nie mehr dieselbe sein zu können. Immer wenn ich in Zukunft etwas Schönes sah, würde ich Schlimmes dahinter vermuten.

Ich verabschiedete mich von den Großeltern, die wir während unseres Aufenthalts nur selten zu Gesicht bekommen hatten.

Der Großvater las in seinem Religionsbuch und blickte fragend auf. Ich sagte, ich würde bald abreisen, und er lächelte mich freundlich an und segnete mich.

Dann ging ich zur Großmutter, die mit ihrem Strickzeug im Schaukelstuhl saß. Auch sie lächelte und sagte: »Wie reizend von Ihnen, uns zu besuchen.« Ich staunte, daß sie englisch sprechen konnte. Und weil sich auch mein Schuldeutsch ein bißchen gebessert hatte, konnten wir uns verständigen.

»Der Großvater und ich – wir sind die Alten. Wir bleiben hier in unseren Räumen … wie zwei alte Möbelstücke, die nicht mehr viel nutzen.«

Ich protestierte.

»Oh, doch«, erwiderte sie. »Zwei Möbelstücke, die nichts nutzen, die man aber nicht hinauswerfen kann.« Sie legte eine Hand auf meinen Arm. »Wie ich höre, fährt Gretchen mit Ihnen zurück?«

»Ja, wir fanden, daß es eine gute Idee wäre.«

»Was Sie da unten gesehen haben …« Sie brachte ihr Gesicht nahe an meines. »Das hat Ihnen zu denken gegeben?«

»Es war ein Schock!«

Sie nickte. »Jetzt wissen Sie …«

»Es kam so unerwartet, war so sinnlos.«

Sie schüttelte den Kopf. »Es ist immer das gleiche«, sagte

sie ernst. »Man hatte mir erklärt, hier würde es anders sein, und es war auch anders ... lange Zeit. Ich gehöre eigentlich nicht nach Deutschland, wissen Sie? Ich bin nur durch meine Ehe eine Brandt geworden. Als ich acht Jahre alt war, kam ich aus Rußland hierher.«

»Dann sind Sie ursprünglich Russin?«

Sie nickte. »Dort war es genauso. Sie nannten es Pogrom. Wir wußten nie, wann es passieren würde. Dann brachen wir auf ... ließen viel zurück ... und weg waren wir. Es ist also nichts Neues für mich, wenn es auch lange zurückliegt.«

»Diese grausamen Verfolgungen! Mir scheint das alles so sinnlos!«

»Es ist der Haß auf unser Volk.«

»Aber warum?«

»Das weiß nur der Himmel. Aber es ist immer so gewesen. Meine Familie glaubte, hier würde alles anders sein. Aber, wie Sie sehen, ist uns das Unglück gefolgt. Als wir nach Deutschland kamen ... ließen wir alles zurück. Ich war jung. Ich erinnere mich nicht genau. Es war eine lange Reise. Ich erinnere mich an eine Schubkarre. Wir brachten mit, was wir konnten. Wir waren so müde. Wir schliefen, wo wir ein Plätzchen fanden. Manche Leute waren freundlich zu uns. Ich weiß nicht mehr, wie lange es dauerte. Wenn man jung ist, vergißt man so viel. Das Gedächtnis hat Lücken. Man vergißt, was man nicht behalten will.«

»Regt es Sie auf, sich zu erinnern?«

Sie schüttelte den Kopf. »Es hilft mir«, sagte sie. »Was damals geschehen ist ... was jetzt geschieht. Das Leben läuft in einem Muster ab. Damals war der Anfang, und jetzt scheine ich dorthin zurückzukehren.«

»Es tut mir so leid.«

»Oh, so ist das Leben. Wir haben uns in Deutschland niedergelassen. Wir dachten, es ist ein gutes Land. Es sah so aus. Die Menschen, die hart arbeiteten, wurden belohnt. Mein Vater arbeitete als Schneider. Er war ein sehr guter Schneider. Er arbeitete schwer. Wir waren lange arm, aber irgendwann hatte er ein eigenes Geschäft. Dann zwei Geschäfte ... drei. Ich hatte Brüder. Wir arbeiteten alle zusammen. Eines Tages, als ich im Laden war, trat ein gutaussehender Mann ein. Mein Vater nähte ihm einen Anzug. Wir lernten uns kennen und verliebten uns ineinander. Es war der Großvater.«

»Und Sie waren damals glücklich?«

»Sehr glücklich. Ich zog mit ihm auf die Burg und bin nie mehr weggegangen. Zuerst war alles wunderbar, aber dann kam der Krieg. Das Leben wurde schwierig. Unglück und Niederlage. Wir waren nicht mehr reich. Aber wir blieben hier, und alles wurde besser. Wieder hatten wir Erfolg, und dann ...«

»Fingen diese Sachen an«, sagte ich. »Aber für Sie kamen sie nicht völlig unerwartet.«

Sie schüttelte den Kopf. »Ich habe darauf gewartet. Es ist anderen passiert. Mein Sohn glaubte, daß wir zu weit abseits leben würden, nicht wichtig genug wären. Wir haben niemandem erzählt, daß wir Juden sind. Jemand muß geredet haben.«

Ich wußte, wer. Else hatte es ihrem Liebhaber verraten. Ich sagte jedoch nichts, da das Mädchen noch im Haus war und ich die Großmutter nicht beunruhigen wollte.

»Ich möchte Ihnen sagen, wie froh ich bin, daß Sie Gretchen mitnehmen. Sie ist so ein liebes Mädchen ... ein gutes Mädchen. Und alle freuen sich sehr – mein Sohn und seine Frau –, daß der gute Edward sie lieb hat. Er wird für sie sorgen.«

»Ich wünschte, wir könnten Sie alle mitnehmen.«

Sie lachte. »Auch Sie sind ein gutes Mädchen. Ich wußte es gleich, als ich Sie zum erstenmal sah. Ihre Schwester ... Ihre Zwillingsschwester? Sie ist sehr attraktiv, aber leichtsinnig. Sie sind ein gutes, freundliches Mädchen. Es ist eine große Erleichterung für uns, daß Gretchen mitfahren darf.«

»Ich bin so froh, daß sie mitkommt.«

»Und der junge Mann ist ein anständiger Mann. Ernst, zuverlässig. Ich hoffe sehr, daß sich alles zum Guten wendet. Das alte Schicksal. Es begleitet uns durch die Jahrhunderte. Es ist unser Erbe. Und wer sind wir, daß wir es in frage stellen dürfen? Mein liebes Kind, ich werde an Sie denken und bin so dankbar, daß sie zu uns gekommen sind. Sie haben gesehen, was hier passiert ist, und Sie können Ihren Leuten zu Hause darüber berichten.«

Ich beugte mich zu ihr hinunter und küßte sie auf die Wange, und sie streckte eine Hand aus und berührte meine.

»Möge der Segen Gottes Sie begleiten«, sagte sie.

Als ich die Treppe herunterkam, fragte mich Frau Brandt: »Hat Großmutter mit Ihnen gesprochen?«

»Ja«, antwortete ich. »Es hat mich sehr berührt.«

»Hat sie von ihrer Kindheit in Rußland erzählt?«

»Ja.«

»Die arme Großmutter. Sie ist traurig wegen der Dinge, die jetzt geschehen. Sie dachte, sie hätte dies alles hinter sich, als sie vor Jahren ihre Heimat verließ. Und jetzt geht es wieder los. Wir haben schwere Jahre durchgemacht, und jetzt, wo wir wieder zu einigem Wohlstand gekommen sind, geschehen diese schlimmen Sachen. Wir sind Ihnen so dankbar, daß sie Gretchen mitnehmen.«

»Sie macht sich Sorgen, daß sie Sie zurücklassen muß.«

»Ja, armes Gretchen. Aber trotzdem möchte sie gehen. Wenn sie bliebe, wäre sie nicht glücklich ohne Edward.«

»Ich weiß.«

Ihre Augen glänzten hoffnungsvoll. »Und jetzt freuen wir uns für sie und sind Ihnen allen dankbar. Ich mache mir größere Sorgen um sie als um Kurt und Helmut. Die Jungen kommen besser zurecht.«

»Wir werden an Sie alle denken.«

»Ja, ich weiß. Es waren nicht nur Ferien hier bei uns, nicht wahr? Nicht nur ein kurzer Aufenthalt bei Freunden. Was gestern nacht geschah, ist von Bedeutung. Ich will nicht, daß Gretchen sich um uns sorgt. Unser Volk wird seit Hunderten von Jahren verfolgt. Das hat uns stark gemacht. Wir haben in der Vergangenheit gelitten, und wir werden in der Zukunft leiden. Aber wir werden überleben. Wir haben immer überlebt.«

Sie nahm mich in die Arme.

Sie hatte ja recht. Was geschah – so schockierend es auch war –, brachte uns einander näher.

Bald darauf riefen wir einander ein letztes Lebewohl zu und reisten ab.

Den Kanal überquerten wir in der Nacht. Die See war ruhig, und wir saßen in Decken gehüllt an der Reling.

Die Sterne funkelten am dunkelblauen Samthimmel. Es waren nur wenig Leute an Deck. Die meisten Passagiere blieben lieber unten. In meiner Nähe saßen Gretchen und Edward. Sie hatten ihre Stühle zusammengerückt, und ich sah, daß sie sich an den Händen hielten. Und nicht weit von uns entfernt saßen Dorabella und Dermot Tregarland. Zu ihrer Freude hatte sich Dermot uns angeschlossen.

So viel war in diesem kurzen Urlaub passiert. Große Gefühle waren im Spiel, man konnte es nicht übersehen. Vier Menschenleben hatten eine Wende genommen – fünf eigentlich, wenn ich mich mitzählte, denn was mit Dorabella geschah, berührte auch mich. Zwischen all den Häßlichkeiten und Schrecken war die Liebe erwacht.

Ich fühlte mich jedoch nicht zugehörig. Zu den Sternen hinaufblickend, spürte ich die Unendlichkeit des Universums. Einsam kam ich mir vor und irgendwie ausgeschlossen. Edward und Gretchen, Dorabella und Dermot.

War es Bestimmung? Würde die Liebe mich ewig übergehen?

Abenteuer in Cornwall

In London trennten wir uns von Dermot. Er fuhr zur Paddington Station, um seinen Zug nach Cornwall zu erwischen, und Dorabella, Edward, Gretchen und ich nahmen den ersten Zug nach Hampshire.

Von London aus rief ich zu Hause an, bat darum, jemand möge uns am Bahnhof abholen, und erwähnte, daß Gretchen bei uns sei.

Ich redete mit meinem Vater und war froh, daß er abgenommen hatte, denn er akzeptierte immer alles, was wir taten. Meine Mutter hätte Erklärungen verlangt.

»Wir sind wieder da, Daddy«, sagte ich.

»Wunderbar.« Wie immer, wenn ich weggewesen war, rührte mich seine Stimme. »Wann kommt ihr an, mein Schatz?«

Ich sagte es ihm.

»Daddy«, fuhr ich fort, »es ist noch jemand bei uns. Kurts Schwester. Wir möchten, daß sie für eine Weile bei uns bleibt. Aber ich erklär' euch alles, wenn wir zu Hause sind.«

»Gut«, sagte er. »Ich sag' deiner Mutter Bescheid. Ich kann es kaum erwarten, euch wiederzusehen. Ihr wart lange fort.«

Lächelnd legte ich auf. Was wir alles zu erzählen hatten!

Gretchen fragte ängstlich: »Hast du ihnen gesagt, daß ich dabei bin?«

»Natürlich.«

»Und ... haben sie was dagegen? Was hat deine Mutter gemeint?«

»Mein Vater war am Telefon. Er hat nur ›gut‹ gesagt. Wir haben oft Leute aus der Schule mitgebracht. Daran sind sie gewöhnt, nicht wahr, Dorabella?«

»O ja«, bestätigte sie. »Und sogar ohne Ankündigung. Es hat ihnen nie was ausgemacht.«

Ohne Dermot sah sie ein wenig verloren aus, obwohl sie verabredet hatten, sich bald wiederzusehen. Er würde von uns eine Einladung bekommen, und die würde bestimmt nicht lange auf sich warten lassen. Meine Eltern wären begierig darauf, ihn kennenzulernen.

Sie standen beide am Bahnhof, um uns abzuholen. Dorabella und ich stürzten auf sie zu, und wir umarmten uns, als wären wir monatelang getrennt gewesen. Meine Mutter hatte Tränen in den Augen.

»Ich bin so froh, daß ihr wieder zu Hause seid«, sagte sie. »Und wie gut ihr ausseht!« Sie sah Dorabella an, und ihre scharfen Augen bemerkten sofort, daß sich etwas ereignet hatte.

»Wir haben euch unheimlich viel zu erzählen!« rief ich.

»Fein«, sagte mein Vater. »Laßt uns erst mal das Gepäck einladen, und dann kann's gleich mit dem Erzählen losgehen!«

»Und das hier ist Gretchen, Kurts Schwester.«

»Hallo, Gretchen«, sagte meine Mutter. »Wie schön, daß Sie uns besuchen.«

Sie küßte Edward und sah ihm sofort an, daß er vieles auf dem Herzen hatte. Ihre Augen blitzten auf. Sie liebte es, ihrer Familie beizustehen und Einfluß zu nehmen, und Edward gehörte ja dazu.

Heimzukehren war wundervoll, war so wie früher, wenn wir aus dem Internat nach Hause kamen. Auch da hatte es immer viel zu berichten gegeben.

Und wie beruhigend es war, Caddington wiederzusehen. Alles wirkte so normal. Nichts Häßliches lauerte in den dunklen Ecken unseres Zuhauses.

Dorabella erzählte natürlich sofort, wir hätten den fantastischsten Mann aller Zeiten kennengelernt. »Du mußt ihn unbedingt einladen, Mummy. Er wird dir gefallen.«

Meine Mutter lauschte gespannt, und Dorabella schnatterte weiter. »Er lebt in Cornwall, und heißt Dermot Tregarland. Ein schöner Name, nicht wahr? Er ist unheimlich lustig, stimmt's Violetta? Wir fanden ihn wirklich sehr nett.«

»Was hat er in Deutschland gemacht?« fragte meine Mutter.

»Er ist gewandert.«

»Ihr habt ihn also auf der Burg kennengelernt.«

»Eigentlich nicht. Er übernachtete in der Stadt.«

»Ich freue mich drauf, alles über ihn zu erfahren. Er will uns besuchen, sagst du?«

»Er wird euch gefallen«, wiederholte Dorabella.

»Wann kommt er denn?«

»Ich dachte, wir sollten erst mit dir drüber sprechen.«

»Das freut mich aber sehr«, entgegnete meine Mutter und lächelte. Dann wandte sie sich Gretchen zu und erklärte, wie froh sie sei, daß ihre Familie es ihr erlaubt habe, uns zu besuchen.

Gretchen antwortete, es sei gütig von meiner Mutter, sie bei uns aufzunehmen.

Meine Mutter sagte nicht, daß man ihr keine Wahl gelassen habe. Einmal hatte sie sich bei meinem Vater beschwert, sie würde selten gefragt, wen wir mitbringen dürften, und fast immer stelle man sie vor vollendete Tatsachen. Darauf hatte er auf seine nachsichtige Art erwidert: »Aber Liebling, es ist doch ihr Zuhause!«

Als wir ankamen, bewunderte Gretchen das alte Gemäuer. Robert stürmte auf uns zu. Zu seinem Leidwesen würde er bald wieder ins Internat zurückkehren müssen. Er wurde Gretchen vorgestellt.

»Kurts Schwester«, sagte er. »Und wo ist Kurt? Warum habt ihr ihn nicht mitgebracht?«

»Wie war's in Devon?« fragte ich.

»Toll«, sagte er. »Aber ich wäre lieber in Deutschland gewesen. Ihr habt bestimmt viel Spaß gehabt.«

Also, jetzt waren wir wirklich wieder daheim.

Kaum war ich in meinem Zimmer, tauchten meine Eltern auf. Ich hatte sie schon erwartet. Sie wollten mehr über den jungen Mann erfahren, für den Dorabella so schwärmte.

Ich erzählte ihnen rasch, was geschehen war: wie wir Dermot kennengelernt hatten, wie er uns gerettet hatte, als wir uns im Wald verliefen, und was dann in der Gaststube geschehen war – der Grund, weshalb Gretchen uns begleitete.

Sie waren ziemlich schockiert.

»Der arme Edward«, sagte meine Mutter. »Er scheint das Mädchen sehr gern zu haben.«

»Das kommt alles so plötzlich ...«, sagte mein Vater.

»Solche Dinge geschehen«, warf meine Mutter ein. »Edward hat sie ja früher schon besucht, und sie ist schließlich Kurts Schwester. Früher oder später hätte er ohnehin geheiratet. Aber was ist mit Dorabella? Sie ist doch noch so jung.«

»Wir sind gleichaltrig«, erinnerte ich sie.

»Ja, aber sie wirkt immer jünger als du. Und sie läßt sich so leicht beeindrucken.«

»Wahrscheinlich ist die Sache schnell wieder vergessen«, meinte mein Vater.

»Violetta, was hältst du denn von der Geschichte?« bohrte meine Mutter weiter. »Du hast doch schon einige Male Ähnliches mit ihr erlebt ...«

»Ich glaube, dieses Mal ist es anders – ist es mehr.«

»Wirklich? Und was hältst du von dem jungen Mann?«

»Er ist sehr nett, sehr charmant. Immerhin hat er sich bemüht, uns aus dem Wald herauszuführen.«

Nun wollten sie Genaueres über das Abenteuer wissen.

»Das scheint ja ein ziemlich gefährlicher Ort zu sein«, sagte meine Mutter stirnrunzelnd, nachdem ich berichtet hatte.

»Zuerst schien alles so idyllisch, bis diese Sachen passierten. Dann wurde es gräßlich. Das ist aber jetzt in Deutschland nichts Ungewöhnliches mehr.«

Ich merkte, daß sich ihre Gedanken nur um Dorabella drehten.

»Wir werden den jungen Mann sobald wie möglich zu uns bitten«, sagte meine Mutter. »Dann erst können wir sehen, was von ihm zu halten ist.«

»Vielleicht hat sich Dorabella bereits entschieden, ihn zu heiraten«, mutmaßte mein Vater.

»Wie wir aus Erfahrung wissen, ändert sie schnell ihre Meinung.«

In diesem Augenblick stürzte Dorabella ins Zimmer.

»Ich wußte, daß ich euch hier finden würde ... Auskünfte einholen bei der vernünftigen Violetta. Und was hat sie euch erzählt?«

»Die Abenteuer, die ihr in Deutschland erlebt habt«, antwortete mein Vater.

»Ach, es war wunderbar, bis das Theater losging und die schöne Zeit zu Ende war. Dermot hat sich fantastisch verhalten, nicht wahr, Violetta? Wie er uns da rausholte! Und aus dem Wald hat er uns auch gerettet!«

»Er war ein ritterlicher Held«, sagte ich.

»Er ist einfach wundervoll. Wartet nur, bis ihr ihn kennenlernt!«

»Ich schlage vor, wir warten nicht allzu lange«, sagte meine Mutter. »Wir laden ihn bald ein.«

Dorabella umarmte sie.

»Du wirst ihn mögen! Wirklich! Ich habe noch nie einen Menschen wie ihn gekannt. Er ist Daddy unheimlich ähnlich!«

Mein Vater war gerührt. Aber meine Mutter hatte wohl eher den Eindruck, es mal wieder mit einer von Dorabellas vorübergehenden Schwärmereien zu tun zu haben.

Edward fuhr mit Gretchen zu meinen Großeltern, bei denen er sich ebenso zu Hause fühlte wie bei uns, denn meine Mutter war erst sechzehn gewesen, als sie ihn mitgebracht hatte, und eigentlich war er bei ihrer Mutter, unserer Großmutter, aufgewachsen.

Wenige Wochen nach unserer Rückkehr besuchte uns Dermot Tregarland. Menschen wirken in neuer Umgebung manchmal ganz anders, und ich war neugierig, ob dies auch auf ihn zuträfe, doch gab er sich auch in Carrington so hinreißend und charmant wie im Bayerischen Wald.

Er interessierte sich für unser Haus, das er natürlich mit seinem verglich. Es gäbe viele Ähnlichkeiten, erklärte er und äußerte gleichzeitig die Hoffnung, daß wir ihn bald in Cornwall besuchen würden.

Inzwischen war es Mitte September geworden. Dermot

blieb zwei Wochen bei uns, und während dieser Zeit kamen meine Eltern zu der Erkenntnis, daß er für ihre Tochter eine geeignete Partie wäre.

Er lernte Leute aus der Nachbarschaft kennen – unseren Arzt und seine Familie sowie den Pfarrer samt Anhang –, und obwohl noch niemand von einer Verlobung gesprochen hatte, betrachtete man ihn als Dorabellas Zukünftigen.

Dorabella war ganz aus dem Häuschen. Sie strahlte vor Glück, was sie noch schöner machte.

Im Gegensatz zu ihrer Ausgelassenheit fühlte ich mich ziemlich niedergeschlagen. Neben ihr kam ich mir glanzlos vor; am liebsten wäre mir gewesen, wenn alles so geblieben wäre wie vorher, als wir noch zur Schule gingen. Es gefiel mir nicht, daß sie mich kaum noch brauchte. Jemand anderes stand ihr jetzt näher. Dorabella war verliebt. Natürlich wußte ich, daß meine Eltern mich sehr liebten, aber das war nicht das gleiche.

Vielleicht war ich neidisch. Wenn Dorabella früher mehr beachtet worden war, hatte ich das akzeptiert; ich besaß eben nicht ihren Charme. Ich hatte mich sogar gefreut, daß sie so beliebt war, obwohl es mir manchmal schon ein bißchen auf die Nerven ging, immer die Vernünftige zu sein, diejenige, die die Verantwortung übernahm, die für Dorabella da zu sein hatte, wenn sie Hilfe brauchte.

Es war meine Aufgabe gewesen, mich um sie zu kümmern, und wenn ich mich manchmal auch darüber beschwerte, wollte ich in Wirklichkeit nicht, daß sich daran etwas änderte.

Oft dachte ich an den Augenblick, als Elses Freund plötzlich aufgesprungen war und mit dem Krach begonnen hatte. Danach war nichts mehr wie vorher gewesen, so schien es mir.

Aber das war natürlich Unsinn. Was mit Dorabella geschah, wäre in jedem Fall passiert. Es hatte nichts mit dem Krawall zu tun. Dorabella hatte Dermot bereits vorher kennengelernt. Und selbst, wenn sie ihn nicht getroffen hätte, wäre irgendwann ein anderer gekommen.

Doch die Dinge, die geschehen waren, hatten mir deutlich gemacht, daß es Böses gab auf der Welt, dem man nicht entrinnen konnte. Bisher hatte ich nie darüber nachgedacht.

Ein Besuch bei Dermot wurde geplant. Zum Ärger meines Bruders beschloß meine Mutter, nicht bis Weihnachten damit zu warten. Er erklärte, schon wieder verderbe ihm die verflixte Schule jeden Spaß.

Im Oktober machten wir uns auf die Reise – meine Eltern, Dorabella und ich. Wir übernachteten im Londoner Stadtteil Westminster im Haus meiner Großeltern, in dem jetzt Onkel Charles wohnte. Meine Großeltern lebten meist auf ihrem Landsitz, fuhren aber extra nach London, um sich mit uns zu treffen. Edward und Gretchen blieben auf Marchlands. Ob Gretchen den Epping Forest mit dem Bayerischen Wald verglich?

»Was für ein nettes Mädchen sie doch ist«, sagte meine Großmutter. »Findest du nicht auch, Lucinda?«

Meine Mutter stimmte ihr bei.

Onkel Charles und seine Frau Sylvia interessierten sich sehr für Politik, und als Abgeordneter wußte mein Onkel viel besser über das Weltgeschehen Bescheid. Er murmelte, ihm gefiele das Getöse, das dieser Hitler mache, durchaus nicht.

Aber wir waren alle viel zu aufgeregt über unseren bevorstehenden Besuch in Cornwall, als daß wir dieser Bemerkung Beachtung geschenkt hätten, und am folgenden Tag fuhren wir zum Bahnhof Paddington und in den Westen des Landes.

Es war eine lange Reise durch Wiltshire mit seinen prähistorischen Stätten und durch Devon mit seiner roten Erde, wo der Zug an der Küste entlang und über den Tamar nach Cornwall hineinfuhr. Bald danach erreichten wir unser Ziel.

Dermot erwartete uns auf dem Bahnsteig.

Er und Dorabella fielen sich in die Arme, dann begrüßte er den Rest von uns. Sein Auto stand vor dem Bahnhof, und er rief einen Kofferträger herbei, der mit einem Finger an seine Mütze tippte und unser Gepäck zum Wagen schleppte.

»Ja, Mr. Tregarland, Sir«, sagte er mit seinem kornischen Akzent. »Das überlassen Sie am besten mir, Sir.«

Das Gepäck wurde im Kofferraum verstaut, und dann fuhren wir los.

»Wie schön, Sie hier zu haben«, sagte Dermot.

Mein Vater saß vorne neben ihm, meine Mutter mit Dorabella und mir hinten.

»Wir freuen uns, in Cornwall zu sein«, entgegnete mein Vater. Er schnupperte gut gelaunt. »Wunderbare Luft.«

»Die beste der Welt, sagen wir, Sir«, erklärte Dermot, die Sprechweise des Kofferträgers imitierend. »Sie wissen ja, wie die Leute sind. Das, was sie selbst haben, ist immer das Beste. Sie reden es sich ein.«

»Keine schlechte Idee«, sagte meine Mutter. »Es sorgt für Zufriedenheit.«

»Ich kann es nicht erwarten, das Haus zu sehen«, mischte sich Dorabella ein.

»Mußt du aber, meine Liebe«, sagte Mutter. »Aber nicht mehr sehr lang. Wie lang, Dermot?«

»Etwa zwanzig Minuten«, antwortete er.

»Es scheint hier alles gut zu wachsen«, bemerkte mein Vater.

»Wir bekommen viel Regen ab und wenig Frost. Es ist schon ein recht gemütliches Eckchen. Aber es kann auch gewaltige Stürme geben. Einiges erinnert mich hier an den Bayerischen Wald, obwohl er doch ganz anders ist. Dort haben sie ihre Zwerge, Elfen und Drachen, aber ich kann Ihnen sagen, auch wir haben unsere übernatürlichen Wesen, die manchmal besänftigt werden müssen. Piskies, Knackers und vor allem ›die mit den Zauberkräften‹, wie wir sie nennen. Sie können einem die schlimmsten Dinge antun, wenn sie einen nur anschauen.«

»Wie unheimlich«, sagte meine Mutter lachend.

»Machen Sie sich keine Sorgen! Ignorieren Sie sie einfach, dann tun sie's auch. Nur Leute, die sie suchen, erleben unangenehme Überraschungen.«

»Klingt faszinierend«, meinte Dorabella.

Dermot wandte den Kopf und lächelte meine Schwester an.

Wir fuhren durch ein Dorf mit kleinen grauen Steinhäusern und einem einfachen, ziemlich streng aussehenden Bau, den ich für eine Kirche hielt.

Die Baumwipfel berührten sich fast über der Straße und bildeten ein Dach, unter dem wir durchfuhren. Alles war saftig grün. Die Schönheit der Landschaft glich den Mangel an architektonischen Besonderheiten aus.

Dann sah ich das Meer und schwarze Felsen, an denen sich die Wellen in gleichmäßigem Rhythmus brachen. Weiße Gischt spritzte hoch in die Luft.

»Jetzt ist es nicht mehr weit«, sagte Dermot. »Dort unten« – er deutete mit einer Kopfbewegung die Richtung an – »liegt die kleine Stadt. Ein Fischerdorf eigentlich ... nicht viel mehr. Der Fluß teilt es in West und East Poldown. Eine fünfhundert Jahre alte Brücke verbindet beide Teile. Es gibt eine Kirche und einen Marktplatz und natürlich den Kai, wo man die Fischer beim Flicken ihrer Netze oder dem Einbringen ihres Fangs beobachten kann, während ihre Boote auf dem Wasser schaukeln. Wir fahren jetzt aber nicht in die Stadt. Es ist nur noch eine halbe Meile bis zu unserem Haus, und von dort können wir den Ort von den Fenstern aus überblicken.«

Wir fuhren bergauf, und plötzlich lag das Herrenhaus vor uns. Es sah beeindruckend aus, wie es da auf dem Klippenrand hockte, und tatsächlich hatte es eine gewisse Ähnlichkeit mit Caddington; sicher war es etwa um die gleiche Zeit gebaut worden. Dorabella wird von einem alten Gemäuer ins nächste ziehen, ging es mir durch den Sinn.

»Es ist wunderbar!« rief Dorabella aus. »Dermot, du hast mir nicht gesagt, wie wunderschön es ist.«

»Ich freue mich, daß es dir gefällt«, erwiderte er. »Als ich euer Haus sah, war ich auch sehr beeindruckt und fragte mich, was du von unserem halten würdest.«

Wir alle murmelten anerkennende Worte, und ich verkniff mir die Bemerkung, daß es etwas Bedrohliches an sich hätte. Ich verbannte den Gedanken auch gleich wieder aus meinem Kopf. Sicher hatte es damit zu tun, daß ich seit dem Vorfall in der Burg alles mit Skepsis betrachtete. Außerdem entfernte mich das neue Heim noch einen Schritt weiter von Dorabella.

Eine Auffahrt führte am Pförtnerhäuschen vorbei in den Hof.

»Da sind wir«, sagte Dermot, nachdem wir ausgestiegen waren. »Kommen Sie rein! Jemand wird sich um das Gepäck kümmern. Ah, da bist du ja, Jack!«

Ein Mann kam auf uns zu. Auch er tippte an seine Mütze.

»Nimm die Koffer, Jack! Tess wird dir zeigen, wo sie hin sollen.«

»Ja, Sir«, sagte der Mann.

Wir betraten eine Halle mit Steinfußboden und einer hohen Gewölbedecke, unter der unsere Schritte hallten. An den Wänden hing die übliche Waffensammlung – wie bei uns in Caddington –, um zu zeigen, daß die Familie ihr Land stets treu verteidigt hatte. Jedenfalls hatte ich es mir immer so erklärt. Hunderte von Herrenhäusern in ganz England glichen sich aufs Haar.

Am Ende der Halle kam eine Frau die Treppe herab. Sie trug ein hellblaues Baumwollkleid mit weißem Kragen und weißen Manschetten. Ich wußte, wer es war, bevor Dermot uns bekanntmachte, denn er hatte uns den Haushalt ja bereits beschrieben.

Das konnte nur Matilda Lewyth sein, die sich seit dem Tod von Dermots Mutter – seit seinem fünften Lebensjahr – um alles kümmerte. Sie war die Haushälterin, galt aber nicht als solche, weil sie eine entfernte Verwandte war. Vielleicht hatten sie finanzielle Schwierigkeiten gezwungen, als Witwe mit Gordon, ihrem Sohn, in dieses Haus zu ziehen, um Dermots Vater auszuhelfen. Sie war geblieben und hatte – nun schon seit mehr als zwanzig Jahren – zur Zufriedenheit aller den Haushalt geführt. Wir alle wußten, wer Matilda Lewyth war.

Sie begrüßte uns jetzt als Gastgeberin.

»Wir freuen uns so, daß Sie gekommen sind«, sagte sie. »Dermot hat uns viel von Ihnen erzählt. Und dies ist Miss Denver ...«

»Dorabella«, sagte meine Schwester. »Und ich weiß, Sie sind Mrs. Lewyth.«

»Und Sir Robert und Lady Denver«, wandte sich Mrs. Lewyth an meine Eltern. »Und ...«

»Violetta«, stellte ich mich vor.

»Violetta ... Dorabella ... was für hübsche Namen!«

Wir erklärten ihr die Sache mit den Opern, und sie lachte ein wenig. »Was für eine romantische Idee! Wir sind so froh, daß Sie so weit zu uns gereist sind. Dermots Vater werden Sie beim Dinner kennenlernen. Er leidet an Gicht und muß oft in seinem Zimmer bleiben. Aber er freut sich sehr darauf, Sie zu begrüßen. Wir müssen jedoch behutsam mit ihm umgehen. Er ist sehr gebrechlich. Und dann ist da auch noch mein Sohn, Gordon. Er ist hier aufgewachsen, kümmert sich um die Geschäfte und hat alles im Griff.« Sie lächelte etwas gequält. »Er und Dermot ... beide kümmern sich darum«, fügte sie rasch hinzu.

Sie wandte sich wieder Dorabella zu. »Dermot hat Ihnen sicher eine Menge von der Familie erzählt.«

»O ja«, antwortete Dorabella. »Er hat von Ihnen allen gesprochen.«

»Und jetzt sind Sie bestimmt müde. Es war eine lange Fahrt. Würden Sie sich gern ein bißchen ausruhen?«

»O nein!« rief Dorabella. »Ich bin viel zu aufgeregt!«

Mrs. Lewyth lächelte nachsichtig und sah meine Eltern an.

»Wir sind nicht müde«, sagte meine Mutter. »Und natürlich freuen wir uns sehr darauf, alle kennenzulernen.«

»Nun gut, ich lasse Sie auf Ihre Zimmer bringen. Sie können sich waschen, vielleicht auspacken, und dann kommen Sie einfach runter, und wir setzen uns vor dem Essen zusammen und nehmen einen Drink zu uns.« Sie blickte auf ihre Uhr. »Ich werde das Essen etwas vorverlegen lassen, aber dafür sorgen, daß noch Zeit genug für ein Plauderstündchen ist.«

Wir wurden zu unseren Zimmern geführt. Das Haus war so groß, daß genügend Gästezimmer vorhanden waren; Dorabellas und meines lagen nebeneinander.

Ich stand in der Mitte des Raumes und sah mich um. Mein Koffer stand schon da. Es war ein großes Zimmer mit hoher Decke. Die Fenster waren bleigefaßt und die Vorhänge aus schwerem dunkelblauem Samt. Es war kostbar möbliert mit einem Himmelbett, einem mächtigen, kunstvoll geschnitzten Schrank, einer Truhe, auf der zwei glänzend polierte Kerzenhalter standen, einer Frisierkommode mit Kippspiegel, zwei Sesseln, zwei Stühlen und einem Tisch mit Waschschüssel und Wasserkrug. Durch die kleinen Fensterscheiben drang nicht viel Licht ins Zimmer, das voller Schatten zu sein schien. Wie viele Menschen hatten wohl hier schon geschlafen? Welche Tragödien oder Komödien hatten sich innerhalb dieser vier Wände wohl abgespielt? Ich merkte, daß meine Phantasie mal wieder mit mir durchgehen wollte und sagte mir, daß ich das schreckliche Erlebnis in der Burg endlich vergessen müsse.

Schnell packte ich meinen Koffer aus, wusch mich, zog ein dunkles Kleid an und setzte mich vor den Spiegel, um mir die Haare zu kämmen. Der Spiegel war vielleicht zweihundert Jahre alt und das Glas ein bißchen fleckig. Es verzerrte meine Gesichtszüge so, daß sie nicht mehr die meinen zu sein schienen.

Was war los mit mir? Überall vermutete ich Böses. Wenn ich die schrecklichen Erinnerungen doch endlich aus meinem Kopf verbannen könnte! Immer wieder sah ich Elses Liebhaber vor mir, wie er aufsprang und brüllte – wie ein Raubtier, ohne Verstand, sinnlosen Haß im Blick, grausam, kalt und erbarmungslos.

Matilda Lewyth schien eine freundliche Frau zu sein. Das Haus war prachtvoll – sehr alt. Auch Caddington, mein Elternhaus, war alt. Doch ich spürte dort die Vergangenheit nicht so deutlich wie hier, obwohl es auch seine Geschichte hatte. Die Anwesenheit meiner liebevollen Eltern verbannte alles Bedrohliche und Gespenstische.

Trotzdem konnte ich dieses alberne, bedrückende Gefühl nicht abschütteln, auch wenn ich mir unentwegt sagte, es sei nur auf das unglückselige Erlebnis in Deutschland zurückzuführen.

Es klopfte an die Tür, und ohne auf meine Antwort zu warten trat Dorabella ein.

Sie hatte ein blaues Kleid angezogen und sah sehr schön aus.

»Ach, Vee!« rief sie. »Ist es nicht aufregend?«

Ich konnte ihr nur beistimmen.

Ein Mädchen kam, um uns hinunterzuführen; sie heiße Myrtle, sagte sie. Mit ihren schwarzen Augen und schwarzen Haaren sah sie wie eine Spanierin aus. Ihre Schwester Tess arbeite auch im Hause erklärte sie mit starkem kornischem Akzent, was melodisch klang, aber nicht leicht zu verstehen war.

Wenn wir irgendwas wollten, würde sie oder Tess es uns bringen.

»Sie brauchen's nur zu sagen, Miss«, versicherte sie Dorabella.

Wir dankten ihr. Ich bemerkte, wie ihre lebhaften Augen Dorabella eingehend musterten, während sie mich nur kurz streiften.

Wir wurden eine Treppe hinuntergeleitet, einen Korridor entlang und dann eine weitere Treppe hinab.

»Das wär' das Punschzimmer«, sagte Myrtle. »Das wär', wo Mrs. Lewyth auf Sie warten tut.«

Sie öffnete eine Tür, und wir traten ein.

Matilda Lewyth erhob sich und kam auf uns zu. Neben ihr saß ein Mann im Lehnstuhl, und ich nahm an, daß es Dermots Vater war. Er sah ziemlich alt aus. Eines seiner Beine war bandagiert.

Dann kam uns auch Dermot lächelnd entgegen.

»Bitte treten Sie näher«, sagte Mrs. Lewyth. »James ...« Sie wandte sich an den Mann im Lehnstuhl. »Das sind die jungen Damen.«

Wir gingen zu ihm hin. Er mußte zwischen sechzig und siebzig sein und musterte uns mit einem durchdringenden Blick – sehr lebendig, sehr schlau. Fast hatte ich das Gefühl, daß er sich ein wenig über uns lustig machte, denn sein Kinn zitterte, als ob es ihm schwerfiele, sich ein Lachen zu verkneifen.

Dermot hatte sich zwischen uns gestellt und legte die Arme um unsere Schultern.

»Vater«, sagte er. »Das hier ist Violetta, und das Dorabella.«

Der Blick des alten Mannes lag abschätzend auf Dorabella, und zwar ziemlich lüstern, wie ich fand. Oder war es anerkennend?

»Meine Lieben«, sagte er mit sonorer Stimme, »Sie müssen mir verzeihen, daß ich nicht aufstehen kann. Diese teuflische Gicht – setzt einen immer wieder außer Gefecht!«

»Es war so freundlich von Ihnen, uns einzuladen«, sagte Dorabella. »Wir sind unheimlich aufgeregt.«

Seine Augen ruhten jetzt auf mir.

»Zwillingsschwestern«, sagte er. »Interessant. Sie müssen mir mehr von sich erzählen ... irgendwann ...«

Matilda Lewyth näherte sich.

»Bitte setzen Sie sich und sagen Sir mir, was Sie trinken möchten. Dorabella, Sie setzen sich zu Mr. Tregarland. Violetta ... Sie hierher.«

Meine Eltern traten ein.

»Ich bin froh, daß sie das nette Mädchen geschickt haben, um uns nach unten zu begleiten«, sagte meine Mutter. »Wir hätten uns sonst verlaufen.«

Ich beobachtete, wie meine Eltern Mr. Tregarland vorgestellt wurden und wie sehr er sich für sie zu interessieren schien.

Als wir alle saßen, bekamen wir unsere Drinks, und dann unterhielten wir uns so förmlich wie es meist der Fall ist, wenn sich Leute zum ersten Mal begegnen. Die Unterschiede zwischen Hampshire und Cornwall wurden besprochen, die Reise, der Zustand der Regierung – und dabei überlegte ich mir ununterbrochen, was der alte Mr. Tregarland und Mrs. Lewyth wirklich von uns dachten und ob sie Dorabella tatsächlich so gern in die Familie aufnehmen würden, wie sie es uns zu verstehen gaben.

Dann trat Gordon Lewyth ein.

Ich wußte natürlich, wer er war, weil Dermot uns erklärt hatte, wer alles zum Haushalt gehörte und ihn mehr als einmal erwähnt hatte. Aber auf einen solchen Mann war ich nicht vorbereitet gewesen.

Er war groß, mindestens einsneunzig, was achtunggebietend wirkte, und hatte dunkle Haare. Außerdem hatte er breite Schultern, was die respekteinflößende Wirkung noch verstärkte.

Matilda Lewyth sprang auf und rief: »Gordon, mein Lieber!« Sie ging ihm entgegen, und er küßte sie leicht auf die Wange. »Unsere Gäste«, fügte sie hinzu.

Er schüttelte erst meinem Vater und dann meiner Mutter die Hand.

»Das sind die Zwillinge – Violetta und Dorabella«, fuhr Mrs. Lewyth fort.

Sein Händedruck war kräftig und fest.

»Wir freuen uns, Sie kennenzulernen«, sagte er.

Wollte er mit dem ›wir‹ wie ein Mitglied der königlichen Familie klingen? War er arrogant? Mir kam es jedenfalls so vor. Er behandelte uns zwar höflich, aber unsere Anwesenheit schien ihm ziemlich gleichgültig zu sein.

»Das Dinner ist angerichtet«, sagte Mrs. Lewyth. Wie es schien, hatten wir nur auf ihn gewartet.

»Dann gehen wir doch gleich hinein«, erwiderte er.

Ich bemerkte, daß er Dorabella betrachtete. Es schien sie ein wenig nervös zu machen, aber es schmeichelte ihr auch ganz offensichtlich, von ihm beachtet zu werden. Wahrscheinlich interessierten ihn jedoch weniger ihre Reize als die Frage, was dieses neue Mitglied für die Familie bedeuten würde.

Wir gingen ins Eßzimmer. Dorabella wurde zwischen Dermot und seinen Vater plaziert. Neben mir saß Gordon und auf der anderen Seite von ihm meine Mutter.

Ich bemerkte seine kräftigen Hände. Seine Ausstrahlung war die eines starken Mannes, und ich fragte mich, welche Stellung er hier tatsächlich einnahm. Es stimmte, Matilda Lewyth wurde wie ein Mitglied der Familie behandelt. Vielleicht waren sie arm, und es war deshalb für ihn so wichtig, sich Geltung zu verschaffen. Man merkte es kaum, aber es war zu spüren.

Und was für eine Position nahm er nun wirklich in diesem Haus ein? Er war der Sohn der Haushälterin, gewiß, doch verwaltete er auch den Besitz – gemeinsam mit Dermot. Wäre ich nicht bereits unterrichtet worden, hätte ich ihn für den Hausherrn gehalten.

Zunächst unterhielt er sich mit meiner Mutter und wandte sich dann pflichtschuldigst an mich. Er erkundigte sich nach Caddington und unserem Gut.

»Vermutlich ähneln sich alle Herrenhäuser irgendwie«, sagte ich.

Er antwortete, möglicherweise sei dies der Fall. Aber in verschiedenen Teilen des Landes gebe es doch sicher unterschiedliche Vorgehensweisen. Zum Beispiel brächten bestimmte Wetterverhältnisse Gefahren, aber auch Vorzüge mit sich. Es sei erstaunlich, wie diese landesweit voneinander abwichen.

»Es gibt Regenfälle, die große Schäden anrichten und gleichzeitig ein Segen sind. Entlang der Küste toben manchmal heftige Stürme.«

»Die Besitzung ist wohl sehr groß?«

»Im Vergleich zu manchen anderen nicht. In diesem Teil des Landes würde man sie allerdings groß nennen. Sie erstreckt sich landeinwärts. So nah am Meer zu liegen, hat seine Tücken.«

»Ist es sehr einsam hier?«

»Eigentlich nicht. Poldown, das kleine Fischerdorf – eine Miniaturstadt – ist nicht weit.«

»Ich glaube, man kann es vom Fenster aus sehen.«

»Richtig.«

»Ich würde das Dorf gern kennenlernen.«

»Ich bezweifle, daß Sie etwas Interessantes finden werden. Sie fahren sicher häufig nach London?«

»Na ja ... ab und zu. Mein Onkel hat ein Haus in Westminster. Wenn wir in die Stadt fahren, übernachten wir dort. Meistens bleiben wir aber auf dem Land. Meine Schwester und ich haben erst kürzlich die Schule verlassen. Wir waren deshalb in den letzten Jahren nur selten zu Hause.«

»So, so. Sie wollten wissen, ob wir einsam sind, und die Antwort ist nein. Die Besitzung dehnt sich fächerförmig aus, verstehen Sie? Vielleicht auf der Binnenlandseite, da kann es ein wenig einsam sein. Man muß lange reiten, bevor man einem Menschen begegnet. Aber an unsere Ländereien grenzt ein anderer Besitz – der von Jermyns.«

»Aha.«

»Leider stehen wir nicht auf gutem Fuß mit ihnen. Die Familien konnten sich nie leiden. Vor Generationen schon gab es mal irgendwelche Streitigkeiten. Ich weiß nicht genau, worum es dabei ging. Es war lange vor meiner Zeit. Jedenfalls verkehren die Tregarlands und die Jermyns nicht miteinander.«

»Eine Art Capulet- und Montague-Affäre?«

»Kann sein.«

»Solche Feindschaften entstehen oft aus nichtigem Anlaß. Dann heiratet die Tochter des einen Hauses den Sohn des anderen, und alle sind glücklich für immer und ewig.«

»Ich könnte mir vorstellen, daß es in diesem Fall genau umgekehrt war: erst die Hochzeit, dann die Familienfehde.«

Ich lachte. »Die Jermyns werden wir also nicht kennenlernen?«

»Ich kann Ihnen versichern, daß sie nicht eingeladen werden.« Er sah mich scharf an. »Sie und Ihre Schwester sind also Zwillinge?«

»Ja.«

»Eine geringfügige Ähnlichkeit ist vorhanden.«

»Ich finde, wir sehen uns sehr ähnlich, und Sie sagen ›geringfügig‹!«

»Ja, ich wiederhole – geringfügig.«

Ich dachte sofort: er meint, ich bin nicht so attraktiv wie Dorabella und findet mich langweilig.

Danach konzentrierte ich mich auf mein Essen, und er wandte sich wieder meiner Mutter zu.

Während der Mahlzeit fielen kaum noch Worte zwischen uns, und nach dem Dinner gingen wir in den Salon, wo Kaffee serviert wurde. Nach ungefähr einer Stunde flüsterte Mrs. Lewyth meiner Mutter zu, wir müßten nach der langen Fahrt doch müde sein und würden sicher gern frühzeitig zu Bett gehen.

Meine Mutter sagte, das sei eine gute Idee. Damit war die Party zu Ende, und wir gingen auf unsere Zimmer.

In meinem brannte ein Feuer, und das unheimliche Gefühl, das mich bei meiner Ankunft beschlichen hatte, verstärkte sich. Ich ging ans Fenster und zog die Vorhänge zurück. Der Mond schien hell und zog eine lange Spur übers Wasser. Von ferne hörte ich das leise Murmeln der See, die sich tief unten an den Felsen brach.

Ich drehte mich um. Die Vorhänge wollte ich nicht wieder zuziehen, um mich nicht eingesperrt zu fühlen.

Gleich würde sich die Tür öffnen, vermutete ich, und Dorabella auftauchen. Ich hatte recht.

Sie sah wunderschön aus in ihrem blauen Seidennachthemd und Negligé, die Haare lockig über die Schultern fallend.

Lächelnd lehnte sie an der Tür.

»Du brauchst gar nicht so erstaunt dreinzusehen«, sagte sie. »Du wußtest doch, daß ich noch bei dir reinschauen würde. Und wie findest du's hier?«

»Interessant.«

»Nur interessant? Es ist doch schlichtweg faszinierend, alle kennenzulernen …«

»Für dich natürlich, da du dazugehören willst. Stell dir vor – als Herrin des Hauses!«

»Es ist Caddington ziemlich ähnlich, nicht wahr? Bis auf das Meer. Das gibt es bei uns nicht.«

»Und die Hausbewohner auch nicht. Wie findest du *die*?«

»Also … was hältst du von *ihm*?«

»Da nicht nur einer der Anwesenden männlichen Geschlechts war – was halte ich von wem?«

»Gordon Lewyth natürlich!«

»Ich kenne ihn nicht gut genug, um mir ein Urteil bilden zu können.«

»Du machst mich wahnsinnig! Alles muß immer so genau sein. Ich meine, was für einen Eindruck hast du von ihm?«

»Ich glaube, er möchte allen klarmachen, daß er nicht nur der Sohn der Haushälterin ist.«

»Matilda kann man auch schlecht als Haushälterin bezeichnen.«

»Auch über sie weiß ich nicht genug. Es ist alles so ungewöhnlich.«

»Ach, ich finde alles ziemlich eindeutig. Sie kam mit ihrem Sohn ins Haus, als Dermots Mutter starb. Wahrscheinlich, um seinem Vater eine Art Gefallen zu tun. Sie gehörten schließlich zur Familie. Arme Verwandte, denke ich. Mir gefällt sie. Dir nicht? Was ihn betrifft – Gordon, meine ich –, also ich finde ihn interessant. Und außerdem …« Sie kicherte. »Ich glaube, ich gefalle ihm.«

»Hast du vor, deine Gunst zu verlagern?«

»Sei nicht albern!«

»Wenn du erst mal verheiratet bist, mußt du vernünftig sein.«

»Verstehst du keinen Spaß mehr? Ich hab' doch nur gesagt, ich glaube, daß ich ihm gefalle … und daß er sich für mich interessiert.«

»Logisch, daß er sich für jemanden interessiert, der in die Familie einheiratet.«

Sie sah mich irritiert an, und ich fühlte mich nicht wohl in meiner Haut. Sie hatte sich in Windeseile in Dermot verliebt. Ob sie sich ebenso schnell wieder entlieben konnte? Es war absurd. Schon immer war sie für Schmeicheleien empfänglich gewesen und hatte es genossen, bewundert zu werden. Deshalb legte sie Gordons Interesse natürlich auch als Bewunderung aus.

»Ich glaube, dem Vater habe ich auch gefallen. Er meinte, es würde ein Vergnügen sein, ein so hübsches junges Mädchen im Haus zu haben.«

»Du hast also auf deine zukünftige Familie einen guten Eindruck gemacht.«

»Ich glaube schon. Dermot möchte im Frühjahr heiraten. Hältst du das für eine gute Idee?«

»Ich finde es ein wenig überstürzt. Hast du schon mal daran gedacht, daß du ihn vor einem Jahr noch gar nicht kanntest?«

»Was hat denn das damit zu tun?«

»Einiges, würde ich sagen. Über Leute, mit denen man den Rest seines Lebens verbringen will, möchte man doch ziemlich gut Bescheid wissen, oder etwa nicht?«

»Dermot und ich wissen eine Menge voneinander.«

»Und trotzdem will er dich heiraten?« neckte ich sie.

»Mach keine Witze! Ich glaube, wir werden ein aufregendes Leben führen. Irgendwie hatte mir ein bißchen vor Cornwall gegraut. Ich wußte ja nicht, wie es hier sein würde. Aber sie haben mich so freundlich aufgenommen – Matilda und ... Dermots Vater.«

»Und Gordon Lewyth«, bemerkte ich.

Sie runzelte die Stirn. »Bei ihm bin ich mir nicht so sicher. Er ist schwer zu durchschauen. Ich glaube, er interessierte sich für mich, aber ...«

Ich lachte. »Wenn sich Dermots Vater einverstanden erklärt, ist alles andere egal. Und Matilda mag dich auch. Sie wird das Haus weiter führen wollen und – ehrlich gesagt – ich kann mir nicht vorstellen, daß dir selber was daran läge. Sie kann sich's wahrscheinlich auch nicht vorstellen, und darüber freut sie sich bestimmt.«

Dorabella lachte.

»Hier ist es wunderbar. Ich bin ganz sicher, Vee ... wirklich. Besonders nachdem ich heute alles gesehen habe.«

»Dann ist also alles in Ordnung. Sollten wir jetzt nicht gute Nacht sagen?«

»Gute Nacht, Zwillingsschwesterlein.«

Ich lächelte. So nannte sie mich immer, wenn sie in Schwierigkeiten steckte, aus denen ich sie rauszuholen hatte. In diesem Augenblick wollte sie aber nur an die Vertrautheit zwischen uns erinnern. Trotzdem fragte ich mich, ob sie wirklich so zufrieden und ihrer Sache so sicher war, wie sie tat.

Nachdem sie gegangen war, zog ich mich aus und schlüpfte ins Bett.

Lange lag ich da, lauschte dem Rauschen der Wellen und dachte an die Zukunft. Dorabella würde heiraten und hierher ziehen. Und zum erstenmal in unserem Leben wären wir getrennt.

Unser Aufenthalt in Cornwall war abwechslungsreich. Dermot und Dorabella verbrachten viel Zeit miteinander. Entweder sie machten Ausflüge zu Pferde oder mit dem Auto. Er schien sehr stolz auf sie zu sein, wollte sie Pächtern und Nachbarn vorstellen, und sie genoß alle Aufmerksamkeiten sehr. Meine Mutter interessierte sich für die Führung des Haushalts, und mein Vater für das Gut. Infolgedessen freundete er sich mit Gordon an, was nicht verwunderlich war, schließlich begeisterten sie sich für die gleichen Dinge.

Übrig blieb ich, die sich für das Menschliche der einzelnen Personen interessierte, aber mit keinem von ihnen eine besondere Vorliebe teilte.

Meine Mutter bezog mich jedoch bei all ihren Aktivitäten mit ein, und als Mrs. Lewyth sagte, sie wolle ihr das Haus zeigen, erklärte sie, ich wäre ebenso begierig darauf, es kennenzulernen und würde sie gerne auf ihrer Tour begleiten.

Mein Vater war mit Gordon unterwegs, um sich irgendeine neue Mähmaschine, die in einer der Scheunen untergebracht wurde, anzuschauen, und Dorabella war mit Dermot losgezogen. Also waren wir nur zu dritt.

Mrs. Lewyth wußte viel über das Haus und zeigte deutlich, wie sehr sie es liebte. Meine Mutter sagte anschließend, es scheine ihr mehr am Herzen zu liegen als dem alten James Tregarland oder sogar Dermot, der es doch eines Tages erben würde.

»Ich finde diese alten Häuser faszinierend«, entgegnete Mrs. Lewyth. »Es ist ja auch erstaunlich, wie sie die vielen Kriege überstanden haben. Und dann diese Unwetter … natürlich geht es nicht ohne Schäden ab. Nach den Stürmen ist fast immer etwas kaputt. Wirtschaftsgebäude abgedeckt, Zäune umgerissen und was so alles passiert.«

»Wie weit ist der Gutshof von hier entfernt?« fragte meine Mutter.

»Eine halbe Meile ungefähr. In der Nähe von Jermyn Priory, dem Haus der Jermyns.«

»Dem Feind«, sagte ich.

Sie lachte. »Ach, Sie haben davon gehört.«

Meine Mutter wollte wissen, worüber wir sprachen.

»Die beiden Familien sind zerstritten«, erklärte Mrs. Lewyth. »Seit Jahren schon. Wir wissen aber nicht mehr genau, weshalb, und trotzdem ändert sich nichts.«

»Und sie wohnen ganz in der Nähe?«

»Die Grundstücke grenzen aneinander.«

»Das ist wirklich nah.«

»Eigentlich nicht. Das Land der Jermyns ist riesig … größer als dieses, und unseres ist bei weitem nicht klein. Wir sehen sie selten.«

»Und wenn Sie sie sehen«, sagte ich, »tun Sie so, als sähen sie einander nicht.«

»Wir nicken uns zu, aber das ist auch schon alles. Ich habe nie gehört, worum es ging. Was immer auch geschehen sein mag, liegt lange zurück.«

»Man sollte annehmen, daß es inzwischen vergessen ist.«

»Wir in Cornwall können nicht so einfach vergessen. Wir halten an den alten Bräuchen und Traditionen fest. Ihr Engländer seid in solchen Dingen zwangloser. Wir nicht.«

»Sie meinen, Sie hegen häufig gegen jemanden einen Groll?« fragte ich.

Meine Mutter sah mich scharf an. Ich war bekannt dafür, stets zu sagen, was ich dachte.

»Tatsächlich«, erwiderte Mrs. Lewyth, »wird es manchem zur Gewohnheit.«

»Was mag den Streit wohl ausgelöst haben?« sinnierte meine Mutter.

Mrs. Lewyth hob die Schultern, und das Thema wurde fallengelassen.

»Das Hauptgebäude ist elisabethanisch«, erklärte Mrs. Lewyth. »Aber der Westflügel wurde nach der Restaurierung angebaut und der Ostflügel danach, verschiedene Stilrichtungen also zusammengewürfelt …«

»Was den Bau interessanter macht«, bemerkte ich, und meine Mutter stimmte mir zu.

Unsere Führung begann mit der Großen Halle, einem der

ältesten Teile des Hauses, die sich seit ihrem Bau kaum verändert haben mochten. An den Steinmauern hingen alte Waffen, die Eindringlingen zeigen sollten, daß es sich um eine Familie handelte, die es gewohnt war, sich zu verteidigen. In der Mitte des Raumes stand ein langer Tisch.

»Aus Cromwells Zeit«, sagte Mrs. Lewyth, »und die Stühle stammen aus den Tagen von Charles II. Alle in der Familie waren Royalisten, so daß sie während des Protektorats große Schwierigkeiten hatten, aber mit der Rückkehr des Königs wurde alles gut.«

Von der Halle aus kam man in die Kapelle. Sie war klein, hatte ein Altar, eine Kanzel und ein paar Bänke. Es war eiskalt darin. Ich schaute zur Tonnendecke mit ihren Kragsteinen hinauf und dann auf die geschnitzten Engel, die die Kanzel zu stützen schienen. Gut konnte ich mir vorstellen, wie sich die Familie hier in Notzeiten, aber auch zu freudigen Anlässen versammelte. In dieser Kapelle mußte sich schon vieles ereignet haben.

»Sie wird nicht mehr oft benutzt«, sagte Mrs. Lewyth. »James – Dermots Vater – erzählt, daß dort jeden Morgen gebetet wurde, als er noch jung war, und alle Bediensteten mußten anwesend sein. Er lacht und sagt, er habe immer erklärt, die Leute sollten sich ohne Mithilfe der Tregarlands um ihr Seelenheil kümmern. James kann manchmal etwas respektlos sein.« Sie lächelte nachsichtig.

Wir stiegen die Haupttreppe hinauf und betraten die lange Galerie. Hier hingen Gemälde der Tregarlands aus den letzten dreihundert Jahren. Ich erkannte James Tregarland an seinem verschmitzten Blick, der mir bei unserer ersten Begegnung sofort aufgefallen war.

Mrs. Lewyth blieb stehen und betrachtete ihn mit traurigen Augen.

»Er hat immer gut gelebt«, sagte sie. »Er hat das Leben genossen und spät geheiratet. Sie war noch ziemlich jung … seine Frau, meine ich. Sie war sehr zart und starb, als Dermot noch klein war.«

»Und er hat nie wieder geheiratet?«

Sie blickte zu dem Bild auf, aber ich konnte ihren Gesichtsausdruck nicht deuten. Dann schüttelte Mrs. Lewyth energisch den Kopf. »Das wäre das Beste gewesen«, sagte sie. »Das Richtige ...«

»Aber trotzdem ist ja alles gut geworden«, warf meine Mutter ein. »Sie sorgen doch so wunderbar für die ganze Familie.«

»Ich tue mein Bestes. Wenn wir diese Treppe nehmen, kommen wir zu den oberen Räumen.«

Wir besichtigten dort mehrere Schlafzimmer. In einem davon hatte sogar Charles I. während des Bürgerkriegs geschlafen.

Alles in allem war es doch ein hochinteressanter Vormittag.

Unser einwöchiger Besuch neigte sich seinem Ende zu. An einem der letzten Tage vor unserer Abreise blies ein kräftiger Wind, und am Abend hatte er sich zu einem Orkan entwickelt.

Am Morgen waren meine Mutter und ich nach Poldown gegangen, und wir hatten gehört, wie die Leute von schlimmen Stürmen berichteten.

Es war ein reizender kleiner Ort, den ein Flüßchen teilte, so daß es ein East und ein West Poldown gab.

Im Hafen hatte man die Fischerboote festgezurrt, die hin und her schaukelten. Die *Saucy Jane, Mary Ann, Beatrice* und *Wonder Girl.*

»Warum«, fragte ich meine Mutter, »sind Schiffe eigentlich immer weiblich?«

»Nicht alle«, erwiderte sie. »Schau, dort ist der *Jolly Roger.*«

Die Fischer saßen auf den Steinen und flickten ihre Netze. Über uns kreischten Möwen, schossen herab und schwangen sich wieder in die Lüfte. Der Wind zerrte an unseren Röcken und zerwühlte uns die Haare.

Obwohl wir erst kurze Zeit hier waren, schienen uns einige Poldowner schon zu kennen. Ich hörte, wie manche von uns als von den »Leuten von's Tregarlands droben« sprachen. Wir schlenderten durch eine Art Hauptstraße mit Läden auf beiden Seiten, in deren Schaufenstern Souvenirs ausgestellt waren: Muscheln, Aschenbecher mit Bildern von Poldown, Töpferwaren, Glasartikel und kleine Figuren seltsamer Geschöpfe, die wahrscheinlich Piskies darstellen sollten. Außerdem wurden Eimer, Spaten, Netze und Badesachen angeboten. Es roch nach frischgebackenem Brot und anderen Leckereien, und wir sahen, daß Kuchen und Pasteten, die für Cornwall typisch waren, zum Verkauf auslagen. Es war eine geschäftige kleine Stadt.

Wir kauften ein paar Dinge, nur um die Leute reden zu hören, und hatten viel Spaß.

»Und wie gefällt's den Ladys in Poldown?« wurden wir gefragt.

Wir erklärten, daß es uns sehr gut gefiele.

»Ah, da oben im großen Haus wird's herrlich sein – bestimmt, bestimmt. Wir kriegen Sturm. Möcht' heut' nacht nicht draußen auf See sein, nicht für 'n Schloß. Der Teufel wird los sein ... sich 'n paar Burschen schnappen wollen, die ihm 's Höllenfeuer schüren!«

Wir lauschten fasziniert, machten uns dann aber auf den Heimweg. Es war schwierig, im Gegenwind, der aus Südwesten blies, bergauf zu klettern. Atemlos erreichten wir das Haus.

Mrs. Lewyth empfing uns. »Ich bin froh, daß Sie zurück sind. An einem solchen Tag sollte man nicht draußen sein. Ich hatte schon Angst, der Wind würde Sie über die Klippen wehen.«

In der Nacht hörten wir es tosen. Ich blickte von meinem Fenster auf die schäumenden, brodelnden Wassermassen des Meeres. Die Wellen brachen sich mit solcher Gewalt an den Felsen, daß es aussah, als wollten sie die Klippen zerschmettern. Ich konnte nicht glauben, daß es die gleiche See war, die noch vor wenigen Tagen so ruhig und klar gewesen war und einen azurblauen Himmel widergespiegelt hatte. Jetzt schien sie in rasendem Zorn alles zerstören zu wollen.

Lange konnte ich nicht einschlafen, lag nur da und lauschte, und erst als es dämmerte, wurde es ruhiger.

Das erste, was ich beim Aufwachen bemerkte, war, daß der Sturm nachgelassen hatte. Ich lief ans Fenster. Die Wellen trugen immer noch weiße Schaumkronen, und am Strand lag Treibholz und Tang.

Schnell zog ich mich an und ging zu Dorabella.

»Was für eine Nacht!« rief sie aus. »Ich dachte, das Haus würde davongeweht!«

»Wir haben wohl einen dieser Stürme erlebt, von dem hier alle reden.«

»Jetzt ist aber wieder alles gut. Dermot will heute mit mir nach Plymouth fahren, und zwar aus einem ganz bestimmten Grund«, sagte sie lächelnd.

»Aha«, sagte ich. »Der Ring, nicht wahr?«

»Wie hast du es erraten?«

»Du weißt doch, daß ich deine Gedanken lesen kann. Ich kenne diesen gierigen Blick.«

»Unser Verlobungsring! Ist es nicht wundervoll?«

»Ja«, sagte ich. »Das Leben kann wunderschön sein.«

»Und was wirst du heute tun?«

»Ich würde gern ausreiten.«

»Mit wem?«

»Am liebsten allein.«

»Meinst du das im Ernst?«

»Ja. Ich würde gern die liebe alte Starlight nehmen. So heißt sie doch, oder?«

»Du meinst die braune Stute?«

»Ja. Ich mag sie, und ich glaube, sie ist mir auch zugetan.«

»Es hat sicher niemand was dagegen.«

Der Meinung war ich auch.

Wir frühstückten zu unterschiedlichen Zeiten, so daß jeder seine eigenen Pläne verfolgen konnte.

Meine Mutter und ich gingen am Vormittag in die Stadt und sahen, daß sich ein paar Fischerboote losgerissen hatten und aufs Meer hinausgetrieben worden waren.

»Diese Oktoberstürme können grausam sein«, sagte Miss Polgenny, die den Wolladen betreute. »Gewarnt worden sind wir ja. Manchmal gibt's keine Warnung. Das ist dann schrecklich, kann ich Ihnen sagen. Tommy Yeo ist draußen geblieben … er und sein Bruder Billy. Man sagt, daß sie auf dem Weg zu den Booten dem Pastor begegnet sind. Jeder weiß, daß es Unglück bringt, wenn man einen Pastor sieht, bevor man rausfährt.«

Meine Mutter und ich sahen uns an. Es würde lange dauern, bis wir wüßten, was alles zu tun war, um den bösen Mächten zu entgehen.

Meine Mutter wollte Wolle kaufen, und Miss Polgenny gab sich alle Mühe, sie zufriedenzustellen.

»Dreifädig sollt's sein, nicht wahr? Und was für eine hübsche Farbe! Es wird Ihnen Spaß machen, damit zu arbeiten.«

Sie steckte die Wolle in eine Tüte, und ich beugte mich vor, um sie entgegenzunehmen. Dabei ließ ich einen Handschuh fallen, bückte mich und hob ihn auf.

»Oh«, sagte Miss Polgenny und schaute mich entsetzt an. »Das hätten Sie nicht tun sollen! Das bedeutet eine Enttäuschung, bevor der Tag zu Ende ist!«

»Was wäre denn richtig gewesen?« fragte ich.

»Liegenlassen, meine Liebe, liegenlassen, und jemand andres hätt' ihn aufheben müssen.«

»Was für eine Enttäuschung?« wollte ich wissen.

»Mit jemand, den Sie treffen – und es wär' besser, Sie täten's nicht. Wenn aber jemand den Handschuh für Sie aufgehoben hätt', dann wär's 'ne gute Begegnung geworden.«

»Können wir die Sache wiederholen?«

»O nein, meine Liebe! Die Würfel sind gefallen. Es ist passiert, und es gibt kein Zurück.«

Meine Mutter und ich gingen lachend aus dem Laden.

»Die Leute hier müssen dauernd auf der Hut sein, um die Einflüsse, die ihr Schicksal bestimmen, nicht durcheinanderzubringen«, sagte ich.

»Glaubst du, sie nehmen das alles ernst?«

»Da kannst du Gift drauf nehmen.«

Wir gingen zum Haus zurück und aßen nur mit Mrs. Lewyth zu Mittag. Dermot und Dorabella waren nach Plymouth gefahren und würden dort speisen. Und mein Vater war mit Gordon unterwegs, um sich einen Schaden an einem der Gutshoftore anzusehen.

»Was hast du heute nachmittag vor?« fragte meine Mutter, und ich sagte ihr, ich würde entweder spazierengehen oder reiten.

»Du brauchst nicht mitzukommen. Ich bin gern allein«, gab ich ihr zu verstehen.

»Na gut – wir treffen uns dann später.«

Ich beschloß, das Pferd zu nehmen, weil es mir Spaß machte, auf dem schmalen gewundenen Pfad gemächlich entlangzureiten. Und am Meer konnte ich meinen Weg nicht verfehlen. Ich wußte immer, wo ich war.

Also ging ich zu den Ställen. Sofort kam einer der Pferdeknechte heraus.

»Sie wollen Starlight haben, Miss?« fragte er.

»Ja, bitte. Ich dachte, für einen kurzen Ausritt wäre sie gerade richtig.«

»Das wird ihr gefallen. Mit der kommen Sie gut aus, nicht wahr, Miss? Ist ja auch 'n liebes Geschöpf, muß man schon sagen.«

»Ja, ich mag sie sehr.«

»Ich mach' sie für Sie fertig – nur eine Minute.«

Dann sprach er das Thema an, über das alle redeten: den Sturm.

»Hoffentlich kommt er nicht so schnell wieder. Meistens gibt's zwei oder drei hintereinander. Ziemlich spät im Jahr sind sie diesmal dran.«

Wir plauderten noch eine Weile miteinander, dann machte ich mich auf den Weg.

Die Luft war frisch. Ich konnte das Meer riechen. Der Wind blies mir ins Gesicht, nicht gerade sanft, aber belebend.

Schließlich wandte ich mich von der See ab und beschloß, heute einmal etwas vom Landesinneren zu erforschen.

So ritt ich, tief in Gedanken, dahin. Ich dachte an Dorabella und fragte mich, ob sie sich wirklich in das Leben hier einfügen könnte. Im Augenblick war sie außer sich vor

Glück, und dieser Zustand würde bis zur Hochzeit anhalten. Doch danach?

Ich mochte Dermot, aber hier in seinem Zuhause machte er einen etwas farblosen Eindruck. In Deutschland war er so selbstbewußt aufgetreten. Mit welcher Sicherheit er uns aus dem Wald geführt hatte! In unseren Augen war er ein edler Ritter gewesen. Nun verglich ich ihn ständig mit Gordon, der dermaßen in seine Arbeit vertieft war, daß er – abgesehen von meinem Vater, mit dem er fachsimpeln konnte – an Besuchern nur ein beiläufiges Interesse zeigte.

Es war seltsam, wie Menschen sich veränderten, wenn man sie in anderer Umgebung betrachtete. Wieder versuchte ich, die unbehaglichen Gefühle, die mich seit unserer Ankunft beschlichen hatten, abzuschütteln.

Ich hatte eine kleine Anhöhe erklommen und stieß jetzt auf einen gewundenen Pfad, den ich nicht kannte.

Durch den Regen, der den Sturm in der Nacht begleitet hatte, war alles glänzend frisch. Es war eine Freude, den würzigen Duft der Bäume und Büsche, vermischt mit dem Geruch feuchter Erde, einzuatmen.

Bis auf das leise Säuseln und Stöhnen des Windes in den Bäumen war es ringsum still.

Ich hielt an und blickte mich um. Noch zwei Tage, dachte ich, dann sind wir schon wieder auf dem Heimweg.

Mit etwas Abstand würde ich klarer sehen. Ich würde mit meinen Eltern reden und hören, was sie von allem hielten. Eines war sicher: sie teilten meine Bedenken nicht, denn sonst hätten sie es gezeigt.

Am Ende des Weges war eine Abzweigung. Ich hielt an und überlegte, ob ich nach rechts oder nach links weiterreiten sollte.

Schließlich entschied ich mich für rechts und setzte meinen Weg fort. Ich dachte immer noch an Dorabella. Sie wußte so wenig über die Familie, die zwar keine Einwände gegen die Verbindung zu haben schien, aber wohl war mir bei der Sache nicht. Warum eigentlich? Ging meine Fantasie mal wieder mit mir durch? Lag es an meiner Vorliebe für das Melodramatische? War es, weil ich meine Schwester nicht verlieren wollte? Obwohl das ja eigentlich nicht stimmte, wir würden nur unser Leben nicht mehr gemeinsam verbringen. Die Trennung wäre ein aufregendes Abenteuer für sie. Doch was blieb mir?

Ein egoistischer Gedanke. Wollte ich mir deshalb vielleicht einreden, die Sache könne ein schlechtes Ende nehmen?

Ich kam an eine ausgedehnte freie Fläche, die von Bäumen begrenzt war. Nichts wuchs hier. Gemeindeland, nahm ich an.

Starlight warf den Kopf zurück. Sie hatte keine Lust mehr, langsam dahinzutraben, und wollte sich ordentlich austoben. Kaum hatte ich ihr zu verstehen gegeben, daß ich damit einverstanden wäre, galoppierte sie schon über die Wiese. Ich weiß nicht, wie es dann passierte – das weiß man ja nie in solchen Situationen. Die Zeit schien still zu stehen. Zwar sah ich den Baum stürzen, aber erst als es zu spät war. Plötzlich lag er quer über meinem Weg.

Starlight blieb wie angewurzelt stehen, und ich merkte, daß ich zur Seite geschleudert wurde. Zum Glück verhielt sich das Pferd vollkommen ruhig, und so rutschte ich nur ziemlich unelegant aus dem Sattel und fiel zu Boden. Ich spürte die Spannung der Stute, aber sie war trainiert. Wäre sie davongaloppiert, hätte es mich böse erwischt, denn mein Fuß hing noch im Steigbügel. Hastig befreite ich mich, und im gleichen Augenblick hörte ich Hufgetrappel.

Während ich mich aufrappelte, sah ich einen Reiter auf mich zukommen. Er hielt bei mir an, glitt aus dem Sattel und starrte mich erschrocken an.

»Ist alles in Ordnung?« stieß er hervor.

»Ich glaube, ja.«

»Tut irgendwas weh?«

»Eigentlich nicht. Ich bin nur runtergerutscht.«

Er warf mir einen besorgten Blick zu. »Scheint alles in Ordnung zu sein. Nichts gebrochen …?«

»Nein, nein. So heftig war der Sturz nun auch wieder nicht. Mein Pferd stand still, als ich runterfiel.«

Er legte eine Hand auf Starlight und sagte: »Das hat sie gut gemacht. Haben Sie den Baum denn nicht gesehen?«

»Er fiel vor unseren Augen um.«

»Der Sturm«, sagte er und fügte hinzu: »Schauen Sie, sie hat ein Hufeisen verloren.«

»Ach du meine Güte!« Was … oh …«

»So kommen Sie nicht weit.«

Ich sah ihn an und wußte nicht, was ich sagen sollte.

»In der Nähe ist ein Schmied«, meinte er. »Er kann das Pferd beschlagen. Was anderes bleibt Ihnen nicht übrig.«

Ich muß ziemlich verdutzt dreingesehen haben, denn er fragte: »Sind Sie neu hier in der Gegend?«

»Ja.«

»Das habe ich mir gedacht. Wohnen Sie in der Nähe?«

»Ja. Bei Tregarlands.«

»Ach.« Er grinste und betrachtete mich aufmerksam. »Wenn Sie sich in der Lage dazu fühlen, bringe ich Sie zur Schmiede. Ein Glück, daß Sie nicht in hohem Bogen vom Pferd gefallen sind. Die Stute hat sich völlig richtig verhalten.«

Er wandte sich Starlight zu.

»Du bist eine gute alte Lady – ganz hervorragend!«

Sie schien ihn zu verstehen, drückte den Kopf an seine Hand und wurde gestreichelt.

»Gleich ist alles wieder in Ordnung«, setzte er hinzu. »Wir bringen sie jetzt zum Schmied. Und wie steht's mit Ihnen?« Er musterte mich eingehend. »Sind Sie sicher, daß Sie nicht irgendwo Schmerzen haben?«

»Ja, ich hab' keine. Allerdings ist mir der Schreck in die Glieder gefahren.«

»Das ist ganz natürlich.«

»Sie sind sehr freundlich.«

»Ich fühle mich mitverantwortlich. Der Baum stand auf meinem Grundstück.«

»Ihr Grundstück?«

Er lächelte. »Sie haben es widerrechtlich betreten.«

»Oh, das tut mir leid! Dann sind Sie …«

»Jowan Jermyn. Sie wundern sich?«

»Ich hatte … gehört, daß Ihr Land an das der Tregarlands grenzt. Es tut mir so leid.«

»Ich entschuldige mich für meinen Baum. Sie sind ganz sicher, daß mit Ihnen alles in Ordnung ist? Also, dann machen wir uns auf den Weg. Je früher die Stute ein neues Hufeisen bekommt, desto besser.«

Im Gehen musterte ich ihn von der Seite. Er war so groß wie Gordon Lewyth, jedoch nicht so kräftig gebaut, eher schlank. Er hatte regelmäßige Züge, lustige blaugraue Augen und einen freundlichen Gesichtsausdruck. Ich dachte: Das ist also der Gegner! Wie schön, daß er seine Feindseligkeit nicht auf die Gäste der Tregarlands ausdehnt.

Von meinem Sturz war ich immer noch ganz durcheinander und fühlte mich ein bißchen schwindlig.

Während wir über das Feld schritten, sagte er: »Mit dem Baum muß sofort etwas unternommen werden. Anderen kann das gleiche passieren wie Ihnen. Es ist sehr gefährlich. Die Stürme hier sind wirklich gewaltig.«

»Auf der Tregarland-Farm ist auch was kaputtgegangen. Ein Dach oder ein Zaun.«

»Nicht nur dort, nehme ich an. Und wie geht's Ihnen jetzt?«

»Gut, danke.«

»Die Sache ist Ihnen an die Nieren gegangen, wie? Sie brauchen einen Schnaps. Neben der Schmiede ist ein Gasthof mit dem passenden Namen – Smithy's. Wir schauen mal rein.«

»Ich kann Ihnen gar nicht sagen, wie dankbar ich Ihnen bin. Ich hätte nicht gewußt, was ich machen soll, wenn Sie nicht gekommen wären.« Dann mußte ich lachen.

»Das finden Sie lustig?«

»Ja. Heute morgen in der Stadt ließ ich meinen Handschuh fallen, und weil ich ihn selber aufhob, prophezeite man mir, ich würde einem Fremden begegnen, dem ich besser nicht begegnet wäre. Die Prophezeiung ist irgendwie umgekehrt in Erfüllung gegangen.«

»Immerhin war die Begegnung mit dem Baum nicht gerade angenehm. Also stimmt die Prophezeiung doch.«

»Sicher gilt sie nur für Menschen. Wir wären uns wahrscheinlich irgendwo in der Nähe begegnet, und Sie hätten mir gesagt, daß ich Ihr Grundstück widerrechtlich betreten habe. Dann hätte Mrs. Polgenny recht behalten.«

»Vielleicht hätte ich aus Höflichkeit geschwiegen. Ah, hier ist die Schmiede. Ich sagte Ihnen ja, es sei nicht weit.«

Er nahm mir Starlight ab und führte sie hinein. Der Schmied hatte ein rotes Gesicht, schwarze Haare und funkelnde schwarze Augen.

»Jake«, sagte mein Begleiter, »hier ist ein Job für Sie. Die Stute hat ein Hufeisen verloren.«

»Tatsächlich? Wie ist denn das passiert?«

»Auf meinem Land ist plötzlich ein Baum vor dem Pferd mit seiner Reiterin umgestürzt.«

»Der verdammte Sturm!«

»Das kann man wohl sagen.«

»Und wir kriegen noch mehr, das können Sie mir glauben!«

»Ich glaube Ihnen, Jake, und bin ganz Ihrer Meinung. Aber wie schnell können Sie das Pferd der Dame beschlagen?«

»Ich fang' sofort damit an, Sir.«

Der Schmied musterte mich von oben bis unten.

»Sie wohnen doch bei den Tregarlands, stimmt's?«

Jowan Jermyn lächelte amüsiert. »Jake weiß alles«, sagte er. »In der Schmiede erfährt man immer das Neueste. Der Nachrichtendienst funktioniert perfekt.«

»Mr. Jermyn will sagen, daß ich gerne tratsche«, erklärte mir Jake mit einem Augenzwinkern.

»Das ist leicht untertrieben«, versicherte Jowan. »Aber er ist der beste Schmied im Herzogtum. Stimmt doch, Jake, oder?«

»Wenn Sie's sagen, Sir, widersprech' ich nicht.«

»Gut. Sie machen sich also an die Arbeit, und ich werde dafür sorgen, daß die junge Dame, eine gute, starke Medizin bekommt. Auf den Schreck hin, verstehen Sie?«

»Kann ich verstehen, Sir.«

Ich sah, daß sein Kinn wackelte und wußte, daß er es genießen würde, den nächsten Kunden mit dem neuesten Tratsch zu erfreuen. Der Feind der Tregarlands kümmert sich um einen Gast der Tregarlands!

Jetzt, wo ich mich langsam von meinem Schrecken erholte, machte mir das Abenteuer Spaß.

Mir kam in den Sinn, daß solche Dinge normalerweise Dorabella passierten, und wäre sie dabei gewesen, hätten diese freundlichen Blicke bestimmt auf ihr geruht und nicht auf mir.

Das Gasthaus war warm und einladend. Ein Feuer brannte im großen Kamin, der mit allen möglichen Schmiedewerkzeugen geschmückt war. Sie funkelten im Feuerschein. Außer uns war niemand in der Gaststube.

»Setzen Sie sich«, sagte mein Begleiter. Dann ging er an die Tür und rief: »Tom, Tom, wo sind Sie?«

Eine Frau erschien. »Ah, Mrs. Brodie, hier sind Sie ja! Jake beschlägt gerade die Stute dieser Dame. Das Pferd verlor ein Hufeisen, und die Dame wurde abgeworfen.«

»Ach du lieber Himmel!« Sie war groß und rund, hatte rosige Wangen und kleine glitzernde dunkle Augen, die mich äußerst interessiert begutachteten. »Sie haben sich nicht weh getan, Miss, oder?«

»Nein, zum Glück nicht.«

»Aber sie braucht einen Brandy«, sagte Jowan. »Wir trinken beide einen, Mrs. Brodie.«

»Bring' ich Ihnen gleich, Sir.« Sie nickte mir freundlich zu. »Der wird Ihnen gut tun.«

Ich setzte mich im Sessel zurück und lächelte meinen Begleiter an.

»Sie sind wirklich sehr nett«, sagte ich.

»Das haben Sie schon mal gesagt. Lassen Sie mich versichern, daß ich nur zu froh bin, mich nützlich machen zu dürfen.«

Ich fuhr fort: »Sie sind sehr nett … besonders, wenn man an diesen merkwürdigen Streit denkt.«

Er lachte, und ich sah seine kräftigen weißen Zähne.

»Ach, das!« sagte er. »Das ist nur eine Sache zwischen den Familien.«

»Ich dachte eben, wie froh ich bin, daß die Hausgäste nicht davon betroffen sind.«

»Meine liebe Miss … Tut mir leid, ich weiß Ihren Namen nicht.«

»Denver.«

»Meine liebe Miss Denver, selbst wenn Sie den verfluchten Namen Tregarland trügen, würde ich Sie in der Not niemals im Stich lassen.«

Mrs. Brodie tauchte mit zwei Gläsern auf.

»Vielleicht sollten wir etwas essen?« Fragend sah er mich an.

Mrs. Brodie stand da und lächelte uns abwechselnd zu.

»Hier gibt es die herrlichen Brandy-Kuchen. Mrs. Brodie ist die beste Köchin von Cornwall. Stimmt doch, Mrs. Brodie?«

Mrs. Brodie antwortete wie der Schmied: »Wenn Sie's sagen, Sir.«

Er weiß, wie man mit den Leuten umgeht, dachte ich. Und war mir sicher, daß er sie bei einem Streit auf seiner Seite hätte. Gordon kam mit seiner strengen Art bestimmt nicht so gut an. Der alte Herr war vielleicht einmal anders gewesen, ging aber nicht mehr unter die Leute. Und Dermot ... Über Dermot war ich mir einfach nicht im klaren.

»Die Dame sollte zu ihrem Brandy etwas essen, nicht wahr, Mrs. Brodie?«

»Ganz bestimmt, Sir.«

»Also Brandy-Kuchen.« Er lächelte mich an. »Der wird Ihnen schmecken.«

Der Kuchen wurde serviert und sah köstlich aus. Ich nahm einen Schluck aus meinem Glas. Der Brandy wärmte und tröstete, und der Schreck, der mir in den Gliedern saß, löste sich bald in Wohlgefallen auf. Der gemütliche Raum, der Feuerschein auf den Messinggeräten, das spannende Gefühl, mit einem Mann zusammen zu sein, der mit der Familienfehde der Tregarlands zu tun hatte – alles war so aufregend und genau das, was ich in meiner gegenwärtigen Gemütslage brauchte.

»Ich muß gestehen, Miss Denver, daß ich weiß, wer Sie sind«, sagte er. »Sie werden Dermot Tregarland heiraten.«

»Sie irren sich. Meine Schwester wird ihn heiraten ... meine Zwillingsschwester.«

»Oh, ich verstehe. Ich weiß also doch nicht so viel, wie

ich dachte. Ich hatte mich schon gewundert, wo der Bräutigam sich rumtreibt und warum er seine Braut nicht bei ihrem Ausritt begleitet.«

»Meine Eltern sind hier«, sagte ich, »und natürlich bin ich auch mitgekommen. Nur für einen kurzen Besuch.«

»Ihre Zwillingsschwester also ...«, meinte er lächelnd.

»Der Nachrichtendienst war nicht so perfekt, wie Sie dachten«, sagte ich.

»Ich werde mich beschweren«, erwiderte er grinsend. »Aber das ist ja interessant – Ihre Eltern und Sie mit Ihrer Schwester inspizieren die Gegend ... und die Familie.«

»Ganz so ist es nicht.«

»Ich hab' mich ein bißchen grob ausgedrückt. Verzeihen Sie mir bitte! Natürlich wollten Ihre Eltern sehen, wen Ihre Schwester heiraten wird.«

»Es war vielmehr so, daß seine Familie uns inspizieren wollte.«

»Sicher. Und wie war's? Freundschaftlich? Waren alle miteinander einverstanden? Verzeihen Sie mir noch einmal. Sehen Sie, ich wäre niemals eingeladen worden, Ihre Familie kennenzulernen, weil ...«

»Wegen des Streits.«

»Deshalb halte ich mich für einen Glückspilz, Sie auf diese überraschende Weise getroffen zu haben.«

»Meine Eltern werden sehr dankbar sein, wenn sie erfahren, was Sie für mich getan haben.«

»Es war mir ein großes Vergnügen. Nehmen Sie noch ein Stück von Mrs. Brodies Kuchen! Er schmeckt gut, nicht wahr?«

Ich konnte es nur bestätigen.

»Und fühlen Sie sich jetzt besser?«

Ich versicherte es ihm.

»Das freut mich.« Er sah aus als meinte er, was er sagte, und ich dachte: Er ist wirklich sehr sympathisch. Wie schade, daß er nicht mit den Tregarlands redet. Ich hätte ihn gern mit meinen Eltern aufgesucht, um sich bei ihm zu bedanken. Aber unter diesen Umständen wäre es sicher nicht möglich.

»Wie lange geht denn dieser Streit schon?« wollte ich wissen.

»Ungefähr hundert Jahre.«

»Was?«

Er hob die Schultern.

»Die Sache hat sich über Generationen fortgesetzt. Wir mögen sowas hier in dieser Gegend. Wir lassen die Vergangenheit nicht so leicht ruhen.«

»Wenn es um etwas Gutes ginge ... etwas, woran man sich gern erinnert, könnte ich es verstehen. Aber in einem solchen Fall ...«

»Wir haben jedenfalls nie etwas miteinander zu tun gehabt. Also vermissen wir auch nichts. Es ist einfach so, wie es eben ist ...«

»Wie fing denn überhaupt alles an? Niemand von den Tregarlands scheint es zu wissen.«

»Niemand? Der alte Tregarland erinnert sich bestimmt. Wen haben Sie gefragt?«

»Ich habe niemanden direkt gefragt. Ich wollte nicht taktlos sein. Mrs. Lewyth schien jedenfalls nicht Bescheid zu wissen.«

»Sie gehört ja auch nicht zur Familie. Oder doch?«

»Sie ist allen eine gute Freundin.«

»Und kümmert sich um alles. Und der Sohn ... also, der arbeitet sich ja auf für das Gut.«

»Es scheint ihm sehr wichtig zu sein.«

»Viel wichtiger als dem Sohn des Hauses.«

»Mr. Lewyth führt die Geschäfte.«

»Das weiß jeder. Der Sohn scheint nicht viel für sein Zuhause übrig zu haben. So oft er kann, fährt er weg.«

»Wir haben ihn in Deutschland kennengelernt«, sagte ich.

»Er war immer viel verreist. Man kann so ein Gut nicht verwalten, wenn man kaum da ist. Sie kennen ihn also noch nicht lange?«

»Nein. Erst seit jener Begegnung. Wir besuchten Freunde, und er machte dort Urlaub. Er und meine Schwester ...«

»Verliebten sich auf der Stelle.«

Ich wunderte mich, daß ich so freimütig mit ihm sprach. Vielleicht lag es daran, daß ich so dankbar war. Und er hatte auch etwas Vertrauenerweckendes an sich.

Ich vergaß, daß ich ihm gerade erst begegnet war, und sagte: »Erzählen Sie mir von der Familienfehde.«

»Also … warten Sie! Es war eine Liebesgeschichte. Ist es nicht erstaunlich, wie viele Probleme des Lebens damit beginnen? Eine meiner Ahnen … wie hieß sie doch gleich? Ich habe ihren Namen vergessen … Arabella? Nein, Araminta. so hieß sie. Sie war sehr schön, wie es sich für die Heldin einer solchen Geschichte gehört. Es hängt sogar ein Porträt von ihr im Haus. Sie war wirklich sehr schön. Es heißt, die Familie hätte einen Ehemann für sie ausgesucht, den Araminta nicht mochte. Er war dreißig Jahre älter als sie und sehr reich. Das war wohl auch der Grund, warum die Familie ihn für so begehrenswert hielt, denn offenbar stand es mit ihren Finanzen damals nicht zum Besten. Die Geschäfte gingen nicht so, wie sie sollten, und das Geld dieses Herrn hätte als willkommene Finanzspritze gedient. Für die Hand der siebzehnjährigen Araminta war er bereit, viel zu zahlen.«

»Das arme Mädchen!« entfuhr es mir.

»Das kann man wohl sagen. Aber sowas soll vorkommen. Heutzutage darf freier gewählt werden, aber damals war Papas Wille noch Gesetz. Der Sohn der Tregarlands dagegen war jung und sah gut aus. Sein Name war Dermot.«

»Oh, genau wie …«

»Diese Namen werden weitergegeben. In der Familie Tregarland wimmelt es von Dermots. Und ich bin bei weitem nicht der erste Jowan in meiner.«

»Ich nehme an, Dermot und Araminta verliebten sich?«

»Da haben Sie völlig recht. Wie hätte es auch anders sein können? Damals waren die Familien noch nicht zerstritten. Wahrscheinlich waren die Finanzen der Tregarlands nicht besser als die der Jermyns, jedenfalls war die Zukunft der armen Araminta beschlossene Sache. Sie sollte ihren reichen Verehrer heiraten, den bröckelnden Familienbesitz wieder in Schuß bringen, die wahre Liebe sausen lassen und lernen, mit der Wahl ihres Vaters bis in alle Ewigkeit glücklich zu leben.«

»Was sie natürlich nicht tat. Leider eine sehr traurige Geschichte.«

»In der Tat. Dermot Tregarland war kein Mann, der sich hinstellte und zuschaute, wie ihm die große Liebe entrissen wurde. Er schmiedete Pläne – und wollte die Geliebte entführen. Aber er wurde verraten, das Geheimnis war bald keines mehr. Vielleicht plauderte einer der Diener. Das sind die reinsten Detektive in unseren Häusern. Vor allem damals war es so, wo es viel mehr davon gab. Die Jermyns erfuhren jedenfalls, daß ihre Tochter vorhatte, mit ihrem Liebsten, diesem Tregarland, abzuhauen. Er wollte sich nachts auf ihr Grundstück schleichen, wo sie ihn treffen sollte. Es war leicht, sie in ihrem Zimmer einzusperren, aber ihm wollte man eine Falle stellen und benutzte dazu eine schreckliche Apparatur, die damals im Wald aufgestellt wurde, um Wilderer abzuschrecken. Man nannte sie Menschenfalle. Als Dermot nun ankam, um seine Braut zu holen, schnappte die Falle zu.«

»Hat sie ihn getötet?«

»Es war sein Pech, daß er am Leben blieb. Sie diente nicht dem Zweck, zu töten, aber sein Bein wurde derart zerfetzt, daß er es nie mehr benutzen konnte.«

»Was für eine schreckliche Geschichte! Da wundere ich mich nicht, daß die Tregarlands euch hassen!«

»Es war wirklich schrecklich. Aber das war nicht das Ende. Araminta saß mit gebrochenem Herzen in ihrem Zimmer und konnte nicht zu ihrem Liebsten, der Todesqualen leidend in der Falle hing, bis ihn ein Diener am Morgen fand.«

»Für diese furchtbare Tat wurden sie doch sicher bestraft?«

»Sie konnten sich rechtfertigen. In der Nachbarschaft hatte es einen Raubüberfall gegeben. Also schützten sie ihren Besitz. Menschenfallen waren nichts Unbekanntes. Man war der Meinung, daß diejenigen, die darin gefangen wurden, sich widerrechtlich an dem betreffenden Ort aufhielten.«

»Und was geschah mit den Liebenden?«

»Dermot Tregarland blieb für den Rest seines Lebens ein verbitterter Krüppel.«

»Und Araminta? Hat sie den reichen Mann geheiratet?«

»Die Vorbereitungen gingen weiter. Jeder glaubte, die Hochzeit würde stattfinden. Es sollte eine Riesenfeier geben, einen großen Ball …«

»Was machten die Tregarlands? Nahmen sie Rache? Sie waren gegen die Verbindung gewesen, aber …«

»Was konnten die Liebenden tun? Dermot lag in seinem Bett und wußte, daß er nie wieder ohne Krücken würde gehen können. Er war nicht mehr in der Lage, eine romantische Entführung zu planen. Araminta nahm die Dinge in die eigenen Hände. In der Nacht vor der Hochzeit rannte sie zur Küste. Sie lief ins Meer und kehrte nie mehr zurück.«

»Was für eine furchtbare Geschichte! Sie nahm sich also das Leben, und ihr Liebster war für den Rest seines Lebens ein Krüppel.«

»Ziemlich gräßlich das Ganze, nicht wahr? Wenn man die Geschichte kennt, versteht man, weshalb die Familien zerstritten sind.«

»Aber auch jetzt noch, nach so vielen Jahren! Verspüren Sie auch diesen Haß? Araminta gehörte schließlich Ihrer Familie an.«

»Nun, den Tregarlands wurde übler mitgespielt als uns. Wir waren schließlich die Anstifter. Mein Urur- oder Ururugroßvater stellte die Falle auf, die Dermot Tregarland verstümmelte. Sie haben mehr Gründe uns zu hassen als wir sie. Araminta brachte sich wegen der Grausamkeit ihrer eigenen Familie selber um. Nach der Tragödie forderten uns die Tregarlands jedoch bei jeder sich bietenden Gelegenheit heraus. Die Atmosphäre zwischen den beiden Familien wurde immer feindseliger. Sein Leben lang konnte Dermot nicht vergessen, daß wir ihn nicht nur seiner Liebe beraubt, sondern ihn auch zum Krüppel gemacht hatten.«

»Eine traurige Geschichte, aber ich bin froh, daß ich sie jetzt kenne. Es geschah vor etwa hundert Jahren, sagen Sie? Keiner von den Menschen, die betroffen waren, ist noch am Leben.«

»Jener Dermot muß ungefähr zwanzig gewesen sein, als es passierte, und er wurde sechzig Jahre alt. Das sind vierzig Jahre schwelender Groll. Es dauert lang, um solche Haßgefühle auszulöschen. Die Geschichte wurde von einer Generation zur anderen weitergegeben. Der Familie wurde beigebracht, die bösen Jermyns zu hassen, sich unserem Land keinesfalls zu nähern. Wir waren die Ungeheuer. Es war schon merkwürdig, als Nachbarn so zu leben.«

»Jedenfalls kann ich es jetzt besser verstehen. Ich bin froh, daß Sie mir die Geschichte erzählt haben.«

»Man sollte sie vergessen.«

»Ja, da haben Sie recht. Schließlich kann man Ihnen – kann man allen, die jetzt leben – keine Schuld geben. Und sicher sind in anderen Familien früher ähnliche Dinge passiert.«

Er lächelte. »Ja. Man sollte die Sache wirklich vergessen. Geht es Ihnen besser?«

»Viel besser.«

»Gut.«

»Wie weit Jake wohl ist?«

»Er macht seine Sache gut.«

»Es muß doch komisch sein, hier zu leben und nie mit den Leuten zu sprechen, die in nächster Nähe wohnen.«

»Ach … reden wir schon wieder von der Familienfehde? Es gibt wirklich merkwürdige Situationen. Bei Einladungen werden entweder die Jermyns dazu gebeten oder die Tregarlands, aber nie gemeinsam. Wir verhalten uns wie Fremde. Aber heutzutage kommen ja immer mehr Besucher ins Dorf. Zur Urlaubszeit sehen wir viele fremde Gesichter und lernen genug andere Leute kennen.«

»Ich finde es trotzdem schade.«

»Ist es auch.«

»Sie sind nicht verbittert?«

»Warum sollte ich verbittert sein? Wir waren diejenigen,

die den Schaden verursacht haben, obwohl die Tregarlands genauso sehr gegen die Verbindung waren wie wir. Das Vermögen der Jermyns war im gleichen Maße geschwunden wie das der Tregarlands. Beiden war also verboten worden, ihre große Liebe zu heiraten. Wahre Liebe hat's schwer, nicht wahr?«

Er versuchte, witzig zu sein, denn die Geschichte der unglücklich Liebenden bedrückte mich. Wie mußte sich das arme Mädchen gefühlt haben, als es ins Wasser ging! Und der junge Mann – lebenslang ein Krüppel! Das Schicksal Armintas war vielleicht sogar das leichtere von beiden.

Dann erkundigte er sich nach meinem Zuhause, und wir redeten über Caddington und meine Eltern, über Dorabella und wie sie und ich erst im Sommer unseren Schulabschluß gemacht hatten. Viel war seitdem passiert.

Irgend etwas hatte er an sich, das mich dazu brachte, mehr von mir preiszugeben, als ich es sonst einem Fremden gegenüber tat. Und dann sprach ich sogar von dem Vorfall auf der Burg.

Er machte ein ernstes Gesicht und sagte, er habe von der Nazibewegung gehört, die sich in Deutschland ausbreite. Über den neuen Führer wußte er nicht viel, obwohl er gelesen hatte, daß er Deutschland wieder stark machen wolle.

»Dort werden Sie nicht so schnell noch einmal hinfahren«, sagte er. »Aber wenn Ihre Schwester verheiratet ist, kommen Sie doch sicher öfter nach Cornwall, nicht wahr?«

»Ich denke schon. Wir sind unser ganzes Leben lang zusammen gewesen – wie das bei Zwillingen eben so üblich ist.«

»Natürlich. Dann kann ich jedenfalls damit rechnen, Sie wiederzusehen?«

»Schon möglich. Da fällt mir ein – meine Familie wird sich wundern, wo ich so lange bleibe. Glauben Sie, daß das Pferd jetzt bereit ist?«

»Es könnte sein. Sehen wir nach.«

Wir erhoben uns, und Mrs. Brodie lächelte mich freundlich an. Es würde wohl nicht allzu lange dauern, bis viele andere wußten, daß ein Gast der Tregarlands mit Jowan Jermyn in ihrer Gaststube gesessen hatte.

In der Schmiede roch es nach verbranntem Horn, und Starlight stand geduldig da, während Jake dem Eisen den letzten Schliff gab.

»So«, sagte er. »Jetzt ist alles wieder gut. Jetzt geht's dir besser, was, altes Mädchen?«

Wie sollte ich ihn bezahlen?

Jake erriet meine Gedanken.

»Schon in Ordnung, Miss. Ich setz' es auf die Rechnung der Tregarlands. Ist nicht das erste Mal, daß ich das für Starlight gemacht habe.«

Unterwegs sagte ich Jowan Jermyn noch einmal, wie dankbar ich für alles sei. »Was hätte ich bloß getan, wenn Sie nicht vorbeigekommen wären, Mr. Jermyn?«

»Man hat mich oft Jay-Jay genannt – Jowan Jermyn. Nicht sehr fantasievoll, eher schwerfällig.«

»Überhaupt nicht.«

»Ah, Sie wollen unbedingt taktvoll sein! In der Schule waren den Klassenkameraden zwei *Jays* zu viel. Also war ich nur noch Jay. Ich kann nicht sagen, ob ich damit zufrieden bin. Jay! Was ist das? Ein Vogel. Im Lexikon steht, daß es auch ein dummer Mensch sein kann. Ein Mensch, der unachtsam handelt. Einer, der unachtsam über die Straße geht und damit rechnen muß, überfahren zu werden, ist ein *Jaywalker,* ein Verkehrssünder. Sie sehen, daß ich nur hoffen kann, keinen treffenden Namen zu tragen.«

»Was ist schon ein Name? Was halten Sie von Violetta?«

»Violetta?«

»So heiße ich zufällig.«

»Reizend.«

»Nach der Oper natürlich. Und meine Schwester heißt Dorabella.«

»Der Zwilling? Auch reizend. Zu Dorabella kann ich nichts sagen, aber Sie haben mit La Traviata wenig Ähnlichkeit.«

Wir ritten über eine Wiese.

»Halten Sie sich von den Bäumen fern«, fuhr er fort, »falls wieder einer umstürzt. Ich werde sobald wie möglich das Gelände überprüfen lassen. Möglicherweise liegen noch andere herum. Sicher bekomme ich eine Schadensliste von den Pächtern.«

Jetzt hatten wir die Felder überquert und kamen zu einem der gewundenen Wege, an dessen Ende wir auf eine breitere Straße trafen.

Er hielt an. »Die Straße markiert die Grenze zwischen unserem Land und dem der Tregarlands. Wir betreten es nicht. Wissen Sie, wo Sie sich jetzt befinden?«

»Ja, ich denke schon.«

»Reiten Sie geradeaus. Sie werden das Meer bald sehen. Dann sage ich jetzt Lebwohl – oder besser *au revoir*, denn wenn Sie Ihre Schwester besuchen, werden wir uns wiedersehen. Nur heimlich vielleicht, denn Ihre Schwester wird eine Tregarland sein. Wären Sie mit solchen Heimlichkeiten einverstanden?«

»Ich glaube – ja.«

Er neigte den Kopf und zog seine Mütze. »Dann, Miss Violetta … *au revoir*.«

Ich wollte ihm nochmals danken, aber er unterbrach mich.

»Es war mir ein Vergnügen«, sagte er.

»Mir auch«, nickte ich ihm zu.

Widerwillig, wie es schien, wendete er sein Pferd. Lächelnd tat ich das gleiche und ritt zum Haus der Tregarlands zurück.

Dort wurde ich mit großer Bestürzung empfangen. Wo war ich gewesen? Meine Mutter hatte sich Sorgen gemacht. Sie hatte mich längst zurückerwartet.

Ich erzählte ihr rasch, was geschehen war.

»Die Stute hat ein Hufeisen verloren? Du lieber Himmel, du hättest furchtbar stürzen können!«

»Sie ist ein wunderbares Pferd. Auch Mr. Jermyn war dieser Meinung.«

»Mr. Jermyn?«

Natürlich mußte ich ausführlich berichten. Mrs. Lewyth kam ins Zimmer und hörte zu.

»Er war sehr nett«, erklärte ich. »Wirklich unheimlich nett und hilfsbereit.«

»Wußte er, woher Sie kamen?«

»O ja. Ich sagte ihm, daß ich hier wohne, und er hatte auch bereits von Dorabella gehört. Der Nachrichtendienst funktioniere perfekt, meinte er, und beim Schmied erfahre man immer das Neueste. Auf jeden Fall hat mir das Ganze eigentlich nur Spaß gemacht.«

»Na, ich bin froh, daß alles gut ausgegangen ist«, sagte meine Mutter. »Es hätte auch ganz anders sein können.«

Dorabella kehrte mit einem wunderschönen Brillantring glücklich aus Plymouth zurück. Sie zeigte ihn begeistert herum, und da sie jetzt ganz offiziell verlobt waren, wurde Champagner aus dem Keller geholt, und mein nachmittägliches Abenteuer verlor sehr schnell an Bedeutung.

Anschließend kam Dorabella zu mir ins Zimmer. Sie war außerordentlich glücklich und schaute immer wieder voll Stolz auf den Ring. An meinem Abenteuer war sie nicht sonderlich interessiert.

»Dieser Jermyn scheint nett zu sein?«

»O ja, das ist er. Ich hatte Glück, daß er vorbeikam.« Dann erzählte ich ihr, wie der Familienstreit begonnen hatte, und das interessierte sie schon etwas mehr.

»Sie lief ins Meer? Eigentlich ziemlich romantisch ...«

»Romantisch? Es ist tragisch!«

»Aber das, was dem Mann passiert ist, kommt mir viel schlimmer vor. Schrecklich, den Rest seines Lebens in so einem Zustand verbringen zu müssen. Und er hieß Dermot?«

»Ein Name, der in der Familie häufig ist.«

»Wirklich aufregend. Ich bin froh, daß auch du dein kleines Abenteuer hattest.«

»Diesen Besuch werden wir nie vergessen«, sagte ich und dachte an den Gasthof, in dem ich Brandy getrunken hatte.

»Niemals«, sagte Dorabella und starrte wie gebannt auf ihren Ring.

Einen Tag später reisten wir ab.

Nach vielen Diskussionen war beschlossen worden, Weihnachten Hochzeit zu feiern.

Die erste Frau

Zu Hause stürzten wir uns in wochenlange fieberhafte Vorbereitungen. Meine Mutter war ein wenig beunruhigt. Sie hielt die Hochzeit für verfrüht und meinte, man hätte damit eigentlich noch warten sollen.

»Warum?« wollte Dorabella wissen. »Warum sollten wir warten? Was hätte das für einen Sinn? Es ist schließlich nicht leicht, so weit entfernt von einander zu leben.«

»Der Frühling wäre eine schöne Zeit zum Heiraten gewesen«, antwortete meine Mutter. »Oder sagen wir Mai, Juni …«

»Warum denn? Warum?«

Meine Mutter sah Dorabella an und lächelte. »Na gut, wenn ihr euch beide so sicher seid …«

»Natürlich sind wir uns sicher.«

Meine Mutter beließ es dabei, aber als wir allein waren, wollte sie darüber reden. Wie immer besprach sie Probleme lieber mit mir als mit Dorabella.

»Ich wünschte, sie wären bereit gewesen, noch eine Zeitlang zu warten«, begann sie.

»Dorabella will nie auf etwas warten.«

»Ich weiß. Sie ist so impulsiv. Sie sieht die Dinge nicht immer klar, zieht nicht alle Möglichkeiten in Betracht.«

»Aber seine Familie in Cornwall hat dir doch gefallen, nicht wahr? Du hast dich mit Mrs. Lewyth gut verstanden.«

»Ja«, sagte meine Mutter. »Und natürlich bleibt ihr die Verantwortung für das Haus und alles überlassen. Ich glaube nicht, daß es in diesem Punkt Konflikte zwischen ihr und Dorabella geben wird.«

»Dorabella hat bestimmt keine Lust, die Leitung des Haushalts zu übernehmen«, stimmte ich zu.

»Ganz sicher nicht.« Meine Mutter nickte. »Aber …«

»Sie waren reizend zu uns«, fuhr ich fort. »Und sie schienen Dorabella zu mögen. Ohne Vorbehalte, was in ähnlichen Fällen ja vorkommen kann.«

»Ich weiß nicht. Es ging einfach alles zu schnell für mich. Ich hätte gern Zeit gehabt, mehr zu erfahren …«

»Wir waren eine ganze Woche lang dort«, erinnerte ich sie. »Die Leute waren nicht unbedingt so, wie man sich eine Familie normalerweise vorstellt, aber das trifft auf viele Häuser zu.«

»Was willst du damit sagen?«

»Na ja, nach außen hin scheint alles in Ordnung zu sein, aber wenn man an der Oberfläche kratzt, entdeckt man, daß sich darunter alles mögliche verbirgt, was den Konventionen nicht entspricht – wenn du weißt, was ich meine. Da gibt's eine Haushälterin, die eigentlich keine ist. Da gibt's ihren Sohn, der sich um Gut und Ländereien kümmert. Dann ist da noch Dermot, der sich für seinen Besitz nicht sonderlich zu interessieren scheint. Und der Vater sitzt nur herum. Er erinnert mich an einen Puppenspieler, der die Fäden in Händen hält.«

»Kam er dir wirklich so vor?«

»Es war nur so ein Gedanke, der mir durch den Kopf ging. Und zu allem noch diese Familienfehde …«

Meine Mutter lachte. »Komisch, daß du einen ihrer Feinde getroffen hast. Was die Tregarlands davon gehalten haben? Sie ließen sich nichts anmerken.«

»Nein, und genau so etwas meine ich. Mir kam's so vor, als ob sich unter der Oberfläche etwas zusammenbraute.«

»Das bildest du dir ein«, sagte meine Mutter.

»Vielleicht liegt es an der Gegend – dieser Aberglaube, all die Dinge, die Unglück bringen. Daß man auf dem Weg zum Boot keinem Pfarrer begegnen darf und daß einem jemand die Handschuhe aufheben muß, die man fallenläßt.«

»Dein Fremdling erwies sich als Segen. Wenn du mich fragst – ich finde, es ist Zeit, daß sie den dummen alten Streit über etwas begraben, das sich vor hundert Jahren abgespielt hat. Und Dorabella inmitten all dieser merkwürdigen Geschichten. Ob sie sich wohlfühlen wird?«

»Sie ist in Dermot verliebt.«

Meine Mutter nickte mit gerunzelter Stirn.

»Mach dir keine Sorgen«, sagte ich. »Sie fällt immer wieder auf die Füße.«

»Sie wird dich vermissen.«

»Und ich sie.«

»Das ist der Nachteil, wenn man ein Zwilling ist. Die Nähe zum anderen ist manchmal wunderbar, aber dann kommt irgendwann die unausweichliche Trennung.«

»Aber sie fährt doch nicht ans Ende der Welt!« rief ich aus. »Außerdem kann ich hinfahren und sie besuchen, und sie wird bestimmt auch oft nach Hause kommen.«

»Ja, vermutlich wird sie mit Dermot oft bei uns sein.«

»Natürlich. Gordon Lewyth kümmert sich doch um alles.«

Wieder zog sie die Stirn in Falten. Was mich überraschte, denn ich hatte geglaubt, unser Aufenthalt in Cornwall hätte sie gefreut. Aber auch meine Mutter ließ sich wohl von dem unbestimmten Gefühl beeindrucken, daß nicht alles so war, wie es den Anschein hatte.

Weihnachten rückte heran – ein ganz besonderes Fest, dessen Höhepunkt diesmal die Hochzeit sein sollte. Die Kirche war wunderschön geschmückt. Dermot sollte wenige Tage vor der Trauung eintreffen, weil die Zeremonie in der Kirche geprobt werden mußte. Ich würde die Brautjungfer sein, und die kleine Tochter und der Sohn von Onkel Charles sollten Blumen streuen. Unser Bruder war zu alt für diese Rolle und hätte ein solches Anerbieten auch entsetzt von sich gewiesen.

Dorabellas Kleid hing im Schrank. Sie schaute es hundertmal am Tag an und grübelte, ob es nicht zu lang oder zu kurz sei oder ob der Rock nicht noch mit einer Extralage Spitze verschönert werden könnte. Außerdem wurde die Frage, ob sie einen Orangenblütenkranz auf dem Kopf tragen sollte oder nicht, heftig diskutiert. Meine Mutter wollte es unbedingt, weil das bei ihrer eigenen Hochzeit so gewesen war.

»Ist das nicht ein bißchen altmodisch?« fragte Dorabella immer und immer wieder.

»Und wenn schon, was spielt es für eine Rolle?« war meine Gegenfrage.

»Was es für eine Rolle spielt? Es ist *meine* Hochzeit!«

»Der Kranz ist wunderschön, und Mummy möchte, daß du ihn trägst. Er weckt Erinnerungen.«

»Es ist aber *meine* Hochzeit!«

»Keiner wird es vergessen, dafür sorgst du schon.«

»Dann mußt du so einen Kranz auch bei deiner Hochzeit tragen.«

»Bei meiner? Wenn es die überhaupt gibt.«

»Natürlich wird es die geben. Wenn ich erst fort bin, hast du bessere Chancen.«

Wir lachten, und ich wurde daran erinnert, wie einsam ich ohne sie wäre.

Dermot traf Anfang der Woche ein. Er strahlte, und Dorabella war überglücklich, ihn zu sehen.

Meine Mutter und ich beobachteten die Ankunft vom Fenster aus und sahen, wie er und Dorabella sich aneinander klammerten.

Wir lächelten uns an.

»Es ist alles in Ordnung«, sagte meine Mutter. »Das ist ein guter Junge.«

Dann gingen wir hinunter, ihn zu begrüßen.

Beim Abendessen wurde viel gelacht. Dermot war offensichtlich sehr glücklich, und Dorabella auch.

Alles würde gut werden.

Die kommenden Tage verflogen. Gäste trafen ein. Das Haus war voll und die Vorbereitungen im Gange. Die Hochzeit sollte gleich nach den Feiertagen stattfinden, und am Tag darauf würde das Brautpaar in die Flitterwochen fahren. Dorabella konnte von nichts anderem reden. Sie und Dermot hockten fast immer zusammen. Ein- oder zweimal ritt ich mit ihnen aus, fühlte mich dabei aber ein wenig überflüssig, und als ich es ablehnte, sie zu begleiten, erhob keiner Einspruch. Wahrscheinlich waren sie erleichtert, ließen es sich aber nicht anmerken.

Am Weihnachtsabend ging ich zufällig in die Küche.

Mrs. Mills, die Köchin, saß am Tisch und rührte in einer Schüssel. Sie redete mit einem Dienstmädchen, und ich hörte die Bemerkung: »Du kannst sagen, was du willst, es ist einfach nicht richtig. Sie hätten es anders machen sollen. Es war nie richtig und wird nie richtig sein. Ich meine ...«

»Was ist nicht richtig, Mrs. Mills?« fragte ich.

Sie sah verlegen aus und zuckte mit den Schultern.

»Ach, nichts, Miss Violetta. Ich hab' in den letzten Tagen so viel Arbeit gehabt, daß ich nicht mehr weiß, was vorne und hinten ist.«

»Vielleicht sollten wir Amy Terrett aus dem Dorf holen, damit sie Ihnen helfen kann.«

»Amy Terrett? Nein, danke! Ich müßte ihr dauernd sagen, was sie zu tun hat. Da mach' ich lieber gleich alles selber.«

»Meine Mutter würde sie sicher gern engagieren, wenn es eine Hilfe für Sie wäre.«

»Sagen Sie meiner Lady ja nichts davon! Ich beschwere mich nicht über die Arbeit. Es ist eine Hochzeit, und Hochzeiten gibt es nur ab und zu, und wenn ich es nicht packe, dann weiß ich nicht wer ...«

»Aber irgendwas stimmt doch nicht. Sie sagten, es wäre nicht richtig.«

»Das war schon immer Ihre Art, nicht wahr, Miss Violetta? Seit Sie klein waren. Immer fragen, fragen – warum dies, warum das und immer weiter bohren, bis eine Antwort kommt. Miss Dorabella ist da ganz anders. Es sei denn, es geht um sie selber.«

»Hat es mit Dorabella zu tun?« fragte ich.

»Es hat mit einem Elefanten zu tun, der aus einer Mücke gemacht wird, könnte man sagen.« Sie sah das Dienstmädchen an und hob die Schultern. »Sie geben keine Ruhe, bis Sie's aus mir rausgequetscht haben, nicht wahr? Ich hab' nur gesagt, daß Mr. Tregarland nicht hier sein sollte.«

»Warum nicht?«

»Weil er der Bräutigam ist, deshalb.«

»Aber er muß doch hier sein. Ohne ihn gibt es keine Hochzeit.«

»Stimmt. Aber er hätte wo anders wohnen sollen. In einem Hotel zum Beispiel.«

»Wir haben doch genug Platz.«

»Es ist nicht richtig, daß die Braut und der Bräutigam in der Nacht vor der Hochzeit unter einem Dach schlafen. Das bringt Unglück.«

»Aber Mrs. Mills, so einen Blödsinn hab' ich ja noch nie gehört! Er war schon früher bei uns, und wir haben seine Familie besucht. Da waren wir ja auch alle zusammen unter einem Dach. Und niemand hat sich was dabei gedacht.«

»Es ist aber die Nacht vor der Hochzeit.«

»Das versteh' ich nicht.«

»Sie sind eben noch sehr, sehr jung, Miss Violetta. Es ist noch gar nicht lange her, da saßen Sie an diesem Tisch, stopften sich Rosinen in den Mund und dachten, ich würde nichts merken. Und Dorabella war auch dabei. Es gibt eben Dinge, die man lernen muß. Ich kann Ihnen nur sagen, es bringt Unglück, wenn Braut und Bräutigam die Nacht vor der Hochzeit unter demselben Dach verbringen.«

Ich lachte. »Bald sind sie verheiratet, und dann ist es egal, ob sie unter demselben Dach schlafen oder nicht.«

»Ich wiederhole ja auch nur, was ich immer gehört habe. Aber Miss Dorabella darf es nicht erfahren.«

»Machen Sie sich keine Gedanken. Es würde ihr nichts ausmachen.«

»Das ist wahr. Sie hat nie beachtet, was sie nicht beachten wollte.«

Auf dem Tisch stand ein Glas mit Rosinen. Ich beugte mich vor, nahm eine und steckte sie, Mrs. Mills anlächelnd, in den Mund.

»Ganz schön frech«, sagte Mrs. Mills.

Dann ging ich aus der Küche, und erst später fiel mir ein, daß ich vergessen hatte, ihr zu sagen, es käme noch einer zusätzlich zum Abendessen.

Heiligabend. Das Weihnachtsscheit war hereingebracht worden. In der Küche wurde Früchtekuchen gebacken und Glühwein für die Sternsinger vorbereitet, die später vorbeikommen würden. An die Pächter in den Bauernhäusern hatten wir Geschenkkörbe geschickt, denn in Caddington wurden die alten Traditionen und Gebräuche gewahrt.

Mein Onkel Charles war mit seiner Familie und Großmutter Lucie zu Besuch. Das Haus war voll.

Die Großmütter Lucie und Belinda waren gemeinsam in einem Zimmer untergebracht und redeten über alte Zeiten. Das Leben beider war – oft auf dramatische Weise – miteinander verwoben, und es herrschte eine ähnliche Beziehung zwischen ihnen wie zwischen meiner Mutter und Tante Annabelinda, die viele Jahre zuvor eines gewaltsamen und rätselhaften Todes gestorben war. Darüber wurde bei uns aber nicht gesprochen. Großmutter Belinda wollte es nicht, und auch meine Mutter erzählte nie etwas über sie.

Edward traf mit Gretchen ein. Die beiden waren inzwischen verlobt.

Ich dachte oft, wie bedeutsam doch unsere Reise nach Deutschland gewesen war. Wären wir nicht hingefahren, gäbe es keine Hochzeitsvorbereitungen. Und Edward und Gretchen? Nun, er war ihr schon vorher begegnet, aber ich konnte mich des Gefühls nicht erwehren, daß die Ereignisse im Bayerischen Wald die Verbindung gefördert hatten. Jedenfalls hatte Edward eingesehen, daß er sie in Deutschland nicht zurücklassen konnte.

Beim Essen gab es viel Gelächter. Wir zerrissen Knallbonbons, setzten unsere Papphüte auf, lasen unsere Sprüche vor und lachten über die nutzlosen kleinen Dinge, die mit den Zetteln aus den Knallern fielen – Herzen aus Gold- und Silbermetall, Schlüsselringe, Trillerpfeifen und dergleichen mehr.

Mein Vater saß am oberen Ende des Tisches und war sehr glücklich. Er liebte es, die Familie um sich zu haben, und hatte keinerlei Bedenken, was die bevorstehende Eheschließung betraf; höchstens, daß es ihm recht gewesen wäre, wenn Dermot sich mehr für seinen zukünftigen Besitz interessiert hätte, so wie das Gordon Lewyth tat, der es sich zur Aufgabe gemacht hatte, die Landwirtschaft in Schwung zu halten.

Aber vielleicht bildete ich mir auch das wiederum nur ein. Seine Tochter heiratete das Mitglied einer Familie in Cornwall, deren Status dem seiner eigenen glich. Und das wünschten sich sicher die meisten Väter für ihre Töchter. Die Dinge liefen also zu jedermanns Zufriedenheit.

Als wir uns erhoben, kamen die Sternsinger. Ich hörte sie im Hof. Wir gingen wie jedes Jahr hinaus, sie zu begrüßen, und sangen alle Weihnachtslieder mit, die wir kannten. Danach holten wir die Sänger in die Halle, wo Mrs. Mills mit Früchtekuchen und Glühwein auf sie wartete.

»Frohe Weihnachten, frohe Weihnachten ...«, schallte es durch den Raum.

»Ein langes Leben und viel Glück für Miss Dorabella.«

Dorabella strahlte mit vor Aufregung geröteten Wangen. Dermot stand neben ihr, und alle sagten, was für eine schöne Braut sie neben solch einem gutaussehenden Bräutigam abgeben würde.

Für mich war dieses Weihnachtsfest ein wenig traurig. Ein Lebensabschnitt ging zu Ende. Ab morgen wäre Dorabella zwar immer noch meine Zwillingsschwester, vor allem aber Dermots Frau.

Als ich im Bett lag, kam sie zu mir, was mich nicht wunderte. Sie stand neben meinem Bett. In ihrem blauen Nachthemd mit passendem Morgenrock, das Haar über die Schultern fallend, sah sie sehr jung und so leicht verletzbar aus.

»Hallo, Vee«, sagte sie.

»Hallo.«

»Es ist kalt hier draußen.« Sie zog den Morgenrock aus, ließ ihn zu Boden gleiten und schlüpfte zu mir ins Bett.

Wir lachten.

»Alles in Ordnung?« fragte ich.

Sie legte einen Arm um mich. »Hmm«, seufzte sie.

»Das klingt, als wärst du dir nicht so sicher. Willst du vielleicht alles abblasen?«

Sie lachte. »Machst du Witze?«

»Bei dir würde mich nichts überraschen.«

»Ich bin unheimlich – wahnsinnig – glücklich.«
»Wirklich?«
»Na ja …«
»Ein bißchen bange?«
»Vielleicht.«
»Es heißt, jede Ehe wäre ein gewaltiges Wagnis.«
»Mit Dermot wird alles gut gehen. Ich kann mich um ihn kümmern.«
»Stimmt. Du konntest dich – wie du's ausdrückst – immer gut um die Leute kümmern.«
»So wie um dich all die Jahre?«
»Jetzt machst *du* Witze! Wenn ich mich recht erinnere, war ich eher diejenige, die sich gekümmert hat.«
»Hast du auch, liebes Schwesterchen. Stimmt genau. Und ich wünschte mir, daß es so weiter ginge.«
»Wie denn? Aus weiter Ferne?«
»Das ist es eben, was mir nicht gefällt – so weit weg zu leben. Es wird nicht mehr wie früher sein, nicht wahr?«
»Natürlich nicht – sei vernünftig! Wie kann es wie früher sein? Du wirst nicht mehr Miss Dorabella Denver sein, sondern Mrs. Dermot Tregarland.«
»Ich weiß.«
»Dorabella? Jetzt mal im Ernst. Kommen dir etwa Bedenken? Dafür ist es reichlich spät.«
»Oh, nein. Ich wünschte nur, du könntest mitkommen.«
»Was? Nach Venedig? Flitterwochen zu dritt! Was würde Dermot dazu sagen?«
»Das meine ich nicht. Ich meine danach. Ich wünschte, du würdest mit nach Cornwall kommen.«
»Ich werde euch besuchen.«
»Ehrlich? Oft?«
»Und ihr kommt zu uns.«
»Ja, natürlich. Aber … ich möchte, daß du immer dort bleibst.«
»Nein, das möchtest du nicht. Du bist jetzt ein großes Mädchen. Du brauchst dort nicht ständig dein anderes Ich.«
»Doch. Ich weiß es seit langem. Wir sind *eine* Person.

Wenn du an die Zeit denkst, bevor wir geboren wurden, wo die meisten Kinder allein sind, da waren wir schon beieinander und entwickelten uns zusammen. Wir sind ein Teil voneinander. Es gibt etwas zwischen uns, das andere nicht verstehen können.«

»Ich verstehe dich genau.«

»Natürlich. Du gehörst ja zu mir. Du warst immer da. Erinnerst du dich an die schreckliche Miss Dobbs in der Schule? Sie wollte uns mal trennen. ›Du mußt auf eigenen Beinen stehen, Dorabella.‹ Weißt du noch?«

»Ich erinnere mich gut.«

»Ich haßte sie, weil sie uns nicht nebeneinander sitzen lassen wollte.«

»Und du konntest deine Rechenaufgaben nicht lösen.«

»Die für dich ein Klacks waren.«

»Und die du auch mit ein wenig Anstrengung geschafft hättest. Miss Dobbs lag da ganz richtig. Du hättest auf eigenen Beinen stehen sollen.«

»Warum denn, wenn ich deine hatte? Und dir hat es auch gefallen. Du hast dich immer gefreut, wenn ich diese fürchterlichen Aufgaben nicht ohne dich machen konnte. Dann hast du mit der Zunge geschnalzt – genau wie Miss Dobbs. ›Du bist wirklich hoffnungslos, Dorabella.‹ Ich kann deine Stimme jetzt noch hören und dein zufriedenes Lächeln sehen, wenn ich die Aufgaben bei dir abschrieb. Du warst eine alte Streberin, immer bemüht, besser zu sein als ich. Es hat dir gefallen, wenn ich ohne dich nicht auskam.«

Wir lachten. Es stimmte. Ich wollte meistens, daß sie sich bei mir anlehnte. Sie konnte alle bezaubern, aber ich wurde wegen meiner hervorragenden Leistungen bewundert. Wenigstens das!

Dann ging es wieder los: »Weißt du noch …?« Bald kugelten wir uns vor Lachen. Wir hatten so viele Erinnerungen.

Schließlich hörte ich die Turmuhr Mitternacht schlagen und sagte: »Hör mal, heute ist dein Hochzeitstag!«

»Ja«, sagte sie und klammerte sich an mich.

»Komisch – du eine verheiratete Frau!«

»Es wird wundervoll sein, nicht wahr?« Ich hörte heraus, daß sie Bestätigung suchte.

»Ich weiß, was mit dir los ist«, sagte ich. »Du hast kalte Füße gekriegt.«

»Meinst du wirklich?«

»Wirklich.«

»Ich … ich hab' keine Angst vor Dermot. Es ist nur, daß jetzt alles zu Ende ist, was einmal war … mit uns.«

»Ich werde immer noch da sein und du nicht aus der Welt, nur in einem anderen Teil Englands. Es gibt Züge. Ich brauche mich nur in einen zu setzen – oder du –, und dann sind wir wieder zusammen.«

»Das sag' ich mir ja auch die ganze Zeit. Vee …?«

Sie blieb still, und ich sagte: »Was?«

»Versprich mir eines: Wenn ich dich bei mir haben will – ganz plötzlich –, dann kommst du. Du wirst nicht denken, daß sich zwischen uns etwas geändert hat, nur weil ich verheiratet bin? Du wirst immer zu mir halten, nicht wahr, bis daß der Tod uns scheidet?«

Ich wollte darauf etwas Witziges erwidern, wollte sagen, das wären ihre Worte für den kommenden Tag und sie hätte die Ereignisse durcheinander gebracht, aber ich spürte, wie ernst es ihr war, und wiederholte, was sie gesagt hatte: »Ich werde da sein, wann immer du mich bei dir haben willst, bis daß der Tod uns scheidet.«

Sie gab mir einen Kuß, kletterte aus dem Bett, zog ihren Morgenrock an und lächelte auf mich herab.

»Jetzt wird geschlafen«, sagte sie. »Viel los morgen.«

Nachdem sie gegangen war, lag ich noch lange wach und dachte über sie nach. Und das Gefühl leichten Unbehagens wurde ich einfach nicht los.

Alles lief nach Plan. Dorabella und Dermot wurden getraut. Die wunderschön geschmückte Kirche war voll mit unseren Freunden, Verwandten, Hausangestellten und den Leuten aus dem Dorf.

Dorabella schritt am Arm meines Vaters durch den Mittelgang und an Dermots Arm aus der Kirche. Alle flüsterten, wie strahlend schön und glücklich sie aussähe und was für eine wunderbare Hochzeit es sei.

Den ganzen Tag lang wurde fröhlich gefeiert. Viele Glückwunschbotschaften trafen ein, und eine Menge Leute kamen zum Empfang in die große Halle, die vor lauter Menschen schier aus den Nähten platzte.

Von Dermots Familie war keiner gekommen. Sein Vater war erkältet, und Mrs. Lewyth wollte ihn nicht allein lassen. Gordon konnte mit unserem Verständnis rechnen, daß er zu einer Zeit zu Hause blieb, in der die meisten der Angestellten nur an Weihnachten und ihre Familien dachten.

Darüber sprach Mrs. Mills in der Küche, und zweifellos hielt sie es für ein schlechtes Omen, insbesondere, da die Braut die Nacht vor der Hochzeit mit dem Bräutigam unter einem Dach verbracht hatte.

Alle anderen schienen sich jedoch nicht daran zu stören. Das junge Brautpaar war offensichtlich verliebt, und Dorabellas Ängste, die sich ihrer in meinem Bett bemächtigt hatten, schienen verflogen zu sein.

Alles würde gut werden, sagte ich mir. Ich könnte sie oft besuchen. Wir würden vergnügt miteinander sein. Vielleicht würde ich dann auch diesen interessanten Jowan Jermyn wiedersehen. Das wäre amüsant.

Wir tranken Champagner, mein Vater hielt eine Rede, dann sprach Dermot – alles, wie es sein mußte.

Am folgenden Tag fuhr das frischgebackene Ehepaar nach Venedig.

Dann wurde mir plötzlich klar, wie einsam ich ohne sie war. Sie hatte recht gehabt, als sie von unserer Bindung sprach. Sie war so stark wie eh und je. Es hatte mir gefallen, daß sie sich an mich lehnte. Ich hatte es genossen, daß sie die Aufgaben von mir abschrieb.

Ich wußte, daß mein Leben ohne sie ganz anders wäre und spürte eine plötzliche Leere, eine tiefe Einsamkeit.

Dorabella und Dermot waren von ihren drei Flitterwochen in Italien zurückgekehrt. Sie hatte geschrieben, daß es in Cornwall herrlich wäre. Sie schrieb oft, und ihren Briefen war zu entnehmen, daß sie sich auf Tregarland glücklich fühlte.

Der Winter war ziemlich hart geworden. Es gab Schnee, und meine Mutter erkältete sich. Sie war selten krank, aber wenn sie sich einmal nicht wohl fühlte, übernahm stets ich die Aufgabe, sie zu pflegen. Wäre sie nicht krank geworden, hätte ich Cornwall einen Besuch abgestattet.

Meine Mutter sagte: »Für Dorabella ist es vielleicht besser, wenn sie sich allein zurechtfindet. Alles ist neu für sie, und sie wird sich bestimmt einige Zeit nach ihrem früheren Zuhause sehnen. Sie soll sich erst mal an alles gewöhnen. Dann besuchen wir sie im Frühjahr.«

Als Edward hörte, daß es meiner Mutter nicht gut ging, kam er vorbei, und wir erfuhren, daß er im März heiraten wollte.

»Das wird alles vereinfachen«, sagte er. »Wir hatten es ja seit langem geplant, aber Gretchen wollte zuerst noch ihre Familie besuchen. Davon bin ich jedoch nicht allzu begeistert. Wenn wir heiraten, wird sie Engländerin. So ist es mir lieber.«

»Ist denn wieder … etwas passiert?«

Er schüttelte den Kopf. »Aber dieser Kerl hält sich immer noch in der Gegend auf, was mir gar nicht gefällt.«

»Das kann ich verstehen«, sagte meine Mutter.

Als er gegangen war, brachte sie ihre Bedenken zum Ausdruck. »Es steht ganz außer Frage«, sagte sie, »daß er Gretchen sehr gern hat, und sie ist ja auch ein nettes Mädchen, aber ich frage mich, ob er sie vielleicht aus Mitleid heiraten will.«

»Was wäre daran so schlimm?«

»Es ist nicht genug.«

»Dieser Vorfall auf der Burg hat bei ihm eben einiges ausgelöst.«

»Nun ja, es wird schon in Ordnung sein. Edward war eben immer auch *mein* Baby.«

»Ich weiß. Ich hoffe nur, daß es dir bis zur Hochzeit wieder gut geht.«

»Dazu bin ich fest entschlossen.«

Und es ging ihr tatsächlich besser, obwohl die Erkältung nicht ganz abgeklungen war. Die Großeltern Greenham richteten diese Hochzeit aus, und ich fragte mich, was Mrs. Mills wohl dazu sagte, daß die Feier im Haus des Bräutigams stattfand, was den guten Sitten ebenfalls nicht entsprach. Aber das Zuhause der Braut lag in Deutschland. Vielleicht machte das Schicksal in diesem Fall Zugeständnisse – anders als bei Dermot, der schließlich in einem Hotel hätte übernachten können.

Ich erzählte meiner Mutter, was mir durch den Kopf ging, und wir lachten darüber.

Es war eine sehr schöne Hochzeit. Gretchen sah reizend und glücklich aus, obwohl sie sich um ihre Familie sorgte. Wenigstens waren keine schlechten Nachrichten aus Deutschland gekommen.

In den Flitterwochen wollte sie die Familie mit Edward besuchen, und sie erzählte mir später, daß sich alle sehr über diese Eheschließung freuten.

Meine Eltern und ich fuhren mit Großmutter Belinda nach Caddington zurück. Ich sah sofort, wie erschöpft meine Mutter war und daß sich ihre Erkältung wieder verschlimmert hatte. Deshalb befahl ich ihr, ins Bett zu gehen. Ich wollte mein Abendessen dann mit ihr gemeinsam im Schlafzimmer einnehmen.

Beim Essen erklärte sie mir, es ginge ihr schon viel besser, und wir redeten über Edward.

»Es war so bewegend, ihn dort zu sehen«, sagte sie. »Edward, ein erwachsener Mann, der heiratet. Als ich ihn zum erstenmal sah, lag er im Garten der Plantains im Kinderwagen.«

»Wer waren die Plantains?«

»Seine Pflegeeltern«, erklärte sie. »Er sollte bei ihnen aufwachsen, weil Madame Plantain gerade das eigene Baby verloren hatte. Es wurde tot geboren. Sie war verzweifelt gewesen, bis man ihr Edward brachte.«

»Was war mit Edwards Eltern?«

»Du solltest es sowieso irgendwann erfahren. Sein Urgroßvater sagte zwar einmal: ›Es gibt Dinge, über die man

Schweigen bewahren sollte.‹ Doch das war damals. Aber jetzt – es ist so lange her.« Sie verstummte. Dann fuhr sie fort: »Ich erzähle es nur dir. Sag es niemandem weiter, vor allem Dorabella nicht. Sie konnte nie ein Geheimnis für sich behalten. Jean Pascal Bourdon war Edwards Urgroßvater. Er arrangierte alles. Er war ein sehr gebildeter Aristokrat, der wußte, wie man das Leben meistert. Es begann nämlich damit, daß Annabelinda, Großmutter Belindas Tochter, die Schwester deines Vaters ...«

»Tante Annabelinda – die, die in dem alten Haus starb?«

»Es ist eine komplizierte Geschichte. Aber als Annabelinda und ich zusammen zur Schule gingen, verliebte sie sich in einen jungen Mann. Er war Deutscher. Edward war das Ergebnis. Annabelinda war noch ein Schulmädchen. Wir lebten in Belgien. Jean Pascal sorgte dafür, daß Madame Plantain das Kind als ihr eigenes annahm. Sie wohnte in der Nähe der Schule, und ich traf sie und sah das Baby, obwohl ich zuerst nicht wußte, daß es Annabelindas Kind war. Ich fand es zufällig heraus und wurde in das Geheimnis eingeweiht. Dann kam der Krieg, das Haus der Plantains wurde bombardiert, die Plantains getötet, und ich kam vorbei und sah das Kind in seinem Wagen im Garten. Ich nahm es mit nach Hause. Aber die Umstände seiner Geburt wurden vertuscht.«

»Weiß Edward Bescheid?«

»Ja. Ich habe ihm vor kurzem alles gesagt. Ich hatte es vorher mit deinem Vater und Großmutter Belinda besprochen. Lange Zeit wußte ich nicht, was ich tun sollte. Jean Pascal war sich so sicher gewesen, daß es das Beste wäre, ihn nicht aufzuklären. Edward weiß auch nicht alles. Er weiß nicht, wer sein Vater ist, nur daß er Deutscher und seine Mutter Annabelinda war. Jetzt weiß er also, daß er einer von uns ist, und ich glaube, darüber freut er sich sehr. Er gehört zur Familie, und wir meinten, man solle ihn darüber nicht länger im Ungewissen lassen. Die Menschen haben ein Recht darauf zu erfahren, wer ihre Eltern sind.«

»Er wird es sicher Gretchen erzählen.«

»Ganz bestimmt. Ich bin froh, daß er sie geheiratet hat.«

»Aber du dachtest wohl, er hätte es nur aus Mitleid getan.«

»Ich glaube, sie war für ihn bestimmt, verstehst du? Er ist halb deutsch und fühlt sich zu einem deutschen Mädchen hingezogen. Findest du es nicht auch bemerkenswert, daß sie sich ineinander verliebt haben?«

»Doch. Und zu Kurt fühlte er sich auch hingezogen, als sie zusammen studierten. Sie wurden gute Freunde. Vielleicht hat es damit zu tun, daß sie aus demselben Land stammen, auch wenn sie es nicht wußten.«

»Ich bin sicher, daß er mit Gretchen sehr glücklich wird. Und ich bin froh, daß er sie aus diesem ... diesem unerfreulichen Dasein herausgeholt hat.«

Dorabella verheiratet. Edward verheiratet. Lange Zeit war immer alles gleich geblieben, und auf einmal – Veränderungen zuhauf.

Hin und wieder hörte ich von Dorabella. Sie zeigte sich plötzlich von einer ziemlich unerwarteten Seite – sie schrieb viele Briefe. Und die meisten dieser Briefe waren natürlich an mich gerichtet. Bisher waren sie kurz gewesen, was bedeutete, daß es ihr gut ging und mir den Eindruck vermittelte, daß sie mich nicht so sehr vermißte wie ich sie. In einem meiner Antwortbriefe berichtete ich ihr von Mutters Gesundheitszustand und was auf Caddington passiert war. Ich erklärte ihr, daß der Grund, warum ich sie noch nicht besucht hatte, Mutters hartnäckige Erkältung sei, und daß ich, weil mich Mutter nach Cornwall begleiten wollte, lieber noch keine Reisepläne machen wolle.

Es waren ganz normale Briefe. Doch dann traf ein ziemlich dicker Brief ein. Ich nahm ihn mit auf mein Zimmer, um ihn richtig genießen zu können und von keinem dabei gestört zu werden.

»Liebe Vee,
wie geht es Dir? Ich wünschte, Du wärst hier. Es wäre herrlich, mit Dir zu reden, denn hier ist niemand, mit dem ich so wie mit Dir sprechen kann.«

Ich zuckte zusammen. Es war also doch nicht alles in Ordnung. Warum konnte sie sich nicht ihrem Mann anvertrauen?

»Es ist merkwürdig hier, nicht wie ein Zuhause. Man hat das Gefühl, daß irgendwas in der Luft liegt. Das Meer rauscht nachts so merkwürdig. Ich glaube, ich werde mich nie daran gewöhnen. Matilda ist sehr lieb. Sie kümmert sich um alles. Ich mische mich nicht ein. Es interessiert mich nicht, und ich möchte auch diesem alten Drachen von Köchin nicht jeden Morgen gegenüberstehen und die Mahlzeiten mit ihr besprechen. Die Dienstboten sind hier nicht so nett wie bei uns. Wahrscheinlich, weil unsere uns seit einer Ewigkeit kennen.

Vee, ich weiß nicht, wie ich es Dir beschreiben soll. Aber dieses Haus – ich kann mich nicht daran gewöhnen. Es war in Ordnung, als Ihr da wart. Es war ganz anders damals, wie ein Zuhause, mit Dir und den Eltern und so. Ihr habt dafür gesorgt, daß alles ganz normal schien. Jetzt ist es anders. Ich habe das Gefühl, daß mich die Leute beobachten. Sie tun es natürlich nicht. Es kommt mir nur so vor. Die Augen der Porträts in der Bildergalerie … Sie folgen mir, starren mich an, und es sieht aus, als veränderten sie sich, wenn ich sie ansehe. Sie lachen mich aus, verspotten mich. Manche machen den Eindruck, als ob sie mich warnen wollten.

Es ist albern, ich weiß. Ich passe einfach nicht hierher. Daher kommt es wahrscheinlich.

Dermot ist wunderbar. Er ist sehr freundlich und sanft, so, wie er von Anfang an war. Nur die anderen verstehe ich nicht. Ich meine den alten Herrn und Gordon. Der Alte scheint sich ständig über irgendwas lustig zu machen. Über mich, glaube ich. Und Gordon ist ständig vor irgendwas auf der Hut. Der alte Herr sagt mir immer, wie hübsch ich wäre und wie sehr es ihn freue, mich zu sehen. Ich soll immer in seiner Nähe sitzen, und dann tätschelt er meine Hand. Gleichzeitig habe ich aber das Gefühl, daß er mich verspottet. Allerdings nicht nur mich, die anderen auch. Gordon arbeitet meistens. Er sagt nicht viel, aber ich glaube, es wäre ihm lieber, wenn ich nicht da wäre.

Matilda ist nett. Ich glaube, sie weiß, wie ich mich fühle. Neulich sagte sie zu mir: ›Es fällt dir schwer, dich einzugewöhnen, nicht wahr, Dorabella?‹ Ich zögerte. Es kam mir unhöflich vor, es zuzugeben. Aber es ist die Wahrheit.

Sie sagte: ›Hier ist alles fremd für dich. Das Haus ist sicher ganz anders als das, in dem du aufgewachsen bist.‹

Ich erklärte ihr, daß es sich nicht allzu sehr von unserem unterscheidet. Es sei ein altes Haus, und ältere Häuser seien sich ähnlich. Nein, am Haus liege es nicht.

›Dann sind es die Menschen‹, meinte sie.

Ich versicherte ihr, daß es nichts mit den Bewohnern zu tun haben könne. Alle wären so freundlich zu mir.

›Natürlich‹, sagte sie. ›Sie sind ja jetzt auch deine Familie, dein Zuhause. Ich denke, du vermißt deine Schwester, nicht wahr? Ihr wart immer zusammen.‹

Das bestätigte ich, und sie sagte, sie verstehe mich und alles würde gut werden. Ich versuche, daran zu glauben. Aber es ist nicht mehr so, wie es war, Vee.

Jetzt muß ich Dir etwas Eigenartiges berichten. Es hat mich so schockiert, als ich es hörte. Erzähl den Eltern aber noch nichts davon – erst, wenn ich es Dir sage. Ich weiß nicht, was sie davon halten. Wahrscheinlich werden sie sagen, wir hätten es vorher wissen sollen. Ich bezweifle aber, daß es einen Unterschied gemacht hätte. Ich hätte Dermot trotzdem geheiratet.

Es ist nämlich so, Vee – Dermot war schon einmal verheiratet!«

Mir stockte der Atem. Schon einmal verheiratet! Das war es also, was sie bewegte. Warum hatte er nichts davon erzählt? Jetzt begriff ich, warum sie glaubte, daß die Porträts sie alle beobachteten. Sie mußte sehr durcheinander sein.

»Ja, er war schon einmal verheiratet. Sie starb. Zwei Jahre, bevor wir uns kennenlernten. Er hat es mir eines Nachts gestanden. Ich kann Dir sagen, es war ein Schock. Er fragte, weshalb ich mich darüber aufregte. Es habe schließlich nichts mit *uns* zu tun. Er sei jung und ungestüm gewesen und hätte sich kopflos in die Ehe gestürzt. Es sei ganz anders gewesen als das, was mit uns geschehen sei. Es habe nie zuvor eine wie mich gegeben. Die Sache war ziemlich merkwürdig. Da gab es doch die Geschichte mit der Familienfehde, erinnerst Du Dich? Dieser Jowan hatte sie Dir erzählt. Ich bin ihm übrigens nie begegnet. In einem Laden hörte ich jemanden sagen, er sei im Ausland. Also – Dermots Frau ist ertrunken! Sie ging schwimmen, und es gab Gegenströmungen oder sowas, und sie hätte nicht ins Wasser gehen dürfen. Ihre Leiche wurde einige Tage später an Land gespült, und zwar an den Strand, der direkt unterhalb des Hauses liegt. Es ist seltsam, wenn man an die Geschichte mit dem Mädchen denkt. Sie hatte sich seinerzeit selbst ertränkt, und als dies nun passierte, wurden die alten Wunden wieder aufgerissen. Dermot sagte, er wolle nicht darüber nachdenken, nur alles vergessen. Deshalb habe er es mir nie erzählt. Das Meer ist so nah. Für das Jermyn-Mädchen war es einfach gewesen. Und dann Dermots Frau. Sie hieß Annette. Ein hübscher Name. So romantisch.

Ich war so schockiert, als ich davon hörte. ›Warum hast du bloß nichts gesagt?‹ fragte ich Dermot immer wieder. Er sagte, er habe geglaubt, dann würde sich alles ändern. Natürlich hätte sich was geändert. Er erschien mir immer so jung und sorglos. Er sah nicht aus wie ein Mann mit einer Frau, die auf diese Weise umgekommen ist.

Er sagte, es sei eine schlimme Zeit gewesen. Es habe eine gerichtliche Untersuchung gegeben. Das Urteil lautete dann natürlich: Unfalltod. Er erklärte mir auch, das Meer sei meistens sicher, aber man müsse auf den Wind und Gegenströmungen achten.

Das war es, was ich Dir erzählen wollte. Alles ist ganz anders geworden. Ich wollte es Dir gleich sagen, aber ich wollte auch wiederum nicht darüber nachdenken, deshalb habe ich das Schreiben immer wieder verschoben.

Wenn du hier wärst, könnte ich mit Dir reden. Es wäre einfacher. Schreibt man es nieder, klingt es so viel ernster, wichtiger. Wenn ich mit Dir *reden* könnte, wäre es viel besser.

Erzähl aber bitte unseren Eltern nichts. Noch nicht. Was würden sie wohl dazu sagen? Hier wissen natürlich alle Bescheid. Es wird getratscht. Die Hausangestellten beobachten mich ununterbrochen. Wie ich schon sagte, sie sind mißtrauisch. Ich gehöre nicht zu ihnen. Einmal hörte ich, wie eine von mir als ›Mr. Dermots Ausländerin‹ redete. Das habe ich Matilda erzählt. Sie lachte und sagte: ›Jeder, der vom anderen Ufer des Tamar kommt, gilt als Ausländer.‹ Nun weißt Du, wie es ist.

Ich mußte es Dich wissen lassen. Oh, wie sehr ich wünschte, Du wärst hier!

Deine Zwillingsschwester Dorabella!«

Der Brief beunruhigte mich sehr. Hatte sie ihn aus einer Laune heraus geschrieben? Wie sehr brachte er ihre wahren Gefühle zum Ausdruck? Ich kannte Dorabella gut. Sie konnte ihre Meinung von einer Sekunde zur nächsten ändern.

Aber wie ihre Stimmung auch gewesen sein mochte, die Tatsache blieb, daß Dermot schon einmal verheiratet gewesen war. Und es war äußerst seltsam, daß er es verschwiegen hatte.

Wir hätten ihn mit anderen Augen betrachtet, wenn uns das bekannt gewesen wäre. Er hatte einen so unbeschwerten, jugendlichen Eindruck gemacht. Hatte er befürchtet, Dorabella zu verlieren? Warum sonst hätte er seine erste Ehe verheimlichen sollen?

Es wäre gut gewesen, mit unserer Mutter darüber zu sprechen, aber Dorabella hatte mich ausdrücklich gebeten, es nicht zu tun. Und ich mußte diesen Wunsch respektieren.

Also sagte ich Mutter nichts von dem Brief. Sie hätte ihn lesen wollen, da wir Dorabellas Briefe immer miteinander austauschten.

Ich haßte solche Heimlichkeiten, aber ich mußte auf Dorabellas Einverständnis warten, bevor ich den Mund aufmachen durfte.

Danach dachte ich viel an Dorabella und fragte mich, ob

ich nicht zu ihr fahren sollte. Andererseits machte ich mir immer noch Sorgen um Mutter. Sie war nicht richtig krank, doch ich wollte darauf achten, daß sie bei Kälte und Regen nicht aus dem Haus ging, was sie ohne meine Einwände gewiß täte. Zwischen beiden – Mutter und Dorabella – fühlte ich mich hin- und hergerissen.

Und dann kam der nächste Brief.

Das waren Neuigkeiten! Dorabella triumphierend, aber immer noch ein bißchen ängstlich:

»Meine liebe Vee,
stell Dir vor, ich bekomme ein Baby! Ich bin so aufgeregt! Kannst Du's glauben? *Ich* eine Mutter!

Ich war beim Arzt, und er hat es bestätigt. Vorher hätte ich Dir auch nichts gesagt. Dermot freut sich unbändig. Matilda auch und sogar der alte Herr. Selbst Gordon scheint es zu interessieren.

Ich habe ein bißchen Angst, natürlich nur ein kleines bißchen. Es ist nämlich eine ziemliche Strapaze. Und schon so schnell! Aber es ist ja noch eine Weile hin.

Stell Dir vor, Du wirst Tante Vee sein. Klingt ganz schön streng, finde ich. Tante Violetta klingt weicher. Namen sind wichtig. Ich muß den richtigen für ihn/sie finden.

Ist es nicht wundervoll? Ich schreibe auch an unsere Eltern. Wer wohl zuerst meinen Brief bekommt – Du oder sie? Wenn Du zuerst Post erhältst, sag es ihnen gleich. Mummy wird Großmama und Daddy Großpapa. Und was für nette Großeltern sie sein werden!

Alles Liebe von Deiner Dorabella (werdende Mutter).«

Ich hatte den Brief mit auf mein Zimmer genommen, um ihn in Ruhe lesen zu können. Eigentlich hatte ich Neues über Dermots erste Ehe erwartet. Neues hatte der Brief ja enthalten, aber hinsichtlich eines ganz anderen Themas.

Kaum hatte ich ihn zu Ende gelesen, da kam meine Mutter ins Zimmer. Offensichtlich hatte sie ebenfalls Post bekommen.

Ihre Wangen waren gerötet; sie war höchst aufgeregt.

»Du hast es also auch erfahren!« rief sie aus.

Ich nickte, und sie lächelte.

»Dorabella wird Mutter! Ich kann es nicht fassen! Ich hatte es natürlich irgendwann erwartet, aber so bald noch nicht. Wie wird sie denn mit einem Baby fertig werden?«

»Leute, von denen man es am wenigsten erwartet, werden oft die besten Mütter. Und sicher hilft ihr ein Kindermädchen.«

»Wir fahren zusammen hin«, sagte meine Mutter. »Und jetzt müssen wir es Deinem Vater erzählen. Wie wird er sich freuen!«

Das Haus auf den Klippen

Noch bevor die Woche zu Ende ging, saßen wir im Zug nach Cornwall.

Dermot und Dorabella holten uns vom Bahnhof ab. Dorabella strahlte und sah wunderschön aus. Die Schwangerschaft hatte sie fraulicher gemacht, was sie noch verletzlicher als früher erscheinen ließ.

Sie warf sich in unsere Arme, und Mutter und ich drückten sie fest an uns.

»Es ist wunderbar, daß ihr hier seid!« rief sie aus.

»Bei solchen Neuigkeiten mußten wir doch einfach kommen«, sagte meine Mutter.

»Alle sind begeistert, nicht wahr, Dermot?«

Dermot bestätigte es und flüsterte ihr liebevoll zu, sie solle sich nicht so aufregen; meine Mutter lächelte gerührt über die liebevolle Fürsorge des Ehemanns. Dann stiegen wir ins Auto und fuhren los.

Matilda erwartete uns am Eingang.

»Wie schön, Sie zu sehen«, sagte sie. »Dorabella hat sich seit langem gewünscht, daß Sie kommen. Natürlich war das Wetter bisher nicht allzu gut.«

»Jetzt ist es schön«, sagte meine Mutter.

»Der Frühling ist da.«

Wir erhielten die Zimmer zugewiesen, die wir bei unserem letzten Besuch schon bewohnt hatten.

Der alte Herr kam zum Essen herunter, und Gordon Lewyth ließ sich ebenfalls blicken. Beide sagten, wie sehr sie sich freuten, uns wiederzusehen.

Der alte Herr lächelte sein seltsames Lächeln, als amüsierte er sich heimlich über Dinge, von denen wir nichts wußten.

»Was halten Sie von den Neuigkeiten?« fragte er.

»Wir sind entzückt«, entgegnete meine Mutter.

Er nickte lächelnd. »Wir freuen uns auf den Neuankömmling, nicht wahr, Matty – Gordon? Wir alle. Wir können es nicht erwarten, das Kerlchen zu sehen.«

»Sie scheinen sicher zu sein, daß es ein Junge wird«, sagte meine Mutter.

»Natürlich wird es ein Junge. Die Tregarlands bekommen immer Jungen.«

Er lachte in sich hinein, als wäre es der größte Spaß.

Gordon erkundigte sich nach meinem Vater. Ich glaube, er war enttäuscht, daß er nicht mitgekommen war.

»Am allermeisten freut sich Gordon«, sagte der Alte. »Er kann es gar nicht erwarten, daß der Kleine groß wird und ihm bei der Arbeit hilft. So ist es doch, Gordon?«

Gordon verzog die Lippen zu einem Lächeln.

»Sie planen weit voraus, Mr. Tregarland«, erwiderte er.

»Es ist immer gut, vorauszuplanen. Eins ist jedenfalls sicher – meinem Enkel wird ein herzliches Willkommen bereitet!«

Wieder meinte ich, versteckte Andeutungen herauszuhören, und das unangenehme Gefühl, das mich schon bei meinem letzten Besuch beschlichen hatte, kehrte zurück.

Wir hatten wenig Zeit, uns mit Dorabella allein zu unterhalten, aber meine Mutter konnte sie doch einmal beiseite nehmen und fragen: »Wann ist es so weit?«

»Im November.«

Ich hatte gehofft, wir könnten allein miteinander plaudern, aber ich mußte mich wohl noch gedulden.

»November«, sagte meine Mutter zu mir. »Das sind noch sieben Monate. Dann müssen wir wieder bei ihr sein.«

»Auf jeden Fall. Alle scheinen sich darüber zu freuen.«

»Alle Familien freuen sich über Babys, und dieses wird seit vielen Jahren das erste im Hause Tregarland sein. Ich werde mir die Kinderzimmer zeigen lassen. Matilda kann mich herumführen. Sie wird sich bestimmt als große Hilfe erweisen. Dorabella ist nicht praktisch veranlagt. Jemand wird sich um sie kümmern müssen.«

»Es ist wunderbar, daß sie so glücklich ist …«

»Ich hoffe, daß alles gut geht. Schwangerschaften können einem ganz schön zusetzen. Wie wär's mit Nanny Crabtree?«

»Was meinst du?«

»Für Dorabella natürlich. Ich kann mich erkundigen, ob sie frei ist.«

Nanny Crabtree hatte in meiner Kindheit – also auch in der Dorabellas – eine große Rolle gespielt. Mollig und mit Doppelkinn hatte sie uns vor allem deshalb so fasziniert, weil auf dem zweiten Kinn eine große Warze prangte, aus der ein einzelnes Haar sprießte. Wir hatten uns oft darüber unterhalten und gefragt, warum sie es nicht rausrisse.

»Vielleicht würden zwei neue nachwachsen«, vermutete ich.

Unsere Nanny Crabtree konnte sehr streng sein und schlimme Geschichten von kleinen Mädchen erzählen, die ihren Reispudding nicht aufaßen. Sie wuchsen nicht richtig und blieben ewig klein, und wenn sie beim Essen das Gesicht verzogen, wurde der liebe Gott böse und sorgte dafür, daß sie mit heraushängender Zunge durchs Leben gehen mußten. Aber wenn wir hinfielen, rannten wir zu ihr und ließen uns auf ihrem breiten Schoß trösten und mit einem Pflaster oder was sonst nötig war aus ihrem geräumigen Medikamentenschrank verarzten. Und falls wir in unverschuldete Schwierigkeiten gerieten, versicherte sie uns, daß wir Nanny Crabtrees Lieblinge wären, und das machte alles wieder gut. All diese Erinnerungen kehrten zurück, als Mutter ihren Namen erwähnte.

»Nanny Crabtree zu engagieren, ist eine ausgezeichnete Idee«, sagte ich.

»Außerdem«, fügte meine Mutter hinzu, »müssen wir dafür sorgen, daß wir hier sind, wenn es soweit ist. Und in der Zwischenzeit wäre es schön, wenn einer von uns öfter zu Besuch käme. Ich weiß, daß sie es sich wünscht.«

In der Nacht konnte ich nicht schlafen. Alles würde gut werden, versicherte ich mir. Auch wenn es schnell November wäre – meine Mutter würde schon aufpassen, daß alles klappte.

Nur die innere Unruhe, die mich packte, sobald ich allein war, ließ sich nicht besänftigen.

Ich lag da und lauschte den Wellen, die gegen die Felsen brandeten. Sie klangen wie flüsternde Stimmen.

In den folgenden Tagen verbrachten wir drei viel Zeit miteinander. Schließlich waren wir deshalb nach Cornwall gereist.

Meine Mutter besprach die praktischen Einzelheiten mit Dorabella, und dann fuhren wir zusammen nach Plymouth und kauften Sachen zum Anziehen fürs Baby und Umstandskleidung für die werdende Mama. Wir aßen in einem Restaurant in der Nähe der Hauptstraße und diskutierten angeregt über die Dinge, die noch gebraucht wurden.

»Bis November ist es noch eine Weile hin«, sagte meine Mutter, »aber die Zeit verfliegt im Nu. Wir müssen vorbereitet sein.«

Sie hatte Dorabella bereits gesagt, daß sie Nanny Crabtree bitten wollte, zu ihr zu kommen.

Dorabella fand die Idee lustig, und sie und ich fingen fast jeden Satz mit »Weißt du noch« an. Unter viel Gelächter erinnerten wir uns an die Abenteuer unserer Kindheit mit unserem schrecklichen, wunderbaren Kindermädchen.

Unsere Mutter hörte amüsiert zu und sagte dann: »Nanny Crabtree könnt ihr jedenfalls vertrauen. Sie war untröstlich, als ihr ins Internat kamt. Ich weiß, sie wird zur Stelle sein, wenn sie frei ist. Matilda hätte auch nichts dagegen. Ich habe bereits mit ihr darüber gesprochen, damit es keine Schwierigkeiten gibt. Sobald ich wieder zu Hause bin, werde ich Nanny schreiben.«

Während wir durch die Geschäfte streiften, konnte ich Dorabella leise fragen, ob sie unserer Mutter schon von Dermots Ehe berichtet habe.

»Ja«, sagte sie. »Ich habe es ihr heute morgen, als wir auf dich warteten, erzählt.«

»Wie hat sie reagiert?«

»Sie wunderte sich. Aber schockiert war sie nicht. Sie fragte nur: ›Warum hat er vorher nichts davon erwähnt?‹ Und ich sagte, daß er nicht darüber reden wollte und daß er eben Angst gehabt habe, meine Gefühle für ihn könnten sich verändern und ich wollte ihn dann nicht mehr heiraten.«

»Sie findet es also nicht weiter schlimm?«

»Ich glaube nicht. Sie versteht, weshalb er es nicht fertigbrachte, mir das zu sagen.«

»Dann ist es gut.«

»Ich denke nicht mehr darüber nach. Als ich es dir schrieb, war alles noch ganz frisch und schien mir wichtig. Matilda hat es ein- oder zweimal erwähnt und gesagt, sie sei froh, daß Dermot jetzt glücklich ist.«

Später am Tag kam meine Mutter zu mir ins Zimmer, und ich wußte sofort, daß sie vorhatte, über Dermot zu reden.

»Ich habe mich gewundert, als sie es mir erzählte. Du wußtest es natürlich schon. Sie sagte, sie habe es dir geschrieben und dich gebeten, es für dich zu behalten. Schon merkwürdig, daß er keinem gesagt hat, daß er Witwer ist.«

»Vielleicht dachte er, das würde ihn zu alt erscheinen lassen. Ich glaube, als sie sich in Deutschland kennenlernten, wollte er ihr imponieren und so sein wie sie – jung und sorglos – und nicht als ein Mann dastehen, der schon einmal verheiratet war.«

»Ja, die Menschen haben manchmal komische Ideen. Er liebt sie wirklich sehr. Ich hatte mir Sorgen gemacht, weil alles so schnell ging, aber jetzt, wo ich sie hier zusammen sehe, bin ich beruhigt. Ich wünschte aber, die Entfernung zwischen uns wäre nicht so groß. Matilda ist sehr tüchtig, und ich glaube, sie mag Dorabella. Sie ist froh, daß ihr keiner in die Haushaltsführung reinredet. In dieser Hinsicht läuft alles gut. Ich mache mir wirklich keine großen Sorgen mehr. Wir werden uns weiter um Dorabella kümmern, und wenn wir Nanny Crabtree für sie engagieren können, wird es eine große Hilfe sein. Gut, daß wir genügend Zeit haben, das alles zu arrangieren.«

Ich hatte natürlich gehofft, Jowan Jermyn wiederzusehen, konnte ich mich doch noch an jede Einzelheit unseres Treffens erinnern – vom Augenblick an, in dem ich mich nach dem Sturz mühsam aufgerappelt hatte, bis zu unserem Abend an der Grundstücksgrenze.

Starlight stand mir immer noch zur Verfügung, und ich war ein paarmal mit ihr ausgeritten. Meistens war ich allein unterwegs. Obwohl Dorabellas Schwangerschaft noch nicht weit fortgeschritten war, wollte Dermot nicht, daß sie ritt. Meine Mutter unterhielt sich oft mit Matilda und machte Pläne mit ihr für das Kinderzimmer. Dorabella war häufig müde und wollte sich hinlegen. Es fiel mir also nicht schwer, mich allein aus dem Haus zu schleichen.

Wieder einmal ging ich zu den Ställen, und der Stallbursche, der Tom Smart hieß, wie ich inzwischen wußte, sagte: »Guten Morgen, Miss. Suchen Sie Starlight? Sie ist in allerbester Form, Miss, und wird bestimmt kein Hufeisen mehr verlieren.«

»Hoffentlich.«

»Ich sattle Sie sofort – dauert keine Minute«, sagte Tom.

»Danke.«

»Schöner Tag zum Ausreiten«, meinte er und winkte mir nach.

Es war wirklich ein schöner Tag. April ist ein wunderbarer Monat in Cornwall; der Frühling kommt dort ein wenig früher als im übrigen Land. Vor den Hecken blühten Blumen, etwas abseits von der Küste leuchteten die Bäume in ihrem neuen Blätterkleid. Durch den vielen Regen war alles saftig grün. Einige Bäume waren von den schweren Stürmen jedoch in merkwürdige Formen gebogen worden, die sich mit ein wenig Fantasie in Gestalten aus Dantes *Inferno* verwandeln ließen. Ein eigenartiges Land, dachte ich. Manchmal schien es warm und gemütlich, und dann wieder war es bedrohlich.

Das Kreischen der vorbeisegelnden Möwen klang beinahe bösartig – wie eine Warnung, die sich mit dem Murmeln der See vermischte.

Ich bildete mir wohl wieder etwas ein. Sicher hatte es damit zu tun, daß ich mich auf Tregarland nie völlig entspannen konnte.

Ich ritt dem Grundstück der Jermyns entgegen. Dieses

Mal hätte ich für das Übertreten der Grenze keine Entschuldigung, und doch überkam mich der Drang, meine Spuren zurückzuverfolgen und den Unfall in allen Einzelheiten nachzuempfinden.

Es war albern von mir, aber es war niemand zu sehen, und so bog ich wie damals ab und fand meinen Weg auf jene Wiese.

Dort war die Stelle, an der der Baum gelegen hatte. Ich ritt darauf zu, hielt an und dachte an meinen Sturz und wie ich den Fuß gerade dann aus dem Steigbügel gezogen hatte, als Jowan Jermyn erschien.

Langsam ritt ich weiter und versuchte mich an den Weg zu erinnern, den wir zur Schmiede genommen hatten. Dort befände ich mich dann nicht mehr auf Jermynschem Gebiet und müßte mir nicht als Eindringling vorkommen.

Ich ritt auf einem Pfad entlang, der mir bekannt vorkam, erreichte eine Lichtung und hielt an. Männer standen in einem Grüppchen beisammen. Neben einer Hecke erhob sich ein Haus, wo sie etwas zu begutachten schienen. Ich hätte mein Pferd gewendet und wäre davongeritten, aber einer der Männer kam auf mich zu, und ich sah sofort, daß es Jowan Jermyn war.

Ich schämte mich fürchterlich. Wieder wurde ich erwischt.

»Hallo!« rief er mir zu.

Dann stand er neben mir und sagte: »Sie an, das ist doch Miss … Denver.«

Ich war überrascht und freute mich, daß er sich an meinen Namen erinnerte.

»Tut mir leid«, entgegnete ich. »Ich habe Ihr Land schon wieder – verbotenerweise – betreten.«

»Nein, nein, Freunde sind immer willkommen.«

»Danke. Ich bin auf der Suche nach dem Gasthof – Smithy. Ist es noch weit?«

»Ganz nah. Warten Sie einen Moment. Ich komm' gleich mit.«

Er ging zu den Männern, und ich wartete. Wenig später kehrte er zurück.

»Wir führen ein paar Reparaturen an dem Haus aus«, sagte er. »Es zerfällt, weil es seit langem unbewohnt ist. Und Sie suchen Smithy's, aber nicht den Hufschmied, sondern den Gasthof. Kein verlorenes Hufeisen mehr, hoffe ich?«

»Oh, nein. Ich dachte, ich würde das Gasthaus schneller finden. Es tut mir wirklich sehr leid, daß ich wieder gestört habe.«

»Ich bin froh darüber. Die Sache mit dem Haus wurde schon langweilig. Die kommen auch ohne mich zurecht. Was haben Sie seit unserer letzten Begegnung getrieben?«

»Wir haben Hochzeit gefeiert.«

»Natürlich. Wir alle hörten davon. Und Dermot Tregarland führte seine hübsche Braut heim. Wir sind immer gut informiert.«

»Abgesehen von der Hochzeit, habe ich nicht viel erlebt. Meiner Mutter ging es in diesem Winter nicht gut, und ich habe mich um sie gekümmert.«

»Ich hoffe, sie hat sich inzwischen erholt?«

»Sie war nicht schwer krank, und jetzt fühlt sie sich wieder wohl. Sie ist mit mir nach Cornwall gefahren.«

»Gut. Schauen Sie – hier sind wir. Und jetzt, wo wir da sind, müssen Sie den ganz besonders guten Apfelmost probieren.«

»Klingt fantastisch.«

»Das ist er. Bringen wir das Pferd in den Stall. Dort ist es gut aufgehoben.«

Der Mann, der im Stall arbeitete, schien Starlight zu kennen. Jeder schien hier jeden zu kennen.

Der Gasthof sah genauso aus wie beim letztenmal – der Kamin mit den glänzenden Messinggeräten, die gemütliche Atmosphäre. Mrs. Brodie kam heraus, um uns zu bedienen. Sie erkannte mich sofort.

»Ah, Miss, Sie sind wieder da? Wie schön! Besuchen wohl Ihre Schwester, wie?«

Ich staunte über ihr Gedächtnis und sagte es ihr.

»Das gehört zum Geschäft, Miss. Wir vergessen unsere Gäste nicht.«

»Ich hab' ihr gesagt, sie soll Ihren ausgezeichneten Apfelmost versuchen«, sagte Jowan.

»Wie nett von Ihnen, Sir.«

»Der beste in Cornwall«, fügte er hinzu.

»Da werd' ich Ihnen nicht widersprechen, oder? Ich hol' gleich zwei Krüge davon. Recht so?«

»Absolut.«

Als sie gegangen war, lächelte er mich an. »Die gute Seele«, sagte er. »Ihr Gedächtnis ist wie ein Archiv. Vom Augenblick unserer Geburt an weiß sie, was jedem von uns passiert.«

»Ist das nicht eher unangenehm?«

»Es hat natürlich auch seine Nachteile, es sei denn, man führt ein untadeliges Leben. Damit kann sie nämlich nichts anfangen. Sie hat gerne ein bißchen Aufregung. Aber es hat auch Vorteile. Ein Besuch im Gasthof – und beim Rausgehen weiß man mehr über seine Nachbarn als beim Reingehen.«

»Ich glaube, ich ziehe die Anonymität vor.«

»Heißt das ...?« Er zog die Augenbrauen hoch. »Aber nein, ich bin unverschämt.«

»Überhaupt nicht«, erwiderte ich. »Ich wollte damit nur sagen, es würde mir nicht gefallen, wenn alles, was ich täte, registriert würde. Wahrscheinlich wird sie den Leuten erzählen, daß ich mit dem Feind meiner Gastgeber einen Krug Apfelmost getrunken habe.«

»Zweifellos.«

»Was niemanden interessieren dürfte.«

»Da bin ich anderer Meinung. Aber es hängt natürlich davon ab, welche Neuigkeiten gerade im Umlauf sind. Das System muß am Leben gehalten werden, und auch die winzigste Nachricht ist besser als gar keine. Außerdem hat niemand die Fehde vergessen.«

»Aber ich habe doch gar nichts damit zu tun. Ich gehöre nicht zum Feind.«

»Das«, sagte er, »ist ein beruhigender Gedanke.«

Mrs. Brodie tauchte mit den Krügen auf.

Als sie wieder verschwunden war, fragte er: »Wie lange werden Sie bleiben?«

»Es ist noch nicht entschieden, aber es wird kein langer Aufenthalt werden. Zur Geburt wollen meine Mutter und ich wieder hier sein – bestimmt vorher schon.«

»Ach ja, das Baby.«

»Ihr ausgezeichneter Nachrichtendienst hat Ihnen also auch davon berichtet?«

»In der Tat. Ich freue mich sehr, daß Sie ein häufiger Gast sein werden.«

»Meine Schwester hat gern ihre Familie um sich.«

»Natürlich.«

»Und da wir Zwillinge sind ...«

»Sicher. Hoffen wir, daß alles gut geht.«

»Selbstverständlich wird alles gut gehen«, sagte ich mit Nachdruck.

»Bestimmt. Der Apfelmost schmeckt gut, nicht wahr?«

»Sehr gut.«

»Der Westen ist dafür berühmt, wissen Sie? Devon und Cornwall.«

»Das habe ich gehört.«

»Bei unserer letzten Begegnung erzählten Sie mir, daß Sie im Sommer die Schule beendeten. Werden Sie zu Hause bleiben oder einen Beruf ergreifen?«

»Weil meine Schwester so plötzlich heiratete, habe ich an nichts anderes gedacht, und solange das Baby unterwegs ist, werden wir uns ausschließlich damit beschäftigen.«

»Und Sie können sich oft in dieser Gegend aufhalten, so daß wir Nachbarn werden. Sicher freuen sich die Tregarlands auf das Kind.«

»Oh, ja.«

»Es wird allen ein Trost sein, nach dem, was passiert ist.«

»Sie meinen Dermots erste Frau? Ich glaube, er ist jetzt sehr glücklich. Das andere ist Vergangenheit.«

»Richtig.«

»Die Leute am Ort wissen vermutlich über seine erste Ehe Bescheid.«

Er hob die Schultern, als wollte er sagen – ›haben Sie was anderes erwartet?‹

»Kannten Sie seine erste Frau?«

»Nicht persönlich. Obwohl ich ihr natürlich mal begegnet bin. Sie lebte mit ihrer Mutter in einem Häuschen auf den Klippen oberhalb von West Poldown. Man sah sie häufig. Sie arbeitete im Sailor's Rest.«

»Im Sailor's Rest? Ist das nicht die Gaststätte auf der Westseite, von der aus man die Flußmündung überblicken kann?«

»Genau die.« Er grinste mich an. »Eine Mesalliance, fürchte ich.«

»Das wußte ich nicht.«

»Die Familie Tregarland war schockiert, als sie heirateten. Der alte Herr war mit der Wahl seines Sohnes und Erben ganz und gar nicht zufrieden. Aber die anderen Leute mochten sie. Annette hieß sie – Annette Pardell. Mrs. Pardell wohnt immer noch im Cliff Cottage. So heißt das kleine Haus, glaube ich. Sie ist nie darüber hinweggekommen. Sie ist Witwe, und Annette war ihr einziges Kind. Das wußten Sie nicht?«

»Nein, nicht die Einzelheiten. Dorabella erzählte mir, daß Dermot schon einmal verheiratet gewesen sei und daß seine erste Frau beim Baden ertrank.«

»Annette liebte das Meer. Es heißt, sie sei im Sommer jeden Tag schwimmen gegangen. Ein großes, kräftiges Mädchen! Niemand hätte gedacht, daß ihr so etwas passieren könnte. Sie schwamm seit ihrer Kindheit. Sie waren aus Nordengland zugezogen – Yorkshire, glaube ich. Ich nahm an, daß Mrs. Pardell eine Art Rente bezog, genug jedenfalls, um davon leben zu können. Sie mietete Cliff Cottage und hat seit ihrer Ankunft in Cornwall dort gewohnt. Annette war ein sehr hübsches Mädchen. Mrs. Pardell hatte Pläne mit ihr und war nicht gerade entzückt, als sie in der Kneipe landete. Immerhin war sie eine hervorragende Kellnerin, schlau und keß. Sie kennen die Sorte. Mit den Gästen kam sie gut zurecht, und auch die Frauen mochten sie. Wie Sie sich vorstellen können, gab es viel Gerede, als der Sohn des Herrenhauses sie heiratete. Und dann war sie tot.«

»War Dermot sehr aufgeregt?«

Er schwieg eine Weile.

»Ich weiß nicht«, sagte er schließlich. »Aber ich glaube, die Stimmung im Haus war schon vorher nicht gut. Sie wissen, wie das so ist. Annette paßte nicht zur Familie. Und dann das Baby …«

»Welches Baby?«

»Sie war schwanger. Deshalb sollte sie ja auch nicht schwimmen gehen. Es war leichtsinnig von ihr. Anscheinend war niemand in der Nähe. Es war früher Morgen. Sie ging immer am liebsten ganz früh schwimmen. Die Versuchung muß zu groß gewesen sein. Aber in ihrem Zustand … Sie hätte es besser wissen müssen. Am Rande des Parks von Haus Tregarland stieg sie wohl ins Wasser. Etwa eine Woche später wurde ihre Leiche gefunden. Tagelang stand man vor einem Rätsel, aber ihr Bademantel und ihre Pantoffeln lagen am Ufer und waren eine Erklärung dafür, was passiert sein mußte.«

»Was für eine schreckliche Tragödie! Und das Kind …«

»Die Familie wird überglücklich sein, daß ein neues Baby unterwegs ist.«

»Oh, ja. Alle sind begeistert.

»Das kann ich verstehen. Und ich freue mich natürlich sehr, daß ich dadurch die Gelegenheit haben werde, Sie öfter zu einem kleinen Rendezvous zu treffen. Sie können mich nicht zu den Tregarlands einladen – und ich weiß nicht, ob ich sie zu mir einladen darf. Zum erstenmal ärgert mich diese dumme Familienfehde.«

»Erzählen Sie mir von sich«, bat ich ihn.

Er hob die Schultern. »Was wollen Sie wissen?«

»Sie lieben Ihren Besitz? Jermyn Priory gehört doch Ihrer Familie seit vielen Jahren, nicht wahr?«

»Ja. Im 14. Jahrhundert war es eine Priorei. Im 16. Jahrhundert wurden die Gebäude mit zahllosen anderen zerstört, und später wurde das Haupthaus mit Steinen, die zum Teil aus der entweihten Priorei stammten, neu errichtet. Damals zog meine Familie hierher und ist geblieben. Mein Vater war ein jüngerer Sohn, und ich habe den Besitz erst vor zwei Jahren geerbt. Ein ausgezeichneter Verwalter steht mir zur Seite. Wir kommen gut miteinander aus, und er wohnt in einem Haus in der Nähe. Seine tüchtige Frau hat es sich zur Aufgabe gemacht, dafür zu sorgen, daß es mir an nichts fehlt. Ich habe also eine gute Haushälterin und bin von freundlichen Menschen umgeben, die mich verhätscheln. Mehr könnten Sie von Mrs. Brodie auch nicht erfahren!«

»Sie scheinen mit Ihrem Leben sehr zufrieden zu sein.«

»Ja, das stimmt – bis zu einem gewissen Punkt. Ich fahre oft nach London und ab und zu auf den Kontinent, würde mich aber gern häufiger mit meinen Nachbarn treffen. Ist es nicht erstaunlich, wie diese Fehde sich einem in den Weg stellt? Einfach lächerlich nach all den Jahren. Aber so ist es eben.«

»Wenn Sie ihnen vielleicht entgegenkommen würden?«

»Das habe ich einmal versucht und wurde abgewiesen. Die Tregarlands sind nicht besonders gesellig. Der alte Herr als Oberhaupt der Familie ist eine rätselhafte Figur. Er lebt jetzt völlig zurückgezogen, hatte früher aber den Ruf, ein Playboy zu sein – ein Weiberheld, der gern in der Welt umherreiste und das Leben genoß. Er gab viele Partys, auf denen man tanzte und Karten spielte. Aber plötzlich wurde er krank. Die Gicht schränkte sein Leben ein. Er heiratete mit über vierzig, führte aber erst als sich die Krankheit verschlimmerte ein ruhigeres Leben. Seine Frau starb wenige Jahre nach Dermots Geburt, und dann zog Mrs. Lewyth mit ihrem kleinen Jungen ins Haus. Sie soll sich rührend um den alten Herrn kümmern. Es wird behauptet, sie sei eine entfernte, verarmte Verwandte, aber niemand weiß was Genaues.«

»Ich weiß auch nichts Bestimmtes.«

»Nun, seitdem ist er jedenfalls ruhiger geworden. Gezwungenermaßen, natürlich.«

Er blickte auf meinen leeren Krug.

»Noch einen?« fragte er.

»Nein, danke.«

»Ich sehe, Sie sind eine kluge Frau. Der Most hat's in sich.«

»Das kann man wohl sagen.«

»Sie werden sich daran gewöhnen.« Er lächelte mich an.

»Da wir uns nicht gegenseitig in unsere Häuser einladen können, müssen wir einen Treffpunkt vereinbaren. Hier aber nicht zu oft.« Er hob die Augenbrauen. »Aus offensichtlichen Gründen wollen wir nicht, daß unsere Namen allzu oft in den Nachrichtenblättern erscheinen. Es gibt auch noch andere gemütliche Lokale.«

»Aber ich fahre bald wieder nach Hause.«

»Dann müssen wir uns vorher treffen und für Ihren nächsten Besuch etwas planen.«

Ich freute mich sehr über diesen Vorschlag, und wir verabredeten, uns zwei Tage später an der Stelle zu treffen, an der ich gestürzt war, und dann zum Horned Stag zu reiten, einem Gasthof im Hochmoor.

Wir trennten uns an der Grundstücksgrenze, und ich ritt in bester Laune zum Haus Tregarland zurück. Obwohl ich immerzu an Annette denken mußte, die Dermots Kind erwartet hatte und leichtsinnigerweise frühmorgens schwimmen gegangen war.

Am nächsten Morgen konnte ich der Versuchung nicht widerstehen, mir Cliff Cottage anzuschauen. Wie Jowan Jermyn es beschrieben hatte, stand das kleine Haus auf den Westklippen über der Stadt. Es sah hübsch aus mit den weißen Spitzenvorhängen und dem gepflegten Vorgarten.

Ich blieb davor stehen, und eine Frau trat aus der Tür. Wahrscheinlich hatte sie mich durch die Vorhänge beobachtet.

Sie sagte nichts, blickte mich nur mit ernster, fast kampflustiger Miene an, als wollte sie mich warnen, ihr zu nahe zu treten.

»Guten Morgen«, sagte ich freundlich.

Sie nickte nur und gab mir damit zu verstehen, daß die Begegnung für sie beendet sei.

Ich war enttäuscht. Eigentlich hatte ich gehofft, sie wäre wie viele Leute hier in der Gegend zu einem kleinen Schwatz bereit.

»Ich habe Ihren Garten bewundert!« rief ich ihr zu.

Offensichtlich hatte ich den richtigen Ton getroffen, denn

ihr Gesichtsausdruck veränderte sich. Ich nahm an, daß sie den Garten liebte, und nutzte das aus.

»Wie schaffen Sie es, diese hübschen Blumen hier wachsen zu lassen? Es muß schwierig sein, denn Ihr Garten bekommt den Wind doch voll ab.«

»Ja«, kam es ein wenig widerwillig zurück. »Der Wind ist ein Problem.«

»Es muß harte Arbeit sein. Und natürlich müssen Sie wissen, was hier wachsen kann und was nicht.«

»Sind Sie Gärtnerin?« fragte sie. Sie sprach anders als die Einheimischen mit ihrem weichen kornischen Akzent. Mir fiel ein, daß Jowan gesagt hatte, sie stamme aus dem Norden.

»Keine professionelle«, sagte ich nicht ganz wahrheitsgemäß, denn ich war ja überhaupt keine. »Aber es ist ein faszinierendes Hobby.«

»Da haben Sie recht. Es läßt einen nicht los.«

»Diese Bäume da ... das sind ...?«

»Lawson-Zypressen. Eignen sich gut als Hecke. Und wie die wachsen!« Sie wurde zugänglicher. »Die Setzlinge kamen mit der Post ... nur ein kleines Päckchen ... Und schauen Sie sie jetzt an!«

»Fantastisch!« sagte ich und betrachtete sie entzückt.

»Sie bleiben ziemlich niedrig ... wachsen nicht in die Höhe ... dann können sie dem Wind trotzen. An sowas muß man denken, wenn man hier lebt.«

Ich wußte, es wäre gefährlich, vom Gartenthema abzulenken.

»Das Klima hier ist mild und feucht«, erklärte sie weiter. »Die Pflanzen sind denen im Norden um vier Wochen voraus.«

»Wirklich? Wie gesund sie aussehen. Was ist denn das?«

Schockiert sah sie mich an. So etwas Gewöhnliches kannte ich nicht?

»Hortensien natürlich. Sie wachsen hier wie Unkraut, wegen der Feuchtigkeit. Es wird ein gutes Rosenjahr werden.«

»Ja?«

Sie nickte ernst. »Ich kenne die Vorzeichen.«

»Sie haben bestimmt herrliche Rosen.«

»Einige sind sehr schön, ja. Ich hätte zu gerne noch eine scharlachrote.«

»Können Sie denn keine bekommen?«

»Ich will eine ganz bestimmte Sorte, eine herrliche Rose. Ich hab' sie hier in der Gegend nur ein einziges Mal gesehen. Im Park ...« Ihr Gesicht wurde hart. »Oben bei Tregarlands. Sie haben genau die, die ich haben möchte ... Ich krieg' hier einfach keine. Ich hab's versucht. Es ist wahrscheinlich eine Kreuzung. Eine ganz besondere Sorte. So eine Farbe hab' ich noch nie vorher gesehen.«

»Würden die Tregarlands Ihnen denn nicht einen Ableger oder so was geben?«

Ich hatte Angst, meine mangelnden Gartenkenntnisse zu verraten und mich zu entlarven.

»Ich würde sie nicht darum bitten. Mit denen will ich nichts zu tun haben.«

»Ach, das ist schade.«

Jetzt hatte ich mich verplappert.

»Ich muß wieder an die Arbeit.« Sie nickte hoheitsvoll. Ich war entlassen.

Natürlich hatte ich mir ein gemütliches Plauderstündchen im Haus vorgestellt, vielleicht ein Glas selbstgemachten Apfelmost oder Holunderbeerwein. Von wegen! Es würde schwierig werden, Informationen aus ihr herauszulocken.

Und ich wollte doch so gern mit ihr sprechen und mehr von ihrer Tochter erfahren, die im Sailor's Rest als Kellnerin gearbeitet hatte, die mit dem Erben von Tregarland verheiratet gewesen war und die so jung hatte sterben müssen. Aber mit Mrs. Pardell war da wohl nicht zu rechnen.

Enttäuscht ging ich den Weg zurück.

Wenn ich doch nur mit ihr reden könnte! Bestimmt wäre sie ehrlich, würde mir nichts vorflunkern, sondern die Dinge so schildern, wie sie waren. Ich könnte mir ein klares Bild machen.

Warum wollte ich das überhaupt? Es war doch alles längst vorbei. Allerdings dachte ich inzwischen über manches anders. Die Menschen waren nicht immer so, wie es den Anschein hatte. Dermot selbst, der charmante, weltgewandte junge Mann auf Wandertour in Deutschland hatte mit keinem Wort die Tragödie seines Lebens erwähnt, die sicher Narben hinterlassen hatte. Wie anders wäre er mir erschienen, wenn ich gewußt hätte, daß seine Frau nicht lange vor der Geburt ihres Babys ertrunken war. Und der alte Herr, der ein zügelloses Leben geführt hatte, jetzt fast wie ein Einsiedler lebte und sich sichtbar schadenfroh für alles interessierte, was um ihn herum passierte. Matilda gab einem keine Rätsel auf. Ihr Sohn Gordon dagegen war nicht so leicht zu durchschauen. Er war verschlossen und ging völlig in der Arbeit auf, die Dermot gleichgültig zu sein schien.

Unterwegs kam mir eine Idee.

Ich wollte Mrs. Pardell unbedingt wiedersehen, hatte aber keine Erklärung für einen neuerlichen Besuch. Ich konnte mich doch nicht schon wieder über ihren Zaun beugen und den Garten bewundern. Außerdem würde sie sehr schnell entdecken, daß ich von Gartenarbeit nichts verstand. Und dann würde diese schlaue Dame aus dem Norden schnell begreifen, daß andere Motive dahintersteckten, vor allem wenn sie erfuhr, daß ich auf Tregarland Gast und die Schwester von Dermots zweiter Ehefrau war. Wieviel wußte sie überhaupt? Die Leute in Cornwall waren Fremden gegenüber mißtrauisch, und auch sie mußte als Ausländerin gelten.

Also beschloß ich, den Plan auszuführen, der mir gerade eingefallen war. Einen Versuch war die Sache jedenfalls wert.

Am Haus Tregarland angekommen, ging ich in den Park, der sich leicht abfallend zum Meer hin erstreckte – zum Strand, an den Dermots erste Frau an jenem verhängnisvollen Morgen zum Baden gegangen war. Ich stand einen Augenblick da und ließ mich von der zart duftenden Brise liebkosen. Hier war es wunderschön. Fast sah ich die junge Frau vor mir, wie sie den Abhang hinuntergeschritten war, langsam vermutlich, wegen der Schwangerschaft. Gedankenverloren stand ich da, bis mir der Grund meiner Anwesenheit wieder einfiel.

In einiger Entfernung sah ich den Gärtner arbeiten und ging zu ihm.

Ich kannte seinen Namen, also sagte ich: »Hallo, Jack.«

Er tippte mit dem Finger an seine Mütze und stützte sich auf den Spaten.

»Schöner Tag, Miss«, sagte er.

»Der Garten sieht herrlich aus.«

Er freute sich.

»In einer Woche sieht er noch schöner aus. Hoffentlich lassen die Stürme nach.«

»Das sind wohl die größten Feinde des Gartens?«

Er kratzte sich am Kopf. »Es gibt noch andere, aber gegen den Wind kann man nichts machen. Und hier ... na ja.« Er hob die Schultern in einer hilflosen Geste.

»Sie sollen so eine wunderbare Pflanze haben«, fing ich an. »Eine scharlachrote Rose.«

»Ah ... ich weiß, was Sie meinen. Die Farbe – das ist was Besonderes. Sowas sieht man nicht alle Tage.«

»Könnten Sie sie mir zeigen? Ich würde sie gerne mal sehen.«

Ich folgte ihm ein kleines Stück den Abhang hinauf.

»Da drüben, Miss – dort! Hoffentlich blüht sie dieses Jahr besonders schön.«

»Jack, kann man davon Ableger bekommen?«

»Natürlich, Miss, nur schlagen sie nicht immer Wurzeln. Die da – der gefällt es hier. Vielleicht mag sie ein bißchen Wind ab und zu und die Salzluft. Manche Rosen gedeihen prächtig am Meer, andere können die See nicht ausstehen.«

»Ich habe jemanden kennengelernt, der sich nach dieser Rose erkundigte. Wäre es möglich, mir einen Ableger zu geben, den ich ihr bringen könnte?«

»Sicher, warum nicht?«

»Würden Sie das für mich tun?«

»Na klar, Miss. Aber garantieren kann ich für nichts.«

»Sie ist eine gute Gärtnerin und würde sich sehr bemühen.«

»Jemand hier aus der Gegend?«

»Jemand, mit dem ich ins Gespräch gekommen bin. Sie erwähnte die Rose, wissen Sie.«

»Ah ja. Gut, Miss. Wann hätten Sie's denn gern?«

»Morgen?«

»Kommen Sie bei mir vorbei, Miss, dann gebe ich Ihnen was.«

»Oh, vielen Dank, Jack. Sie wird sich sehr freuen.«

»Ich hoffe nur, daß es klappt.«

Ich lächelte. Es war mir egal, ob es »klappte«. Im Augenblick war ich nur von dem Gedanken besessen, mit der Mutter von Dermots erster Frau zu sprechen.

Am folgenden Morgen brachte ich die Rose zum Cliff Cottage. Die Verwandlung war erstaunlich. Sie starrte das Pflänzchen an, und ein strahlendes Lächeln überzog ihr Gesicht. Ich nahm an, daß das nicht oft passierte. Sie war wie ausgewechselt.

»Sie haben einen Ableger bekommen?« sagte sie.

»Es war kein Problem. Ich habe einfach den Gärtner gefragt. Ich glaube, er freute sich, daß jemand seine Rose bewunderte.«

»Ich kann Ihnen nicht sagen …« Sie nahm mir die Pflanze fast ehrfürchtig aus der Hand und ging auf das Haus zu. Ich folgte ihr.

»Er meinte, sie würde vielleicht nicht anwachsen.«

»Ich weiß. Das kann vorkommen.«

»Wenn es nicht klappt, sagen Sie mir einfach Bescheid, und ich besorge Ihnen eine neue.«

Wir standen im Flur, der vor Sauberkeit glänzte, und betraten eine blitzblanke Küche. Ich wußte, daß ich kühn war, vielleicht sogar dreist, aber ich hatte mir die Mühe nicht umsonst gemacht, und sie mußte mich höflich behandeln, weil ich ihr einen großen Wunsch erfüllt hatte.

Ich glaube, sie war wirklich dankbar.

»Das war sehr nett von Ihnen«, sagte sie.

Sie machte sich an der Pflanze zu schaffen, steckte sie in ein Glas Wasser und drehte sich zu mir um.

»Möchten Sie einen Kaffee? Oder eine Tasse Tee?«

Ich sagte, ich hätte gern eine Tasse Kaffee.

»Setzen Sie sich doch ins Wohnzimmer, während ich Kaffee koche.«

»Dankeschön.«

Das Wohnzimmer war so, wie ich es erwartet hatte. Es roch nach Möbelpolitur. Der Holzboden mit seinen Läufern sah gefährlich aus. Ich achtete darauf, daß ich nicht ausrutschte.

Auf einem Tischchen stand ein Foto im Silberrahmen. Die junge Frau war mollig und Mrs. Pardell so unähnlich wie es nur ging. Sie hatte eine Stupsnase und lächelte verschmitzt. Ihre Bluse war tief ausgeschnitten und ließ die Ansätze eines vollen Busens erkennen.

Annette, dachte ich. Und was hatte Mrs. Pardell wohl davon gehalten, daß ihre Tochter im Sailor's Rest als Kellnerin arbeitete? Eine Beschäftigung, die zur Tochter einer solchen Frau nicht paßte.

Sie kam mit zwei Tassen Kaffee auf einem Tablett ins Zimmer, und die Worte ›Ihre Tochter vermutlich?‹ lagen mir auf der Zunge, aber ich beherrschte mich. Ich mußte behutsam vorgehen, sonst würde sie mich nie wieder einladen.

»Sehr freundlich von Ihnen«, sagte ich statt dessen.

»Das ist das wenigste, was ich tun kann.«

Es klang, als wollte sie mich damit für meine Bemühungen bezahlen, und mir wurde klar, daß ich auf der Hut sein mußte.

Immer wieder wanderte mein Blick zum Bild ihrer Tochter, und ich war sicher, daß ihr das auffiel und daß sie sich wundern würde, wenn ich nichts sagte.

»Was für ein hübsches Mädchen!« rief ich schließlich.

»Finden Sie?« Sie kniff den Mund zusammen.

»Ist das Ihre Tochter?«

Sie nickte. »Es *war* meine Tochter. Sie ist nicht mehr … sie ist tot.«

»Oh, das tut mir leid.«

Sie war vorsichtig. Rose oder nicht – Nachspionieren kam nicht in Frage.

Ich wechselte das Thema.

»Sie kommen aus dem Norden?«

»Ja. Ich bin mit meinem Mann hierher gezogen. Er bekam es durch die Arbeit an der Lunge, und sie haben ihm, wie es sich gehörte, eine angemessene Abfindung gegeben. So sind wir in diese Gegend gekommen. Er würde das Klima hier besser vertragen, sagten sie.«

»Gefällt es Ihnen hier?«

»Manchmal ja, manchmal nein.«

»So ist das Leben, nicht wahr?« bemerkte ich philosophisch.

»Wenigstens wächst hier alles gut.«

Und so wären wir wieder im Garten angelangt, dachte ich bei mir. Ich mußte mich hüten, mein mangelndes Interesse an diesem Thema zu offenbaren.

»Der Kaffee schmeckt gut«, murmelte ich. »Sie sind wirklich sehr freundlich.

Sie runzelte die Stirn. Ich konnte sehen, was sie dachte: Dummes Geschwätz – typisch für eine aus dem Süden, die Dinge sagt, die sie nicht meint. Sie hat die Rose gebracht, dafür mußte ich gastfreundlich sein. Das ist alles. Deshalb bin ich noch lange nicht ›freundlich‹.

»Im Norden weiß man, woran man ist«, sagte sie. »Hier – also hier wird viel um den heißen Brei herumgeredet. Blahblahblah nenn' ich es. Meine Liebe dies und meine Liebe das. Und wenn man ihnen den Rücken kehrt, reißen sie einen in Stücke.«

»Die Leute im Norden sind geradeheraus, stimmt. Sie leben allein?«

»Ja.«

Schon wieder begab ich mich auf Glatteis. Wenn ich nicht achtgab, verpaßte ich meine Chance, sie wiederzusehen.

Ihre Dankbarkeit hielt aber noch an, und ich wollte unbedingt von *ihr* hören, wie ihre Tochter zu Tode gekommen war.

Plötzlich fragte sie: »Machen Sie hier Urlaub?«

»Ja, im Haus Tregarland.«

»Ich weiß. Die Rose stammt aus dem Garten der Familie.«

Sie saß aufrecht da und nickte. Die Lippen waren aufeinandergepreßt.

»Sie wissen wahrscheinlich, daß meine Schwester in die Familie eingeheiratet hat?«

Sie nickte wieder. Es war keine gute Empfehlung: die Schwester der Frau, die den Platz ihrer Tochter eingenommen hatte.

Hastig fügte ich hinzu: »Ich werde nicht lange bleiben. Meine Mutter und ich reisen in ein paar Tagen ab.«

Das schien sie milder zu stimmen, aber mir wurde klar, daß ich keine Vertraulichkeiten von ihr erwarten konnte. Ich verschwendete meine Zeit. Aber aufgeben wollte ich noch nicht.

Vorsichtig stellte ich meine Tasse neben Annettes Bild und sagte: »Nochmals vielen Dank für den guten Kaffee. Ich hoffe, daß die Rose Wurzeln schlagen wird.«

»Wir werden sehen.«

»Würde es Ihnen etwas ausmachen ...?«

Sie sah mich aufmerksam an, und ich fuhr unbeirrt fort: »Wenn ich bei meinem nächsten Besuch wieder vorbeikäme, damit Sie mir zeigen könnten, wie die Pflanze gedeiht ...?«

Ihre Miene hellte sich auf. Die Gärtnerin war eine andere Frau als die trauernde Mutter.

»Natürlich müssen Sie wieder vorbeikommen. Ich zeig' sie Ihnen gern. Und eines kann ich Ihnen versichern: sie wird sich in meinem Garten wohlfühlen! Sie werden schon sehen!«

Lächelnd verließ ich Cliff Cottage.

Meine Bemühungen waren zwar nicht von Erfolg gekrönt gewesen, aber auch nicht völlig mißglückt.

Auf dem Weg hinab in die kleine Stadt dachte ich über Mrs. Pardell nach. Ob es mir jemals gelänge, sie so weit zum Sprechen zu bringen, wie ich es mir wünschte? Es war eine Herausforderung, und ich war stolz auf mich, daß ich es gewagt hatte, ihr den Ableger zu bringen. Sie war sehr direkt und redete nicht um den heißen Brei herum. Irreführung, wie sie das diplomatische, wenn auch nicht ganz aufrichtige

Verhalten der Leute im Süden nannte, mit dem sie sich das Leben erleichterten, nähme sie nicht hin. Für sie gab es nur die nackte Wahrheit, wie unangenehm auch immer die war.

Es ging ein leichter Wind, der nach Seetang roch. Der Pfad über den Felsen war uneben. Erst ging es bergab, dann wieder hoch. »Ziemlich holprig, der Weg durch die Klippen«, hatte Tom Smart, der Stallknecht, gesagt. Ich mußte ihm recht geben. An manchen Stellen war der Weg sehr schmal und führte an der Steilküste vorbei. Noch lag ein Abschnitt vor mir, wo der Pfad keinen Fuß breit war und die Klippen extrem steil abfielen. Seit ein älterer Mann dort auf vereistem Boden ausgerutscht und zu Tode gestürzt war, hatte Matilda gesagt, sei ein Zaun errichtet worden. Ich blieb einen Augenblick stehen und sog die frische Seeluft in meine Lungen.

Nur wenige Leute nahmen diesen felsigen Weg, obwohl die Aussicht besonders schön war. Mit der Zeit würde ich die Gegend immer besser kennenlernen, denn Dorabella und ich hatten fest vor, uns nicht sehr lange voneinander zu trennen.

Ich beobachtete, wie eine gierige Möwe der anderen etwas aus dem Schnabel riß. Triumphierend flog sie einen schwungvollen Bogen, während das Opfer wütend kreischte.

Dann hörte ich Schritte, ging weiter und kam an die schmale, gesicherte Stelle. Besonders robust sah der Zaun allerdings nicht aus. Neben mir ragte eine Felswand in die Höhe, und auf der anderen Seite rauschte tief unten das Meer.

»Violetta«, sagte eine Stimme. Mit einem Ruck drehte ich mich um. Gordon Lewyth kam auf mich zu.

»Oh!« rief ich aus. »Sie sind's!«

»Ich sah Sie aus dem Cliff Cottage kommen.«

»Ja? Ich hab' Sie aber nicht entdeckt!«

»Mrs. Pardell besucht?«

»Oh, ja.«

»Wie haben Sie *das* geschafft? Für ihre Gastfreundschaft ist sie nicht bekannt.«

»Stimmt, aber sie ist eine fantastische Gärtnerin.«

»Ein gemeinsames Interesse? Sie arbeiten auch gern im Garten?«

»Eigentlich nicht.«

Er stand sehr nah bei mir. Wie immer wußte ich nicht, was ich von ihm halten sollte. Er war ein so schwer durchschaubarer Mensch. Neben ihm, diesem großen Mann mit den breiten Schultern, kam ich mir zwergenhaft vor. Plötzlich hatte ich den Eindruck, einen unbarmherzigen Menschen vor mir zu haben, und fühlte mich schutzlos und allein.

»Als ich an ihrem Garten vorbeiging«, hörte ich mich erklären, »habe ich hineingeschaut, und sie kam raus und erzählte mir von einer Rose, die sie im Park von Tregarlands gesehen habe. Ich ließ mir von Jack einen Ableger geben, brachte ihn ihr, und sie lud mich zu einer Tasse Kaffee ein.«

»Das war ein großes Entgegenkommen. Normalerweise will sie mit einem von uns nichts zu tun haben.«

»Ich habe davon gehört.«

Er nickte. »Und haben Sie sich gut unterhalten?«

»Eigentlich nicht. Wir redeten über Gärten, wovon ich wenig weiß.«

»Ach«, sagte er und legte eine Hand auf den Zaun. »Dieser Weg wird kaum benutzt«, fuhr er fort.

»Er führt ständig bergauf und bergab«, sagte ich.

»Weiter oben verläuft die Straße.« Er nickte, in die Höhe blickend. »Aber es ist ein Umweg. Die feuchte Witterung … Frost … machen diesen Pfad gefährlich.«

Er sah mich durchdringend an.

»Der Zaun ist nicht fest«, sagte er und rüttelte daran. »Wenn jemand dagegen fiele – der Zaun würde ihn kaum aufhalten, wie? Er muß repariert werden. Hier in dieser Gegend lassen sie sich für alles Zeit.«

Ich fragte mich, warum wir eigentlich stehengeblieben waren. Er schien mir den Weg zu versperren, und ich war erleichtert, als ich Schritte hörte. Jemand kam den Weg entlang.

Langsam ging ich weiter, er neben mir, und ich war froh,

als wir den Zaun hinter uns gelassen hatten. Menschliche Stimmen beruhigten mich. Leute holten uns ein, die Gordon nicht kannten, anscheinend Touristen.

Wir gingen im Gänsemarsch, wenn der Pfad sich verschmälerte, und dann wieder nebeneinander.

Er erklärte, er habe geschäftlich in der Stadt zu tun und erzählte ein bißchen vom Ort.

»Die Flußmündung bildet einen schönen kleinen Hafen«, sagte er. »Die Stadt hat ihm ihren Wohlstand zu verdanken. Die Fischerei lohnt sich. Und wie geht es Ihrem Vater?«

Ich sagte, er sei gesund.

»Ich hoffe, er kommt das nächstemal mit.«

»Ich weiß nicht. Er hat immer so viel zu tun.«

»Das kann ich verstehen.«

Wir stiegen rasch bergab, und er streckte mir eine hilfreiche Hand entgegen, als der Boden steiniger wurde. Dann entschuldigte er sich für die Geste.

Er war ein merkwürdiger Mann und mochte in Wirklichkeit ganz anders sein, als er nach außen hin schien. Ich wußte nicht, ob ich mich von ihm abgestoßen oder angezogen fühlte.

Plötzlich sagte er: »Haben Sie vor, Mrs. Pardell wieder zu besuchen?«

»Ein so freundschaftliches Verhältnis haben wir eigentlich nicht, aber irgendwann darf ich mich vielleicht mal nach der Rose erkundigen, das ist alles.«

Er lächelte kaum merklich.

»Wenn Sie zu ihr gehen – passen Sie auf den Weg auf! Die Straße weiter oben ist länger, aber der Abstieg zu ihrem Haus ist dort nicht so steil.«

»Danke. Aber ich denke, daß ich wieder den Pfad nehme. Allerdings werde ich warten müssen, bis die Pflanze Wurzeln geschlagen hat … oder was immer sie tut.«

Er lächelte. »Sie reden wirklich nicht wie eine begnadete Gärtnerin.«

»Bin ich ja auch nicht.«

Fragend sah er mich an, und mir war klar, daß er überlegte, wie ich es geschafft hatte, ins Cliff Cottage zu gelangen. Es mußte ihm wie eine gut vorbereitete Aktion erscheinen, und er fragte sich sicher, weshalb ich mir so viel Mühe machte, nur um mit Mrs. Pardell reden zu können.

»Hier muß ich Sie allein lassen«, sagte er und blickte auf seine Uhr. »Ich habe eine Verabredung – in fünf Minuten.«

»Auf Wiedersehen«, sagte ich.

Eine merkwürdige Begegnung, dachte ich auf dem Heimweg, aber immerhin hatten wir länger miteinander geredet als je zuvor.

Am Nachmittag traf ich mich mit Jowan auf der Wiese, und er freute sich ganz offensichtlich, mich zu sehen.

Dorabella war sehr müde gewesen und hatte sich hingelegt, sonst wäre es schwierig geworden, mich loszueisen. Den ganzen Vormittag war ich ja schon unterwegs gewesen.

Von meinem Abenteuer mit Mrs. Pardell erzählte ich ihr nichts. Ich war mir nicht sicher, wie sehr Dermots erste Ehe sie belastete und wollte sie auf keinen Fall beunruhigen.

Als ich mich auf den Weg machte, hatte sie keine Einwände. Ich glaube, sie war glücklich, daß meine Mutter und ich da waren; wenn sie jemanden brauchte, stand immer einer von uns zur Verfügung.

Sicher würde es sie amüsieren, wenn ich ihr später von meinem Treffen mit Jowan erzählte, denn er interessierte sie, und sie fand die Geschichte unseres Kennenlernens spannend.

Er hatte auf mich gewartet.

»Auf die Minute«, sagte er. »Ich mag pünktliche Damen.«

»Ich bin immer pünktlich, es sei denn, es passiert etwas Unvorhergesehenes. Man hat uns beigebracht, daß es das Unhöflichste von der Welt ist, nicht pünktlich zu sein. Meine Mutter sagte immer, wenn man zu spät kommt, zeigt man, daß man sich nicht auf die Begegnung freut.«

»Ein hervorragender Grundsatz! Und Ihre Schwester? Ist sie auch so?«

»Also ...«

Er lachte. »Und wie geht es ihr?«

»Sie ist ein bißchen müde. Meine Mutter ist zu Hause, wenn sie Gesellschaft braucht.«

»Das ist schön. Und jetzt … auf ins Moor und zum Horned Stag!«

»Klingt furchterregend.«

»Warten Sie, bis Sie das quietschende Schild über der Tür sehen! Ein schreckliches Biest, das die Gäste eher abschreckt als ins Innere lockt. Aber es ist eine gemütliche Wirtschaft und meilenweit im Umkreis die einzige.«

Ich war fasziniert vom Moor. Es hatte etwas Unheimliches an sich. Menschen schienen hier nicht zu leben. Hier und da ragten große Felsbrocken aus dem Gras, und in der Ferne war ein Ring aus Steinen zu erkennen, die wie Figuren aussahen.

»Das Moor!« verkündete Jowan. »Was halten Sie von den Steinen?«

»Sie sind seltsam. Irgendwie unheimlich.«

»Da sind Sie nicht die erste, die das denkt.«

»Die Steine – man könnte meinen, es seien Menschen.«

Er brachte sein Pferd näher an meines.

»Zu bestimmten Zeiten des Jahres«, flüsterte er mit gespielter Ehrfurcht, »werden sie lebendig, sagt man – und wehe dem, der sie dann zu Gesicht bekommt!«

»Was?« rief ich aus.

Er lachte. »Sie sehen ängstlich aus. Machen Sie sich bloß keine Sorgen! Für Sie werden sie nicht lebendig. Einmal – so wird erzählt – haben sie es jedoch für den armen alten Samuel Starky getan. Das war vor fünfzig Jahren. Der arme Kerl. Er rannte schreiend in den Horned Stag. ›Sie sind lebendig! Die Steine leben! Tod und Vernichtung über Bandermoor!‹ So heißt das kleine Dorf, das ich Ihnen später zeigen werde. ›Noch heute nacht wird es zerstört!‹ Die Frau des Krämers war nämlich mit dem Briefträger durchgebrannt, und der Krämer hatte sich eine neue Frau ins Haus geholt. Sodom und Gomorrha waren nach Bandermoor gekommen, und die Steine wollten Rache üben.«

»Und was geschah mit Bandermoor?«

»Ach, es existierte friedlich weiter, und die Steine blieben an Ort und Stelle. Seltsamerweise denken die Leute aber immer noch, daß sie etwas Übernatürliches an sich haben. Nun, hier ist der Horned Stag. Schauen Sie sich den Hirsch an! Ist er nicht fürchterlich?«

»Er sieht nur so schlimm aus, weil die Farbe um seine Augen herum verwischt ist.«

»Was für eine nüchterne junge Dame Sie sind! Nüchtern und pünktlich. Das gefällt mir. Kommen Sie!«

Zuerst brachten wir unsere Pferde in den Stall, dann traten wir ein. Die Gaststube glich dem Innern von Smithy's aufs Haar. Krüge mit Apfelmost wurden gebracht.

»Das Zeug scheint Ihnen zu schmecken«, sagte er.

»Es ist gut.«

»Sagen Sie – wann reisen Sie wieder ab?«

»Übermorgen.«

Er verzog das Gesicht. »So bald? Aber Sie kommen doch wieder?«

»Ganz bestimmt.«

»Und Ihrer Schwester geht es gut?«

»Ich glaube, alles verläuft wie gewünscht.«

Unvermittelt erzählte ich ihm von meinem Besuch bei Mrs. Pardell.

Er war überrascht.

»Wirklich? Sie ist nicht dafür bekannt, daß sie schnell Freundschaft schließt.«

»Freundschaft würde ich es auch nicht nennen.«

Ich berichtete ihm von dem Ableger.

Darüber amüsierte er sich »Wie raffiniert! Ich sehe, Sie sind die geborene Diplomatin. Weshalb wollten Sie sie denn unbedingt sprechen?«

»Ich muß gestehen, daß ich von Natur aus neugierig bin.«

»Neugierig, nüchtern und pünktlich«, murmelte er. »Die letzten beiden Eigenschaften sind Tugenden. Über die erste bin ich mir nicht so sicher. Warum waren Sie auf die Lady aus dem Norden so gespannt?«

»Natürlich wegen ihrer Tochter. Ich war schockiert, als meine Schwester mir erzählte, daß es schon eine frühere Ehe gegeben habe, aber erst von Ihnen erfuhr ich, wer die erste Frau war.«

»Und dann wollten sie mehr über sie erfahren?«

»Das ist doch verständlich, oder?«

»Absolut. Und Ihre Schwester würde sicher auch gerne mehr wissen.«

»Ich glaube, es interessiert sie nicht besonders. Mit unangenehmen Dingen will sie sich nie befassen. Sie will immer, daß alles glatt geht, und wenn es mal nicht so ist, schiebt sie die Dinge weit von sich, damit sie in Vergessenheit geraten.«

»Sie sind aber nicht so, nicht wahr?«

»Nein, ich möchte alles wissen, egal, was es ist.«

»Das verstehe ich vollkommen. Aber was haben Sie von der Dame erwartet?«

»Ich dachte, ich würde etwas über das Mädchen, Annette, in Erfahrung bringen. Wie sie war – wie alles passierte.«

»Sie haben bestimmt nicht viel aus ihr herausgekriegt.«

»Überhaupt nichts.«

»Schade – nach so einem cleveren Plan! Aber ich gratuliere Ihnen zu Ihrer fantasievollen Strategie! Zu dumm, daß alles umsonst war.«

»Nicht ganz. Ich werde bei meinem nächsten Besuch wieder hingehen und mich nach der Rose erkundigen.«

»Schlau! Ich bin voller Bewunderung! Und was nutzt Ihnen das alles?«

»Je mehr man über Menschen weiß, desto besser versteht man sie.«

»Machen Sie sich Sorgen um Ihre Schwester?«

Ich zögerte. Machte ich mir denn welche? Ich war immer eine Art Wachhund für uns beide gewesen. Unser erster Schultag fiel mir ein – ihre Hand fest in meiner –, als ich versuchte, mir meine Angst nicht anmerken zu lassen. Wir saßen nebeneinander an dem kleinen Pult. Dorabella an meiner Seite, getröstet, weil ich, die Starke, da war. Und sie wußte nicht, daß ich die Mutige nur spielte – für sie, aber auch für mich selbst.

Ja, ich war beunruhigt. Ich wurde das Gefühl einfach

nicht los, daß im Haus Tregarland etwas nicht stimmte. Es war ein eigenartiges Gefühl, aber die Menschen dort erschienen mir irgendwie unwirklich.

Ich konnte es Jowan jedoch nicht erklären, war ich doch schon viel zu offen gewesen. Was war nur in mich gefahren, ihm von meiner kleinen List zu erzählen, mit der ich mir Zutritt zum Cliff Cottage verschafft hatte?

Nun, ich fühlte mich eben wohl in seiner Gegenwart. Daran lag es. Seine Art, alles leichtzunehmen und amüsant zu finden, brachte mich zum Lachen. Mir wurde auch klar, daß mein Gefühl, was Haus Tregarland betraf, nur Spekulation war. Alle waren nett zu uns gewesen und hatten Dorabella freundlich aufgenommen. Meine Mutter schien zufrieden zu sein. Ich neigte dazu, meiner Fantasie freien Lauf zu lassen und Dramen heraufzubeschwören, wo es gar keine gab.

Er beobachtete mich aufmerksam und fragte wieder, ob ich mir über meine Schwester Gedanken mache.

»Na ja«, sagte ich, »es ist alles ziemlich schnell gegangen. Vor einem Jahr wußten wir noch nichts von der Existenz der Familie Tregarland. Und plötzlich ist meine Schwester verheiratet und erwartet ein Kind – weit weg von zu Hause.«

»Ich verstehe. Sie meinen, daß Sie mehr über die Tregarlands wissen sollten und daß die erste Frau Ihres Schwagers dazugehört.«

»Ja, ich glaube, so ist es.«

»Die Geschichte ist einfach. Der Erbe von Tregarland heiratete eine Kellnerin. Sie erwartete ein Baby, und dann gab es eine Tragödie. Das ist alles.«

»Glauben Sie, daß er sie geheiratet hat, weil ein Kind unterwegs war?«

»Ich glaube schon. Jedenfalls war die Nachrichtenzentrale dieser Meinung.«

»Ich verstehe. Wie Sie sagen, ist es keine ungewöhnliche Geschichte.«

»Die Familie war sicher nicht begeistert.« Er hob die Schultern. »Aber solche Dinge passieren in den besten Kreisen. Doch das ist Vergangenheit. Von der jetzigen Ehe sind sie entzückt.«

»Haben Ihnen Ihre Nachrichtenquellen das berichtet?«

»Natürlich. Und sie täuschen sich selten.«

Er begann, mir Legenden der Gegend zu erzählen, von den Ritualen im Moor in der Mittsommernacht, von den Freudenfeuern, die die Dämmerung begrüßten, von Halloween, dem Abend vor Allerheiligen, an dem die Hexen tanzen.

»Und kornische Hexen sind noch viel schlimmer als andere Hexen.«

Er erzählte mir auch vom Furry Dance. Damit wird die Frühlingsankunft gefeiert, und die Leute tanzen durch die Straßen der Stadt.

Ich lauschte hingerissen und war enttäuscht, als es Zeit zum Aufbrechen war.

»Sie kommen wieder«, waren seine Abschiedsworte an der Grundstücksgrenze. »Ich werde es natürlich erfahren, und dann treffen wir uns auf der Wiese, dem Ort unserer ersten Begegnung. Versprochen?«

»Versprochen«, sagte ich mit Nachdruck.

Rettung auf den Felsen

Zwei Tage später reisten wir ab. Meine Mutter lehnte sich im Eisenbahnabteil zufrieden zurück.

»Es scheint alles gut zu verlaufen«, sagte sie. »Ich kann den November kaum erwarten. Wenn wir Nanny Crabtree dazu bewegen können, nach Cornwall zu ziehen, kann nichts mehr schiefgehen. Dermot ist ein netter junger Mann. Er gefällt mir immer besser.« Sie runzelte die Stirn. »Gordon dagegen ist irgendwie ...«

Ich wartete, bis sie das Wort fand, mit dem sie ihn beschreiben wollte.

»Übermächtig«, sagte sie schließlich. »Obwohl er wenig spricht, benimmt er sich, als sei er der Sohn des Hauses. Wir werden sicher bald wieder hinfahren. Dorabella hätte sich, glaube ich, gefreut, wenn du geblieben wärst.«

»Ich werde auf jeden Fall bald wieder bei ihr sein«, sagte ich.

Dabei dachte ich auch an Jowan Jermyn. Es wäre schön, ihn wiederzusehen. Außerdem machte es Spaß, so etwas wie Verstecken vor den Leuten zu spielen – das hieß natürlich, daß wir uns nicht unbedingt heimlich treffen, aber doch darauf achten mußten, nicht zu häufig am selben Ort gesehen zu werden.

Ob Mrs. Brodie berichtet hatte, daß wir zweimal bei Smithy's eingekehrt waren? Höchstwahrscheinlich. Es war taktvoll von Jowan gewesen, als nächsten Treffpunkt den Horned Stag vorzuschlagen.

Mein Vater war froh, uns wieder um sich zu haben. Er sagte, er wünschte, Dorabella käme für eine Weile zu uns.

»Sie gehört jetzt in ihr neues Zuhause«, entgegnete meine Mutter. »Man kann kaum von ihr erwarten, daß sie ihren Ehemann verläßt. Und ihr Mann muß sich um die Wirtschaft kümmern.«

»Gordon erledigt das ausgezeichnet«, erwiderte mein Vater. »Ich glaube nicht, daß ihm Dermot fehlen würde.«

Einer schärferen Kritik war er sicherlich nicht fähig, und selbst diese Bemerkung war höchst ungewöhnlich für ihn. Es zeigte, wie sehr er sich nach seiner Tochter sehnte.

Mir fehlte sie auch, aber ich war sicher, bald nach Cornwall zurückzukehren. Ich wollte bei ihr sein. Außerdem waren diese Besuche aufregend und sogar ein bißchen geheimnisvoll, was meiner Schwäche für Mystisches sehr entgegenkam. Da ich den Gedanken, daß im Hause Tregarland etwas nicht mit rechten Dingen zuging, einfach nicht abschütteln konnte, wollte ich herausfinden, was es war. Und natürlich würde ich mich mit Jowan treffen.

Meine Mutter freute sich ungemein, als ihr Nanny Crabtree mitteilte, sie sei ab September frei, würde einen kurzen Urlaub bei ihrer Cousine in Northamptonshire verbringe und könne im Oktober nach Cornwall fahren, was ihr Zeit ließe, sich einzuleben, bevor das Baby käme.

Von Edward hörten wir, daß er und Gretchen uns besuchen wollten. Einen Freund, der Hampshire noch nicht kannte, würden sie gerne mitbringen.

»Richard wird euch sicher gefallen«, schrieb er. »Er ist Rechtsanwalt und hat mir geholfen.«

Meine Mutter freute sich natürlich, Edward zu sehen und schrieb begeistert zurück, wie froh sie über diesen Besuch wäre.

Edward arbeitete jetzt für ein Rechtsanwaltsbüro in London. Er und Gretchen lebten zur Zeit noch im Haus der Familie in Westminster, waren aber auf der Suche nach einem eigenen Heim. Edward schrieb meiner Mutter regelmäßig, so daß sie immer auf dem laufenden blieb. Obwohl nur fünfzehn Jahre älter als er, war er sie für ihn die Mutter.

Sie trafen am frühen Nachmittag ein. Gretchen und er sahen sehr glücklich aus. Wir wurden mit seinem Freund, Richard Dorrington, einem großgewachsenen, freundlichen jungen Mann bekanntgemacht, der meiner Mutter überschwenglich für die Einladung dankte.

Ich sah sofort, daß sie ihn mochte, und sie sagte auch gleich, daß ihr Edwards Freunde stets willkommen seien.

Es war ein interessanter Besuch. Auch meinem Vater gefiel der junge Mann, was nichts Außergewöhnliches war, weil er fast alle Menschen mochte, aber ich spürte, daß es dieses Mal noch den weniger mehr.

Edward sagte, er wolle Richard die Umgebung zeigen, denn der habe den größten Teil seines Lebens in London verbracht und kenne unsere Gegend überhaupt nicht.

Bei unserer ersten gemeinsamen Mahlzeit erwähnte Edward, wo er seinen Freund gerne hinführen würde.

»Möchtest du nicht mitfahren, um alte Erinnerungen aufzufrischen, Violetta?« fragte meine Mutter.

Ich stimmte gerne zu.

»Robert wird böse sein, wenn er hört, daß Sie hier gewesen sind«, wandte sich meine Mutter an Richard. »Robert ist unser Sohn. Er ärgert sich immer, daß er jedesmal, wenn wir Besuch haben, in der Schule ist. Zum Mittagessen müßt ihr in das alte Gasthaus in Chidam gehen. Es ist ganz lustig dort – Ye Olde Reste House. Das Haus tut so, als stamme es aus der Zeit Heinrich VIII., dabei wurde es erst vor zehn Jahren gebaut. Wahrscheinlich haben sie auch ein Gespenst. Irgendwann wird Anne Boleyn auftauchen.«

»Ich glaube nicht, daß sie jemals in der Gegend gewesen ist«, sagte Edward.

»Das spielt keine Rolle. Sie finden schon eine Möglichkeit, sie ins Haus zu schmuggeln. Es ist wirklich amüsant – die Bedienung in Tudor-Kostümen, aber Lippenstift und Dauerwelle.«

»Klingt gut«, meinte Richard.

»Man muß es gesehen haben – aber nur einmal. Du bringst sie doch hin, Edward?«

Dann sprachen wir über Edwards Jagd nach einem eigenen Haus.

»Ich hätte gern was in der Nähe des Anwaltsbüros«, sagte er.

»Richard hat ein schönes Haus in Kensington«, fügte Gretchen hinzu.

»Ich glaube, sagte Edward lächelnd, »wir müssen uns was Bescheideneres suchen.«

»Unser Haus ist seit vielen Jahren in Familienbesitz«, erklärte Richard. »Mein Großvater erwarb es. Dann ging es an meinen Vater und jetzt an mich.«

»Es liegt so schön ruhig«, sagte Gretchen.

»Nun ja, es ist eins von den großen Häusern, die um einen Park herum gebaut wurden, den nur die Anlieger benutzen dürfen. Ich lebe dort mit einer verwitweten Mutter und meiner Schwester Mary Grace zusammen, führte Richard aus. »Es war immer unser Zuhause.«

»Und die alte Mrs. So-und-so sorgt dafür, daß alles seine Ordnung hat«, fügte Edward hinzu.

»Er meint unsere Haushälterin«, erklärte Richard. »Ja, sie ist eine treue Seele. Sie schafft es, daß alles reibungslos läuft.«

Mein Vater wollte wissen, was die Menschen von der politischen Lage hielten. Er meinte immer, die Leute in London wüßten besser über alles Bescheid als wir auf dem Lande.

»Und was halten Sie von unserem neuen Premierminister?« fragte Richard.

»Nun, Neville Chamberlain ist noch nicht lange genug auf seinem Posten, um ihn gerecht beurteilen zu können.« Mein Vater zuckte die Schultern.

»Mir gefällt die Lage auf dem Kontinent absolut nicht«, meinte Richard. »Man muß sich Gedanken machen.« Edward schien besorgt.

»Mussolini wird genau beobachtet«, fuhr Richard fort. »Europa ist unruhig, trotzdem haben alle zugesehen, wie er Abessinien überfiel. Sie waren entsetzt und schockiert und mißbilligten seine Taten, aber niemand schritt ein. Hätten die Länder zusammengehalten und Sanktionen verfügt, wäre er gezwungen gewesen, sich innerhalb weniger Wochen zurückzuziehen. Aber alle standen nur da und sagten, was für eine Schande – und er schnipste einfach mit den Fingern und machte weiter. Im letzten Jahr um diese Zeit – nein, etwas früher – war ich in Rom. Im Mai. Ich stand eingekeilt in einer riesigen Menschenmenge auf der Piazza Venezia.

Viertausend sollen es gewesen sein, was ich gerne glaub'. Mussolini kam raus und verkündete, daß Italien nach vierzehn Jahren faschistischer Herrschaft ein Weltreich geworden sei.«

»Was ist das für ein Mann?« fragte mein Vater.

»Er ist stark – ungeheuer charismatisch mit hypnotischer Anziehungskraft. Man spürte, daß er alle in Bann schlug. Diese allmächtigen Diktatoren beunruhigen die Menschen, aber niemand wagt, ihre Taten wirklich in Frage zu stellen. Wahrscheinlich geht das auch gar nicht. Mussolini nimmt sich seinen Verbündeten, Adolf Hitler, zum Vorbild.«

Ich bemerkte, wie Gretchen zusammenzuckte. Sie senkte den Kopf, und ich mußte an die schrecklichen Augenblicke in der Gaststube denken.

»Was ist mit der Achse Berlin–Rom?« wollte mein Vater wissen.

Richard Dorrington lächelte grimmig. »Sie bedeutet, daß Deutschland und Italien Verbündete sind. Ich glaube, Mussolini sehnt sich danach, so mächtig wie Hitler zu sein.«

Edward streifte Gretchen mit seinem Blick und sagte: »Wir müssen abwarten. Und jetzt, Richard, will ich dir mal was von den Stätten erzählen, die wir besuchen werden.«

Am folgenden Tag fuhren wir zu viert mit dem Auto los. Es wurde ein herrlicher Ausflug. Ein paar Tage später veranstalteten wir ein Picknick im Wald. Meine Eltern waren dabei, und wir hatten viel Spaß zusammen. Meine Mutter genoß Edwards Besuch, und so oft bemerkte ich, wie sie ihn gedankenverloren betrachtete und an das hilflose Baby dachte, das sie gerettet hatte. Ohne sie wäre er jetzt nicht einer von uns.

Aber ich sah noch etwas anderes in ihrem Blick. Ich kannte sie gut und konnte ihre Gedanken lesen. Sie mochte Richard, sprach dauernd von ihm und wollte alles über ihn wissen. Natürlich suchte sie einen passenden Mann für ihre Tochter. Dorabella war bereits unter der Haube, und jetzt war ich an der Reihe.

Leider ließ ich mich von diesen Gedanken beeinflussen

und verheilt mich Richard gegenüber kühler als nötig. Warum versuchen Mütter immer, ihre Töchter an den Mann zu bringen? Sie sehen das kleine Kind vor sich und wollen, daß es versorgt wird.

Ich wollte ihr versichern, daß ich sehr wohl in der Lage wäre, auf mich aufzupassen, und daß sie sich keineswegs zu bemühen brauchte, einen passenden Gatten für mich dingfest zu machen.

Die Tage verliefen auf angenehme Weise. Mein Vater genoß es, politische Themen zu diskutieren, und mit Edward und Richard darüber zu spekulieren, ob Chamberlain seine Sache nun gut machte oder ob es ein Fehler gewesen sei, daß Baldwin sein Amt niedergelegt hatte.

Der Besuch näherte sich seinem Ende. Der Juli hatte begonnen, und beim Abendessen sagte Richard, den Blick auf meine Mutter gerichtet, die, wie er wußte, die Entscheidung fällen würde: »Sie müssen bald nach London kommen. Wir könnten noch über so vieles reden, und jetzt ist die Stadt auch nicht so voll. »Warum eigentlich nicht?«

»Ihr müßt kommen, sobald wir das neue Haus bezogen haben«, begann Edward, doch Richard warf ein: »Deine Familie sollte bei uns wohnen. Mary Grace liebt Gäste, und meine Mutter auch. Es würde ihr große Freude machen.«

»Richard wohnt in der Nähe von Kensington Gardens, und die High Street mit ihren Geschäften ist auch nicht weit«, fügte Edward hinzu.

»Wir werden Sie gerne besuchen«, sagte meine Mutter.

Am Abend, nachdem sie alle zurückgezogen hatten, kam sie in mein Zimmer.

»Was hältst du von diesem Besuch in London?« fragte sie.

»Vielleicht – irgendwann ...«

»Wir hätten bestimmt viel Spaß. Außerdem würde ich mir gern das Haus ansehen und seine Familie kennenlernen. Mary Grace scheint sehr nett zu sein.«

»Ach, ja ...«

»Ich mag Richard. Du nicht?«

»Doch. Edward und er scheinen gute Freunde zu sein.

Schön vor allem, daß Edward und Gretchen glücklich miteinander sind.«

»Stimmt. Schade, daß ihre Familie so weit weg ist. Ich finde, wir sollen diesen Besuch bald machen und ihn nicht auf die lange Bank schieben.«

Ich lächelte sie an. Es war mir ein Leichtes, ihre Gedanken zu lesen.

Später gelang es mir, mich mit Gretchen allein zu unterhalten. Es war am Tag vor ihrer Abreise. Obwohl sie glücklich war und Edward ganz offensichtlich sehr liebte, sah sie oft ängstlich aus.

»Gretchen«, sagte ich, »ist alles in Ordnung?«

»Du meinst mit meiner Familie?«

»Ja.«

Sie sagte lange nichts. Dann antwortete sie: »Man hat sie nicht mehr belästigt. Aber ich glaube, es ist nicht besser geworden – eher schlechter.«

»Du meinst, was wir erlebt haben, kann immer wieder passieren?«

»Ja«, sagte sie. »Und öfter. Ich wünschte ...«

»Wie schade, daß sie nicht wegziehen können.«

»Es ist schwierig. Ich rede oft mit Edward darüber und wünschte, sie könnten nach England kommen. Aber es ist nicht leicht.«

»Das verstehe ich. Sie müßten die Burg verlassen, ihr Zuhause – alles.«

»Einige gehen weg. Freunde von uns sind ausgewandert. Nach Amerika. Und einige nach Kanada, Südfrankreich ... und in andere Länder.«

»Wenn ihr euer neues Haus habt, könntet ihr vielleicht ...«

Sie schüttelte den Kopf. »Mein Vater würde das nicht wollen. Kurt auch nicht. Wenn sie reich wären, vielleicht ...«

»Möglicherweise geht der ganze Spuk schnell vorbei.«

Sie zuckte mit den Schultern. »Viele Deutsche hassen uns. Zum Glück ist meine Familie nicht bedeutend genug, um Aufmerksamkeit zu erregen. Es werden vor allem die Reichen belästigt. Aber irgendwann ...«

Ich legte meine Hand auf ihre. »Ich bin froh, daß du da bist.«

»Ich habe Glück gehabt, und meine Familie freut sich darüber. Aber mir tun sie so leid.«

»Gretchen, ich hoffe, daß alles gut wird.«

»Ja, wir können nur hoffen«, sagte sie und sah mutlos aus.

Meine Mutter sprach wieder von dem vorgeschlagenen Besuch in London. »Es würde Spaß machen, Edward bei der Suche nach einem Haus zu helfen«, sagte sie. Und so reisten unsere Gäste schließlich mit der Gewißheit ab, daß wir uns alle bald wiedersehen würden.

Am nächsten Tag kam ein Brief von Dorabella:

»Liebe Vee,
Du hattest doch versprochen, mich zu besuchen. Jetzt haben wir bald August, und Du bist seit ewigen Zeiten nicht hier gewesen. Ich bin unheimlich dick geworden und freue mich auf Nanny Crabtree. Natürlich wird sie mir ständig erzählen, was für ein Frechdachs ich gewesen bin. Ich, die Ungezogene – nicht wie die gute Violetta. Was war das für ein liebes Mädchen! Ich komme nicht mehr viel raus, bin regelrecht ans Haus gefesselt, muß mich dauernd hinlegen und ausruhen. Es ist langweilig und gar nicht bequem. Dies darf ich nicht und das darf ich nicht.

Dieser Brief bedeutet SOS! Komm bitte *bald* …«

Während ich den Brief las, kam meine Mutter ins Zimmer.

»Wegen unserer Reise nach London …«, begann sie.

Ich schwenkte den Brief.

»Von Dorabella?« fragte sie.

»Ja«, erwiderte ich. »Ich muß zu ihr.«

Es war aufregend, allein nach Cornwall zu fahren.

Dermot holte mich am Bahnhof ab und begrüßte mich herzlich.

»Dorabella freut sich so auf dich«, sagte er. »Wir alle freuen uns.«

»Und ich bin froh, wieder hier zu sein. Wie geht es dir?«

»Der Arzt sagt, sie ist in guter Verfassung. Aber sie wird ein bißchen ungeduldig, weil sie nicht wie früher herumsausen kann.«

»Ich weiß, sie mag diese erzwungene Untätigkeit nicht.«

»Es gefällt ihr gar nicht.«

»Ich kann es kaum erwarten, sie zu sehen.«

»Und sie hat gejammert, daß niemand sie besuchen kommt.«

»Meine Mutter hat viele Verpflichtungen zu Hause, und mein Vater kann auch nicht ohne weiteres weg.«

»Ich weiß. Aber jetzt bist du ja da, und es ist gut, dich zu sehen.«

Ich dachte: Jowan Jerwyn werde ich auch wiedersehen. Und die Rose muß inzwischen gewachsen sein. Ich könnte nochmal versuchen, mit Mrs. Pardell ins Gespräch zu kommen. Wieder fühlte ich mich umgeben von einer Atmosphäre voller Intrigen und Geheimnisse, die ich mir selbst geschaffen hatte, die mich aber dennoch faszinierte.

Dorabella erwartete mich und drückte mich heftig an sich.

»Du hättest ruhig schon früher kommen können«, sagte sie und verzog das Gesicht. Dann lachte sie. »Aber es ist wunderbar, daß du jetzt da bist. Ich weiß, es ist weit ... und dann gibt es ja auch noch diesen netten Richard Soundso, den unsere Mutter im Brief erwähnte. Warum hast *du* mir eigentlich nichts über ihn geschrieben?«

»Mummy hat also von ihm erzählt?«

»Natürlich. Und unser Vater hält eine Menge von ihm. Du weißt, was ich meine. Sie will nicht, daß meine zweite Hälfte sitzenbleibt, während ich mich so hervorragend verheiratet habe.«

»Was für ein Blödsinn! Ich kenne den Mann doch kaum.«

»Und wie gefällt er dir?«

»Mäßig.«

»Ich kenne dich und deine Untertreibungen.«

»Auf die man sich besser als auf deine wilden Begeisterungsstürme verlassen kann.«

»Nun – hier bin ich – verheiratete Frau, die kurz davor steht, die Weltbevölkerung zu vermehren. Oh, Vee, ein Glück, daß du da bist! Ich bin so froh, dich wieder bei mir zu haben! Und jetzt erzähl mir haargenau, was du alles so getrieben hast!«

»Zuerst«, sagte ich, »erzählst du mir von dir! Mummy will alles wissen – einen ehrlichen Bericht.«

»Mein Leben ist voller Aktivitäten. Es läßt sich in einem einzigen Brief nicht beschreiben. Ich liege im Bett, bis sie mir mein Frühstück bringen. Dann stehe ich auf, bade und schlendere durch den Park. Mittagessen, Ruhe. Auf Anordnung des Arztes. Ich kann unten essen oder in meinem Zimmer. Nachmittags setze ich mich vielleicht in den Park, diskutiere mit Matilda über Babyausstattungen und Kinderzimmermöbel und empfange die Hebamme, wenn es ihr Tag ist. Anschließend Abendessen und Bett. Du siehst, ich führe ein aufregendes Leben.«

»Bis zu dem freudigen Ereignis dauert es nicht mehr lang.«

»Der große Tag nähert sich unerbittlich und erfüllt mich gleichzeitig mit Sehnsucht und Angst.«

»Es wird schnell vorübergehen, und dann haben wir ein wunderbares Kind.«

»Du meinst, *ich* werde eins haben.«

»Wir haben immer alles geteilt.«

»Du wirst eine hingebungsvolle Tante sein?«

»Das kannst du mir glauben.«

»Du solltest diesen Mann wiedersehen – den Feind der Familie.«

»Vielleicht.«

»Was soll das heißen – vielleicht? Ich bestehe darauf. Schließlich bist du hergekommen, um mich zu unterhalten, erinnerst du dich?«

»Ich verspreche es.«

»Mich zu unterhalten oder ihn wiederzusehen?«

»Ich nehme es mir fest vor.«

»Was? Mich zu unterhalten oder ihn zu treffen?«

»Beides«, erwiderte ich.

»Oh, Vee, wie wunderbar, daß du gekommen bist.«

Den ganzen Tag verbrachten wir gemeinsam.

Am nächsten Morgen sah der Arzt nach ihr und meinte, sie sei ein bißchen müde und brauchte mehr Ruhe.

Dorabella machte ein finsteres Gesicht, befolgte aber seine Anordnungen, was mir die Gelegenheit gab, mich frei zu bewegen.

Ob die Nachricht meiner Ankunft schon zu Jowan gedrungen war? Ich überlegte mir außerdem, ob ich mit Starlight in der Hoffnung, ihn zu treffen, zur Wiese reiten oder ob ich zum Cliff Cottage wandern sollte.

Seit Dorabella über Richard und Jowan gesprochen hatte, war ich, was die beiden Männer betraf, etwas unsicher geworden. Es war mir nicht ganz angenehm, über die beiden nachzudenken, weil alle Leute, wenn man älter wurde und keinen Partner hatte, in jedem Mann einen zukünftigen Gatten sahen. Reiche Freundschaften zu schließen wurde deshalb schwierig.

Ich beschloß, Cliff Cottage aufzusuchen und mußte an meine Begegnung mit Gordon an der gefährlichen Stelle des Klippenwegs denken.

Kurz nach meiner Ankunft war ich ihm begegnet, und mir war es so vorgekommen, als verhalte er sich mir gegenüber etwas freundlicher als zuvor. Schon auf dem Weg in die Stadt war er viel aufgeschlossener gewesen, und ich hatte mich gefreut, daß sich unser Verhältnis zueinander gebessert hatte.

Den ganzen Vormittag verbrachte ich mit Dorabella, doch nach dem Mittagessen legte sie sich hin, worauf ich mich auf den Weg zum Cliff Cottage machte.

Ich hatte ihr von meinem Vorhaben nichts erzählt, weil ich noch nicht sicher war, wie sie über Dermots erste Ehe dachte. Wahrscheinlich gehörte das zu den Themen, die ihr unangenehm waren und deshalb beiseitegeschoben und nicht erwähnt wurden.

Es war ein warmer Tag mit wenig Sonne. Das Meer lag stumpfgrau und ruhig da, sah aber nicht gerade einladend aus.

Die Möwen machten viel Geschrei. Als ich über die Ostklippen nach Poldown hinabstieg und am Hafen entlangging, sah ich, wie die Fischer dort ihre Netze flickten. Einige Leute kauften Fisch, der am Morgen gefangen worden war, und die Möwen suchten laut kreischend nach Happen, die sich aus irgendeinem Grund nicht verkaufen ließen und in den Fluß zurückgeworfen wurden, wo sie sich die herabtauchenden Vögel schnappten.

Ein oder zwei Leute erkannten mich.

»Ah, Sie sind wieder da?«

»Nicht viel Sonne heute, wie?«

»Schön, Sie wiederzusehen, Miss. Der Lady im Haus geht's hoffentlich gut?«

Ich freute mich, daß sie sich an mich erinnerten, dachte dabei an den Nachrichtendienst, wie Jowan den Tratsch im Ort genannt hatte, und vermutete, daß die Leute gut informiert waren.

Gemächlich überquerte ich die alte Brücke aus dem 13. Jahrhundert und machte ich an den Aufstieg zu den Klippen der Westseite. Es ging steil bergauf, und ich blieb immer mal wieder stehen, aber weniger, um nach Luft zu schnappen, als um die merkwürdigen Formationen der schwarzen Felsen zu bewundern, an deren Fuß sanfte Wellen plätscherten.

Schließlich erreichte ich das Cliff Cottage, das so ordentlich aussah wie zuvor. Kühn öffnete ich das Holztor und ging den kurzen Weg bis zum Haus. Davor war eine Veranda, auf der Tontöpfe mit Blumen standen. In der Tür funkelten Milchglasscheiben.

Ich klingelte und wartete. Dann sah ich Mrs. Pardell durch das Glas spähen. Ob sie mich erkannte? Nach ein paar Sekunden, als ich schon fürchtete, nicht eingelassen zu werden, öffnete sich die Tür, und Mrs. Pardell stand vor mir.

»Oh«, sagte sie. »Sie sind es. Sie sind also wieder da.«

»Ja. Wie geht es Ihnen?«

»Danke, gut.«

»Und … äh … der …«

Ein Lächeln flog über ihr Gesicht. »Sie wächst«, sagte sie. »Der Rose geht es auch gut.«

»Ach, da bin ich aber erleichtert!«

Sie sah mich durchdringend an, und ich dachte schon, sie, die Frau aus dem Norden, würde meine überschwengliche Begeisterung, die doch nur Falschheit war, durchschauen und mich zurückweisen. Aber wie die meisten Menschen, die von einer Sache besessen sind, so war auch sie überzeugt, daß jeder ihre Faszination teilen mußte.

»Möchten Sie sie sehen?« fragte sie.

»Oh, sehr gern!«

»Dann kommen Sie!«

Stolz führte sie mich zu der Stelle, an der sie die Rose eingepflanzt hatte. Die Pflanze sah gesund aus, und ich sagte im stillen: ›Danke, kleine Blume. Es war klug von dir. Durch dich bin ich in der Achtung dieser schweigsamen Dame gestiegen.‹

»Das reinste Wunder«, äußerte ich mich laut.

»Ich kann Ihnen sagen, es hat mich einige Mühe gekostet. Ich hab' gesehen, wo sie im Park wächst ... und dann hab' ich hier ein ähnliches Fleckchen gefunden – sonnig, aber nicht zu sehr, und schön geschützt.«

»Oh, ja. Dieser Busch hier beschützt sie vor dem Wind.«

»So ist es.«

»Ich bin so froh.«

Sie nickte. »Es war sehr aufmerksam von Ihnen, sie mir zu bringen. Das hat mich wirklich gefreut ...«

»Ich bemerkte, wie sehr Sie sich die Rose wünschten. Und warum sollte man so etwas Schönes nicht auch anderen Menschen gönnen? Ich wußte, daß Sie damit glücklich würden.«

»Nochmals herzlichen Dank.«

War das alles? Das Ende meiner Mission?

Ich fühlte mich plötzlich leer und sagte verzweifelt: »Wenn Sie noch was anderes brauchen, kann ich es besorgen.«

Offensichtlich hatte ich das Richtige gesagt, denn ihre Augen leuchteten auf. Sie konnte meinem Angebot nicht widerstehen.

»Das ist sehr freundlich von Ihnen. Es gäbe schon noch ein, zwei Sachen.«

»Sagen Sie es mir ruhig!«

»Das ist wirklich sehr nett von Ihnen.«

Ich glühte vor Optimismus.

»Ihr Garten ist ein Traum«, ließ ich nicht locker. »Wahrscheinlich ist er um diese Jahreszeit ganz besonders schön.«

»Frühling ist die beste Zeit«, sagte sie. »Das ist jedenfalls meiner Meinung.«

»Ja, Frühling – das Jahr nähert sich langsam seinem Höhepunkt.« Ich holte tief Luft. »Heute ist es fast ein wenig schwül. Es macht einen durstig.«

Das war ein Wink mit dem Zaunpfahl, und sie zögerte einen Augenblick. »Hätten Sie gern eine Tasse Tee?«

»Ach, das wäre wunderbar.«

Wieder einmal hatte ich mir Zutritt verschafft und saß im Wohnzimmer vor dem Bild von Annette mit dem spitzbübischen Lächeln und dem üppigen Busen.

Dann dachte ich: Sei auf der Hut! Ihr mehr Pflanzen zu offerieren, war eine glänzende Idee gewesen. Sie konnte meinem Angebot nicht widerstehen, und ich war mit wachsender Begierde darauf aus, mehr über Annette zu erfahren.

Mrs. Pardell trat mit einem Tablett ein, auf dem zwei Tassen, Milch, Zucker und eine Teekanne standen, über die ein Teewärmer aus rosa und beiger Wolle gestülpt war. Offensichtlich Heimarbeit.

Sie strickte also. Das könnte ein Thema sein, mit dem ich vielleicht an sie herankäme, bei dem ich mich jedoch noch weniger auskannte als mit der Gartenkunst.

Sie schenkte ein, und ich seufzte: »Wie schön.«

Sie antwortete nicht, sah aber nicht ungehalten aus.

»Was für ein interessanter Teewärmer«, fuhr ich fort.

Das war das richtige Stichwort.

»Sowas muß man selber machen; im Laden kriegt man nicht, was man will.«

»Dann haben Sie den also eigenhändig gestrickt?«

»Er ist nicht gestrickt. Er ist gehäkelt. Ich stricke aber auch ein bißchen.«

»Haben Sie gerade was in Arbeit?«

»Einen Pullover«, antwortete sie knapp. »Ich hatte Schwierigkeiten, die Wolle zu bekommen.«

»Sie finden sicher, was Sie brauchen, in Plymouth?«

»Das ist weit für ein bißchen Wolle.«

»Sie haben wirklich viel Talent«, sagte ich, ein wenig zu begeistert. »Solche Sachen zu machen … und dann noch der Garten – eine Augenweide.«

Ich war zu weit gegangen. Mein Wunsch, das Gespräch auf ihre Tochter zu bringen, machte mich leichtsinnig.

Da fragte sie unvermittelt: »Wie geht es Ihrer Schwester?«

»Es geht ihr gut, aber sie wird schnell müde.«

»Sie werden bei ihr sein wollen, wenn das Baby kommt.«

»Vorher muß ich noch einmal nach Hause fahren. Das Kind wird erst im November kommen. Aber ich werde rechtzeitig zurück sein.«

Sie verzog die Lippen zu einem fast spöttischen Lächeln und erwiderte zu meiner Überraschung: »Meine Tochter … erwartet auch ein Baby.«

Triumph! Ich konnte kaum glauben, was ich hörte.

»Ja«, sagte ich. »Das war eine große Tragödie.«

»Fast holt mich die Erinnerung ein«, murmelte sie. »Die neue Frau …«

»Natürlich«, sagte ich und hoffte, sie damit anzuspornen.

Sie sah mich durchdringend an. »Sie sollten auf sie aufpassen – auf Ihre Schwester. Etwas ist da nicht geheuer …«

»Oh?« Ich wagte nicht, weiterzureden. Diese ersehnte und unerwartete Wendung in unserer Unterhaltung durfte ich auf keinen Fall gefährden.

»Nach der anderen …«

»Welche … andere?«

»Die Leute hier erzählen viel. Lauter unheimliche Sachen. Es war vor vielen Jahren. So um die gleiche Zeit. Die alte Geschichte. Haben Sie von den beiden Familien und ihrem Streit gehört? Und von dem Mädchen, das ins Meer ging und nicht wiederkam?«

»Ja, ich hab' davon gejört. Und Sie meinen, Ihre Tochter …?«

»Sie ging schwimmen. Die Leute sagten, irgendwas habe sie dazu veranlaßt. Dann fand man ihre Leiche. Sie wäre nicht von allein schwimmen gegangen. Sie wurde doch davor gewarnt.«

Ich begriff nicht ganz, was sie mir sagen wollte, fürchtete aber, den Redefluß zu unterbrechen, und warf deshalb zaghaft ein: »Glauben Sie, daß es eine Verbindung zwischen dem Tod Ihrer Tochter und dem Mädchen gegeben hat?«

»Beide sind ertrunken. Darüber haben die Leute geredet. Zwei Frauen ertrunken. Verstehen Sie?«

»Bestimmt sind noch andere an dieser Küste ertrunken.«

»Kann sein. Aber die beiden Mädchen waren mit dem Haus verbunden. Wissen Sie, was die Leute hier behaupten? Sie sagen, ein Geist habe sie ins Meer gelockt. Das ist natürlich Quatsch. Aber so reden sie eben … Und schließlich ist es beiden passiert.«

»Das Mädchen damals hat sich selbst getötet, weil sie den Mann, den sie liebte, nicht heiraten durfte.«

»So heißt es. Meine Annette hätte sich nie umgebracht. Sie freute sich auf das Kind. Warum nur ging sie freiwillig schwimmen, wo sie doch wußte, daß es für das Baby gefährlich war? Das würde ich gern wissen.«

»Wie kam es dann …?«

»Wer weiß? Ich bin mir nur sicher, daß sie das Leben des Babys niemals aufs Spiel gesetzt hätte. Mir hat nicht immer gepaßt, wie sie sich verhielt. Ich wollte nicht, daß sie diese Arbeit machte, aber ihr hat sie gefallen. Sie war nie, was man ein stilles, braves Mädchen nennt. Ständig hatte sie Männer um sich rum. Das gefiel ihr. Sie machte, was ihr in den Sinn kam und wollte auf meine Ratschläge nicht hören.«

»Sie war sehr hübsch«, warf ich ein.

»Das haben alle gesagt. Es hat ihr den Kopf verdreht. Ich hätte nie gedacht, daß meine Tochter …«

Sie unterbrach sich und starrte geradeaus. Ich konnte mir vorstellen, wie sie ihre Tochter erzogen hatte. Zärtlichkeiten hatte es sicher kaum gegeben. Wie Annettes Vater wohl gewesen war? Ich sah ihn vor mir – ernst und streng wie seine

Frau. Er arbeitete schwer, bekam seine Rente, als es nicht mehr ging, und zog an die Küste Cornwalls, weil der Arzt ihm sagte, die Gegend hier wäre besser für seine Gesundheit als das härtere Klima des Nordens.

Annette hatte sich anderswo nach Liebe umgesehen, nach Gelächter und Frohsinn. Ob sie bei Dermont gefunden hatte, was sie suchte?

Ich konnte kaum glauben, daß Mrs. Pardell, die so zurückhaltend gewesen war, jetzt so offen mit mir redete. Wahrscheinlich lag es daran, daß ich die Schwester von Dermonts zweiter Ehefrau war, der Nachfolgerin ihrer Tochter. Vielleicht hatte es auch mit der Tatsache zu tun, daß Dorabella ein Kind erwartete. Die Situation war ähnlich. Auch Annette war schwanger gewesen.

Plötzlich kam mir der Gedanke, daß sie es für ihre Pflicht halten mochte, mich in irgendeiner Weise zu warnen. Mrs. Pardell war eine Frau, die ihre Pflicht tat, auch wenn sie ihr zuwider war.

Sie beugte sich vor und sagte: »Ich glaube einfach nicht, daß sie freiwillig schwimmen ging.«

»Was?« fragte ich erschrocken.

»Das hätte sie nicht getan. Ich kann Ihnen kaum beschreiben, wie sehr sie das Kind wollte. Unsere Beziehung war nicht die beste damals ... so, wie sie sich benommen hatte. Aber schwimmen gegangen wäre sie nicht. Sie wußte, daß es dem Baby schaden konnte. Das hätte sie nie getan ... und niemand kann mir etwas anderes einreden.«

»Erzählen Sie mir, was passiert ist!«

»Sicher wissen Sie schon einiges. Über sowas wird geredet. Darüber tratschten die Leute gern. Sie wissen bestimmt, daß sie im Sailor's Rest arbeitete. Dort war sie jede Nacht und lachte und hatte ihren Spaß. Sie war beliebt. Sie lockte Gäste an. Jede Nacht lag ich wach, wartete auf sie und sagte zu ihr, wenn sie kam: ›Ich sähe dich lieber irgendwo putzen, als *diese* Arbeit zu machen.‹ Eine Dame tut sowas nicht, und wir hatten doch versucht, sie zu einem anständigen Menschen zu erziehen.«

»Ich verstehe«, sagte ich besänftigend.

»Aber ich brauche Ihnen das alles ja gar nicht zu erzählen. Sie wissen bestimmt längst, was los war. Die Leute reden. Der junge Mann und seine neue Frau haben die Erinnerungen wachgerufen. Als er zum zweitenmal heiratete, redeten alle über Annette. Bei ihr war es so, daß sie heiraten mußte. Ich glaube nicht, daß er sie sonst gewollt hätte. Sie wäre immer noch im Sailor's Rest. Oder sie hätte den jungen Bauern aus Perringarth im Moor geheiratet. Er war verrückt nach ihr. Aber es kam anders. Dermont Tregarland tat, was sich gehörte. Er schien ein anständiger junger Kerl zu sein, aber Sie können sich sicher vorstellen, was im Hause Tregarland los war.«

Sie schwieg eine Weile, bevor sie bedächtig weiterredete. »Wahrscheinlich fragen sie sich, warum ich Ihnen das alles erzähle. So bin ich eigentlich nicht, aber ich denke an Ihre Schwester. Sie sollten auf sie aufpassen.«

»Auf sie aufpassen? Wie denn?«

»Ich weiß es nicht. Meinem Kind ist etwas Schlimmes passiert. Um die gleiche Zeit ...«

»Ich sehe da keinen Zusammenhang.«

»Ich dachte nur ... Wissen Sie, Annette und ich – wir hatten schon lange nicht mehr miteinander gesprochen. Als ich hörte, daß sie ein Baby erwartete – ohne Ehering –, war ich wie vor den Kopf gestoßen. Ich sagte ihr, daß ihr Vater sie hinausgeworfen hätte. Sie lachte. Annette lachte über alles. Sie war nie ein braves Mädchen gewesen, immer widerspenstig, aber ...«

»Bestimmt war sie liebenswert.«

Mrs. Pardell nickte schweigend. Dann fuhr sie fort: »Als sie heiratete und in das große Haus zog, wurde viel geredet. Ich war trotz allem stolz auf sie. Er muß doch eine ganze Menge von ihr gehalten haben, denn da war schließlich noch sein Vater im Haus, und ich weiß, dem gefiel es nicht, daß er eine Kellnerin zur Frau nahm. Sie besuchte mich ein-, zweimal. Und wollte erst nach der Geburt des Kindes wiederkommen. Ich war froh, daß ich sie drei Tage vor ihrem Tod noch einmal sah. Schließlich war sie nicht die erste, die sich mit der Hochzeit beeilen mußte. Sie war nicht unglücklich. Dermot war ein guter Ehemann, und sie verstand es, ihn nach ihrer Pfeife tanzen zu lassen. Zu mir sagte sie: ›Ich kann es nicht erwarten, bis das Baby kommt.‹ Sie sprach freimütig darüber, was mir nicht gefiel. Ein bißchen schamlos. Aber so war meine Annette. Sie sagte auch: ›Ich kann überhaupt nichts mehr machen, Mam. Ich kann nicht mal mehr schwimmen gehen.‹ Und ich sagte: ›Natürlich nicht, in deinem Zustand, dummes Ding.‹«

Mrs. Pardell seufzte, und ich lehnte mich, staunend über dieses unerwartete Mitteilungsbedürfnis, schweigend zurück und hoffte, daß es nicht nachließ.

»Annette hat das Meer so geliebt. Ich weiß noch, wie wir zum erstenmal an die See fuhren. Sie war damals ungefähr acht. Ich nahm sie mit an den Strand, und sie machte große Augen, hob staunend die Hand an die Stirn ... und rannte ins Wasser. Dann lernte sie in der Schule schwimmen. Sie schwamm wie ein Fisch und siegte bei allen Wettkämpfen. Gewann viele Preise. Ich kann sie Ihnen zeigen.«

»Ich würde sie mir gern irgendwann mal anschauen.«

»›Es ist schrecklich, Mam‹, jammerte sie, ›daß ich nicht schwimmen darf. Der Arzt hat's mir verboten. Es könnte dem Baby schaden.‹ – ›Wer würde in deinem Zustand schwimmen wollen?‹ fragte ich, und sie antwortete: ›Ich! Aber ich will nicht, daß dem Baby was passiert. Mam, ich hab' mich noch nie so sehr auf was gefreut wie auf das Baby. Ich werde es lieben, wie noch kein Baby geliebt worden ist.‹ Das hat sie gesagt.«

Sie sah mich mit funkelnden Augen an.

»Glauben Sie wirklich, daß sie in aller Herrgottsfrühe schwimmen ging?« fragte sie mich streng.

»Aber ... sie war im Wasser ... die Gegenströme ...«

»Von wegen Gegenströmung! Sie hätte bei gröbster See schwimmen können, meine Annette. Aber sie ging nicht freiwillig ins Wasser! Niemand kann mir erzählen, daß sie freiwillig ins Wasser ging!«

»Wollen Sie damit sagen, daß sie von einem Geist hineingelockt wurde? Wie das Mädchen, das vor langer Zeit im Meer umkam?«

»Das haben die Leute damals behauptet. Aber ich glaube nicht an diesen Blödsinn.«

»Wie ist es dann aber passiert?«

»Ich weiß nicht. Doch wie auch immer – Sie haben dort im Haus eine Schwester. Und die bekommt ein Baby. Man sagt, auf den Tregarlands liegt ein Fluch – von den Jermyns. Alles Unsinn. Trotzdem … passen Sie auf Ihre Schwester auf! Sie wollen doch nicht, daß ihr dasselbe widerfährt wie meiner Tochter?«

Erschöpft lehnte sie sich zurück und blickte in ihre Tasse, in der der Tee kalt geworden war.

Mir kam sie wie verwandelt vor; die Härte war aus ihren Zügen verschwunden. Sie war eine Frau, die um ihre Tochter trauerte, die sie geliebt und verloren hatte.

Leise sagte ich: »Es tut mir leid …«

Sie sah mich forschend an. »Das meinen Sie ehrlich, nicht wahr?«

»Ja.«

Sie nickte. Wir saßen schweigend da. Bis es Zeit für mich war, zu gehen.

Ich stand auf und sagte: »Wenn Sie mir sagen, welche Ableger Sie gerne hätten, kann ich sie mir geben lassen.«

Sie lächelte, und ich war froh, daß sie ihre Offenheit nicht bereute. Im Gegenteil – ich glaube, sie fühlte sich besser, weil sie mit mir geredet hatte.

Es war, als trennten wir uns als Freundinnen.

Verwirrt ging ich aus dem Haus. Sie hatte mich überzeugt, daß Annette nicht aus eigenem Antrieb zum Schwimmen gegangen war. Aber warum? Und wie? Auf diesen wilden Felsen konnte man die Geschichten, die sich die Leute erzählten, beinahe glauben.

Nachdenklich machte ich mich an den Abstieg über die Westklippen nach Poldown, ging über die Brücke auf die Ostseite hinüber und dem Meer entgegen.

Ich beschloß, am Wasser entlang zum Haus zurückzuwandern und nicht die Straße zu nehmen. Meine Gedanken waren bei Annette. Ich sah sie deutlich vor mir, denn das

Foto hatte mir viel erzählt. Sie war eine junge Frau gewesen, die das Vergnügen liebte und das Beste aus ihrem Leben machen wollte. Sie war attraktiv und sich dessen bewußt. Sie war impulsiv und lebte in der Gegenwart. Sie war all das, was ihre Mutter ihr hatte austreiben wollen.

Ein leichter Wind wehte vom Meer her. Neben mir kräuselten sich die Wellen, und ich lauschte ihrem Gemurmel.

Ein junges Paar mit einem kleinen Jungen, der einen Eimer und eine Schaufel schleppte, kam mir entgegen. Urlauber, dachte ich. Wir lächelten uns im Vorübergehen an.

Tief in Gedanken ging ich weiter und stieß an einen Felswall, der ins Meer ragte. Ich kletterte drüber und fand mich in einer Art Bucht wieder, die ein zweiter Wall umringte. Der hohe Felsen, der über die Bucht ragte, und die Steine, die sie schützend einfaßten, machten sie heimelig.

Ich beschloß, mich ein Weilchen hinzusetzen und über das Gespräch, das ich mit Mrs. Pardell geführt hatte, nachzudenken. An den Felsen gelehnt, überlegte ich, weshalb sie mir plötzlich so viel erzählt hatte, und gratulierte mir nochmals zu meiner Gerissenheit. Vielleicht hatte ich sie in einem mitteilsamen Augenblick erwischt, in dem sie das Bedürfnis hatte, sich jemandem anzuvertrauen. Arme Mrs. Pardell! Wie schrecklich war es, die Tochter zu verlieren, die sie trotz ihres Lebenswandels, den sie nicht gutheißen konnte, innig geliebt hatte.

Wie das Leben in dem Häuschen wohl gewesen war, als Annette sich im Sailor's Rest als Kellnerin verdingte? Ich stellte mir ihre Verehrer vor, einer davon Dermot, der schnell entflammt war. Auch in Dorabella hatte er sich schnell verliebt. Mit Annette war es sicher ebenso gewesen. Ich konnte mir die blitzartige Romanze gut vorstellen – und die Folgen; als sie dann wußte, daß sie ein Baby erwartete, war er mutig genug, sie trotz aller Einwände der Familie zu heiraten.

Und dann – der Tod.

Ich blickte aufs Meer hinaus und beobachtete die herein- und hinausrollenden Wellen.

Was hatte Mrs. Pardell über Dorabella gesagt? Sie hatte

mich gewarnt. Glaubte sie, daß irgendein übernatürliches Wesen Dorabella ins Meer locken würde? Sie war eine praktische und nüchterne Frau aus dem Norden, deren gesunder Menschenverstand nicht zuließ, an Übersinnliches zu glauben. Trotzdem hatte sie sich mir offenbart, weil sie meinte, ich müsse Bescheid wissen.

Man konnte also davon ausgehen, daß Annette sich als gute Schwimmerin sicher gefühlt hatte. Vielleicht hatte sie Krämpfe bekommen? Das war immerhin möglich. Bestimmt gab es einen einfachen, logischen Grund, weshalb sie an jenem Morgen ertrunken war.

Es wurde Zeit, aufzubrechen. Wie lange ich, tief in Gedanken versunken, dagesessen hatte, wußte ich nicht.

Ich erhob mich und ging zur Felsbarriere. Als ich hinüberklettern wollte, saß ich zu meinem Entsetzen, daß inzwischen die Flut hereingekommen war. Es war mir nicht aufgefallen, daß die Bucht viel höher lag als der Strand auf beiden Seiten der Felsen. Ich würde bis zur Taille im Wasser stehen!

Erschrocken blickte ich mich um und sah, daß die See schon fast die ganze Bucht überspült hatte. Ich mußte mich mindestens eine halbe Stunde dort aufgehalten haben.

Schnell lief ich auf die andere Seite. Das Wasser spritzte über die Felsen, und in der kleinen Bucht war nur noch ein schmaler Streifen trockener Sand zu sehen.

Panik ergriff mich. Was konnte ich tun? Den Strand entlang konnte ich nicht gehen. Das Wasser kam rasch herein. Bald wäre die Bucht überflutet. Und ich war keine gute Schwimmerin.

Ich blickte zum Felsüberhang hinauf. Dort konnte ich nicht hochklettern. Ein paar Grasbüschel wuchsen in den Spalten, an denen ich mich festklammern könnte, aber boten sie wirklich Halt? Außerdem waren es zu wenige und die Abstände dazwischen zu groß.

Wie dumm ich gewesen war! Während ich mich zu meiner Schlauheit beglückwünscht hatte, so viel aus Mrs. Pardell herausgeholt zu haben, war ich in diese Falle getappt.

Verzweifelt sah ich mich um. Unerbittlich kroch die See langsam aber sicher immer höher. Sekundenlang stand ich hilflos da und wußte nicht, was ich tun sollte. Wie lange würde es dauern, fragte ich mich, bis das Wasser die ganze Bucht überflutete? Wie lang konnte ich mich über Wasser halten? Sollte ich doch versuchen, den Felsen zu erklimmen? Es wäre unmöglich. Ich würde ertrinken wie das unglückliche Mädchen in der alten Legende, und wie Annette. Gab es vielleicht doch einen Fluch?

Nur nicht hysterisch werden. Ich mußte mich zusammenreißen. Es war meine eigene Schuld. Warum nur hatte ich den Felsenweg verlassen und war zum Strand gegangen.

Aber was sollte ich tun?

Das Wasser kam näher, und ich mußte etwas unternehmen. Aber was? Auf eine solche Situation war ich nicht vorbereitet. Ich war hilflos.

Plötzlich hörte ich eine Stimme.

»Hallo?«

Erleichterung durchströmte mich. Es war eine Stimme, die ich kannte – Gordon!

Ich starrte in die Höhe. Er blickte vom Klippenpfad auf mich herunter.

Die Hände trichterförmig am Mund rief er: »Was machen Sie da unten?«

»Die Flut hat mir den Weg abgeschnitten!« brüllte ich zurück.

»Dort können Sie nicht bleiben.« Stille. Dann rief er: »Die Bucht ist in zehn Minuten überflutet!«

»Was?«

Er war weg.

Angst breitete sich wieder in mir aus. Warum war er verschwunden? Weshalb versuchte er nicht, mir zu helfen? Er überließ mich einfach meinem Schicksal.

Wieder wurde ich von Panik ergriffen. Was hatte das alles zu bedeuten? Ich dachte an den Tag, als er mir nach meinem Besuch bei Mrs. Pardell gefolgt war. Er hatte beobachtet, wie ich ihr Haus verließ. Ich erinnerte mich, wie unheimlich es war, als er neben mir an dem wackligen Zaun stand. War es eine Vorahnung? Alle möglichen Gedanken schossen mir durch den Kopf, und es spielte überhaupt keine Rolle, welche Motive er hatte, denn hier war ich nun – allein und meinem Schicksal überlassen.

»Violetta!« Ein Ruf von rechts. Ich fuhr herum.

Er hing im Felsen, mitten drin, und hielt sich an einem vorragenden Brocken fest.

Ich war so erleichtert, daß es fast weh tat. Er hatte mich doch nicht verlassen!

»Halten Sie sich an den Steinen auf dieser Seite fest!« brüllte er mir zu. »Versuchen Sie hochzuklettern!«

Keuchend schaffte ich eine Körperlänge in die Höhe. Vorsichtig kletterte er einen halben Meter nach unten, kam näher, beugte sich vor und streckte eine Hand aus.

»Können Sie meine Hand fassen?« fragte er.

Ich versuchte es vergebens.

»Ich komme noch etwas näher«, sagte er. »Passen Sie auf! Es ist gefährlich!«

Vorsichtig kletterte er noch ein Stück tiefer. Fast berührten sich unsere Finger.

»Einen Augenblick«, sagte er. »Ich muß mir einen besseren Halt suchen. Jetzt!«

Er packte meine Hand, und ich schluchzte fast vor Erleichterung.

»Sie müssen versuchen, sich nach oben zu schieben. Über mir ist eine Art Sims … nur noch ein paar Zentimeter.«

Seine Hand schien meine zu zerquetschen, aber ich war froh darüber.

»Kommen Sie! Vorsichtig! Immer darauf achten, daß ein Fuß festen Halt hat, bevor Sie den anderen heben!«

Ich kroch ihm entgegen.

»Jetzt … aufpassen!« schrie er und zog mich hoch.

Dann stand ich neben ihm.

»Lassen Sie mich vorangehen«, sagte er. »Halten Sie sich an meiner Jacke fest! Ich brauche beide Hände. Und lassen sie ja nicht los!«

Langsam und sehr vorsichtig kletterten wir höher. Der Felsen war feucht von der Gischt und schlüpfrig.

»Festhalten!« warnte er, und ich klammerte mich mit aller Kraft an seine Jacke.

Es schien eine Ewigkeit zu dauern, bis wir die Stelle erreichten, wo der Fels einen Sims bildete, der wie eine schmale Bank aussah. Dort mußte einmal ein Stück weggebrochen sein, und jetzt hatten wir vier, fünf Leute nebeneinander Platz.

Die Felsbank war nicht breit, aber wir konnten uns hinhocken und ausruhen. Bequem war es nicht, doch ich war dankbar für die Rast.

»Geben Sie mir Ihre Hand«, sagte er. »Seien Sie aber vorsichtig; man muß ständig aufpassen.«

»Ich weiß nicht, wie ich Ihnen danken soll«, flüsterte ich mit zitternder Stimme.

Er hob die Schultern. »Wir können nicht weiter hochklettern. Schauen Sie sich die Felsen an!«

»Sie sind runtergekommen!«

»Ich weiß. Aber es ist riskant, obwohl ich die Klippen gut kenne. Ich bin nicht zum erstenmal hier unten. Als ich noch ein Junge war, wettete ich mit anderen, wie weit wir klettern könnten. Wenn man jung ist, kennt man keine Angst. Ich muß zehn gewesen sein, als ich hier runterkraxelte und mich auf diesen Sims setzte.«

»Ich bin Ihnen so dankbar.«

»Dort unten hätten Sie keine Chance gehabt, wissen Sie das? Die Flut kommt zuerst langsam in die Bucht und dann mit Wucht. Es hat mit der Formation der Felsen zu tun. Ist alles in Ordnung?«

»Ja, danke.«

»Hier sind wir sicher, aber herumzappeln dürfen wir nicht. Sie müssen ständig aufpassen! Die kleinste Unachtsamkeit, und Sie könnten in die Tiefe stürzen.«

»Ich weiß.«

Ich bemerkte, daß sein dichtes schwarzes Haar feucht war von der Gischt und sein Gesicht schweißüberströmt von der Anstrengung.

»Ich glaube«, sagte er, »es wäre besser, wenn Sie sich an meinem Arm festhielten.«

»Danke. Dann würde ich mich auch sicherer fühlen.«

»Was für ein Segen dieser Platz ist! Schauen Sie mal, wie hoch Sie geklettert sind!«

»Ich hätte nicht gedacht, daß ich es schaffe. Es sah hoffnungslos aus.«

»Sie hatten Glück. Nur an dieser Stelle ist es möglich, am Fels hochzuklettern. Das habe ich schon vor langer Zeit festgestellt. Leicht war es nicht. Sie hätten abrutschen können, und das wäre das Ende gewesen.«

Wir schwiegen eine Weile und beobachteten die Flut, die langsam immer höher kroch.

»Jetzt hat das Wasser bald den höchsten Stand erreicht«, sagte er. »Dann fließt es wieder ab. Später können wir am Strand zurückgehen. Aber vorher müssen wir wieder runterklettern, was ein wenig leichter sein dürfte. Trotzdem – äußerste Vorsicht.«

»Ich verstehe. Ich weiß einfach nicht, wie ich Ihnen danken soll.«

»Wie oft haben Sie das jetzt gesagt?«

»Ich werde es wieder sagen, und meine Eltern und Dorabella auch, wenn sie davon hören.«

»Noch sind wir nicht in Sicherheit.«

»Wir werden es schaffen.«

»So ist es recht! Man soll sich nichts vornehmen, von dem man erwartet, daß es schief geht. Sie waren wieder bei Mrs. Pardell?«

»Woher wissen Sie das?«

»Ich habe Sie aus dem Haus kommen sehen.«

»Oh … wie beim letztenmal?«

»Ja«, sagte er. »Ich war nicht weit hinter Ihnen auf dem Weg in die Stadt. Dann verlor ich Sie aus den Augen. Ich hatte geschäftlich dort zu tun, und als ich den Klippenpfad entlangging, schaute ich runter und entdeckte sie.«

»Es war idiotisch von mir.«

»Es war … ziemlich leichtsinnig. Wußten Sie nicht, daß die Flut kam? Das Wasser ist um diese Zeit sehr hoch.«

»Ich hatte nicht daran gedacht.«

»Am Meer darf man solche Dinge nicht außer acht lassen. Es kann sehr gefährlich werden, verstehen Sie?«

»Jetzt weiß ich es. Wenn Sie nicht vorbeigekommen wären, hätte ich ertrinken können. Wie kann ich Ihnen nur …?«

»Wir nähern uns wieder dem alten Thema«, sagte er.

Wir lachten, und mir fiel ein, daß ich ihn noch nie hatte lachen hören.

Wie tüchtig er war, wie gut er Bescheid wußte. Er war mir selbstlos zu Hilfe gekommen und hatte dabei sein Leben riskiert. Das hätte ich nicht von ihm erwartet.

Schweigend saßen wir nebeneinander. Trotz des schönen Wetters war mir kalt. Vielleicht war es der Schock, der mich zittern ließ. Schließlich war ich dem Tod sehr nahe gewesen.

Tod durch Ertrinken, dachte ich, wie die anderen vor mir.

»Wir müssen noch ein bißchen warten, bis die Flut weiter zurückgegangen ist, damit wir am Strand entlanggehen können«, sagte er. »Vorher – der Abstieg. Ich würde nicht ihr Leben aufs Spiel setzen wollen und zum Klippenpfad hochklettern. Auch am Strand werden wir nur einen schmalen Streifen zum Gehen haben ...«

Ich nickte und war sehr froh, daß er wußte, was zu tun war.

»Wir werden es schon schaffen. Haben Sie ... hat sich Ihr Besuch bei Mrs. Pardell gelohnt?«

Ich war verblüfft. »Gelohnt?« wiederholte ich.

»Sie wollten doch mit ihr reden, nicht wahr? Die Rose war sicher ein voller Erfolg. Dafür wird sie dankbar gewesen sein.«

»Sie freute sich sehr darüber.«

»Und als Gegenleistung?«

»Ich erwartete keine Belohnung.«

»Ich glaube, Sie interessieren sich mehr für sie.«

»Ja, vielleicht. Wegen der Verbindung mit der Familie. Wegen ihrer Tochter Annette. Sie müssen sie doch gekannt haben.«

»Sie wirkte auf uns ziemlich ... äh ... unpassend. Wir wunderten uns alle, als Dermot sie heiratete.«

»Trotz der ...?«

»Trotz der Umstände? Erst recht wegen der Umstände, denn die waren möglicherweise nicht ihm zuzuschreiben.«

»Er muß es aber geglaubt haben.«

»Ich denke, sie konnte es ihm einreden, und Dermot läßt sich leicht beeindrucken.«

»Sicherlich hatte sie große Angst.«

»Bestimmt. Unter solchen Umständen haben Frauen meistens Angst. Nun, sie heirateten, und ein paar Monate später ging sie dummerweise trotz ihres Zustands und der Tatsache, daß man sie gewarnt hatte, im Meer schwimmen.«

»Die Menschen machen gelegentlich Dummheiten.«

Er sah mich an, ein leichtes Lächeln auf den Lippen. Tatsächlich überraschte er mich immer mehr. Jetzt, wo ich mich sicher fühlte, fing ich an, das Abenteuer aufregend zu finden. Ich weigerte mich, an den Abstieg zu denken, der unter seiner Anleitung ohnehin problemlos vonstatten gehen würde.

»Dermot muß sie gemocht haben«, sagte ich.

»Meine Mutter tat alles, damit sie sich bei uns wohlfühlen könnte. Sie war sehr gut zu ihr, kümmerte sich um sie und half ihr, wo sie nur konnte.«

»Und Mr. Tregarland?«

»Sie meinen den alten Herrn?«

»So alt ist er ganz nicht, oder?«

»Zwischen sechzig und siebzig eben. Er heiratete spät, in seinen Vierzigern, glaube ich. Erst in den letzten paar Jahren wurde er gebrechlich. Die Gicht lähmt ihn. Man weiß nie, was er wirklich denkt. Ich kannte einmal einen Jungen, der gerne Spinnen in ein Glas warf, aus dem sie nicht herauskonnten. Stundenlang beobachtete er sie, um zu sehen, was sie einander in der Gefangenschaft antun würden. Der alte Herr erinnert mich an den Jungen, weil er uns alle auf die gleiche Weise zu beobachten scheint.«

»Ich weiß genau, was Sie meinen«, sagte ich. »Man hat das Gefühl, daß er jeden von uns genau beobachtet, und zwar irgendwie schadenfroh.«

»Meine Mutter und mich hat er immer sehr gut behandelt. Wir sind schon vor vielen Jahren in sein Haus gekommen. An die Zeit davor erinnere ich mich kaum. Plötzlich wohnten wir in dem großen Haus ... und tun es heute noch.«

»Es ist ein wunderbares altes Gebäude.«

»Ja.«

»Und Sie interessieren sich sehr für das Gut und die Ländereien.«

»Ja, aber ...« Er unterbrach sich und schaute aufs Meer hinaus. Dann sagte er: »Ich glaube, das Meer geht zurück.«

»Man wird sich wundern, wo ich bleibe.«

»Das fürchte ich auch. Hat Ihre Schwester Sie zurückerwartet?«

»Wir sitzen meistens zusammen, nachdem sie sich ausgeruht hat.«

»Ich hoffe, sie macht sich nicht allzu viele Sorgen. Ja, ich hatte recht – Gezeitenwechsel.«

»Wie lange, glauben Sie, wird es dauern, bis wir uns nach unten wagen können?«

»Ich weiß nicht genau. Aber es dauert schon noch eine Weile. Ich will absolut sicher sein, daß nichts passieren kann. Sehr bequem haben wir es hier leider nicht.«

»In der Bucht zu ertrinken, wäre sicher noch schlimmer gewesen. Wenn Sie nicht vorbeigekommen wären ...«

»Schsch!«

»Ich wollte nur sagen, was für ein glücklicher Zufall es war ...«

Wir saßen eine Weile schweigend da. Dann sagte ich: »Erzählen Sie mir, wie es war, als sie seinerzeit ins Haus kamen.«

Er antwortete nicht gleich, und ich hatte den Eindruck, daß er meinte, bereits zu viel geredet zu haben. Er schien von Natur aus zurückhaltend zu sein.

Dann fing er doch an: »Meine Erinnerung ist ziemlich verschwommen. Wir wohnten in einem kleinen Häuschen in Hafennähe. Als wir ins Haus Tregarland kamen, war es, als habe ein Zauberer uns in ein Schloß verpflanzt. Meine Mutter erklärte, Mr. Tregarland sei ein entfernter Verwandter. Ich habe nie herausbekommen, was für eine Verwandtschaftsbeziehung zwischen uns besteht. Jedenfalls war Mr. Tregarlands Frau gestorben. Meine Mutter sagte, er hätte einen Sohn, etwas jünger als ich, und sie könne dort den

Haushalt führen. Man würde sie nicht wie eine Haushälterin behandeln, und sie dürfe mich mitbringen. Es wäre die ideale Lösung für uns beide … und für Mr. Tregarland. Meine Mutter ist die tüchtigste Frau, die ich kenne. Das Leben wurde plötzlich sehr angenehm.«

»Und ist es so geblieben?«

»Nun, die Menschen gewöhnen sich schnell an ein bequemes Leben, vor allem Kinder.«

»Und dann haben Sie die Arbeit auf dem Gut zu Ihrer Lebensaufgabe gemacht.«

»Es gab viel zu tun.«

»Und Dermont?«

»Er nimmt alles ganz selbstverständlich. Irgendwann wird ihm der ganze Besitz gehören.«

»Aber Sie werden immer da sein.«

Er antwortete nicht gleich. Dann sagte er, als ob er mit sich selber spräche: »Etwas eigenes zu besitzen, könnte sehr befriedigend sein. Auf dem Feld zu stehen und sagen zu können: ›Das gehört mir.‹ Verstehen sie, was ich meine?«

»Oh, ja.«

»Ich bin an Tregarland sehr interessiert. Stolz darauf, könnte man sagen, aber …«

»Mein Vater, der sehr viel von solchen Dingen versteht, sagt, daß Sie den Besitz ganz hervorragend verwalten.«

Er schien sich zu freuen.

»Er hat selbst Eigentum.«

»Ja, es ist von einer Generation zur nächsten vererbt worden, genau wie Haus Tregarland, nehme ich an. Ich habe einen Bruder, Robert, der unser Gut einmal übernehmen soll.«

»Und Tregarland wird Dermot und seinen Söhnen gehören.«

»Aber Dermot bedeutet es nicht so viel wie Ihnen.«

»Nein, aber er wird es bekommen.« Ein klein wenig Bitterkeit war herauszuhören.

»Hoffentlich werden Sie immer zur Verfügung stehen. Ohne Sie käme die Familie ja niemals zurecht!«

»Ach, Dermot kann einen anderen Verwalter finden.«

»Und was würde dann aus Ihnen?«

»Wer weiß.«

»Was Sie brauchen, ist ein eigenes Haus und eigenes Land.«

»Ja, das hätte ich gern.«

»Glauben Sie …?«

»Daß ich es jemals bekommen werde? Um einen abgedroschenen Satz zu verwenden – das weiß der liebe Himmel.«

»Wie Sie mir vorhin erzählt haben, schaffen Sie immer, was Ihnen wichtig ist – wie das Klettern an den Felsen. So, wie Ihnen *das* gelungen ist, wird es Ihnen auch gelingen, Haus und Hof zu erwerben. Sie dürfen nur nicht daran zweifeln.«

Er wandte mir den Kopf zu, und ich sah wieder das leichtc Lächeln.

»Ich sage Ihnen eins«, erklärte er und schob das Kinn vor. »Ich werde alles tun, um es soweit zu bringen.«

»Und ich wünsche Ihnen dazu viel Glück, obwohl ich weiß, daß es für die Tregarlands von großem Nachteil wäre.«

Danach wurde es zwischen uns still, und keiner von uns schien daran interessiert, das Schweigen zu brechen.

Ich beobachtete die Wellen und die kleine Bucht. Das Wasser ging langsam zurück. Bald würden wir uns an den schwierigen Abstieg machen.

Der war tatsächlich gefährlich und dauerte lang. Gordon kletterte voraus. Manchmal hielt er meine Hand, oder ich mußte mich an seiner Jacke festklammern.

Voller Dankbarkeit stand ich schließlich neben ihm in der Bucht. Der Sand war naß und weich, und das Wasser noch ganz nahe. Plötzlich fühlte ich mich sehr glücklich – wie schön, am Leben zu sein!

Wir sahen uns an, und ich glaubte schon, er würde mich küssen, denn er neigte sich mir entgegen. Aber dann trat er einen Schritt zurück.

»Ich weiß, ich soll nicht …«, brachte ich mit zittriger Stimme heraus, »aber ich werde trotzdem danke sagen. In meinem ganzen Leben war ich noch nie jemandem so dankbar wie Ihnen.«

Er sah verlegen aus.

»Kommen Sie«, sagte er. »Es ist schon spät. Wir müssen vorsichtig weitergehen. Achten Sie auf die Felsen.«

»Mach' ich«, sagte ich, und dann gingen wir Seite an Seite den Strand entlang.

Im Haus herrschte große Aufregung. Man hatte mich schon vor drei Stunden zurückerwartet. Sie hatten sich alle in der Halle versammelt – Dorabella, Dermot, Matilda und der alte Tregarland. Daß die Augen des Alten vor Aufregung funkelten, entging mir nicht.

Dorabella lief mir entgegen und umarmte mich schimpfend. »Wo warst du denn? Wir waren außer uns vor Sorge!«

Ich erklärte, was passiert war. Gordon sagte nichts.

»Er war einfach großartig«, sagte ich zum Schluß. »Ich hätte den Felsen nie alleine hochklettern können.«

Ich sah, wie Matildas Lippen zuckten, als sie stolz ihren Sohn betrachtete. »Ich bin so froh … so froh«, sagte sie.

»Wieso, um alles in der Welt, bist du ans Wasser gegangen?« fragte Dorabella. Sie hatte sehr um mich gebangt und wollte mich unbedingt weiter ausschimpfen.

»Es war dumm, aber ich wußte nicht …«

»Jedenfalls sind Sie ja wieder da«, sagte Matilda. »Ihr müßt beide erschöpft sein und frieren.«

»Mir ist eher heiß«, erklärte ich.

»Ich glaube trotzdem, daß ein anständiger Drink Ihnen gut täte. Brandy, Gordon?«

Gordon hielt das für eine gute Idee. Und ich mußte an Jowan in Smithy's denken.

Alle saßen herum, während wir tranken und ich noch einmal genau beschrieb, was passiert war. Gordon hüllte sich, wie es normalerweise seine Art war, in Schweigen. Dorabella saß neben mir, und hin und wieder tätschelte sie meinen Arm, als wollte sie sich versichern, daß ich wirklich da war. Es rührte mich sehr.

Ich wiederholte, wie wundervoll Gordon sich verhalten habe, wie er mich zu sich hinaufgelotst hatte, wie wir auf der Felsbank gesessen hatten, an die er sich aus seiner Kindheit erinnerte, und darauf warteten, daß sich das Wasser zurückzöge, damit wir hinunterklettern konnten.

»Das hätte ich nie allein geschafft, sagte ich. »Ich wußte nicht, wie ich mich drehen und wenden sollte.«

»Du hättest ertrinken können«, wisperte Dorabella.

»Sehr wahrscheinlich. Ich habe mein Leben Gordon zu verdanken.«

»Ach, Sie wären schon irgendwie hochgekraxelt«, meinte Gordon leichthin.

»Gordon ist wirklich großartig«, sagte Dermot.

»Es war ein Wunder, daß er zur rechten Zeit vorbeikam«, sagte Matilda. Glücklicherweise bleibt er bei einem Notfall immer ruhig. Die meisten Leute wären in Panik geraten und davongelaufen, um Hilfe zu holen. Und bis dann Hilfe gekommen wäre, hätte es zu spät sein können.«

»Ich hatte Glück, daß ich mich in den Felsen gut auskenne«, warf Gordon ein.

»Und ich hatte Glück, daß Sie mir das Leben gerettet haben«, fügte ich hinzu.

»Ja«, sagte Matilda mit fester Stimme. »Es war eine wunderbare Rettungsaktion, und ich bin stolz auf dich, Gordon.«

Ich fing den Blick des alten Mannes auf, konnte den Ausdruck aber nicht deuten. Er sagte: »Nun, meine Liebe, wir sind alle froh, daß wir Sie nicht verloren haben. Setzen Sie sich am Meer keinen solchen Gefahren mehr aus!«

In Zukunft werde ich besser aufpassen, das kann ich Ihnen versichern.«

Dorabella seufzte. »Das hat mich alles erschöpft. Ich möchte im Bett essen, und Violetta soll bei mir bleiben, damit ich weiß, daß sie in Sicherheit ist – sonst bekomme ich Alpträume.«

Dorabella sah sehr hübsch aus, als sie im Bett saß und ihr die Haare lose über die Schultern fielen.

Sie wollte *alles* wissen, denn sie war sicher, daß ich vor den anderen einiges verschwiegen hatte.

»Schau an – dieser Gordon!« sagte sie. »Eigentlich kann

man sich ihn nur schwer in der Rolle des edlen Ritters vorstellen, nicht wahr?«

»Er war sehr tapfer.«

»Wie romantisch!«

»Du hättest sehen sollen, wie wir den Felsen erklommen! Völlig unelegant und absolut nicht romantisch.«

»Aber, Vee, natürlich war es romantisch! Junge Maid in Not … galanter Jüngling kommt geritten.«

»Er kam zu Fuß.«

»Wie Sir Lancelot.«

»Ich wußte gar nicht, daß er jemanden vor dem Ertrinken rettete?«

»Na, einer von der Tafelrunde wird's schon getan haben. Und weiter? Er war sicher ganz anders als sonst. Meist tut er immer so arrogant. Was hat er gesagt?«

»Wir haben uns ein bißchen unterhalten.«

»Über was?«

»Nichts Besonderes.«

»Ihr könnt doch nicht die ganze Zeit auf der Felsbank gesessen und euch über nichts besonderes unterhalten haben! Los, erzähl – sonst werde ich böse, und das ist in meinem Zustand nicht gut für mich.«

»Er hat mir ein bißchen von seiner Kindheit erzählt, bevor er nach Tregarland kam, und wie er als Junge die Felsen erkundet hat, was uns heute zugute kam … und daß er gerne ein eigenes Haus und Gut hätte.«

»Ein eigenes Haus?«

»Er arbeitet schließlich nur als Verwalter hier, oder?«

»Wieso will er was eigenes haben? Er kümmert sich doch hier schon um alles.«

»Irgendwann wird dieser Besitz Dermot gehören. Ein Mann wie er, dem das Land am Herzen liegt, hätte natürlich gern sein eigenes Hab und Gut.«

»Hat er … Annäherungsversuche gemacht?«

»Annäherungsversuche? Gordon? Was meinst du damit?«

»Na, ein Mann und eine Frau unter diesen Umständen … da fallen Schranken und so weiter.«

»Du sprichst von Gordon Lewyth! Und du hast immer nur das eine im Kopf. Ich bin nicht das zarte kleine Frauchen, das alle Männer beschützen wollen. Ich bin einfach und nüchtern und kann für gewöhnlich gut auf mich selbst aufpassen.«

»Heute nachmittag sah es aber nicht so aus. Er mag dich, da bin ich sicher ... auch wenn er dich vorher nicht mochte – jetzt tut er's bestimmt. Die Leute mögen immer die, denen sie das Leben gerettet haben. Jedesmal wenn sie ihre Schützlinge anschauen, werden sie daran erinnert, wie wunderbar sie sich verhalten haben und wie der Gerettete ihnen ewig dankbar sein muß.«

Ich lachte.

»Wohin wolltest du überhaupt?«

»Ich war auf dem Heimweg.«

»Natürlich. Aber wo warst du davor?«

Ich zögerte. Eigentlich wollte ich ihr nicht sagen, daß ich bei Mrs. Pardell gewesen war. Vielleicht würde ich es ihr zu einem späteren Zeitpunkt erzählen. Über den Tod ihrer Vorgängerin zu reden, regte sie womöglich auf.

»Ach, nur spazieren«, entgegnete ich.

»Und was ist mit diesem Jermyn! Du hast ihn noch nicht wiedergesehen?«

»Nein.«

»Sonst trifft du dich doch immer mit ihm, wenn du zu Besuch kommst.«

»Das tue ich ja vielleicht auch noch.«

»Weißt du was, Vee? Du bist unergründlich. Der finstere Gordon setzt sein Leben für dich aufs Spiel. Dann die geheimen Treffen mit dem Feind der Familie. Das sind schon zwei Männer. Ich glaube, du bist eine *femme fatale.*«

»Oh, nein. Das ist deine Rolle.«

»Wir sind doch in Wirklichkeit eins, wie du weißt. Natürlich unterscheiden wir uns, aber das liegt daran, daß wir zwei Menschen sind. Ich glaubte immer, daß die dumme Seite ich bin und die vernünftige du. Aber seit heute nachmittag denke ich anders. Wer war denn so albern und hat sich von der Flut erwischen lassen? Damit werde ich dich Zeit deines Lebens ärgern – immer wenn du die Überlegene spielst. Wann habe ich jemals etwas so Dummes getan?«

»Ich werde mal drüber nachdenken. Sicher fällt mir irgendwas ein.«

Sie streckte die Zunge raus und lachte, glücklich darüber, daß ich in Sicherheit und bei ihr war.

»Ich möchte unbedingt mehr vom Feind erfahren«, sagte sie.

»Du denkst an die dumme alte Familienfehde. Jowan Jermyn ist kein Feind.«

»Er wird inzwischen von deinem Abenteuer gehört haben. Hier spricht sich alles schnell rum. Wir leben zwar in der Provinz, aber unser Nachrichtendienst funktioniert ausgezeichnet. Ich habe herausgefunden, daß eine Menge Leute hier miteinander verwandt sind. Viele Schwestern und Cousinen arbeiten in den verschiedenen Herrenhäusern. Die meisten Dinge, die wir tun, werden im gleichen Augenblick, in dem sie geschehen, weiter gemeldet. Eigentlich leben wir in Glashäusern, und heute macht dein Abenteuer auf dem Felsen Schlagzeilen … oder täte es jedenfalls, wenn sie Zeitungen hätten. Mr. Jermyn ist inzwischen informiert und wird mit den Zähnen knirschen, weil er nicht derjenige war, der dich gerettet hat.«

»Was für ein Blödsinn!«

»Versprich mir, daß du ihn morgen aufsuchen wirst! Wenn ich meine alberne Ruhepause einlegen muß, reitest du zu eurem Treffpunkt und schaust nach, ob er da ist. Das mußt du mir versprechen! In meinem Zustand muß ich aufgeheitert werden.«

Wir lachten wieder.

»Und wenn du zurückkommst, will ich dich hier bei mir sehen und alle Einzelheiten erfahren.«

Ich versprach es.

Am folgenden Nachmittag beschloß ich, wie ich es Dorabella versprochen hatte, zu jener Wiese zu reiten und nachzusehen, ob Jowan da war. Ich glaubte nicht, daß Dorabella recht hatte und daß er bereits von meinem Abenteuer wußte. Aber daß ich mich schon mehrere Tage in Cornwall aufhielt, war ihm sicher bekannt. Jedenfalls schadete es nicht, mit dem Pferd zur Wiese zu reiten. Falls er nicht dort wäre, würde ich einfach die Gegend genießen und Dorabella sagen, ich hätte mein Versprechen gehalten.

Ich ging zu den Ställen. Jack war nicht da, aber ein junger Mann striegelte eines der Pferde. Ich hatte ihn schon einmal gesehen und wußte, daß er Seth hieß. Er war neunzehn oder zwanzig und hatte große graue Augen, die etwas zu betrachten schienen, das der Rest von uns nicht sehen konnte. Es hieß, Seth sei eigenartig. »Von den Piskies verwirrt«, sagten manche. »Dem fehlt was im Oberstübchen«, raunten andere. Jeder sprach von ihm als »der arme Setz«. Aber alle waren sich einig, daß er gut mit Pferden umgehen konnte.

»Guten Tag, Seth.«

Er nickte und ging zu Starlight in den Stall, murmelte ihr etwas zu und tätschelte sie beim Herausführen. Mir fiel auf, wie liebevoll er sie streichelte und ich sah, wie sie darauf reagierte. Er konnte wirklich gut mit Pferden umgehen.

Dann fing er an, sie zu satteln, sah mich mit seinen seltsamen Augen an und sagte: »Passen Sie auf, Miss. Was gestern passiert ist ...«

Er sprach langsam und schleifend, als ob seine Zunge zu groß für seinen Mund wäre, und ich hatte Schwierigkeiten, ihn zu verstehen.

»Master Gordon«, sagte er. »Wenn er nicht dagewesen wäre ...«

»Oh, ja«, sagte ich. »Ich habe ihm mein Leben zu verdanken. Wenn er nicht gekommen wäre, hätte ich mich nicht retten können.«

»*Sie* war's wieder, Miss.«

»Sie?«

»Ja, sie – die von den Jermyns.«

Ich wußte nicht, was ich sagen sollte.

Er kümmerte sich weiter um Starlight und redete murmelnd auf sie ein.

»Der Fluch, Miss. Sie hat sich doch ertränkt. Sie war's. Ist hinter den Tregarlands her. Frauen … sie will sie bei sich haben. Deshalb kommt sie immer welche holen.«

Es klang unsinnig. Von den Piskies verwirrt, der arme Junge. Aber ich wollte trotzdem wissen, was in seinem Kopf vorging.

»Sag mir, Seth«, bat ich. »Was weißt du von ihr? Was meinst du mit ›sie kommt immer welche holen‹?«

»Sie ist doch ertrunken, oder nicht? Es war wegen der Tregarlands. Sie tut halt, was ihr selber angetan worden ist. Mr. Dermots erste Frau – die aus dem Sailor's Rest.«

»Was war mit ihr, Seth?«

»Sie ging runter ans Meer … und das Baby mit ihr. Das ist geschehen.«

»Sie?« wiederholte ich.

»Die von den Jermyns. Sie hat's auf Tregarland-Frauen abgesehen … Ist doch klar, oder?«

»Aber sie ist tot, Seth. Wie kann das denn sein?«

Er sah mich erstaunt an. »Sie ist zurückgekommen, oder etwa nicht? Ich hab' sie gesehen.«

»Du hast sie gesehen? Aber sie ist doch tot!«

»Sie ist zurückgekommen und hat die erste Mrs. Tregarland geholt. Sie hat sie ins Meer gelockt. Ich hab' sie gesehen. Und dann, Miss, hat das Meer fast Sie geholt!«

»Ich bin keine Tregarland, Seth.«

»Stimmt, aber Ihre Schwester. Das reicht ihr schon.«

Der arme Seth. Er war wirklich verrückt. Aber inzwischen hatte er das Pferd gesattelt, und Starlight stand für mich bereit.

»Danke, Seth«, sagte ich lächelnd.

»Das ist eine Gute«, murmelte er und tätschelte sie. »Sei schön brav«, flüsterte er ihr ins Ohr, und sie rieb ihre Nase an seiner Hand.

Ich ritt los, und das wirre Zeug, das Seth soeben von sich gegeben hatte, spukte mir im Kopf herum.

Auf der Wiese angekommen, sah ich niemanden und war sehr enttäuscht. Schon wollte ich umkehren, zögerte aber noch. Schließlich hatten wir uns nicht fest verabredet. Ich blickte auf meine Uhr. Ich war fünf Minuten früher dran als beim letztenmal.

Unschlüssig stieg ich vom Pferd, band es an einem Baum fest und setzte mich, mit dem Rücken an einen Baumstumpf gelehnt. Ich dachte immer noch über Seth nach und wie schön es wäre, mit Jowan darüber reden zu können, als ich ihn auf mich zureiten sah.

Direkt vor mir brachte er sein Pferd zum Stehen.

»Oh«, sagte ich, »Sie sind also doch gekommen?«

»Natürlich. Ich war gestern hier und vorgestern auch.«

»Es tut mir leid, aber wir hatten keine bestimmte Zeit ausgemacht, nicht wahr?«

Er schüttelte den Kopf. »Jetzt sind Sie ja da, und es ist wieder Apfelmostzeit. Das letztemal war es der Horned Stag. Wie wär's diesmal mit dem Lion's Head? Der Gasthof befindet sich in einem Fischerdorf, das noch kleiner als Poldown ist – ähnlich und doch anders. Ich glaube, es wird Ihnen gefallen. Darf ich Ihnen sagen, wie sehr ich mich freue, Sie wiederzusehen?«

»Ich bin auch froh.«

»Schön, das zu hören. Machen wir uns auf den Weg?«

Ich war aufgestanden, und er half mir in den Sattel. Bald hatten wir die Wiese hinter uns gelassen.

»Wie war's in London?«

»Sehr interessant, danke. Und bei Ihnen – wie ist es Ihnen hier ergangen?«

»So wie immer. Wir reiten westwärts, etwa vier Meilen an der Küste entlang. Einverstanden?«

Ich sagte ja, das klinge gut.

Er erkundigte sich nach Dorabella, und wir unterhielten uns beiläufig über dies und das. Oft mußten wir durch Hohlwege hintereinander reiten, so daß ein richtiges Gespräch nicht möglich war.

Dann ging es ziemlich steil bergauf und gleich darauf wieder abwärts in das Fischerdorf und zum Lion's Head an der Küste.

Es waren Ställe vorhanden, wo wir die Pferde versorgen lassen konnten.

Wir betraten die Gaststube, die sich von den anderen, die ich kennengelernt hatte, kaum unterschied. Auch hier gab es die traditionelle Kaminecke und dieselbe behagliche, anheimelnde Atmosphäre.

Wir setzten uns, und er bestellte Apfelmost.

»Auch bei dem werden Sie kaum einen Unterschied feststellen«, sagte er. »Wahrscheinlich kommt er aus gleicher Quelle.«

Als wir allein waren, fuhr er fort: »Herzlichen Glückwunsch übrigens! Wie ich gehört habe, wurden Sie den Fängen des Todes entrissen.«

Ich lachte. »Dorabella hatte recht ...«

»Inwiefern?«

»Sie sagte, Sie würden über den örtlichen Nachrichtendienst sofort davon erfahren.«

»Aber natürlich! Ich hörte es heute morgen beim Frühstück von einem unserer Angestellten mit viel Sinn für das Dramatische. ›Diese Miss Soundso, Sie wissen schon, Sir, die Schwester der Neuen oben bei Tregarlands, hat's beinahe in der Bucht erwischt. Sie wissen, Sir, wie schnell das gehen kann, Sir, wenn das Wasser kommt ... es kommt ja regelrecht angeschossen. Warum mußte sie da überhaupt hin? Kennt sich mit den Gezeiten scheint's überhaupt nicht aus!«

Er konnte den Tonfall der Einheimischen wunderbar nachahmen, und ich mußte schallend lachen, während er sich zurücklehnte und mich musterte.

»Die Berichterstattung hat sich ziemlich genau an die Fakten gehalten«, sagte ich. »Ich wurde tatsächlich von der Flut überrascht.«

Ernst sah er mich an. »Es hätte gefährlich werden können.«

»Das weiß ich jetzt. Ich hatte einfach nicht daran gedacht.«

»Sehr nachlässig von Ihnen.«

»Es war eine wichtige Erfahrung.«

»Ich glaube, jemand hat einmal gesagt: ›Erfahrung ist der Name, den wir unseren Fehlern geben.‹«

»Das kann nur Oscar Wilde gewesen sein. Es stimmt natürlich. Aber unsere Fehler lehren uns auch, einige Dummheiten nicht zu wiederholen.«

»Dann war es jedenfalls nicht umsonst.«

»Gordon Lewyth hat sich wunderbar verhalten.«

»Da bin ich mir sicher. Eine großartige Leistung, stell' ich mir vor, an dieser Felswand.«

»Ich hatte ungeheures Glück, daß er zufällig vorbeikam und mich entdeckte.«

Er sah mir in die Augen und sagte: »Das war *sein* Glück. Ich wünschte, es wäre meins gewesen.«

»Das ist sehr freundlich von Ihnen.«

»Der arme Lewyth. Er ist in keiner beneidenswerten Lage.«

»Er geht in seiner Arbeit auf.«

»Ja, aber Tregarland wird ihm nie gehören. Eigentlich schade. Er hat mehr für das Haus getan als jeder andere. James Tregarland ...«

»Der alte Mr. Tregarland?«

»Ja. Er ließ alles verfallen, war nicht daran interessiert. Dabei ist er schlau, sagen die Leute, ein geistreicher Mensch. Er hat sich früher nur selten hier aufgehalten und die meiste Zeit in London verbracht. Er soll ein Spieler gewesen sein und hat spät geheiratet ... eine reizende Dame, wie es heißt, aber er war für die Ehe nicht geschaffen. Wahrscheinlich hat er nur geheiratet, um eine Familie zu gründen. So hat man's mir jedenfalls erzählt. Seine Frau schenkte ihm den gewünschten Sohn, Dermot, und ein oder zwei Jahre später starb sie. Dann kamen die Lewyths ins Haus. Eine gut aussehende Frau – entfernte Verwandtschaft, hieß es – und ihr kleiner Sohn. Es kehrte wieder Ordnung ein, aber James Tregarland hatte nicht viel für sein Land übrig. Ein Glück, daß Gordon, als er größer wurde, die Verwaltung des Gutes übernahm. Er rettete die Wirtschaft gerade noch rechtzeitig vor der Pleite. Solche Häuser können höchstens eine desinteressierte Generation verkraften, aber nicht mehr. Es war ein Wunder, daß Gordon die Sache schließlich in die Hand nehmen konnte und außerdem noch so tüchtig war. Und Dermot ist der Nutznießer.«

»Dermot ist genauso desinteressiert?«

»Es scheint so. Die Familie kann Gott danken, daß sie Gordon hat.«

»Das habe ich gestern auch getan. Übrigens – dieser Junge im Stall, Seth … wissen Sie was über ihn?«

Er sah mich fragend an.

»Ich dachte, er würde vielleicht öfter in den örtlichen Nachrichten erwähnt. Er scheint nicht ganz richtig im Kopf zu sein. Heute sagte er etwas Seltsames zu mir. Offenbar hatte er von dem Vorfall bei den Felsen gehört und schien zu glauben, daß es irgendeine böse Macht darauf abgesehen habe, mir zu schaden.«

»*Ihnen* zu schaden?«

»Wegen meiner Verbindung zum Hause Tregarland, weil ich die Schwester der Ehefrau bin.«

»Ach – was hat er gesagt?«

»Er sagte etwas von einem Fluch. Die Urahnin Ihrer Familie, die wegen ihrer vereitelten Liebesaffäre ins Wasser ging, nehme jetzt Rache an den Tregarland-Frauen.«

»Der arme Seth. Man sagt, er sei etwas minderbemittelt.«

»Von den Piskies verwirrt?«

»Das ist das gleiche. Er muß von Ihrem Abenteuer gehört und Sie mit der ersten Mrs. Tregarland, die ertrunken ist, verwechselt haben.«

»War er schon immer so?«

»Oh, nein. Irgendwas passierte mit ihm, als er zehn war. Er ist der Sohn eines Stallknechts und kommt gut mit Pferden zurecht. Es war ein Unglück – ein wildes Pferd riß sich los, als der Junge im Stall war. Er stürzte zu Boden, und das Pferd trat gegen seinen Kopf. Seitdem ist er etwas seltsam.«

»Verständlich.«

Dann erzählte ich ihm von Mrs. Pardell und unserem Gespräch.

»Sie müssen die Dame beeindruckt haben«, meinte er. »Normalerweise ist sie nicht so offen.«

»Sie tat mir leid. Ich glaube, sie hatte ihre Tochter sehr gern.«

»Bestimmt gehört sie zu den Leuten, die ihre Gefühle

nicht zeigen können. Was schade ist, finde ich, Sie nicht auch?«

Ich nickte. »Aber ich spürte, daß sie ihre Tochter liebte und um sie trauerte. Sie erzählte ein bißchen von Annette, die sicherlich nicht dumm war.«

»Das war sie absolut nicht. Sie machte ihre Arbeit sehr gut und hatte viele Verehrer.«

»Zu denen auch Dermot gehörte.«

»Sie wissen doch, wie die Leute reden. Es hieß, er sei einer von mehreren gewesen und daß sie den Richtigen ausgewählt habe, um ihn für ihren Zustand verantwortlich zu machen.«

»Und er akzeptierte es«, sagte ich.

»Dermot ist ein gutmütiger Kerl. Er wird immer tun, was ihm gerade am Herzen liegt.«

»Ich bin sicher, daß er in sie verliebt war.«

»Das weiß ich nicht. In einer Kleinstadt wie Poldown wird viel getratscht. Aber das ist alles Vergangenheit. Trinken wir auf die jetzige Mrs. Tregarland. Möge sie einen gesunden Sohn auf die Welt bringen und ein langes, glückliches Leben haben!«

»Darauf trinke ich gern!«

Er lächelte mich über den Krug hinweg an. »Ich würde Ihre Schwester gern kennenlernen.«

»Und sie würde *Sie* gern kennenlernen.«

»Sie haben mit ihr über mich gesprochen?«

»Mit ihr ja, im Hinblick auf diese alberne Fehde mit keinem anderen. Wenn sie wieder voll verfügbar ist, werden wir unsere Köpfe zusammenstecken und überlegen, was wir dagegen unternehmen können.«

Er hob seinen Krug. »Auf Ihren Erfolg!«

Ich war glücklich.

Dann ritten wir zurück und verabredeten, uns wenige Tage später wieder zu treffen.

Das Versprechen

Anfang September kehrte ich nach Caddington zurück, verließ Dorabella aber nur ungern. Außerdem merkte ich, daß mich das Leben im Hause Tregarland immer mehr faszinierte. Aber ich wußte auch, daß meine Mutter es nicht für richtig hielt, wenn ich zu lange blieb.

Sie sagte: »Ich weiß, Dorabella möchte dich bei sich haben, aber sie hat jetzt einen Ehemann und sollte sich ein eigenes Familienleben aufbauen. Außerdem ist es dir gegenüber nicht fair, dich ständig in Cornwall festzuhalten. Du hast dein eigenes Leben zu führen und mußt aufpassen, daß du nicht nur ein Teil von ihrem wirst.«

Ich wußte natürlich, was ihr im Kopf herumspukte. Sie plante Dinnerpartys, zu denen sie geeignete junge Männer einzuladen gedachte. Was ich sehr peinlich fand. Ich wollte nicht verauktioniert werden, sagte ich zu ihr.

»Was für ein Unsinn!« erwiderte sie. »Du sollst nur das Leben ein bißchen genießen, das ist alles.«

Als Edward wenig später einen Besuch in London vorschlug, war sie entzückt.

Er schrieb: »Richard Dorrington würde sich freuen, wenn ihr – Du und Violetta und natürlich Sir Robert, wenn er kann – eine Woche bei ihnen verbringen würdet. Ihr müßt unbedingt unser Haus sehen, obwohl im Augenblick alles drunter und drüber geht, weil wir noch nicht richtig eingerichtet sind. Ihr könntet aber trotzdem eine Weile bei uns wohnen. Mary Grace wird Euch schreiben.«

»Sie denken wahrscheinlich, sie schulden uns eine Gegeneinladung, weil Richard bei uns war«, sagte ich.

»Es ist eine nette, freundliche Geste«, erwiderte meine Mutter. »Ich würde gerne fahren. Ob dein Vater mitkommen möchte, weiß ich nicht.«

Robert war wieder im Internat und beschwerte sich unablässig, daß er wegen der blöden Schule so viel Interessantes verpasse, was dem Rest der Familie vergönnt sei.

»Da mußt du durch, wie wir alle«, sagte ich zu ihm. »Irgendwann hast du's hinter dir.«

Der Vorschlag, nach London zu reisen, gefiel mir, und unser Aufenthalt bei der Familie Dorrington gestaltete sich dann auch sehr angenehm.

Mrs. Dorrington war reizend, und sie und meine Mutter verstanden sich blendend. Ich mochte auch Mary Grace. Sie war etwas jünger als Richard, ein ruhiges, schüchternes Mädchen, deren Hauptaufgabe darin zu bestehen schien, sich um ihre Mutter zu kümmern.

Das Haus war groß, aber gemütlich und blickte auf einen ruhigen rechteckigen Park. Es gab viele Häuser dieser Art in der Gegend.

Edwards neu erworbenes Heim befand sich ganz in der Nähe. Es war ein Reihenhaus in einer Allee. Er und Gretchen schienen sehr glücklich miteinander, obwohl ihr Blick sich manchmal verdüsterte. Den Grund dafür konnte ich mir denken. Sie sorgte sich um ihre Familie in Deutschland, wo sich die Lage, soweit ich wußte, nicht verändert hatte.

Richard Dorrington gab sich alle Mühe, uns zu unterhalten. Er hatte Theaterkarten besorgt, und meistens saßen wir anschließend noch in einem kleinen Restaurant am Leicester Square, in dem sich Leute vom Theater trafen. Im Gegensatz zu unserem Landleben waren die Tage in London ziemlich aufregend.

Tagsüber arbeiteten Richard und Edward, und meine Mutter und ich stürzten uns in den Trubel der Geschäfte. Unsere Einkäufe tätigten wir vor allem im Hinblick auf Dorabellas Baby. Mary Grace war an allem interessiert und begleitete uns hin und wieder.

Sie und ich besuchten auch eine Miniaturenausstellung in einem der Museen, und ich merkte sofort, daß sie sich gut damit auskannte. Dort vergaß sie sogar ihre Scheu und erklärte mir vieles voller Begeisterung.

Ich freute mich über ihr Interesse und lauschte aufmerksam. Sie redete mehr als je zuvor und gestand mir, daß sie selbst male.

»Nur ein bißchen«, fügte sie hinzu, »und nicht besonders gut. Aber es macht mir großen Spaß.«

Ich sagte, ich würde gern ein paar Arbeiten von ihr sehen, und sie zuckte sichtbar zusammen.

»Sie sind nicht sehr gut«, sagte sie.

»Ich würde sie trotzdem gern sehen. Zeig mir doch bitte etwas!«

»Es gibt Leute«, fuhr sie fort, »die sieht man und weiß sofort, daß man sie malen möchte. Sie haben irgendwas an sich.«

»Du meinst, sie sind schön?«

»Nicht unbedingt schön im landläufigen Sinn. Aber manche Menschen haben so eine Ausstrahlung ... Ich würde zum Beispiel *dich* gerne malen.«

Ich wunderte mich und fühlte mich geschmeichelt. Lachend sagte ich: »Meine Zwillingsschwester Dorabella würde sich sehr gut zum Porträtieren eignen. Wir sind uns ähnlich, aber sie ist trotzdem anders. Sie ist lebhaft und sehr attraktiv. Ich wünschte, du könntest sie kennenlernen. Bestimmt würdest du sie malen wollen. Das Baby kommt bald, aber wenn es erst da ist, mußt du zu ihr fahren. Sie würde sich viel besser eignen als ich.«

Mary Grace sagte, sie liebe es, den Drang zum Malen zu spüren, bevor sie damit beginne. Bisher habe noch nie jemand für sie Modell gesessen. Sie sähe ein Gesicht, das ihr gefiele, skizziere es aus dem Gedächtnis und male es dann. Zunächst mache sie eine lebensgroße Skizze und arbeite danach die Feinheiten aus.

»Na gut«, sagte ich, »du kannst ein paar Skizzen von mir anfertigen.«

»Oh, darf ich wirklich? Sag aber niemand was davon.«

»Es ist unser Geheimnis.«

Am folgenden Tag ging ich in ihr Zimmer, und sie skizzierte mich, ließ mich das Ergebnis aber nicht sehen. Dafür zeigte sie mir jedoch ein paar fertige Sachen. Es waren Aquarellminiaturen. Ich fand sie sehr hübsch und sagte ihr das, worauf sie vor Freude errötete.

Meine Mutter meinte: »Ich bin froh, daß du dich mit Mary Grace so gut verstehst. Sie scheint gern mit dir zusammen zu sein.«

»Sie ist wirklich sehr nett«, sagte ich, »nur so schrecklich zurückhaltend.«

»Im Gegensatz zu ihrem Bruder. Sie braucht einen Menschen, der sie aus sich herausholt.«

Am Abend gingen wir in die Oper. Es war herrlich in Covent Garden. Man spielte *La Traviata*. Richard hatte gewußt, daß diese Oper auf dem Spielplan stand und keine Mühe gescheut, an Karten zu kommen. Vom Augenblick an, in dem sich der Vorhang vor dem eleganten Bühnenbild hob und Violetta ihre Gäste begrüßte, war die Vorstellung ein Genuß.

Anschließend besuchten wir ein Restaurant in der Nähe der Oper. Es wurde viel gelacht, und ich wurde wegen meines Namens ausgiebig geneckt.

»Aber mehr als den Namen haben die beiden Frauen nicht gemein«, sagte Edward.

»Die Leute lachten über mich, als ich sie Violetta nannte«, erklärte meine Mutter, »aber ich bereue es überhaupt nicht. Ich finde den Namen schön. Und findet ihr nicht, daß er zu ihr paßt?«

Alle stimmten ihr bei.

»Außerdem«, sagte ich, »hatte Dorabella die größere Last zu tragen.«

»Dorabella«, sagte Richard, »ist auch ein schöner Name. Schade, daß sie heute nicht dabei sein kann.«

»Ich werde ihr ausführlich über den Abend berichten, wenn wir uns wiedersehen«, entgegnete ich.

Es war spät, als wir nach diesem wundervollen Abend nach Hause kamen. Ich dachte an Dorabella, die gern mit uns gefeiert hätte, und ich fragte mich wieder, ob sie sich an das Leben in Cornwall gewöhnen könnte.

Am nächsten Morgen sagte meine Mutter: »War es nicht schön? Ich finde Richard sehr nett.«

»Ja«, sagte ich. »Er ist sehr aufmerksam.«

»Es war doch eine glänzende Idee, einen Abend in der

Oper zu planen. Er sagte, er wolle unbedingt *Traviata* sehen … natürlich nur, weil du Violetta heißt.«

»Mehr als den Namen haben wir nicht gemein, wie Edward ganz richtig bemerkte.«

»Das möchte ich auch hoffen«, sagte meine Mutter. »Es würde mir nicht gefallen, wenn du ein solch ausschweifendes Leben führtest und viel zu früh dahinschwinden würdest.«

Ich lachte, und sie setzte hinzu: »Weißt du, was bald sein wird? Vor lauter Aufregung um das Baby hätte ich es fast vergessen. Dein Geburtstag!«

»Richtig … im nächsten Monat. Ich habe noch kein Geschenk für Dorabella.«

»Ich auch nicht. Was wünschst du dir denn?«

»Ich muß darüber nachdenken.«

»Wir besorgen es, solange wir noch in London sind. Morgen können wir einkaufen gehen. Überleg dir was.«

»Mach' ich.«

Am Abend fand eine Dinnerparty statt. Die Dorringtons hatten einen Rechtsanwalt und seine Frau mit ihrer frisch verheirateten Tochter und deren Ehemann eingeladen.

Die Gespräche während des Essens drehten sich hauptsächlich um die politische Lage in Europa. Der Rechtsanwalt sagte, ihm gefiel nicht, wie die Dinge liefen.

»Die Allianz zwischen dem italienischen und dem deutschen Diktator wirkt sich immer gefährlicher aus«, sagte er.

»Wir hätten keinesfalls zusehen dürfen, wie Italien Abessinien vereinnahmte«, erklärte Richard.

»Aber was tun?« fragte Edward. »Etwa einen Krieg beginnen?«

»Wenn alle Länder Europas mit Amerika zusammen gegen die Achsenmächte angetreten wären und Sanktionen gegen sie erhoben hätten, wäre Mussolini zum Nachgeben gezwungen gewesen.«

»Jetzt ist es zu spät«, sagte der Rechtsanwalt.

Ich warf Gretchen einen Blick zu. Sie sah aus, als ob sie sich nicht wohlfühlte – wie immer, wenn über Politik gesprochen wurde. Ich wünschte mir, daß sie das Thema wechselten.

Schließlich taten sie es, aber ich glaube, der Abend war für Gretchen verdorben.

Am nächsten Morgen sagte Mary Grace, sie wolle mir etwas zeigen. Ich folgte ihr in ihr Zimmer. Auf einem Tisch lag meine Miniatur.

Mary Grace deutete darauf und trat einen Schritt zurück. Sie wandte sich ab, als könne sie meine Reaktion nicht ertragen.

Ich betrachtete das Porträt. Es war wunderschön. Die Farben waren sanft und kunstvoll komponiert. Es war mein Gesicht, aber es war auch noch etwas anderes – der Ausdruck meiner Augen, als ob ich etwas zu beweisen versuchte, das ich nicht verstand. Der Mund lächelte und schien meinem Blick zu widersprechen.

Ich konnte kaum glauben, daß sie solch ein Kunstwerk geschaffen hatte, und drehte mich zu ihr um. Sie zwang sich, mich anzusehen.

»Es ... gefällt dir nicht«, stammelte sie.

»Ich weiß nicht, was ich sagen soll. Du bist eine Künstlerin, Mary Grace. Warum hast du dein Talent bisher versteckt?«

Sie sah mich verblüfft an.

»Ich finde es wundervoll. Wirklich! Alles in so kleinem Maßstab und doch ... es ist alles da, nicht wahr? Es ist eines von den Porträts, die einen fesseln, weil man sich fragt, was hinter diesem Lächeln steckt. Woran denkt sie?«

Sah ich wirklich so aus? Woran hatte ich gedacht, als ich für Mary Grace Modell saß? An das Thema, das mich unentwegt beschäftigte? Dorabella und Dermot ... ihre Ehe ... Mrs. Pardell, die nicht glaubte, daß ihre Tochter auf die Weise umgekommen war, wie es die Leute behaupteten ... jener listige alte Mann, der uns ständig beobachtete, als ob wir Spinnen in einem Glas wären, dem wir nicht entfliehen konnten. Das waren die Gedanken, die mir durch den Kopf gegangen waren, als ich ruhig dagesessen hatte.

Ich sah Mary Grace voller Bewunderung an. Ihr Talent versetzte mich wirklich in Erstaunen.

»Mary Grace, du hast dein Licht unter den Scheffel gestellt. Kennst du das Gleichnis von den Talenten? Du hast dieses Talent geschenkt bekommen und hast es versteckt. Wenn du ein solches Talent besitzt, mußt du es auch nutzen.«

»Ich kann nicht glauben ...«

»Du mußt an dich selber glauben. Ich werde dir diese Miniatur abkaufen. Ich bin deine erste Kundin.«

»Nein ... nein ... ich schenke sie dir.«

»Gut, dann werde ich sie als Geschenk annehmen, aber ich möchte sie unbedingt haben. Hör zu – das hier ist meine Rettung! Meine Schwester hat im Oktober Geburtstag ... ich natürlich auch. Bis jetzt wußte ich nicht, was ich ihr schenken könnte. Jetzt weiß ich es! Ein wirklicher Glücksfall. Sie sieht mich jetzt nicht so oft, obwohl wir bis zu ihrer Hochzeit immer zusammen waren. Das ist das ideale Geburtstagsgeschenk, und wir beide kaufen zusammen einen Rahmen dafür. Sie wird begeistert sein. Es ist wunderschön und wird eine große Überraschung sein. Oh, Mary Grace, ich danke dir von ganzem Herzen! Du hast ein wunderbares Bild von mir gemalt und gleichzeitig mein Problem gelöst.«

Sie starrte mich an, den Mund vor Staunen halb geöffnet.

»Meine liebe Mary Grace!« rief ich aus. »Du siehst aus, als hätten dich die Piskies verwirrt – wie man in Cornwall sagt.«

Ich steckte sie mit meiner Begeisterung an. Sie war tatsächlich eine ganz ungewöhnliche Malerin. Die wenigen, die ich bisher kennengelernt hatte, waren von ihrem Können mehr als überzeugt gewesen und hatten überempfindlich auf jedes kritische Wort. Mary Grace war bescheiden und überrascht, daß ich sie für eine Künstlerin hielt.

Ich stellte mir Dorabellas Gesicht vor, wenn sie die Miniatur sähe. Sicher würde sie auch eine von sich haben wollen. Ein weiterer Auftrag für Mary Grace, dachte ich und freute mich.

Mary Grace und ich verkündeten, daß wir den Vormittag mit Einkaufen verbringen wollten. Es gebe ein paar Dinge, die wir dringend brauchten. Wir nahmen die Miniatur mit und gingen zu einem Juwelier in der High Street. Der Laden war mir bereits aufgefallen, weil verschiedene ungewöhnliche Stücke im Schaufenster lagen – einige aus zweiter Hand, selten und wunderschön.

Über der Tür klingelte ein Glöckchen, als ich sie aufstieß und wir eintraten. Ein älterer Mann kam auf uns zu und stellte sich hinter den Tresen.

»Guten Morgen, meine Damen«, sagte er. »Was kann ich für Sie tun?«

»Wir hätten gern einen Rahmen ... einen kleinen Rahmen, der zu diesem Bild paßt.« Ich legte die Miniatur auf den Ladentisch.

Er betrachtete sie eingehend und lächelte mich an.

»Sehr hübsch«, sagte er. »Hervorragende Ähnlichkeit.«

Ich warf Mary Grace einen Seitenblick zu, die errötete.

»Finden wir bei Ihnen etwas?« fragte ich.

»Wir brauchen etwas Kleines«, sagte er. »Es gibt nicht viel in dieser Größe. Klein und oval natürlich. Die meisten Rahmen haben die übliche rechteckige Form. Ein Kunstwerk wie dieses verlangt etwas ganz Besonderes, nicht wahr?«

»Ja, es soll ein Geschenk sein.«

»Es ist wirklich wunderschön.« Er schien nachzudenken. »Wir haben neulich ein paar Silberrahmen bekommen. Entschuldigen Sie mich einen Augenblick. Thomas!«

Ein jüngerer Mann tauchte auf.

»Ja, Sir?«

»Was ist mit den Rahmen, die vor kurzem mit den Marlon-Sachen reinkamen?«

Sie meinen die kleinen silbernen, Sir?«

»Ja. So ein Bild würde noch hineinpassen, nicht wahr?«

Der Mann kam näher und betrachtete die Miniatur.

»Wunderschön«, sagte er und lächelte mich an. »Dafür benötigen sie etwas ganz Exquisites.«

»Könnten Sie die Rahmen herschaffen, Thomas?«

»Selbstverständlich, Sir.«

Der Ältere wandte sich wieder an uns. »Wir haben sie erst vor ein paar Tagen bekommen und noch nicht viel Zeit gehabt, die Sachen genau anzusehen. Antiquitäten, wissen Sie. Aus einem alten Herrenhaus. Die Gegenstände waren seit Jahren in der Familie … dann stirbt einer, und alles wird verkauft.«

Wir plauderten eine Weile, bis Thomas mit den Rahmen auftauchte.

Sie waren sehr schön.

»Die sind an die zweihundert Jahre alt«, erklärte uns der Angestellte. »Sie verstanden damals ihr Handwerk. Wir könnten mehr von diesen Künstlern gebrauchen. Jedenfalls das Richtige für das Bild. Das Problem ist nur – die beiden Rahmen gehören zusammen.«

Mir kam eine Idee. »Es kann sein, daß wir den anderen auch noch haben möchten«, sagte ich. Wenn Dorabella ebenfalls eine Miniatur von sich haben wollte, mußten die Rahmen ja zusammenpassen. »Leider«, fuhr ich fort, »bin ich mir aber noch nicht ganz sicher.«

»Nun, Sie können erst mal einen nehmen und mir dann Bescheid geben, nicht wahr? Ich lege ihn für eine Weile zur Seite … sagen wir, bis Ende Oktober? Danach kommt er in die Auslage. Sie gehören natürlich zusammen, aber da der Rahmen so gut zu dem Bildchen paßt …«

»Das wäre wunderbar«, sagte ich. »Könnten Sie die Miniatur für uns rahmen?«

»Läßt sich machen«, sagte der alte Mann.

Thomas tauchte wieder auf und wurde gefragt, ob er sich darum kümmern könnte.

»Es muß ein bißchen zurechtgeschnitten werden«, sagte er. »Aber das schaffen wir schon. Die Bilder passen selten auf Anhieb in den Rahmen. Könnten Sie am Nachmittag wiederkommen?«

Wir sagten ja, einigten uns auf einen Preis und gingen triumphierend aus dem Laden.

Mary Grace sah immer noch etwas verwirrt aus.

Später fragte meine Mutter: »Habt ihr gut eingekauft?«

»Sehr gut«, sagte ich, was sie hinterfragt hätte, wenn sie nicht so sehr mit ihren eigenen Plänen beschäftigt gewesen wäre.

Ich konnte den Nachmittag kaum erwarten.

Die Miniatur sah in ihrem Silberrähmchen noch schöner aus. Ich wollte sie allen zeigen.

Abends versammelten wir uns im Wohnzimmer der Dorringtons für einen Apéritif vor dem Dinner.

»Ich habe ein fantastisches Geburtstagsgeschenk für Dorabella«, sagte ich zu meiner Mutter.

»Das hast du wohl heute gekauft?« fragte sie.

»Heute wurde es fertiggestellt.«

»Was denn?«

»Ich möchte es dir sagen, bevor ich erzähle.«

»Wo ist es denn?«

»Warte«, sagte ich und blickte zu Mary Grace hinüber, die sich mit Edward und Gretchen unterhielt. »Ich hol's.«

Schnell lief ich in mein Zimmer und kehrte mit dem Bild, das in Seidenpapier gewickelt war, zurück.

Ich wickelte es aus und hielt es meiner Mutter hin, die es nahm und erstaunt betrachtete.

»Aber – das ist ja wundervoll!« rief sie aus.

Ich sagte: »Mary Grace hat den Rahmen mit mir ausgesucht.«

»Aber … das bist ja *du*!« staunte meine Mutter.

»Komm her, Mary Grace«, sagte ich. »Gestehe! Ich habe schon mit ihr geschimpft, weil sie ihr Licht unter den Scheffel stellt.« Ich wandte mich an Richard, der das Bild verwundert anstarrte. »Wußtest du denn nicht, daß ihr eine Künstlerin in der Familie habt?«

»Mary Grace …«, begann er.

»Mir war bekannt, daß sie ein bißchen malte«, sagte Mrs. Dorrington.

»Das nennen Sie ein bißchen malen?« rief ich entrüstet. »Ich hab' gesehen, was für wunderbare Sachen sie macht. Dorabella wird begeistert sein. Ich werde Mary Grace mit nach Tregarland nehmen, dann kann sie auch Dorabella malen. Im Juwelierladen wartet schon der passende Rahmen für das Porträt. Dorabella bekommt dieses Bild zum Geburtstag, und vielleicht bekomme ich eins von ihr zu Weihnachten.«

Danach redeten alle gleichzeitig, und Mary Grace war Mittelpunkt. Es war ihr peinlich, aber sie schien sich auch darüber zu freuen, und ich freute mich mit ihr.

Beim Abendessen wurde weiter über ihre Arbeit diskutiert und wie groß die Ähnlichkeit auf dem Bild wäre.

Meine Mutter war entzückt. Sie hielt die Miniatur für das allerschönste Geschenk und wäre neidisch, sagte sie, denn nichts, was sie entdecken würde, könnte sich damit messen.

Mary Grace beteiligte sich an den Gesprächen und genoß es wie nie zuvor, mit uns allen zusammenzusein.

»Wir müssen bald nach Cornwall fahren«, sagte meine Mutter. »Die Mädchen haben ihren Geburtstag immer gemeinsam gefeiert. Ich weiß nicht, was Dorabella sagen würde, wenn wir an diesem Tag nicht bei ihr wären. In ein paar Wochen reisen wir ab. Und auch dein Vater muß sich die Zeit dafür nehmen, Violetta. Es ist einfach zu schade, Edward, daß ihr nicht mitfahren könnt. Ohne euch wird es nicht so schön sein.«

Edward seufzte. »Ich wünschte, Dorabella wäre nicht so weit weggezogen. Gretchen und ich hätten gern an der Party teilgenommen.«

»Mir wäre es auch lieber, sie lebte näher bei uns«, stimmte ihm meine Mutter zu.

Wir ließen die Männer mit ihrem Portwein allein, und als sie sich schließlich zu uns gesellten, saß ich plötzlich neben Richard.

»Ich möchte dir danken für das, was du für Mary Grace getan hast«, sagte er. »Sie ist plötzlich ein ganz anderer Mensch.«

»Ich habe ihr das Talent nicht gegeben. Es war immer da.«

»Ja, im Verborgenen. Du hast es ans Licht gebracht.«

»Ich glaube, sie ist sehr begabt. Ich werde sie bitten, meine Schwester zu malen und meinen Freunden das Porträt zeigen, das sie von mir angefertigt hat. Bestimmt bekommt sie viele Aufträge.«

»Dann wird sie bald ein Atelier in Chelsea haben wollen.«

»Und warum nicht?«

»Sie hat sich wirklich verändert. Schau nur, wie angeregt sie sich mit Edward unterhält. Du hast ein Kunststück vollbracht, Violetta.«

»Danke, aber *ich* habe das Bild nicht gemalt. Ich habe nur ihr Talent erkannt.«

»Ihr wart wunderbare Gäste.« Er blickte mir tief in die Augen. »Hat es dir bei uns gefallen?«

»Und wie! Mary Grace sollte wirklich mit uns nach Cornwall fahren. Ich werde meine Schwester bitten, sie einzuladen. Ob sie wohl mitkäme?«

»Ich bin sicher, daß du jedes Mitglied unserer Familie zu allem überreden kannst, was du dir wünscht.«

»Wirklich? Ich habe keine Ahnung, daß ich über solche Überredungskünste verfüge.«

Durch den Raum blickend sah ich, daß mich meine Mutter, die sich mit Mrs. Dorrington unterhielt, beobachtete. Sie lächelte zufrieden, und ich fühlte mich nicht wohl dabei.

Nachdem wir uns von den Dorringtons verabschiedet hatten, verbrachten wir noch ein paar Tage bei Edward und Gretchen. Meine Mutter war oft mit Mrs. Dorrington unterwegs, aber ich ging nicht mit, und sie schlug es auch nicht vor. Ich wußte, meine Mutter war auf der Suche nach einem Geburtstagsgeschenk für mich, das eine Überraschung sein sollte.

Natürlich verbrachte ich viel Zeit mit Gretchen. Es hatte keinen Sinn, so zu tun, als gäbe es ihre Sorgen nicht, und so fragte ich sie nach ihrer Familie.

Sie sagte, ihr Leben habe sich nicht verbessert. Im Gegenteil, alles sei schlimmer geworden. Ab und zu hörte sie von ihnen, und wenn sie ihr auch versicherten, alles sei gut, wußte sie doch, daß es nicht stimmte. Sie lebten in ständiger Angst.

»Alle jungen Männer treten der Nazipartei bei. Sie marschieren durch die Stadt und sind überall. Zum Glück lebt meine Familie ziemlich abseits vom Trubel, sie muß aber immer damit rechnen, daß etwas passiert.«

»Gretchen, meinst du nicht, sie sollten versuchen, das Land zu verlassen?«

»Das wollen sie nicht. Sie würden alles verlieren. Könntest du einfach alles im Stich lassen? Nicht, wenn du so lange dort gelebt hast. Edward sagt, daß wir im nächsten Sommer hinfahren werden. Aber ich weiß nicht ... Es hat sich so viel verändert. Sie schreiben mir nicht alles, aber ich weiß, daß sie Angst haben. Sie wollen nicht, daß ich mir Sorgen mache und berichten nur deshalb, alles sei gut.«

Ich dachte an das schreckliche Erlebnis, das ich nie vergessen würde. Diese furchtbare Gleichgültigkeit gegenüber menschlichem Leiden ... das blanke Entsetzen und die Hoffnungslosigkeit, die ich in den Gesichtern gesehen hatte. Es war zum Verzweifeln, dachte ich, daß Menschen sich am Leiden anderer ergötzen konnten. Und aus welchem Grund? Wut über irgendeine gräßliche Tat hätte ich verstanden, aber dieses sinnlose Drangsalieren von Mitmenschen, die der sogenannten arischen Rasse nicht angehörten, ging über meinen Verstand. Was waren das für Leute, die sich so verhalten konnten?

Jedesmal wenn ich daran dachte, was ich in jener Nacht gesehen hatte, wurde mir übel vor Wut und Verzweiflung.

»Ich möchte dir etwas verraten, Violetta«, sagte Gretchen.

»Ja?«

»Ich bekomme ein Baby.«

Freudig umarmte ich sie. Dieses Kind und ihre Liebe für Edward entschädigten sie ein wenig für die Angst um ihre Familie.

Meine Eltern und ich fuhren nach Cornwall, um mit Dorabella Geburtstag zu feiern. Es sollte nur eine Stippvisite sein, denn meine Mutter und ich wollten im November zurückkommen, um bei der Geburt des Babys dabei zu sein. Meine Mutter würde sich vergewissern wollen, daß alles gut ging, bevor sie wieder abreiste, ich selbst konnte vielleicht länger bleiben.

Für Weihnachten hatten wir noch keine Pläne, aber es schien wahrscheinlich, daß wir die Festtage in Cornwall verbringen würden, denn die Vorstellung, Weihnachten ohne Dorabella zu feiern, war absurd, und das Baby wäre für eine Reise noch zu klein.

Dorabella freute sich herzlich, uns wiederzusehen, und schien sich wohlzufühlen. Sie umarmte mich und sagte: »Du kannst dir nicht vorstellen, wie sehr ich dich vermißt habe. Es ist einfach nicht richtig, daß wir getrennt sind. Wie können Leute eine lebenslange Gewohnheit einfach abschütteln?«

Sie war ernst, als sie das sagte, was ungewöhnlich war, und mir kam der Gedanke, sie könnte vielleicht … nun ja, ihre Wahl nicht gerade bereuen, aber vielleicht in Frage stellen. Dermot behandelte sie jedoch sehr liebevoll, und sie gingen beide zärtlich miteinander um. Vielleicht hatte es mit ihrer Schwangerschaft zu tun, daß sie ernster war als früher.

Sie umarmte unsere Eltern, und es war wirklich wunderbar, wieder zusammen zu sein.

»Nur noch ein Monat«, sagte meine Mutter. »Dann wirst du sehen, daß sich das Warten gelohnt hat.«

»Und ihr bleibt nur eine Woche?«

»Aber wir kommen doch bald wieder.«

Über die Miniatur freute sie sich unbändig.

»Sie ist wunderschön!« rief sie aus. »Und sie gehört mir! Ich liebe sie! Es wird fast so sein, als wärst du bei mir. Ich werde sie nie, nie hergeben!«

»Danke für deine schwesterliche Aufrichtigkeit«, erwiderte ich.

»Wirklich! Du bist darauf zwar keine hinreißende Schönheit, aber interessant … wie die Mona Lisa.«

»Grundgütiger Himmel!« rief ich aus. »Ich hatte nie was für dieses Gioconda-Lächeln übrig.«

»Ich wollte damit nicht sagen, daß du ihr ähnlich siehst. Du siehst aus wie du. Aber … es ist schön.«

»Die Komplimente werden mit jeder Minute besser.«

Sie lachte. »Es ist einfach gut, dich hier zu haben, Vee«, sagte sie. Und dann füllten sich ihre Augen mit Tränen. »Ich habe dich vermißt. Du kannst dir nicht vorstellen, wie sehr ich dich vermißt habe.«

»Ich habe dich auch vermißt«, erwiderte ich.

»Es ist wirklich nicht richtig, daß wir getrennt sind. Vom ersten Moment unseres Lebens an waren wir zusammen. Man hätte uns nie trennen dürfen. Nur zusammen sind wir ein Ganzes. Du solltest einen netten Cornishman heiraten und hier bei mir leben. Das würde mir gefallen! Und du hast Chancen. Jowan Jermyn zum Beispiel. Wäre das ein Spaß! Aber die Fehde … na ja … Vielleicht Gordon? Jowan wäre mir aber lieber.«

»Sehr witzig«, sagte ich.

»Und wie ich höre, hast du dich auch in London ganz schön rumgetrieben. Mir wurde berichtet, daß Edwards Freund Richard sehr charmant ist. Ihr seid in die Oper gegangen …«

»Wir alle.«

»*Traviata!* Unsere liebe Mama fand Richards Wahl ganz entzückend – ausgerechnet *Traviata*!«

»Es hätte dir gefallen.«

»Meine Oper wäre mir lieber gewesen. Wenn ich in London gewesen wäre, hätte er vielleicht die Oper, in der eine Dorabella vorkommt, ausgewählt.«

»Ganz bestimmt.«

»Das sagst du nur so! Bestimmt war es richtig nett … und dann dieses hübsche Bild zu bekommen! Ich hätte gern auch eins von dir.«

»Ich wußte es! Und wollte schon vorschlagen, daß du dich ebenfalls malen läßt. Du könntest mir das Bild dann zu Weihnachten schenken.«

Ich erzählte ihr von Mary Grace.

»Richards Schwester? Die Sache verdichtet sich. Du verstehst dich hervorragend mit seiner Familie.«

»Ich habe diesen Rahmen entdeckt. Findest du ihn nicht wunderschön?«

»Sehr hübsch.«

»Den gleichen gibt es noch einmal. Sie gehören zusammen.«

»Wo ist er?«

»Er wartet in einem Laden. Sie haben ihn für mich zurückgelegt, bis ich weiß, ob du dich auch malen lassen willst.«

»Aber natürlich! Sie kommt doch zu mir, deine Mary Grace?«

»Ich dachte, nachdem das Baby auf der Welt ist.«

»Erst dann?«

»Du kannst nicht an sowas denken, während du auf das Baby wartest. Außerdem wirst du besser aussehen, wenn du nicht mehr schwanger bist.«

»Die Idee gefällt mir!«

»Wir wär's, wenn du Mary Grace schreibst? Ich werde den Brief mit zurücknehmen. Du könntest sie für ein oder zwei Wochen einladen. Sie würde gut hierher passen, und arbeitet sehr schnell. Das Ganze wäre bis Weihnachten fertig.«

»Wie froh ich bin, daß du da bist! Es macht das Leben so aufregend!«

»Was? Du brauchst mich, obwohl du einen Mann hast, der dich anbetet, und ein Baby, das in Kürze geboren wird? Trotzdem brauchst du deine Schwester?«

»Immer!« sagte sie mit Überzeugung. »Du bist keine gewöhnliche Schwester, du bist ein Teil von mir.«

Unser Besuch war kurz, und ich sah Jowan nur ein einziges Mal. Dabei teilte ich ihm mit, daß ich im November wiederkommen und daß wir jetzt nur Geburtstag feiern würden. In einem Hotel zwei oder drei Meilen außerhalb von Poldown tranken wir Glühwein, und er fragte beim Abschied: »Können wir uns im November öfter sehen? Es wird dann hoffentlich ein längerer Besuch werden.«

Ich sagte, ich wüßte es nicht genau, aber es könnte sein, daß ich dann bis nach Weihnachten bliebe. »Wir haben noch nichts Endgültiges beschlossen«, erklärte ich. »Meine Eltern hätten es gern, wenn Dorabella zu Weihnachten nach Hause käme, aber für das Baby wäre es zu früh.«

»Bestimmt werden Sie hier feiern«, erwiderte er.

Gordon war etwas umgänglicher geworden, was ich darauf zurückführte, daß die Erinnerung an unser Abenteuer noch frisch war. Er sagte, wie sehr er sich freue, daß wir da wären, und meinte, daß Dorabella mich sehr vermißt hätte.

»Sie wissen doch, wie Zwillinge sind«, sagte ich.

»Ja. Ihre Beziehung zueinander ist sehr eng.«

Das war alles. Und dann reisten wir ab.

Ungefähr eine Woche später traf ein Brief von Nanny Crabtree ein und einer speziell an mich adressierte von Dorabella.

Die Post kam, als wir beim Frühstück saßen. Meine Mutter öffnete ihren Brief sofort, ich hob meinen für später auf, denn Dorabella schrieb oft Dinge, die nur für mich bestimmt waren. Meine Mutter wußte das und würde sich später erkundigen, was ich von ihr gehört hätte.

»Wunderbar!« rief sie beim Lesen aus. »Nanny Crabtree ist schon dort. Sie ist immer noch die alte – hat bereits ein paar Veränderungen im Kinderzimmer angeordnet. Sie schreibt, daß es Dorabella gut gehe und daß alles in Ordnung zu sein schiene. Mit ihrem Zustand ist sie sehr zufrieden. Was den Arzt betrifft, ist sie sich nicht so sicher. Man muß diesen Landärzten auf die Finger schauen, erklärt sie.«

Nanny Crabtree stammte aus London und meinte, daß man von denjenigen, die nicht in der Hauptstadt geboren waren, Klugheit nicht erwarten könne.

»Bei uns in Caddington war sie genauso«, sagte meine Mutter und zog eine Grimasse. »Mit den Leuten in Cornwall wird sie noch kritischer verfahren. Das ist ja noch weiter von London entfernt! Ich bin so froh, daß sie dort ist. Sie wird wissen, was nötig ist, und solange sie den Arzt nicht vergrault, sollte alles gut gehen. Was Matilda wohl von ihr hält? Das Problem mit Leuten wie Nanny Crabtree ist, daß sie glauben, immer recht zu haben, und daß jeder, der anderer Meinung ist, unrecht hat. Aber in neun von zehn Fällen hat sie tatsächlich recht.«

»Ich dachte, du wärst dir absolut sicher gewesen, daß nur Nanny Crabtree die Richtige ist.«

»Ich bin mir dessen immer noch sicher, aber natürlich kann sie Leute vor den Kopf stoßen.«

»Dorabella wollte sie ja auch haben.«

»Oh, mit ihrem Liebling Dorabella kommt sie glänzend aus, und das Baby könnte in keinen besseren Händen sein. Aber Nanny Crabtree besteht nun einmal darauf, daß alles nach ihrem Kopf gehen muß.«

»Vielleicht ist es gut so.«

»Bestimmt.«

Ich wollte Dorabellas Brief endlich lesen und ging auf mein Zimmer.

»Liebe Vee,
Nanny Crabtree ist mit Glanz und Gloria bei uns eingezogen. Dermot fuhr zum Bahnhof, um sie abzuholen, und ich habe das Gefühl, sie mag ihn nicht. Wie kann jemand Dermot nicht mögen? Er war sehr freundlich zu ihr und hat alle ihre Fragen, so gut wie es ein Mann nur kann, beantwortet. Sie meckert ziemlich viel am Haus herum. Sie findet es zugig. ›Was kann man auch andres erwarten?‹ schimpft sie. ›Mit so viel Meer drum rum.‹ Das Kinderzimmer hat sie auf den Kopf gestellt und mir befohlen, mich öfter auszuruhen. Ich sei immer die Eigensinnige gewesen. ›Nicht wie unsere Violetta!‹ Nach ihren Worten bist Du ein Ausbruch von Tugend. Aber so war es immer, nicht wahr? Der abwesende Zwilling war der gute.

Ab und zu kramt sie die alten Geschichten hervor und erzählt von Sachen, die wir mit drei oder vier Jahren gemacht haben. Sie hat natürlich Anekdoten für jedes Alter. Das Baby ist *ihr* Baby. Nur zu einem ganz geringen Teil habe ich auch ein Recht darauf. Man könnte allerdings meinen, Dermot habe überhaupt nichts damit zu tun. Nanny Crabtrees Baby gehören alle ihr. Das arme Kind! Ich hoffe, daß er oder sie, wenn er oder sie ankommt, Nanny Crabtree nicht erdrükkend findet.

Matilda ist so geduldig und ist mit allem, was sie vorschlägt, einverstanden. Dermot mag sie, obwohl sie sich ihm gegenüber benimmt, als sei er einer von diesen Halbidioten, die das eine Ende des Babys nicht vom anderen unterscheiden können. Gordon hält sie für einen Jammerlappen. Den Alten kann sie nicht einschätzen, da sie sich selten begegnen. Wahrscheinlich hält sie ihn für bedeutungslos.

Die liebe alte Nanny Crabtree. Ich bin froh, daß sie da ist, und fühle mich einfach pudelwohl.

Was ich mir am meisten wünsche, bist allerdings Du. Jetzt dauert es nicht mehr lang. Sag Mummy übrigens, daß ich mir Namen überlege. Ich möchte die Operntradition aufrechterhalten. Wenn es ein Junge ist, soll er Tristan heißen, und ein Mädchen Isolde. Frag sie, ob ihr die Namen gefallen. Ich glaube aber nicht, daß sie Wagneropern so mag wie die, aus denen unsere Namen stammen. Tristan oder Isolde würde allerdings besonders gut passen, weil es kornische Namen sind. Und Nanny Crabtrees Baby ist immerhin halbkornisch.«

Meine Mutter amüsierte sich, daß Dorabella ihr Kind auch nach einer Oper nennen wollte. »Die Namen gefallen mir«, sagte sie. »Es sind hübsche Namen. Was es wohl sein wird? Deinem Vater ist es egal, ob es ein Junge oder ein Mädchen wird, solange das Kind nur gesund ist, und mir ist es auch egal. Über einen Jungen würde sich die Familie in Cornwall vielleicht am meisten freuen.«

Sie sah mich wehmütig an, und ich spürte, daß es mich ein wenig irritierte, mütterliche Pläne in ihrem Blick zu erkennen. Vielleicht glaubte sie, ich sei einsam ohne Dorabella.

Das Baby war im Augenblick das wichtigste in unserem Leben. Wir fuhren nach London, übernachteten bei Edward und Gretchen und trafen uns natürlich mit den Dorringtons.

Dabei hatte ich Gelegenheit, Mary Grace zu erzählen, wie

sehr sich Dorabella über die Miniatur gefreut habe und daß sie wie vorausgesehen – darum bitte auch eine von sich zu bekommen.

»Du hast sie bestimmt dazu überredet«, sagte Mary Grace.

»Ich kann dir versichern, Dorabella hat ihren eigenen Kopf. Sie findet, daß du enormes Talent hast und kann es kaum erwarten, von dir gemalt zu werden. Deshalb wollte ich sichergehen, daß der andere Rahmen noch zu haben ist. Wenn das Baby da ist, mußt du nach Cornwall fahren. Es wird dir gut gefallen.«

»Soll ich wirklich hinfahren?«

»Natürlich.«

»Ich kann es kaum glauben.«

»Versprichst du mir, daß du Dorabella malen wirst?«

»Ich möchte es … mehr als alles andere. Die Arbeit hat mir so viel Freude gemacht.«

»Morgen holen wir den Rahmen!«

Unser Aufenthalt in London war wieder ein voller Erfolg. Es machte Spaß, durch die Läden zu bummeln, ins Theater zu gehen und mit den Dorringtons zu Abend zu essen.

Gretchen wirkte gelassener. Sie dachte jetzt wohl vor allem an das Kind, obwohl es erst im April kommen sollte. Ich war froh darüber, denn es lenkte sie von den Sorgen um ihre Familie ab.

Wir konnten nicht lange bleiben, denn wir mußten unsere Reise nach Cornwall vorbereiten.

»Ich möchte rechtzeitig dort sein«, sagte meine Mutter. »Dorabella wird sich wohl fühlen, wenn wir da sind. Ist dann alles in Ordnung, fahre ich heim. Ich kann euren Vater nicht zu lange allein lassen. Er haßt es, allein zu sein, obwohl er sich nie beklagt. Du kannst ja länger bleiben, und wenn Mary Grace dort ist, hast du noch mehr davon. Wir müssen für Weihnachten Pläne schmieden. Wahrscheinlich sollten wir dann wieder hinfahren. Nanny Crabtree würde es niemals zulassen, daß sie mit so einem kleinen Baby verreisen. Wir scheinen unser Leben neuerdings auf Schienen zu verbringen. Die Dorringtons hatten übrigens angedeutet, daß sie es gerne sähen, wenn wir Weihnachten mit ihnen verbrächten.«

»Aber Dorabella hat schließlich Vorrang!«

»Natürlich. Wenn sie doch nur in unserer Nähe lebte!«

So reisten wir also wieder nach Cornwall. Es war an einem düsteren Novembertag, und als der Zug den Westen des Landes erreichte, dämmerte es. Als wir ankamen, war es bereits dunkel.

Dorabella warf sich in meine Arme und klammerte sich an mich. Sie war sehr aufgeregt. Die Geburt stand kurz bevor, und Dorabella war ziemlich schwerfällig und schien ein bißchen ängstlich zu sein.

Dann klammerte sie sich an meine Mutter, die sie tröstete.

Nanny Crabtree empfing uns mit verhaltener Freude.

»Es wird ein Junge«, sagte sie. »Ich merke es an der Art, wie sie das Baby trägt. Mrs. Lewyth meinte, es wird ein Mädchen. ›Von wegen Mädchen‹, sagte ich. ›Sie trägt einen Jungen und sonst nichts.‹«

»Ich hoffe nur, daß der kleine Tristan pünktlich zur Welt kommt.«

»Tristan!« schnaubte Nanny Crabtree. »Was für ein Name! Weshalb kann's nicht ein netter kleiner Jack oder Charlie sein?«

»Dorabella hat sich nun mal für Tristan entschieden«, sagte meine Mutter.

Nanny Crabtree schnalzte mit der Zunge. Hier ging es zur Abwechslung mal nicht nach ihrem Kopf.

Dorabella zeigte uns die jetzt vollständige Babyausstattung und erzählte uns, wie alles arrangiert worden war.

Die Hebamme würde kommen, sobald Nanny Crabtree sie rufen ließ, und der Arzt wäre auch zur Stelle. Außerdem hielt sich Nanny Crabtree bereit, den Neuankömmling zu begrüßen.

»Alles ist vorbereitet«, warf Nanny ein. »Dafür habe ich gesorgt. Jetzt brauchen wir nur noch auf den kleinen Liebling zu warten.«

Sie freute sich auf die Zeit nach der Geburt. Dann wäre sie die Hebamme und den Arzt los und könnte wieder das Kommando führen.

Dorabella fühlte sich ein wenig erschöpft und ging gleich nach dem Abendessen zu Bett. Dermot und Gordon hatten wir noch nicht gesehen. Matilda sagte, sie seien zu einer Versammlung der Gutsbesitzer in Exeter gefahren und würden wahrscheinlich zwei Tage dort bleiben. »Dermot wollte absagen, als er von Ihrer Ankunft hörte, aber Gordon meinte, es wäre nicht richtig und wollte auch nicht ohne Dermot fahren«, erklärte uns Matilda. »Und das Baby wird ja erst in ein paar Tagen erwartet. Er war sicher, daß Sie Verständnis für seine Abwesenheit hätten.«

»Natürlich«, sagte meine Mutter. »Dermot sieht uns noch früh genug, wenn er zurück ist.«

Später kam meine Mutter zu mir ins Zimmer, um ein wenig zu plaudern.

»Nun«, sagte sie, »es sieht aus, als wäre alles in Ordnung.«

»Scheint so.«

»Matilda ist wirklich eine gute Seele. Ich hatte befürchtet, daß Nanny Crabtree Schwierigkeiten machen würde, aber Matilda ist so taktvoll und scheint zu wissen, was für ein Schatz sie ist, solange man ihr nicht reinredet.«

»Ja, ich glaube, Matilda ist ein wirklich friedlicher Mensch.«

»Mit dem Rest der Angestellten kommt Nanny kaum zusammen. Das Kinderzimmer ist ihre Welt, deshalb könnte das Baby kein besseres Kindermädchen haben. Wir brauchen also nur noch auf den großen Tag zu warten.«

»Ich glaube, Dorabella hat Angst.«

»Wer hätte keine? Es ist ihr erstes Kind, und sie weiß nicht, was auf sie zukommt. Aber alles wird gut gehen. Sie ist kräftig und gesund, und wir werden dafür sorgen, daß alles Menschenmögliche getan wird.«

»Ein Glück.«

»Ich bin froh, daß du da bist. Schade, daß dein Vater nicht mitfahren konnte; allerdings wäre er im Kinderzimmer sowieso ziemlich nutzlos gewesen.«

»Aber er hätte uns beruhigt. Es ist immer tröstlich, ihn um sich zu haben.«

Meine Mutter nickte und lächelte. »Da hast du recht«, sagte sie. »Aber jemand muß sich um das Gut kümmern, und wenn das Baby erst ein bißchen größer ist, kann Dorabella uns besuchen, und wir müssen nicht ständig verreisen.« Sie gähnte. »Es war ein anstrengender Tag. Ich bin erschöpft. Ich glaube, es wird Zeit, daß ich ins Bett gehe. Und du auch.«

Wir sagten gute Nacht, und sie ging hinaus.

Auch ich war müde, legte mich hin und lauschte eine Weile dem Gemurmel der See. Warum meinte ich eigentlich immer noch, Unheimliches im Haus zu spüren?

Endlich schlief ich ein, doch dann erwachte ich mit einem Ruck. Ich hörte das Knarren einer Diele und wußte, daß ich nicht allein war. Jemand war in meinem Zimmer.

Mein Herz klopfte wie wild. Ich war aus einem Traum gerissen worden, der mich mit bösen Vorahnungen erfüllte.

Hastig setzte ich mich auf und starrte im schwachen Sternenlicht auf die Umrisse der Möbel.

Dorabella trat aus dem Schatten und stellte sich neben mein Bett.

»Ich hab' dich erschreckt«, sagte sie. »Ich wußte nicht, daß du so schreckhaft bist.«

»Dorabella! Was machst du hier?«

»Ich konnte nicht schlafen. Dann hatte ich diesen Traum ... nicht das erstemal. Er hat mir angst gemacht.«

Sie trug einen dünnen Morgenrock über dem Nachthemd, und die Haare fielen ihr locker über die Schultern.

»Du wirst dich erkälten.«

»Ich mußte mit dir sprechen.«

»Du kannst da nicht einfach stehen bleiben.«

»Nein«, sagte sie, zog den Morgenmantel aus, warf ihn über einen Stuhl und kletterte zu mir ins Bett.

Erinnerungen kamen zurück ... wir beide fern von zu Hause ... in den Ferien oder zu Besuch bei fremden Leuten. Wenn sie in einem anderen Zimmer schlafen mußte, kam sie immer zu mir. Dann sagte sie: »Ich konnten nicht schlafen«

oder »Ich hab' schlecht geträumt«. Bei uns zuhause hatten wir im selben Zimmer geschlafen, in zwei Betten, die nah beieinander standen. Während sie sich an mich kuschelte, mußte ich an die alten Zeiten denken.

»Gott sei Dank, daß du da bist«, sagte sie.

»Warum?« Ist etwas …?«

»Warum?« wiederholte sie. »Weil ich dich hier haben will. Darum! Es gefällt mir nicht, daß ich nicht einfach reinkommen und mit dir reden kann, wenn ich es möchte. Und ich muß *jetzt* mit dir reden, Vee.«

»Dann fang an! Hier bin ich … aus dem Schlaf geschreckt.«

»Tut mir leid. Hast du geglaubt, ich bin ein Geist? Vielleicht dieses Jermyn-Gespenst? Die Frau, die ins Meer watete? Ich hab' Angst, Violetta. Wirklich! Der Traum war so lebendig … und ich hatte ihn schon einmal. Ich glaube, es ist eine Vorahnung.«

»Heute abend hattest du diesen Alptraum?«

»Ja, und vor ein paar Tagen auch. Es ist jedesmal das gleiche.«

»Was passiert in dem Traum?«

»Ich bekomme das Baby … und sterbe.«

»Was für ein dummer Gedanke! Warum solltest du sterben? Tausende haben Kinder bekommen und sind nicht gestorben. Alles ist vorbereitet, alle kümmern sich um dich, Mummy und ich sind da, und Nanny Crabtree hast du außerdem. Sie würde es niemals zulassen, daß dir so etwas passiert!«

»Mach keine Witze! Mir ist die Sache ernst. Es geht um das Baby …«

»Was ist mit dem Baby?«

»Ich bin tot, weißt du? In diesem Traum. Ich sterbe, während ich das Baby bekomme, aber ihm geht es gut. Ich bin tot, und es ist noch hier. Vielleicht kann man die Leute beobachten, wenn man tot ist. Man sieht, wie sie sich verhalten. Ich tue es jedenfalls in diesem Traum – beobachten. Ich sehe dich und unsere Mutter … und du bist so unglücklich.«

»Also, wirklich, Dorabella«, sagte ich heftig. »Jetzt wirst du theatralisch. Es geht dir doch gut. Der Arzt hat es bestätigt.«

»Ärzte wissen nicht immer alles ... und manchmal gibt es Komplikationen.«

»Dir hätte ich solch düstere Gedanken am wenigsten zugetraut. Jetzt hör mir mal gut zu! Du kriegst ein Baby – es kann jederzeit kommen. Und es ist natürlich, daß du Angst hast. Jeder in deiner Lage hätte wahrscheinlich Angst. Wir alle wissen, daß die Kinder nicht im Schnabel eines Storches gebracht oder unter Stachelbeersträuchern gefunden werden und daß so eine Geburt schmerzhaft ist. Es geschieht auf der ganzen Welt, aber für dich ist es das erstemal, und du fandest es immer schrecklich, wenn dir was weh tat. Du freust dich also nicht auf den Vorgang. Das ist alles. Stell dir doch einfach vor, wie es ist, wenn du hörst, wie der kleine Tristan oder die kleine Isolde sich die Lunge aus dem Leib schreien. Es wird wunderbar sein! Dein eigenes Baby! Und dann weißt du, daß alles vorbei ist. Oh, du hast Glück, Dorabella!«

»Du hättest auch gern eins, nicht wahr?«

»Alle Frauen wünschen sich Kinder ... oder jedenfalls die meisten.«

»Nur die mütterlichen, und ich glaube, du gehörst dazu.«

»Du wirst auch eine sein.«

»Angenommen ...«

»Angenommen was?«

»Angenommen, mein Traum ... angenommen, ich überlebe es nicht.«

»Ich weigere mich, auch nur eine Sekunde an so etwas zu denken.«

»Liebe, liebe Vee, wir sollten uns nie trennen! Ich bin nicht dieselbe ohne dich. Ich komme mir halbfertig vor. Deshalb ... ich weiß, es gefällt dir nicht, aber es könnte ja passieren. Menschen sterben, und oft sind es Leute, von denen man es nicht erwartet.«

»Vergiß den albernen Traum! Es ist die sogenannte vorgeburtliche Nervosität.«

»Wirklich? Du hast wohl viel über das Thema Geburt gelesen?«

»Ich spitze meine Ohren.«

»Weil wir immer alles miteinander geteilt haben. Ich sage dir, was ich möchte, Vee. Wenn ich … nicht durchkomme …«

Ich machte eine ungeduldige Handbewegung.

»Hör zu!« befahl sie. »Einfach mal angenommen! Wenn ich nicht mehr da bin, möchte ich, daß du den kleinen Tristan nimmst … oder die kleine Isolde. Kein anderer soll ihn bekommen. Verstehst du mich?«

»Was weiß ich schon von Babys?«

»So viel wie ich, und ich bekomme eins. Nanny Crabtree würde dir helfen. Aber nur *du* dürftest das Baby haben. Mummy wäre auch noch da. Sie würde dir zur Seite stehen. Aber das Baby würde jemanden brauchen, der vor allen anderen für es da ist, jemand, der den Platz seiner Mutter einnimmt. Und du müßtest es sein, weil du ein Teil von mir bist.«

»Natürlich würde ich für das Kind da sein, aber das ist alles Unsinn!«

»Ja, vielleicht. Aber schwöre es mir! Großes Ehrenwort!«

Ich mußte lachen. Sie sah so ernst aus wie damals, als wir noch klein waren, und sie wollte, daß ich ein Geheimnis für mich behielt.

»Ich schwöre es«, sagte ich. »Aber bald wirst du über diese Spinnereien lachen.«

Sie streckte sich zufrieden.

»Jetzt geht es mir besser«, sagte sie. »Was immer auch passiert – jetzt ist alles gut. Ich meine, für das Baby wird alles gut sein. Du weißt, wie es ist, Vee, wir sind eins, und so soll es bleiben, was immer auch geschieht. Wenn ich sterbe …«

»Bitte, hör endlich damit auf!«

Schläfrig sagte sie: »Du hast mir dein Versprechen gegeben. Wir haben immer unsere Versprechen gehalten, nicht wahr? Du weißt doch, was ich meine, wenn ich sage, du bist ein Teil von mir … und ich ein Teil von dir? Wir waren von

Anfang an zusammen. Wir sind miteinander verbunden. Es ist da, nicht wahr? Andere Leute können es nicht sehen. Es ist so fein … ein hauchdünnes Band … stark, aber unsichtbar … wie ein Spinnwebfädchen, das uns zusammenhält … für immer, auch wenn einer von uns stirbt.«

Ich seufzte ungeduldig.

»Na schön«, sagte sie. »Ich werde nicht mehr davon reden. Du hast es versprochen … und was auch geschieht, das Band ist da. Du bleibst doch hier?«

»Sicher, für eine Weile.«

»Ich sage dir, was ich mir wünsche. Heirate den netten Mr. Jermyn und bleib hier.«

»Selbstverständlich, Madame. Wenn es Ihnen dienlich ist.«

»Stell dir vor, wir wären Nachbarn! Was für ein Spaß! Obwohl Mummy ihre Hoffnung auf den Londoner Rechtsanwalt gesetzt hat.«

»Wirklich! Ich wünschte, ihr würdet nicht über sowas diskutieren. Es ist peinlich. Vor allem, wenn nichts dahinter ist. Ich finde, du warst klug, daß du dich verheiratet hast und so den Spekulationen entgangen bist.«

»Alle Mütter sind gleich«, sagte sie. »Sie verlieren ihre Töchter nicht gern, geben aber keine Ruhe, bis sie unter der Haube sind. Ziemlich verrückt.«

Sie lachte. Ihre Ängste schienen verflogen zu sein.

Ich fragte mich, ob es diesen Traum wirklich gegeben hatte. Sie liebte Dramatik, und es war wichtig für sie, mittendrin zu sein. Wahrscheinlich stellte sie sich vor, wie das ganze Haus um sie trauern würde, ein mutterloses Baby, das gerade das Licht der Welt erblickt hatte, eine Zwillingsschwester, die ein Teil von ihr war, durch ein hauchdünnes Band mit ihr verbunden, und die Ersatzmutter werden mußte. Bestimmt genoß sie diese Vorstellung.

Es dauerte lang, bis sie in ihr Zimmer zurückwollte. Ich begleitete sie und deckte sie zu. Sie klammerte sich noch eine Weile an mich.

»Denk dran«, sagte sie, »du hast einen heiligen Eid geschworen!«

Wieder in meinem Zimmer, konnte ich nicht einschlafen. Ich hatte Dorabellas Ängste verscheucht und nun selbst welche heraufbeschworen. Angenommen ... Nein, nein. Diese Gedanken wollte ich nicht weiterspinnen.

Alles würde gut gehen. Es mußte gut gehen. Alle sagten, es könne nichts passieren. Sie war jung und gesund. Alles würde gut werden.

Ich lag da und träumte im Halbschlaf wirres Zeug.

Das Meer murmelte nicht mehr leise vor sich hin. Jetzt klang es, als ob es böse zischte.

Endlich schlief ich ein.

Ein paar Tage später begannen Dorabellas schwere Stunden.

Im ganzen Haus wurde gedämpft geredet. Der Arzt war gekommen und mit ihm die Hebamme. Meine Mutter und ich saßen angespannt da und warteten. Nanny Crabtree war bereit, sich jeden Augenblick auf das Baby zu stürzen. Sobald sie den Schrei eines Kindes hörte, wollte sie da sein. Aber der Arzt und die Hebamme hatten ihr deutlich zu verstehen gegeben, daß ihre Anwesenheit bis zu diesem Zeitpunkt nicht erforderlich wäre.

Unwillkürlich mußte ich an Dorabellas Besuch in meinem Zimmer und an den Traum denken, der sich wiederholt hatte.

Meine Mutter war genauso nervös. Wir saßen da und redeten von etwas anderem – von allem, nur nicht von Dorabella –, während wir auf Nachricht warteten und uns gleichzeitig fürchteten.

Endlich hörten wir Schritte auf der Treppe. Der Arzt kam strahlend auf uns zu.

»Es ist ein Junge! Sie können jetzt zu ihr gehen ... nur für ein paar Minuten. Sie ist sehr müde.«

»Ist sie ... ist alles in Ordnung?« stammelte ich.

»In allerbester Ordnung«, sagte er.

Wir rannten zu ihrem Zimmer hinauf. Dermot war schon da – der stolze Vater, der vom Baby zu einer glühenden, triumphierenden Dorabella blickte. Die Hebamme hielt das

Baby hoch – rotgesichtig mit einem hellen Haarbüschel auf dem Kopf wand es sich gereizt in ihren Händen.

»Ein schönes Kind«, sagte die Hebamme, und das Baby öffnete den Mund und begann wütend zu schreien.

Dorabella hielt meine Hand und die unserer Mutter, die vor Erleichterung und Glück den Tränen nahe war.

Dorabella sah mich an.

»Ich hab's geschafft«, sagte sie.

»Das wußte ich doch.«

»Wie gefällt euch Tristan?«

»Er ist wundervoll«, sagte unsere Mutter. »Nur eine Tochter von mir kann solch ein Kind zur Welt bringen.«

Tragödie am Strand

Nach einigen Tagen, Dorabella hatte sich von den Strapazen erholt, wollte James Tregarland mit seinem besten Champagner auf die Gesundheit des Babys anstoßen. Tristan sah inzwischen nicht mehr wie ein kleiner Neunzigjähriger aus. Seine Haut war glatt und rosa, seine spärlichen Haare leuchteten golden, und seine Augen, die er ab und zu öffnete, leuchteten erstaunlich blau.

Nanny Crabtree hielt ihn im Arm und beobachtete mißtrauisch jeden, der ihm zu nahe kam.

Dorabella saß in ihrem Sessel und sah wieder aus wie früher. Dermot, der stolze Vater, stand neben ihr. Matilda und Gordon lächelten uns glücklich an, und meine Mutter und ich saßen neben Dorabella.

Der alte Herr hob sein Glas.

»Tristan ein herzliches Willkommen!« sagte er. »Dank seinen Eltern für dieses Geschenk.«

Wir alle tranken darauf.

Dermot erklärte, wie glücklich er und Dorabella über dieses aufregende Ereignis seien.

»Ja«, sagte James Tregarland mit glitzernden Augen. »Dies ist ein großartiges Ereignis. Damit ist die Nachfolge gesichert.« Er lächelte Matilda an. »Was meinst du, Matty?«

Matilda antwortete verlegen: »Ja, so ist es.«

Das Kinn des Alten zitterte leicht – so, wie ich es schon häufig an ihm beobachtet hatte; es sah aus, als mache er sich über Matilda lustig.

Matilda jedoch lächelte freundlich und sagte: »Ich bin so froh, daß alles vorbei ist. Es war wirklich eine aufregende Zeit.«

»Und du und Gordon – ihr wart genauso besorgt wie wir alle, nicht wahr? Aber jetzt ist ja alles gut. Ein Stein ist uns vom Herzen gefallen. Wir haben unseren Kleinen«, sagte der alte Herr.

Er lächelte Matilda immer noch an.

»Ja«, entgegnete sie. »Der liebe kleine Tristan. Es ist wunderbar, ein Kind im Haus zu haben.«

Das Baby machte plötzlich den Mund weit auf und gähnte, was alle zum Lachen brachte.

»Die Zeremonie scheint ihn zu langweilen«, bemerkte der Alte grinsend.

»Er möchte seine Ruhe haben«, warf Nanny Crabtree ein. »Ich bringe ihn in sein Bettchen.«

Sie ging mit Tristan aus dem Zimmer.

Als sie weg war, sagte der Alte: »Die paßt gut auf, daß ihm nichts passiert.«

»Sie ist manchmal ein wenig zu übereifrig«, sagte Matilda. »Aber sie ist bestimmt ein wunderbares Kindermädchen.«

»Das ist sie«, sagte meine Mutter. »Deshalb wollte ich sie ja unbedingt haben. Sie hat schon auf meine Mädchen aufgepaßt – einen besseren Wachhund könnte man sich nicht wünschen.«

»Wachhund!« rief der alte Mann aus. »Rechnet jemand damit, daß dem Kleinen was passiert?«

»Ich meinte einen Wachhund, der vor den Gefahren der Kindheit schützt«, erklärte meine Mutter. »Sie achtet darauf, daß er die beste Pflege bekommt und wird nicht zulassen, daß ihm etwas zustößt. Sie betrachtet ihn als ihr eigenes Kind.«

»Das braucht er«, sagte der alte Mann und lächelte wieder in sich hinein.

Ich fand, daß er sich sehr seltsam benahm und fragte mich, ob er geistig verwirrt sei. Er schien sich ständig an irgend etwas zu ergötzen.

Ein paar Tage später sagte meine Mutter, sie müsse nach Hause fahren, aber Weihnachten würden wir auf Tregarland feiern, da das Baby – wie Nanny Crabtree bestätigt hatte – noch zu klein zum Verreisen sei.

Mary Grace wurde erwartet, und Dorabella freute sich darauf, für ihr Porträt Modell zu sitzen. Als ich ihr von meinem Plan erzählte, mit Mary Grace zurückzufahren, regte sie sich fürchterlich auf. Schließlich versprach ich ihr, bis nach den Feiertagen zu bleiben.

Meine Mutter reiste ab, und Mary Grace kam an.

Sie und Dorabella mochten sich auf Anhieb, und Mary Grace begann mit ihrer Arbeit.

Die Familie nahm sie herzlich auf. Der alte Mann kam zum Abendessen herunter und zeigte sofort Interesse an ihr. Sie saß neben Gordon, und beide schienen sich gut zu verstehen. Alle hatten die Miniatur gesehen, die ich Dorabella zum Geburtstag geschenkt hatte, und waren von diesem Kunstwerk sehr beeindruckt.

Überraschenderweise verstand Gordon etwas von Kunst, und so hatten sie ein Gesprächsthema. Mary Grace blühte auf und schien ein völlig anderer Mensch als der zu sein, den ich kennengelernt hatte.

Ich war zufrieden. Das Leben schien jetzt in ruhigen Bahnen zu verlaufen. Dorabellas ängstliche Vorahnungen hatten sich als unbegründet erwiesen, und Mary Grace war glücklicher geworden, wozu ich mir selbst gratulierte, da ich ja diejenige gewesen war, die ihr Talent gefördert hatte. Anderen Gutes zu tun, erfüllt einen immer mit Freude. Ich war also rundum zufrieden.

Jowan Jermyn hatte ich seit meiner Ankunft noch nicht gesehen. In den ersten Tagen waren wir viel zu sehr mit der Geburt beschäftigt gewesen, um uns mit anderen Dingen zu befassen, und danach war Mary Grace erschienen. Ich hatte einfach noch keine Gelegenheit gefunden, allein davonzureiten.

Aber jetzt absolvierte Dorabella ihre Sitzungen mit Mary Grace, was mir mehr Freizeit bescherte.

Ich nahm mir vor, nicht auf die Wiese zu reiten und ihn zu suchen, denn dort würde er bestimmt nicht sein. Schließlich war ich nun schon eine ganze Weile in Cornwall und hatte noch keine Anstalten gemacht, in zu treffen. Wie konnte ich erwarten, daß er sich, in der Hoffnung, mich wiederzusehen, jeden Tag auf gut Glück auf den Weg machen würde.

Was für eine lächerliche Angelegenheit diese Fehde doch

war! Hätte er bei den Tregarlands einfach anrufen können, wäre alles viel einfacher gewesen.

Heute wollte ich einfach nur reiten. Die Landschaft war immer interessant und ganz besonders zu dieser Jahreszeit, wenn keine Touristen unterwegs waren.

Ich ritt landeinwärts, am Grundstück der Jermyns entlang und an Wäldern und Feldern vorbei, die mir neu waren. Ab und zu kam die Küste in Sicht, die an diesem Tag wunderschön aussah. Der Wind, der vom Meer herüberwehte, berührte mich zart wie eine Liebkosung.

Ich war zufrieden mit meinem Leben. Dorabella ging es gut. Sie hatte mich wirklich erschreckt mit ihrem Gerede und ihren Beschwörungen, mich um das Kind zu kümmern, das mutterlos sein könne.

Typisch Dorabella – immer Theater!

Tristan liebte ich bereits sehr. Als ich am Morgen ins Kinderzimmer gegangen war, hatte mir Nanny Crabtree erlaubt, ihn zu halten, und er protestierte nicht.

»Er mag seine Tante Violetta, nicht wahr, mein kleines Schätzchen?« sagte sie.

Er warf ihr einen unergründlichen Blick zu und sah dabei aus wie ein weiser alter Mann. Dann richtete er seine blauen Augen auf mich.

»Ich glaube, er lächelt mich an«, sagte ich.

»Das können auch Blähungen sein«, meinte Nanny Crabtree und nahm ihn mir aus den Armen.

Tristan öffnete den Mund und schrie, und sie gab ihn mir zurück. Er kuschelte sich in meine Arme und blickte mit großen Augen zu mir auf. Damit stahl er sich für immer in mein Herz. Er gehörte auch mir.

Daran mußte ich denken, während ich den Weg entlangritt.

Ich hatte mich noch nicht sehr weit vom Land der Jermyns entfernt, als ich Jowan entdeckte. Er ritt auf einem großen Rappen und sah mich aus der Ferne.

»Hallo!« rief er mir entgegen. »Warum sehen wir uns erst heute?«

»Weil sich unsere Weg bisher nicht gekreuzt haben.«

Vorwurfsvoll sah er mich an.

»Ich war an unserem Treffpunkt.«

»Oh … tut mir leid. Wir hatten viel zu tun.«

»Ich weiß natürlich schon alles. Die neuesten Nachrichten – ein Junge, Tristan. Ein guter alter kornischer Name.«

»Das hat meine Schwester auch gesagt, und außerdem wahrt sie die Operntradition.«

»Hervorragend! Wie wär's mit einem Drink in einem unserer Gasthöfe?«

»Ich würde gern mitkommen, aber ich habe keine Zeit. Meine Schwester erwartet mich zurück.«

Er sah enttäuscht aus, was mich freute.

»Ich finde«, sagte er, »wir sollten diesem albernen Brauch ein Ende bereiten.«

»Sie meinen …?

»Wenn ich Sie nicht besuchen kann, müssen Sie zu mir kommen. Dann brauchen wir uns nicht wie zufällig zu treffen oder uns andere Heimlichkeiten auszudenken. Ich möchte Sie zu mir nach Hause einladen. Werden Sie kommen?«

Ich zögerte.

»Bitte! Lassen wir uns doch nicht von so einer albernen Geschichte tyrannisieren. Wir werden den Bann brechen, die Nachbarn schockieren. Kommen Sie zu mir! Wann geht es?«

»Wir sollten dabei vielleicht vorsichtig sein …«

»Wieso? Wenn wir schon die alten Gesetze brechen, warum nicht gleich richtig?«

»Ich bin hier nur Gast, verstehen Sie? Ich kann mich doch nicht als Bahnbrecher aufspielen.«

»Heißt das, Sie kommen nicht?«

»Wie wär's, wenn ich zum Tee käme? Ich bräuchte mich dann nicht erst abzumelden. Bei Mr. Tregarland senior blikke ich sowieso nicht durch. Kann sein, daß er sich amüsieren würde. Und wie der Mann meiner Schwester darauf reagieren könnte oder Mrs. Lewyth, die auf die Familie sehr stolz zu sein scheint, weiß ich erst recht nicht.«

»Und Ihre Schwester?«

»Sie wäre ganz meiner Meinung. Sie würde einen solchen Besuch interessant und amüsant finden.«

»Also gut. Morgen nachmittag. Drei Uhr? Halb drei?«

»Halb drei«, sagte ich. »Dann schläft meine Schwester. Ich werde ihr davon erzählen, damit sie sich keine Sorgen macht, wenn ich nicht gleich zurück bin.«

»So wie nach der Rettung am Felsen?«

»Ja, zum Beispiel.«

»Wie geht es ihr?«

»Sehr gut, aber sie wird schnell müde.«

»Wie geht es dem Baby?«

»Es ist ein Schatz.«

»Und es wird von Ihrem alten Kindermädchen betreut?«

»Davon haben Sie also auch schon gehört.«

»Sie scheint hier einiges Ansehen zu genießen. Aber sie ist nicht aus Cornwall. Dafür bekommt sie Minuspunkte.«

»Ich kann Ihnen versichern, Nanny Crabtree kann es mit jedem aufnehmen.«

»Das habe ich mir schon gedacht.«

»Sie sind so gut informiert.«

»Das Thema interessiert mich.«

Wie immer fühlte ich mich unbeschwert in seiner Gesellschaft.

Seine Abschiedsworte waren: »Morgen – vierzehn Uhr dreißig! Ich freue mich auf Ihren Besuch!«

Zurück im Haus Tregarland ging ich sofort zu Dorabella. Sie lag auf dem Bett, und als sie mich sah, rief sie: »Wo warst du? Was ist passiert? Du siehst anders aus!«

»Was meinst du mit anders?«

»Etwas Aufregendes ist geschehen. Ich weiß, was es ist – du bist Jowan begegnet.«

»Also …«

Sie lachte. »Stimmt's?«

»Ja.«

»Ich weiß so etwas sofort. Er muß faszinierend sein. Du solltest ihn mitbringen.«

»Ich werde ihn morgen besuchen.«

Das fand sie ungeheuer lustig.

»Ich kann es kaum erwarten, bist du mir erzählst, wie es war.«

»Ach, es wird nichts Besonderes sein.«

»Nichts Besonderes? Du läufst direkt ins Feindeslager! Wir wollen den anderen hier aber nichts davon erzählen. Man kann nie wissen, wie sie es auffassen würden.«

Ich fragte mich, ob es sie überhaupt interessierte. Eigentlich hatte ich wenig Feindseliges im Haus gehört, und Jowan hatte absolut nichts gegen die Tregarlands. Die Fehde setzte sich nur deshalb fort, weil die Familien zu gleichgültig waren, um etwas dagegen zu unternehmen. Die Leute hier in der Gegend machten aus allem gern ein Drama, obwohl es dafür keine Gründe gab.

Als ich mich am folgenden Nachmittag auf den Weg machen wollte, begegnete ich Seth im Stall.

»Sie wollen mit Starlight ausreiten, Miss?« fragte er.

Ich sagte ja, und er sah mich komisch an. Ob er ahnte, was ich vorhatte? Unmöglich. Außer Jowan, Dorabella und mir wußte niemand davon. Erst nach meiner Rückkehr würde der Tratsch die Runde machen.

Seth versuchte, mir etwas zu sagen. »Gehen Sie nicht, Miss!« stammelte er. »Gehen Sie nicht hin …«

Ich staunte und dachte: Kann er wirklich wissen, wohin ich reiten will?

»Sie wollen sie doch nicht wiedersehen, Miss. Es ist vielleicht …«

»Wohin soll ich nicht gehen, Seth?« fragte ich.

Er deutete aufs Meer.

»Du meinst an den Strand? Nein, nein, ich reite nicht zum Strand. Ich würde Starlight auf keinen Fall mit an den Strand nehmen.«

»Manche nehmen die Pferde mit zum Strand und galoppieren …«

»Das habe ich nicht vor.«

Er lächelte verschmitzt. »Wir wollen sie nicht in Versuchung führen, Miss.«

Ich hatte keine Ahnung, wer hier wen in Versuchung

führten könnte. Er meinte sicher das Gespenst der Jermyns, das die erste Mrs. Tregarland, wie er glaubte, ins Wasser gelockt hatte.

Der arme Seth. Er tat mir leid. Und es war nett von ihm, sich um mich Sorgen zu machen.

Liebevoll tätschelte er Starlights Flanke, und ich ritt aus dem Stall.

Es war wieder ein warmer Tag, zum Reiten ideal. Leichter Wind wehte, und über den Bäumen ließ sich zarter blauer Nebel nieder.

Ich trieb das Pferd an und ritt dem Grundstück der Jermyns entgegen. Dieses Mal würde ich direkt auf das Haus zureiten.

Nach einer halben Stunde tauchte es auf. Es war nicht so alt wie Tregarland, aber eindrucksvoll, aus silbergrauem Stein gebaut, den sie Elvan nannten und in Cornwall häufig verwendeten.

Langsam trabte ich durch ein Tor auf einen rasenbedeckten Vorhof und hielt vor einer schweren eisenbeschlagenen Tür an. Ich fragte mich, ob ich absteigen sollte, als sich die Tür öffnete und Jowan erschien.

»Ich habe auf Sie gewartet«, sagte er. »Pünktlich wie immer.«

Er tätschelte Starlights Hals und lächelte mich an. Dann hielt er sie fest, damit ich absitzen konnte.

»Charlie!« brüllte er, und ein Mann eilte herbei.

»Ja, Sir?«

»Führ das Pferd der Dame weg.«

Er nahm meinen Arm.

»Das ist also Ihr Zuhause«, sagte ich.

»Ja. Gefällt es Ihnen?«

»Nach allem, was ich bisher gesehen habe, ist es fantastisch.«

»Ich finde es auch schön«, sagte er. »Und ich freue mich darauf, es Ihnen zu zeigen.«

Ich stand in der Halle und schaute mich um. Sie sah aus wie viele Hallen in ähnlichen Herrenhäusern, die ich kannte, mit einer Putzdecke und Rippenbogen, die auf Kragsteinen mit Eichenblattverzierung aufsaßen. An einer der Wände waren die verschlungenen Initialen J und S zu sehen.

Mein Blick blieb daran hängen, und er sagte: »Jowan und Sarah. Sie bauten das Haus vor dreihundert Jahren. Es war damals Sitte, die Wände mit solchen Initialen zu versehen. Es muß peinlich sein, wenn die Ehe nicht funktioniert und die zweite Frau ihr ganzes Leben lang an ihre Vorgängerin erinnert wird. Das hier ist nicht die einzige Stelle, wo die Buchstaben zu finden sind.«

Er deutete auf die Sängergalerie.

»Ich habe vor, sie eines Tages wieder für Musikveranstaltungen zu nutzen – aus Respekt vor den alten Bräuchen. Einige sind es wert, gewahrt zu werden. Und jetzt zeige ich Ihnen das übrige Haus, und Sie können mir sagen, was Sie davon halten.«

»Es ist wunderschön«, sagte ich. »Sie müssen sehr stolz darauf sein.«

»Ich bin immer noch wie betäubt bei dem Gedanken, der Besitzer zu sein. Aber – kommen Sie! Hier geht es in die Küche, den Teil überlasse ich aber lieber Ihrer Fantasie. Dort sind die Angestellten.« Er zog eine Grimasse. »Ich werde Sie den Leuten nicht vorstellen. Wir wollen es ihnen nicht zu leicht machen. Lassen wir sie mit ihren Vermutungen allein.«

»Sie werden über mich reden.«

»Und wenn schon! Sie sind keine Tregarland, also wird unser Verrat an der Vergangenheit vielleicht nicht gar zu schwer wiegen. Von der Halle gehen mehrere Räume ab. Die Treppe führt zur Bibliothek, und dahinter befindet sich das Wohnzimmer und der alte Wintergarten, der schönste Raum im ganzen Haus. Wir werden unseren Tee dort einnehmen. Der Wintergarten ist sehr hell mit seinen halbrunden Erkerfenstern, die bedeutend jüngeren Datums sind als der Rest des Hauses. Sie wurden erst vor etwa hundert Jahren eingebaut.«

Ich folgte ihm durch das Haus. Der Westflügel sah ziemlich baufällig aus.

»Ganz schön heruntergekommen das alles«, sagte er. »Ich will das ganze Gebäude restaurieren lassen.«

Sein Stolz war herauszuhören, als er mich auf Besonderheiten aufmerksam machte, mir zeigte, was er bereits hatte erneuern lassen und mir erklärte, was er noch vorhabe.

»Ich kann Ihnen heute nicht alles zeigen«, sagte er. »Es ist nur ein kurzer Überblick. Wenn es Sie interessiert, können wir ein andermal einiges genauer unter die Lupe nehmen.«

»Oh, ich bin interessiert«, sagte ich.

»Das freut mich, denn es ist eine Leidenschaft von mir. Ich möchte aus diesem Haus machen, was es verdient und was es einmal war, bevor es verfiel.«

Er kam mir jetzt ganz anders vor als jener junge Mann, mit dem ich in Landgasthöfen Apfelmost und Glühwein getrunken hatte. Leute konnten sich in der eigenen Umgebung verändern, und ich sah ihn nun so, wie er wirklich war. Die Wiederherstellung seines Hauses war ihm sehr wichtig. Vorher hatte ich fast angenommen, daß er gar nicht ernst sein könne und das Leben eher als eine Art Spiel betrachten würde.

Schließlich ließen wir uns im Wintergarten nieder, den die blasse Dezembersonne erhellte. Tee wurde von einem Mädchen gebracht, das ihre Neugierde kaum verbergen konnte. Wahrscheinlich wußte sie, wo ich herkam.

Dann erfuhr ich mehr von Jowan.

Das Haus war erst seit zwei Jahren in seinem Besitz, er hatte jedoch die ganze Kindheit hier verbracht. Sein Vater war der jüngere Sohn jenes Charles Jermyn, nach dessen Tod das Haus an den älteren Bruder von Jowans Vater, Joseph, gegangen war.

»Jahrelang war das Haus vernachlässigt worden«, erzählte er. »Es hat mir jedoch immer viel bedeutet. Wir hatten noch ein Haus an der Nordküste, denn als mein Vater heiratete, zog er nach Nord-Cornwall, wo ich geboren wurde. Meine Mutter erholte sich nie von meiner Geburt und starb drei Jahre später. Mein Großvater war künstlerisch veranlagt und nicht an den materiellen Dingen des Lebens interessiert. Ich kam hierher und wurde von meiner Großmutter aufgezogen. Onkel Joseph war ein verschwenderischer

Mensch, ein Spieler, der viel Zeit in London verbrachte. Er hatte wenig Sinn für das Leben auf dem Lande, und seine Gleichgültigkeit machte meiner Großmutter viel Kummer. Leider war mein Onkel Joseph wirklich kein sehr ordentliches Mitglied der Familie. Er heiratete nie, hatte aber mehrere Kinder und wollte sich trotzdem nicht binden. Schließlich erbte er das Haus. Mein Vater, der es sehr liebte, ertrug das kaum. Er wußte, was mit dem Haus geschehen würde, denn alte Bauten müssen ständig gepflegt werden. Geht etwas kaputt, muß man es sofort instandsetzen. Er zog nach Neuseeland, und ich wurde bei meiner Großmutter deponiert. Sobald wie möglich sollte ich ihm folgen, aber dazu hatte ich keine Lust. Ich wollte in diesem Haus bei meiner Großmutter bleiben.«

»Aber irgendwann gingen Sie dann doch?«

»Es kam unerwartet. Ich war achtzehn, als mein Vater starb und mir das Haus in Neuseeland hinterließ. Ich wollte nicht hinfahren, und meine Großmutter wollte nicht alleinbleiben. Sie war sehr traurig, daß das Haus in einem solchen Zustand war. Onkel Joseph interessierte sich nur für die Einnahmen des Guts.«

»Aber Sie fuhren trotzdem nach Neuseeland?«

»Ja, ich war vier Jahre dort. Dann hörte ich, daß Onkel Joseph vorzeitig gestorben war, was nicht überraschend kam. Er hatte seit Jahren zu viel getrunken. Mein Vater war sein Erbe, und da er bereits tot war, ging die Erbschaft an mich. Ich verkaufte alles in Neuseeland und kam zurück. Seitdem lebe ich hier.«

»Ihre Großmutter ...?«

»Sie werden sie kennenlernen. Meistens hält sie sich in ihrem Zimmer auf.«

»Sie meinen, sie ist hier?«

Er nickte. »Wo sollte sie sonst sein? Sie liebt das Haus. Wir lieben es beide.«

»Und ... die Familienfehde?«

Er lachte. »Sie hat die gleiche Einstellung wie ich. Wie Sie. Und hält das alles für einen Haufen Blödsinn.«

»Sehr vernünftig.«

»Ja. Und trotzdem gibt es bis heute keine Verbindung zwischen den beiden Familien«, sagte er.

»Es hat mit dem Aberglauben der Leute zu tun. Sie halten die Sache lebendig.«

»Vielleicht, weil es etwas Spannung in das Leben hier bringt und etwas ist, worüber man reden kann.«

»Stimmt. Und weil die erste Mrs. Tregarland starb, wurde alles wieder aufgewärmt.« Ich nickte.

»Offensichtlich brauchten wir einen Gast aus der Fremde, der die Dinge ins Lot bringt«, meinte er.

Ich lachte. »Glauben Sie, daß Ihre Einladung daran etwas ändern könnte?«

»Es ist ein erster Schritt.«

So redeten wir lange miteinander, bis ich auf meine Uhr sah.

»Ich muß gehen«, sagte ich. »Dorabella wird es kaum erwarten können, von meinem Besuch bei Ihnen zu hören.«

Er stand auf und reichte mir die Hand, hielt sie eine Weile fest und lächelte mich an. Ein seltsames Glücksgefühl durchzog mich.

»Bevor Sie gehen«, sagte er, »müssen Sie aber meiner Großmutter noch guten Tag sagen.«

»Sehr gern.«

»Also, kommen Sie.«

Er führte mich zur Treppe, über eine Galerie in einen Korridor und dann noch ein paar Treppen hoch.

Oben öffnete er die Tür zu einem Wohnzimmer, und durch eine weitere offene Tür sah ich in ein Zimmer mit einem Himmelbett. Mrs. Charlotte Jermyn saß mit einer Häkelarbeit zwischen den Fingern im Sessel. Als ich eintrat, blickte sie über den Brillenrand.

»Großmutter«, sagte Jowan. »Ich habe die Lady mitgebracht, um sie dir zu zeigen und um dich ihr zu zeigen.«

Sie lächelte. »Das ist nett.« Sie ließ die Häkelei in den Schoß sinken und streckte mir eine Hand entgegen.

»Ich bin heute ein wenig steif«, sagte sie. »Mein Rheumatismus. An manchen Tagen ist es schlimmer als an anderen. Das feuchte Klima soll schlecht dafür sein. Nun, Miss Denver, es ist schön, Sie hier zu sehen. Jowan hat mir von Ihnen erzählt.«

»Ich freue mich, hier zu sein und Sie kennenzulernen.«

Sie lachte. »Es ist Zeit, daß jemand mit dem Quatsch ein Ende macht. Ich war sicher, daß es Jowan anpacken würde. Jetzt lebt ja Ihre Schwester hier, da kommen Sie bestimmt häufiger zu Besuch.«

»Diesmal kam ich zur Geburt des Babys und möchte bis nach Weihnachten bleiben.«

»Das ist gut. Wir feiern hier immer ein richtiges kornisches Weihnachtsfest – um die alten Bräuche zu pflegen. Erzählen Sie mir von Ihrer Schwester und dem Baby.«

Wir unterhielten uns eine Weile, und Jowan beobachtete uns lächelnd. Er schien sich zu freuen, daß wir uns verstanden.

Es tat mir leid, daß ich mich verabschieden mußte, aber ich dachte an Dorabellas Ungeduld und sagte, ich müsse gehen.

»Sie kommen wieder«, sagte Mrs. Jermyn. »Ich freue mich schon darauf.«

Nur ungern machte ich mich auf den Heimweg.

Dorabella war in der Tat voller Ungeduld und wollte Jowan unbedingt kennenlernen. Sie schlug vor, ihn einzuladen. Zum Dinner? Für den Anfang wäre ein Mittagessen vielleicht passender.

»Es muß Spaß machen, mit ihm zusammenzusein«, sagte sie und schaute mir forschend ins Gesicht.

Ich wußte, was sie dachte, so wie ich wußte, was meine Mutter im Sinn hatte, wenn sie Richard Dorrington erwähnte.

»Du mußt herausfinden, ob die Familie damit einverstanden wäre«, sagte ich. »Vergiß nicht, daß sie sich seit über hundert Jahren aus dem Weg gehen. Und jetzt kommst du daher und willst den Streit beenden.«

»*Ich* will den Streit beenden? Wer ist denn vom Pferd gefallen und hat den Stein ins Rollen gebracht? Wer hat sich heimlich mit ihm getroffen, ist in sein Haus gegangen und hat mit seiner Großmutter geplaudert ...?« Sie kicherte. »Na schön, ich werde Dermot fragen.«

»Ich finde, Dermots Vater sollte derjenige sein, der die Entscheidung trifft. Schließlich ist er der Haushaltsvorstand.«

»Gut, gut. Aber ich glaube, ihm wird es recht sein.«

»Und Matilda?«

»Schließlich bin jetzt doch ich die Dame des Hauses, und Matilda ist nur eine glorifizierte Haushälterin.«

»Laß sie das bloß nicht hören!«

»Es war nur für deine Ohren bestimmt.«

Jowan und seine Großmutter wurden tatsächlich zum Lunch eingeladen. Wie wir vermutet hatten, war der alte Herr keineswegs abgeneigt und schien die Zusammenkunft sehr zu genießen. Desgleichen Jowans Großmutter. Ich glaube, sie amüsierten sich über die Bediensteten, die die Neuigkeit in Windeseile verbreiten würden. Die Jermyns befreundeten sich mit den Tregarlands, und das alles war nur der zweiten Mrs. Tregarland und ihrer Schwester zu verdanken!

Es war ein sehr angenehmes Mittagessen.

Die Tage danach vergingen schnell. Mary Grace war nach London zurückgekehrt. Sie hatte Dorabellas Bild mitgenommen, um es rahmen zu lassen, und meine Mutter wollte es bei ihrem nächsten Besuch wieder herbringen.

Dann war Weihnachten. Meine Eltern reisten an, und wir waren fröhlich und ausgelassen.

Gefeiert wurde nach altem Brauch. Man brachte das Weihnachtsscheit herein und den Festpunsch. Der Familienälteste stand vor einer Schale mit gewürztem Wein, aus der er trank, bevor er sie weiterreichte, so daß jeder einen Schluck davon nehmen konnte. Eine ziemlich ungesunde Angelegenheit, fand ich, aber man sagte uns, so werde es seit der Zeit der Angelsachsen gemacht, und es bedeute Unglück, wenn man sich nicht an die alten Sitten hielte.

Sternsinger kamen vorbei, wurden ins Haus geholt und bekamen Kuchen und Wein. Dann gab es die Guise-Tänze, für die sich die Jugendlichen mit allem, was sie finden konnten, kostümierten – die Mädchen meist als Jungen und die Jungen als Mädchen verkleidet. Wer kein Kostüm hatte, schwärzte sich nur das Gesicht und tanzte durch die Straßen und Höfe.

Jowan kannte noch viele andere alte Bräuche und sagte, einige stammten sogar noch aus vorchristlicher Zeit, aber die meisten Leute hätten sie inzwischen vergessen.

Am zweiten Weihnachtstag waren wir bei den Jermyns eingeladen – zu einem kalten Büffet und Tanz. Dermot, Dorabella und ich fuhren hin. Die Stimmung war gut, und wir trafen dort Leute, denen wir noch nie begegnet waren.

Zwei davon hatte Jowan auf seinen Reisen kennengelernt: Hans Fleisch, einen jungen Deutschen, und einen Franzosen, Jacques Dubois. Es waren Maler, die sich von der wilden Küste Cornwalls inspirieren ließen und in einem Gasthof in der Nähe übernachteten.

Die beiden Männer waren lebhaft und amüsant und fanden Dorabella entzückend. Sie schenkten ihr viel Aufmerksamkeit, was sie sehr genoß.

Es war ein angenehmer Abend, mit dem die unsinnige Familienfehde nun endgültig beendet schien.

Daß meine Abreise bevorstand, tat mir sehr leid, aber ich war lange von Zuhause weg gewesen. Meine Mutter sagte, es sei nun wirklich an der Zeit, heimzukommen. Dorabella sei wieder die alte, sei zufrieden und müsse ihr eigenes Leben führen.

Ich fühlte mich hin- und hergerissen. Jowan und ich waren gute Freunde geworden, und ich sah ihn jetzt in einem ganz neuen Licht. Nur auf Tregarland wurde ich ein gewisses Unbehagen nicht los.

Oft dachte ich auch an unsere Reise nach London, wie lustig es dort gewesen war und wie froh es mich gemacht hatte, Mary Graces Talent zu entdecken. Es war eine andere Welt. So sehr ich es genoß, mit Jowan zusammenzusein, so sehr gefiel es mir auch bei den Dorringtons.

So beschloß ich schließlich, mit meinen Eltern nach Caddington zurückzukehren.

In Poldown schienen sich die Leute auf einmal sehr für

mich zu interessieren. Sie hatten natürlich von dem Wandel in der Beziehung zwischen den Jermyns und den Tregarlands gehört, und ich wollte dem ganzen Tratsch entfliehen. Sicher wäre es angenehm, sich wieder einmal in London aufzuhalten, wo mich keiner kannte und nicht die geringste Ahnung hatte, was in meinem Leben passierte.

Seth gab sich neuerdings sehr grüblerisch. Mehr als andere schien er sich über die Freundschaft der Jermyns und Tregarlands Gedanken zu machen. Vielleicht ließ er es sich aber auch nur deutlicher anmerken.

Eines Tages redete ich mit ihm darüber. Als ich den Stall betrat, sah er mich mit traurigen Augen an.

»Seth«, sagte ich, »warum schaust du so?«

»Es nützt doch nix, Miss. Es ...«

»Was, Seth?« fragte ich.

»Daß Sie sich treffen.«

»Daß ich mich mit wem treffe?«

Er schwenkte eine Hand. »Die Geister sind böse. Böse. Sie vergessen's nicht. *Sie* waren's doch, Miss – wegen *Ihnen* hat's doch angefangen.«

Ich lachte. »Mach dir keine Gedanken, Seth. Es hat nichts zu bedeuten.«

»Hat schon was zu bedeuten – Sie werden's schon merken!«

»Laß gut sein, Seth«, sagte ich. »Und jetzt würde ich gern mit Starlight noch ein letztes Mal ausreiten.«

Je näher der Abschied rückte, desto trauriger wurde Dorabella.

»Du bist jetzt so lange hier gewesen«, sagte sie, »daß es mir vorkommt, als gehörtest du ins Haus. Es wird sehr einsam sein ohne dich.«

»Aber du hast doch Dermot und Tristan.«

»Ich werde dich vermissen. Mit uns ist das etwas anderes. Wir sind wie eine Person. Wir waren immer zusammen. Warum kannst du nicht bleiben?«

»Als Dermot dich heiratete, wollte er nicht ständig deine Familie um sich haben.«

»Aber *ich* will dich haben.« Sie verzog schmollend das Gesicht, und ich mußte lächeln, weil sie mich an das kleine Mädchen unserer Kindheit erinnerte.

»Ist es dir hier nicht aufregend genug? Du willst nach London fahren, nicht wahr? Dort ist es interessanter.«

»Wir haben Edward und Gretchen versprochen, sie zu besuchen. Bald kommt das Baby, und das neue Haus muß bewundert werden. Du weiß, wie Mummy darüber denkt. Edward ist wie ein Sohn für sie.«

»Ich will nicht, daß du gehst.«

In diesem Moment kam meine Mutter ins Zimmer.

»Hast du schon gepackt?« fragte sie mich. »Dorabella, was ist denn los?«

»Ich will nicht, daß ihr geht.«

»Aber im Frühjahr sind wir doch wieder da. Oder vielleicht kannst du uns dann besuchen? Nanny Crabtree wird Tristan sicher bald erlauben, auf Reisen zu gehen.«

Dorabella sagte nichts mehr, aber beim Abschied klammerte sie sich heftig an mich.

Unterwegs sagte meine Mutter, die nachdenklich aus dem Abteilfenster schaute: »Ich hoffe, Dorabella hat keinen Fehler gemacht.«

»Was?« Mein Vater war aus seinem Halbschlaf hochgeschreckt.

»Sie war so aufgeregt, als wir gingen – vor allem wegen Violetta.«

»Sie waren eben immer zusammen«, sagte mein Vater. »Es ist alles in Ordnung, da bin ich sicher.«

»Ich möchte mir nicht vorstellen …«, murmelte meine Mutter.

»Was? fragte ich.

»Ach, nichts. Es ist wirklich alles in Ordnung. Sie will eben Dermot, das Baby und dich noch dazu. Typisch Dorabella.«

Zu Hause angekommen, fühlte ich mich irgendwie erleichtert. Alles war so wohltuend normal. Es herrschte eine ganz andere Atmosphäre als in Cornwall.

Ich mußt an Mrs. Pardell denken, an ihren Groll, ihr Mißtrauen, dann an den alten Tregarland, den ich nicht verstand, an Gordon Lewyth, der ein anderer Mensch zu sein schien, als wir auf dem Felssims saßen, und der sich allmählich wieder in den arroganten Mann unserer ersten Begegnung zurückverwandelt hatte. Und dann Seth mit seinen vagen, unartikulierten Warnungen. Er war nicht ganz richtig im Kopf, sagte ich mir, trotzdem ließ mich sein Gerede nicht kalt.

Eines Nachts träumte ich, ich ging am Strand entlang; da erhob sich aus den Wellen eine Gestalt und winkte mich heran. Ich wachte erschrocken auf und war erleichtert, mich in meinem Schlafzimmer in meinem lieben alten Caddington wiederzufinden, dem Haus meiner Kindheit, wo alles so schön normal war.

Im Februar fuhren meine Mutter und ich zu Edward und Gretchen. Jetzt sah das Haus bewohnt aus. Das Baby sollte im April kommen, und meine Mutter meinte, wir müßten anläßlich des freudigen Ereignisses wieder bei ihnen sein. Gretchen sprach voller Begeisterung von dem Baby, aber ich wußte, daß sie sich immer noch große Sorgen um ihre Familie machte.

Natürlich wurden wir von den Dorringtons eingeladen. Mary Grace und Mrs. Dorrington freuten sich, uns zu sehen. Wir besuchten sie eines Nachmittags, als Richard nicht zu Hause war.

»Er wird so froh sein, wenn er erfährt, daß Sie da sin«, hieß es. »Edward hat ihm gesagt, daß Sie nach London kommen. Sie müssen mit uns zu Abend essen. Vielleicht morgen?«

Meine Mutter nahm die Einladung sofort an.

In meinem Zimmer holte ich Dorabellas Miniatur hervor, stellte sie auf das Tischchen neben meinem Bett und dachte an die Worte meiner Mutter, als sie von ihren Befürchtungen gesprochen hatte. Auch ich machte mir inzwischen Gedanken. Natürlich durften wir nicht vergessen, daß Dorabella oft impulsiv handelte und sprach. Sie übertrieb gern, wenn sie von irgendwelchen Problemen redete. Sie fühle sich einsam, hatte sie gesagt. Weil sie uns alle immer um sich haben wollte. Und meine Abenteuer mit Jowan Jermyn munterten sie auf.

Ich betrachtete die Miniatur genauer. Mary Grace hatte es tatsächlich fertiggebracht, Dorabellas Wesen einzufangen. Liebe Dorabella ... Ich hoffte so sehr, daß sie glücklich war. Wie gern erinnerte ich mich an ihr strahlendes Gesicht, als sie mein Bild sah. Sie bewahre es in ihrem Schlafzimmer auf, hatte sie gesagt, aber wenn ich nicht da sei, verstecke sie es, um mich nicht zu sehr zu vermissen. Nur manchmal hole sie es hervor, um mit mir zu reden. Ich würde ihre Gefühle schon verstehen, meinte sie, weil wir uns ja immer verstanden hätten.

Vielleicht hätte ich doch bei ihr bleiben sollen? Aber meine Mutter hatte natürlich recht. Es war besser für Dorabella, jetzt, wo sie verheiratet war, auf eigenen Füßen zu stehen. Und ich – ich sollte Freunde besuchen und nach London fahren. Es sei nicht gut, wenn ich mich auf dem Lande verstecke.

»Dort in Cornwall«, sagte sie, »erfährst du nicht, was auf der Welt los ist. Sie leben so abgeschottet von allem und kümmern sich viel zuviel um Geister und Schatten, Aberglauben und solche Sachen ... fern der Realität des Lebens.«

»Du meinst die Dinge, die sich gerade in Deutschland abspielen?«

»Zum Beispiel.«

»Ich glaube, Gretchen und Edward machen sich viele Gedanken.«

»Aber sicher! Das arme Mädchen. Sie wird sich große Sorgen um ihre Eltern machen, was dem Baby nicht gut tut. Gott sei Dank konnte Edward wenigstens Gretchen außer Landes bringen.«

»Hier ist sie sicher.«

»Sie hat einen Ehemann, der sie beschützt, was ihr aber die Sorge um ihre Familie nicht abnimmt. Kurt ist ein so netter junger Mann. Er kam sie kurz vor Weihnachten besuchen.«

»Schade, daß sie nicht nach Deutschland fahren konnten.«

»Ich glaube nicht, daß Edward seinem Gretchen schon jetzt eine so große Reise erlauben würde.«

»Vielleicht ist alles bald vorbei.«

»Schon möglich.«

Richard Dorrington konnte seine Freude, uns zu sehen, nicht verbergen. Er nahm meine Hände und hielt sie fest.

»Ich habe mich schon gefragt, wann Sie endlich wiederkommen«, sagte er.

»Oh, wir waren verreist.«

»Ja, in Cornwall. Ich hoffe, Ihrer Schwester geht es gut. Mary Grace hat uns eine Menge erzählt, nachdem sie wieder zu Hause war.«

»Es war schön, sie bei uns zu haben, und Dorabella hat sich sehr über das Bild gefreut.«

»Die gute Mary Grace! Sie haben einen anderen Menschen aus ihr gemacht, das kann ich Ihnen sagen! Wir sind Ihnen so dankbar – meine Mutter und ich genauso wie Mary Grace.«

»Sie könnte eine berühmte Malerin werden.«

»Leider hat sie immer noch zu wenig Selbstvertrauen und meint, Miniaturen seien im Augenblick nicht gefragt.«

»Sie kann dafür sorgen, daß sie wieder beliebt werden – mit ihrem Talent würde sie es schaffen.«

»Sehen Sie, wie gut es für uns alle ist, daß Sie uns besuchen?«

Am Tisch der Dorringtons war es unmöglich, das Thema Deutschland zu vermeiden.

Es waren noch vier andere Gäste da – ein Rechtsanwalt und ein Arzt mit ihren Frauen.

Unterwegs waren die Plakate kaum zu übersehen, und die Zeitungsjungen brüllten: »*Standard, News* … Lesen Sie das Neueste!« – »Hitler trifft sich mit dem österreichischen Kanzler!« – »Schuschnigg in Berchtesgaden!«

»Was hat das zu bedeuten?« fragte meine Mutter, als wir im Taxi zu den Dorringtons fuhren.

Edward sagte: »Ich weiß nicht. Aber es gefällt mir nicht.«

Er nahm Gretchens Hand und drückte sie. Ich wünschte, wir hätten die Schlagzeilen nicht gesehen.

Beim Essen sagte der Arzt: »Es sieht aus, als wolle Hitler Österreich okkupieren.«

»Das kann er nicht machen«, meinte Edward.

»Wir werden sehen«, erwiderte der Arzt.

Ich wünschte, sie würden aufhören, darüber zu reden, aber es war natürlich ein Thema von höchstem Interesse. Die Zeitungen waren voll davon, und viele Leute erwarteten die Ergebnisse des Treffens zwischen Hitler und Kurt von Schuschnigg mit Spannung.

»Wir hätten schon vor langer Zeit eingreifen sollen«, führte der Anwalt aus. »Hitler und Mussolini stecken miteinander unter einer Decke. Diktatoren – beide! Niemand kann sie aufhalten ... keiner aus dem eigenen Volk. Es ist unmöglich, Diktatoren zu bremsen, es sei denn, man beseitigt sie. Meiner Meinung nach ist Hitler nur auf Eroberungen aus. Er will ein Weltreich und wird alles tun, um sein Ziel zu erreichen. Von allen, die der Aufrüstung Einhalt gebieten wollten, hat er sich befreit. Blomberg und Fritsch und andere sind weg, weil sie als Berufssoldaten zur Vorsicht mahnten.«

»Und wo führt das alles hin?« fragte Richard.

»Ich denke, es hängt viel von dem Ergebnis dieses Treffens ab. Schuschnigg ist kein Schwächling. Er wird sich von Hitler nicht überrumpeln lassen.«

»Wir werden es rechtzeitig erfahren«, sagte Richard.

Es gelang mir, seinen Blick aufzufangen und danach bedeutsam Gretchen anzuschauen. Er begriff. Gretchen dagegen war blaß geworden und blickte auf ihren Teller.

»Erzählen Sie«, sagte Richard schnell. »Was haben Sie sich in London alles vorgenommen?«

»So viel«, antwortete ich, »daß wir es kaum schaffen können.«

»Dafür gibt es eine Lösung«, meinte er. »Bleiben Sie länger!«

Während die Männer über ihrem Portwein die Köpfe zusammensteckten, hatte ich Gelegenheit, mit Gretchen allein zu sprechen.

»Du bist sicher schon ganz aufgeregt wegen des Babys«, sagte ich.

»Oh, ja.«

Ich berührte ihren Arm. »Mach dir keine Sorgen, Gretchen.«

»Ich muß immer an sie denken«, sagte sie leise. »Hitler wird jeden Tag mächtiger. Ich weiß nicht, was er unserem Volk alles antun wird.«

»Ist deine Familie …?«

Sie schüttelte den Kopf. »Noch nicht, aber es kann jeden Tag passieren …«

»Sie sollten auswandern, Gretchen.«

»Sie gehen nicht weg. Ich habe ihnen geschrieben, und Edward auch. ›Kommt zu uns‹, hat er geschrieben. ›Wir schaffen es schon irgendwie.‹ Aber sie kommen einfach nicht. Sie sind so dickköpfig … so stolz. Es ist ihre Heimat, sagen sie, und sie lassen sich nicht davonjagen.«

»Was werden sie tun?«

»Sie wollen bleiben, so lange sie können.«

»Wie froh ich bin, daß wenigstens du da bist!«

»Das habe ich Edward zu verdanken. Es ist wunderbar für mich, aber ich kann mein Zuhause und meine Familie nicht einfach vergessen.«

»Liebes Gretchen, hoffen wir, aß alles anders und besser wird. Ich bin so froh, daß Edward dich rausgeholt hat. Und jetzt kommt bald euer Baby! Meine Mutter freut sich schon sehr. Sie will bei der Geburt in eurer Nähe sein. Wußtest du das?«

Sie nickte, und ich war froh, sie lächeln zu sehen.

»Wenn das Baby erst da ist, wirst du glücklicher sein.«

Sie sah mich an und lächelte traurig, und ich wünschte, ich könnte etwas tun, sie zu trösten.

Meine Mutter und ich sprachen beim Frühstück am nächsten Morgen über den Abend bei Dorringtons.

»Ich wünschte, die Leute würden nicht dauernd über die Ereignisse in Deutschland reden«, sagte ich.

»Sie sind aber im Augenblick Thema Nummer Eins und natürlich sehr wichtig.«

»Ich weiß, aber die Zeitungen sind sowieso voll davon, und Gretchen regt sich darüber auf.«

»Sie macht sich eben Gedanken, was zu Hause passiert. Man kann nur hoffen, daß alles gut geht.«

»Vielleicht wird sie sich wohler fühlen, wenn das Baby da ist. Dann hat sie nicht mehr so viel Zeit zum Grübeln.«

Unser gemeinsamer Einkauf munterte Gretchen auf. Wir diskutierten lebhaft über Kinderwagen und Wiegen.

Edward freute sich sehr, als wir nach Hause kamen, und als ich ihn mit Gretchen zusammen sah, verglich ich beide mit Dermot und Dorabella. Diese unerschütterliche Hingabe schien ihnen zu fehlen. Edward und Gretchen waren jedoch ernsthafte Menschen, während Dorabella und Dermot eher ein wenig leichtlebig schienen und die Tiefe ihrer Gefühle vielleicht nicht zeigen konnten.

Mary Grace und ich besuchten eine interessante Gemäldeausstellung. Der Rechtsanwalt und seine Frau gesellten sich zu einem Drink zu uns, und ich zeigte ihnen Dorabellas Porträt, das ich mitgebracht hatte. Als die Frau des Anwalts es bewunderte, schlug ich ihr vor, sich doch selbst malen zu lassen.

Ich freute mich, Mary Grace einen Auftrag verschafft zu haben. Sicher führte die Frau des Anwalts ein reges Gesellschaftsleben und würde das Bild, wenn es ihr gefiel, Freunden zeigen, was zu einem weiteren Auftrag führen könnte.

Richard, der wußte, wie gern meine Mutter in die Oper ging, nahm uns zu einer Aufführung von *Rigoletto* mit. Es wurde ein zauberhafter Abend. Beim anschließenden Essen unterhielten wir uns lebhaft über die Bühnenbilder und Kostüme und natürlich auch über die wunderbare Musik. Ich sagte lachend, es hätte auch eine *Gilda* statt einer *Violetta* aus mir werden können.

»Violetta ist viel schöner«, sagte Richard. »Außerdem ist es besser, eine Namenspatronin zu haben, die lieblich im Bett dahinscheidet und die hohen Töne mit Leichtigkeit schafft, als in einem Sack zu liegen.«

Wir lachten viel. Doch auf dem Heimweg verdarb uns

die Nachricht, von der die Schlagzeilen der Abendausgaben bestimmt wurden, den schönen Abend.

Hitler hatte Schuschnigg gezwungen, vor seiner Abreise von Berchtesgaden ein Abkommen zu unterzeichnen, das den österreichischen Nazis freie Hand ließ.

Ein paar Tage später lud mich Richard zum Abendessen ein – nur wir beide.

Das war ungewöhnlich, denn meist gingen wir zu mehreren aus. Natürlich hatte die Sache einen Grund, und meine Mutter wußte schon welchen.

Richard führte mich in ein kleines Restaurant am Leicester Square. Wir bekamen einen ruhigen Tisch, und nachdem wir bestellt hatten und das Essen serviert war, begann er ein wenig verlegen: »Es war so schön, Sie hier zu haben.«

»Auch wir haben unseren Aufenthalt sehr genossen.«

»Meine Mutter erwähnt immer wieder, wie sehr sich Mary Grace verändert habe und daß dies nur Ihnen zu verdanken sei.«

»Früher oder später hätte einer ihr Talent entdeckt.«

»Nun – Sie haben es getan. Wir sind Ihnen dankbar, Violetta … meine ganze Familie ist Ihnen zu Dank verpflichtet.«

»Sehr schmeichelhaft! Dabei war es doch ganz selbstverständlich – sie zeigte mir ihre Arbeiten, und ich sah sofort, wie gut sie sind. Dorabella war von ihrem Bild begeistert.«

»Wir mögen Sie alle sehr gern. Und ich …«

»Und wir mögen Sie und Ihre Familie.«

Er schwieg einen Moment. Dann sagte er: »Und was mich betrifft … ich liebe Sie.«

»Oh«, stammelte ich. »Ich … oh …«

»Sie wollen doch nicht sagen, daß Sie davon überrascht sind, daß das zu plötzlich für Sie kommt?«

»Nun, wir kennen uns noch nicht lang.«

»Die Zeit zählt nicht. Ich weiß, daß ich Sie liebe. Und daß ich Sie heiraten möchte. Bitte – was halten Sie davon?«

»Nun – ich weiß, es ist Unsinn zu sagen, daß alles so plötzlich kommt … aber mir erscheint es trotzdem so. Wir kennen uns ja wirklich nicht besonders gut.«

»Man kann einen Menschen auch in kurzer Zeit sehr gut kennenlernen.«

Ich fühlte mich unbehaglich und sah unwillkürlich Dorabella und Dermot vor mir. Hatte ich mich von den Bedenken meiner Mutter zu sehr beunruhigen lassen? Inzwischen schien zwischen den beiden doch alles bestens zu sein. Und Richard? Ich mochte ihn. Ich war gern mit ihm zusammen. Ich fand unsere Gespräche anregend. Aber ich war nicht wie Dorabella und stürzte mich Hals über Kopf in eine Beziehung.

»Die Ehe ist eine ernste Angelegenheit«, sagte ich. »Ein ganzes Leben, das man zusammen verbringen sollte.«

»Gefällt Ihnen der Gedanke daran nicht?«

»Nun, im Moment bin ich etwas durcheinander.«

»Sie müssen doch wissen, wie sehr ich Sie mag.«

»Ich wußte, daß ich Ihnen sympathisch bin. Aber jetzt reden wir von Heirat.«

»Gibt es einen anderen Mann?«

»Oh, nein … nein.«

»Sie scheinen sich da nicht allzu sicher zu sein.«

Ob ich wollte oder nicht – ich sah Jowan auf der Wiese, als ich vom Pferd gestürzt war, wie er mir über einen Krug mit Apfelmost hinweg zulächelte, wie er mir sein Haus zeigte …

»Oh, nein«, sagte ich tapfer. »Es gibt keinen.«

»Dann …?«

Ich versuchte, ihm in die Augen zu sehen. Er war so ernst, eine ehrenhafter, rechtschaffener Mann, der seine Familie liebte und ein interessantes Leben führte. Und hier in London fühlte ich mich wohl und sehr lebendig. Ich war gern unter Leuten … Leuten, die ihren Geschäften nachgingen, die an einem vorbeihuschten und einen nicht ständig beobachteten und wußten, woher man kam und was man tat. Auch Mrs. Dorrington mochte ich. Und Mary Grace hatte ich sehr gern … Richard genauso.

Er sah niedergeschlagen aus.

»Es ist zu bald, ich verstehe«, sagte er. »Doch ich wollte die Gelegenheit beim Schopf packen.«

»Ja, es ist zu bald«, stimmte ich ihm zu. »Ich konnte noch

nie schnelle Entschlüsse fassen. Ich muß in allem ganz sicher sein.«

»Magst du mich wenigstens, Violetta?«

»Sehr.«

»Magst du meine Familie?«

»Natürlich.«

»Mary Grace würde sich schrecklich freuen und meine Mutter auch.«

»Auch meine und mein Vater.«

»Dann«, sagte er lächelnd, »lassen wir die Sache erst einmal ruhen. In Ordnung?«

»Ausgezeichnete Idee.«

»Du wirst mich immer besser kennenlernen, wenn du in London bist.«

»Und du mußt *mich* kennenlernen.«

»Ich weiß bereits alles, was ich wissen will.«

»Bin ich so leicht zu durchschauen?«

»Nein, aber ich bin fürchterlich in dich verknallt.«

Ich lachte, und er setzte hinzu: »Ein Nein war es also nicht, nur ein ›ich bin nicht sicher‹. Richtig?«

»Richtig«, sagte ich.

»Damit muß ich mich wohl oder übel zufriedengeben.« Er hob sein Glas. »Trinken wir darauf!«

Es wurde ein schöner Abend, an dem ich mich glücklich fühlte. Es ist eben tröstlich, geliebt zu werden, und schließlich war ich in der Vergangenheit oft übersehen worden, weil Dorabella alle Aufmerksamkeit auf sich zog.

Abgesehen davon mochte ich Richard wirklich sehr gern; ja, ich fing schon an zu glauben, daß wir gut zusammenleben könnten. Richard hatte etwas Bodenständiges an sich. Mit Jowan und Gordon war er kaum zu vergleichen.

Richard war anders – wahrscheinlich, weil er in die Großstadt gehörte. Er gefiel mir. Ich fühlte mich von ihm verstanden und glaubte, ihn sehr lieb gewinnen zu können.

Aber trotzdem – war ich mir nicht sicher …

Als ich nach Hause kam, wartete meine Mutter in meinem Zimmer auf mich. Sie konnte ihre Aufregung kaum verbergen, und ich wußte, was sie hoffte, zu hören – daß ich mich verlobt hätte.

»War es schön?« fragte sie.

»Oh, ja.«

Kurzes Schweigen.

»Und?«

»Und was?«

»Hat er … ist alles gut gelaufen? Hat er … äh … hat er dich gefragt, ob du ihn heiraten willst?«

»Woher weißt du das?«

Sie lachte. »Meine Liebe, es war klar, daß so etwas bevorsteht. Er ist in dich verliebt, und zwar seit er dich zum erstenmal sah. Richard ist ein lieber Mensch, und ich bin sehr froh.«

»Du bist zu schnell«, sagte ich.

»Was? Hat er dich nicht gefragt?«

»Doch.«

»Und du hast nicht ja gesagt?« Entsetzt starrte sie mich an.

»Hast du es so eilig, mich loszuwerden?«

Sie sah enttäuscht aus und umarmte mich.

»Du weißt, wie wichtig es mir und deinem Vater ist, daß du glücklich wirst. Richard ist solch ein guter Mann – so gut geeignet für dich in jeder Beziehung.«

»Ich habe ihm keinen Korb gegeben, aber es ist noch zu früh.«

Nachsichtig lächelte sie, offenbar erleichtert.

»Du warst immer die Vorsichtige«, sagte sie. Ich wußte, daß sie dabei an Dorabella dachte, weil sie wieder diesen besorgten Blick bekam.

»Wie geht es also weiter?« fragte sie.

»Ich habe Richard gesagt, daß ich ihn gern habe, daß es für mich aber zu früh ist, zu entscheiden, ob ich ihn heiraten will oder nicht.«

»Aha«, sagte sie. »Das wird er verstehen.«

»Oh, ja.«

»Er ist ein vernünftiger Mann … mit gesundem Menschenverstand. Er ist ja auch Rechtsanwalt.«

Sie gab mir einen Kuß, blieb dann noch eine Weile, und wir redeten über dies und das. Schließlich wünschten wir uns eine gute Nacht, und sie ging einigermaßen zufrieden in ihr Zimmer.

Die Nachrichten waren höchst beunruhigend, die Zeitungen voll davon, und wo immer man hinging, wurde darüber gesprochen. Es gab kein Entrinnen.

Schuschnigg war nach Österreich zurückgekehrt, wo er das Abkommen mit Hitler für unverbindlich erklärte und einen Volksentscheid darüber ankündigte, ob es eine politische und wirtschaftliche Union mit Deutschland – einen Anschluß – geben sollte. Hitlers Antwort war der Einmarsch in Österreich.

Er konnte mit der Unterstützung seiner italienischen Verbündeten rechnen, während Großbritannien und Frankreich staunend beobachteten, was da vor sich ging, und nichts taten, es zu verhindern.

Hitler wurde vom österreichischen Volk jubelnd begrüßt. Niemand schien Widerstand leisten zu wollen, obwohl sich deutlich abzeichnete, wohin sich der deutsche Diktator bewegte.

Richard sagte: »Sein Ehrgeiz ist grenzenlos. Ich denke, das dies nur der Anfang ist.«

Er hatte recht. Hitler richtete seinen Blick auf die Tschechoslowakei.

Dann geschah etwas, das die Probleme auf dem Kontinent aus unseren Köpfen verbannte.

Meine Mutter und ich waren mit Gretchen einkaufen gegangen. Wir hatten einen geschäftigen Vormittag verlebt und kehrten zum Mittagessen heim.

Gerade wollten wir uns zu Tisch setzen, als mein Vater eintraf.

Wir waren fassungslos, als wir ihn sahen, und erwarteten nichts Gutes. Er war ganz anders als sonst, sah erschöpft, durcheinander und schrecklich unglücklich aus.

Meine Mutter lief ihm entgegen und legte den Arm um ihn.

»Robert … Lieber … was ist?« fragte sie.

Er öffnete den Mund, schien aber keine Worte zu finden.

»Setz dich«, sagte meine Mutter sanft. »Und jetzt … erzähl uns, was passiert ist.«

»Ich mußte kommen … ich konnte es nicht am Telefon sagen … ich bin gleich losgefahren. Sie ist schwimmen gegangen … ihre Sachen lagen am Strand … und sie … und sie …«

Entsetzt starrten wir ihn an. Er wandte mir sein Gesicht zu, sah mich voller Verzweiflung an.

»Dorabella … ist tot.«

Mein Vater konnte kaum sprechen. Es war so unwirklich. Dorabella, die so voller Leben war, so jung und schön – ich konnte nicht glauben, daß ich sie nie mehr wiedersehen würde. Sie war ein Teil meines Lebens, ein Teil von mir. Sie durfte nicht tot sein. Jemand hatte sich geirrt. Ich konnte es einfach nicht glauben. Ich *wollte* es nicht glauben.

Es kam mir vor wie eine dieser lächerlichen Geistergeschichten, die sich die Leute in Cornwall erzählten.

Dorabella sei schwimmen gegangen, hatte man meinem Vater gesagt, und auf die gleiche Weise wie ihre Vorgängerin, Dermots erste Frau, umgekommen.

Viel mehr konnte uns mein Vater nicht berichten. Ich glaube, vor Schreck war er nicht in der Lage gewesen, richtig aufzunehmen, was man ihm mitteilte. Er wußte nur, daß sie tot war.

Gordon hatte angerufen. Er sagte, wer habe schreckliche Nachrichten und wisse nicht, wie er sie uns beibringen solle. Dann berichtete er, Dorabella sei schwimmen gegangen. Offensichtlich hatte sie sich neuerdings angewöhnt, frühmorgens im Meer zu baden. Die Jahreszeit war ganz sicher nicht die beste dafür, aber sie habe behauptet, das kalte Wasser erfrische sie.

Das klang sehr unwahrscheinlich. Sie schwamm nicht gern, hatte zwar wie alle in der Schule Schwimmunterricht genommen, war aber sportlich immer höchst desinteressiert gewesen.

Irgend etwas war faul an der Sache.

Gordon hatte Dermot, der sich für ein paar Tage auf einem anderen Gut aufhielt, erst ausfindig machen müssen. Er war ein gebrochener Mann. Das ganze Haus war in Aufruhr.

Meine Mutter stand da und ballte die Fäuste, das Gesicht aschfahl. Sie sah mich ausdruckslos an.

Dann klammerte sie sich verzweifelt an mich. Wie ich weigerte sie sich zu glauben, daß dieses Schreckliche wirklich geschehen war.

»Es kann nicht sein, es kann nicht sein«, jammerte ich. »Ich glaube es einfach nicht.«

»Wir fahren sofort hin«, stammelte meine Mutter. »Wir fahren nach Cornwall. Ich will wissen, was los ist.«

»Wir haben den Zehn-Uhr-Zug verpaßt«, sagte mein Vater. »Ich erkundige mich, wann der nächste fährt.«

Es war spät, als wir in Cornwall eintrafen. Natürlich holte uns niemand ab, aber wir konnten einen Wagen mieten, der uns zum Haus brachte.

Sie schienen nicht überrascht zu sein, uns zu sehen.

»Wir mußten kommen«, sagte meine Mutter zu Gordon und Matilda, die uns in der Halle begrüßten.

»Es ist schrecklich«, sagte Matilda. »Ich kann es nicht fassen.«

»Wir wollen genau wissen, was geschehen ist«, forderte mein Vater.

Matilda bestand darauf, uns etwas zu essen zu bringen, obwohl keiner Appetit hatte.

Wir saßen im Wohnzimmer, Matilda schien immer noch unter Schock zu stehen und brachte kaum ein paar Worte heraus. Die meiste Zeit redete Gordon.

»Es geschah so plötzlich, so unerwartet«, sagte er. »Sie muß zum Baden gegangen sein, bevor alle anderen wach waren.«

»Hat sie jemand gesehen?« fragte ich.

»Nein, aber wir wußten, daß sie schwimmen gehen wollte. Sie hatte es erwähnt. Sie sagte, sie hätte entdeckt, wie schön es sei, frühmorgens im Meer zu baden. Wir wandten ein, daß es noch zu früh sei, das Wasser hätte erst im Sommer die richtige Temperatur, aber sie behauptete, es sei ihr so am liebsten. Wenn Dermot unterwegs war, kam sie nicht immer zum Dinner herunter. Er besuchte das Gut der Brentons – zu weit, um an einem Tag hin- und zurückzufahren. Sie war schon am Tag zuvor am Meer gewesen. Da sah ich sie ins Haus kommen, und sie meinte, das Wasser sei herrlich so früh am Morgen, es sei die beste Zeit zum Schwimmen. Und dann ... am folgenden Morgen ...«

»Was ist dann passiert?« wollte meine Mutter wissen. »Hat sie keiner gesehen?«

»Nein. An den Vormittagen sahen wir sie selten. Wir dachten, sie habe gefrühstückt und sei zum Einkaufen nach Poldown gegangen. Als sie zum Mittagessen nicht zurück war, fingen wir an, uns Sorgen zu machen, und dann kam einer der Gärtner gelaufen und sagte, ihre Sachen seien am Strand gefunden worden ... ihr Bademantel und ihre Schuhe. Es gab keinen Zweifel – sie gehörten ihr. Es gab also nur eine Erklärung. Wir benachrichtigen die Polizei. Boote sind seitdem draußen und suchen sie. Ein Flugzeug flog über den Küstenstreifen. Keine Spur. Sie muß ins Meer hinausgetrieben worden sein. Vielleicht wird der Körper irgendwann angeschwemmt.« Er wandte sich ab, und biß sich auf die Lippe.

»Es sieht ihr überhaupt nicht ähnlich, schwimmen zu gehen«, sagte ich.

Gordon nickte. »Ja, wir fanden es auch seltsam. Aber sie behauptete steif und fest, sie täte es gern. Die Strömung kann sehr stark sein, und ...«

»Hat sie denn niemand gewarnt?« fragte ich verzweifelt. Es tat so weh, der Schmerz war so bitter, so stark, daß ich irgend jemanden für diese Katastrophe verantwortlich machen wollte.

»Es hätte jedem passieren können«, sagte Gordon. »Die Leute schwimmen dort ständig, und ab und zu ...«

»Ich begreife es einfach nicht ...«

»Ihre Sachen lagen da ... und sie war fort.«

Ich konnte nur dasitzen, vor Elend in mich zusammengesunken und auf meinen Zweifeln beharrend. Nur so konnte ich die Situation ertragen.

»Der arme Dermot«, seufzte Matilda. »Er ist untröstlich. Er gibt sich die Schuld, weil er nicht hier war und leidet schrecklich. So bald nach der Hochzeit ... und er ist so stolz auf seinen kleinen Sohn. Ich ertrage es nicht, darüber nachzudenken.«

Keiner hatte dem etwas hinzuzufügen.

In hoffnungsloses Schweigen gehüllt, saßen wir da.

Ich ging zu Tristan in das Kinderzimmer hinauf. Er schlief fest.

Nanny Crabtree kam herein und umarmte mich. Sie hielt mich fest an sich gedrückt und wisperte immerzu: »So etwas Schreckliches … meine arme Dorabella.«

»Nanny, es stimmt doch nicht, oder? Es ist nicht wahr, sag doch …«

Sie schüttelte den Kopf und drehte sich zur Seite. Es war ihr immer peinlich gewesen, Gefühle zu zeigen. Ihre Augen waren gerötet, und sie schnüffelte. Wenn sie schnüffelte, so bedeutete das Abscheu oder Kritik.

»Was wird nun aus diesem mutterlosen Kerlchen?« fragte sie. »Lady Denver wird ihn wohl zu sich nehmen.«

»Darüber ist noch nicht gesprochen worden.«

»Es muß aber drüber gesprochen werden, und je früher desto besser. Wir machen, daß wir hier rauskommen. In diesem Haus hab' ich mich nie wohl gefühlt. Es ist unheimlich. Das ganze Gerede über Fehden und was einem passiert, wenn man dies tut oder das. So ein Quatsch! Ja, das wäre das beste. Wir bringen unseren Jungen nach Caddington, in eins der alten Kinderzimmer.«

Ihre Lippen zitterten, und ich wußte, daß sie an Dorabella und mich als Kinder dachte.

Dann sagte sie wieder: »Es wäre am besten. Das einzig Richtige. Hier?« Sie sah sich angewidert schnüffelnd um. »Das ist das Ende – je früher, desto besser.«

Ich ging zu Tristan und betrachtete ihn.

»Er sieht dir ähnlich, Violetta«, sagte sie. »Er ist dir ähnlicher als seiner Mutter.«

Obwohl er schlief, nahm sie ihn aus dem Bett.

»Hier, setz dich hin«, sagte sie. Ich tat es, und sie legte ihn mir auf den Schoß.

Eine Woge der Zärtlichkeit überrollte mich. Er sah so verletzlich aus. Mir wurde ein bißchen leichter ums Herz. Hier war mir etwas von Dorabella geblieben.

Vom Kinderzimmer ging ich schnurstracks zu meiner Mutter. Sie saß am Fenster und starrte hinaus.

Als ich eintrat, drehte sie sich um und lächelte schwach.

Ich sagte: »Ich war im Kinderzimmer.«

»Die arme Nanny«, flüsterte sie. »Sie ist untröstlich.«

»Sie meint, wir sollten Tristan mit nach Caddington nehmen.«

»Das hatten wir sowieso vor … dein Vater und ich. Wir haben es bereits besprochen. Es ist doch selbstverständlich.«

»Nanny Crabtree gefällt es hier nicht.«

»Ich glaube nicht, daß einer von uns jemals wieder hierherkommen möchte.«

»Und Dermot? Tristan ist doch sein Sohn.«

»Dermot scheint nicht zu wissen, was er will.« Das klang irritiert. Wie ich suchte sie einen Schuldigen. Zweifellos dachte sie, wenn er nicht fort gewesen wäre, hätte es nicht passieren können. Warum gab er nicht auf seine Frau acht? Warum hatte er ihr nicht verboten, am gleichen Strand, an dem seine erste Frau ertrunken war, baden zu gehen? Dorabella etwas verbieten? Das hätte auf sie wie eine Ermunterung gewirkt. Der arme Dermot! Er war genauso verzweifelt wie wir und schloß sich in seinem Elend nur deshalb ein, weil er zu nichts anderem im Stande war.

Wenn Dorabella ihn doch bloß nicht kennengelernt hätte, dachte meine Mutter. Wenn wir diesen Ort doch nie gesehen hätten! Wenn sie doch nur zu Hause sein könnte, alle ihre Kinder um sich und in Sicherheit.

Ich verstand meine Mutter. Sie wollte fort aus diesem Haus – wie Nanny Crabtree. Wir mußten einen Schuldigen finden … und wenn es nur das Haus war.

»Ich möchte so schnell wie möglich abreisen«, sagte sie.

»Glaubst du nicht, daß wir uns vielleicht täuschen? Vielleicht ist alles ganz anders …? Es geht mir dauernd durch den Kopf, daß sie gar nicht tot ist. Ich weiß, es ist verrückt – aber wir waren früher so eng miteinander verbunden. Oft wußte ich, was sie dachte. Und ich bekomme diesen Gedanken einfach nicht aus meinem Kopf, daß sie irgendwo ist und irgendwann zurückkommt.«

»Ich weiß, ich weiß«, tröstete mich meine Mutter. »Ich möchte es ja auch nicht glauben, aber wir müssen den Tatsachen ins Auge schauen. Und das wird uns besser gelingen, wenn wir nicht mehr hier sind.«

Ich konnte ihr nicht erklären, daß zwar alles darauf hindeutete, daß Dorabella tot war, daß ich aber den Gedanken nicht los wurde, sie eines Tages zu finden. Ich konnte und wollte ihren Tod nicht akzeptieren.

Meine Mutter sagte, sie müsse mit Matilda sprechen. Sie wollte ihr sagen, daß wir abreisen und Tristan mitnehmen würden.

Ich war überrascht, als sie mir später erklärte, Matilda sei über den Vorschlag schockiert gewesen.

»Sie sah mich erschrocken an«, berichtete meine Mutter, »und sagte: ›Ich weiß nicht, ob Mr. Tregarland damit einverstanden wäre. Das Kind ist schließlich sein Enkel. Der Besitz ist groß, und wenn Dermot ihn einmal erbt, wird Tristan sein Nachfolger sein. Nach alter Familientradition muß der Erbe im Haus großgezogen werden.‹ Ich erwiderte, daß wir ihn ja der Familie nicht entziehen wollten, es erschiene uns nur praktischer, ihn mit nach Caddington zu nehmen. Wir sind schließlich seine Großeltern, und es wäre einfacher, ihn bei uns zu Hause aufwachsen zu lassen. Ich konnte sehen, daß dieser Vorschlag sie völlig durcheinander brachte. Sie erklärte, sie würde Mr. Tregarland Bescheid sagen, und ich fragte: ›Sie meinen Dermot?‹ Worauf sie antwortete: ›Dermot und seinem Vater natürlich.‹ Dann setzte ich hinzu, daß Dermot sicher wenig vom Aufziehen eines Babys verstehe und daß sich sein Vater bestimmt nicht dafür interessiere. Und sie selbst habe wohl auch genug im Haushalt zu tun, und könne sich nicht noch um ein kleines Kind kümmern. ›Nanny Crabtree ist doch da‹, sagte sie. ›Sie würde natürlich ebenfalls bleiben.‹ Ich konnte nur staunen, weil ich mir ganz sicher gewesen war, daß sie sich freuen würden, wenn wir ihn mitnähmen.«

»Und was geschieht nun?«

»Ich weiß nicht. Es klang, als seien Einwände des Alten zu erwarten, was ich mir allerdings nicht vorstellen kann.«

Aber sie täuschte sich. Der alte Tregarland war unnachgiebig.

»Ich kann Ihre Gefühle verstehen«, sagte er, »und bin sicher, daß der Junge bei Ihnen in sehr guten Händen wäre, aber er ist ein Tregarland. Er ist mein Enkel. Eines Tages wird ihm alles gehören. Nein, nein, ich danke Ihnen für Ihre Güte, aber ich kann nicht erlauben, daß der Junge sein Zuhause verläßt.«

Meine Mutter und ich waren wie vor den Kopf gestoßen, doch mein Vater sagte: »Wir müssen es akzeptieren. Auch Dermot wird darauf bestehen, daß er bleibt.«

»Ich glaube nicht, daß Dermot das tatsächlich will.«

»Er wird machen, was sein Vater sagt, der arme Kerl. Er ist ja wie betäubt von diesem Unglück. Er hat seine Frau verloren, und natürlich will er nicht auch noch seinen Sohn hergeben.«

Wir diskutierten lange über die Angelegenheit, und am Ende mußte meine Mutter die Tatsache akzeptieren, daß sie Tristan nicht mitnehmen durfte.

Ich selbst befand mich in einer verzwickten Lage.

Zuerst hatte ich vorgehabt, so schnell wie möglich abzureisen, und nun merkte ich, daß ich lieber bleiben wollte.

Ich wurde nämlich die Idee nicht los, daß Dorabella lebte und war sicher, sie irgendwann wiederzusehen. Etwas stimmte einfach nicht. Ich dachte mir die unmöglichsten Situationen aus. Sie war aufs Meer hinausgetrieben worden, sie hatte das Gedächtnis verloren, ein Schiff hatte sie aufgefischt. Jedenfalls lebte sie – irgendwo. Ihre Leiche war nicht gefunden worden, und bis diese geschähe, würde ich an meinem Glauben festhalten, daß sie lebte. Es war natürlich lächerlich, aber ich brauchte etwas, an das ich mich klammern konnte. Sie und ich waren uns so nah gewesen. Wir waren – wie sie immer sagte – nur eine Person. Uns verknüpfte ein Band, dieses hauchdünne Band, das niemand sah, das ich aber spürte.

Ich träumte von ihr, und in diesem Traum kam sie zu mir ins Zimmer, wie sie es oft in Wirklichkeit getan hatte. Sie sagte: »Vergiß nicht, was du mir versprochen hast! Sorge für mein Baby, wenn ich nicht da bin. Schwöre es …«

Ich hatte es ihr versprochen. Es war ein heiliges Versprechen gewesen. Ich mußte es halten.

Deshalb erzählte ich es meiner Mutter: »Dorabella sagte einmal etwas Seltsames. Ich mußte ihr schwören, daß ich mich um ihr Kind kümmern würde, wenn sie nicht mehr bei uns wäre.«

»Was?« rief meine Mutter.

»Eines nachts kam sie zu mir ins Zimmer und sagte, wir seien immer eine gewesen, und wenn ihr jemals etwas passieren sollte, müsse ich für ihr Baby sorgen. Ich versprach es. Also – wenn du gehst, bleibe ich hier.«

»Violetta, nun hör mir mal gut zu! Das klingt sehr edel, aber du kannst dich hier nicht verkriechen! Du mußt auch an dich und deine Zukunft denken. Ach, wenn sie doch bloß vernünftig wären und mich Tristan mitnehmen ließen!«

Aber ich war bereits fest entschlossen, trotz aller Widerstände mein Wort zu halten.

Bald darauf hatte ich Gelegenheit, mit Dermot zu sprechen. Er sah angespannt und deprimiert aus. Seine Augen waren gerötet, und seine Hände zitterten. Er war nicht mehr der fröhliche, unbekümmerte junge Mann, den wir im Bayerischen Wald kennengelernt hatten.

Ständig wiederholte er. »Ich kann es nicht glauben, Violetta. Ich kann es nicht glauben.«

»Ich auch nicht«, sagte ich.

Sein Blick schweifte wild umher. »Und auf diese Art und Weise ...«, murmelte er. »Was hat das zu bedeuten?«

Ich schüttelte den Kopf.

»Genauso ... so merkwürdig ... wie konnten sie beide ... auf die gleiche Weise?«

»Sie hätte nicht schwimmen gehen sollen.«

»Ich weiß. Ich dachte nicht, daß so etwas passieren kann. Es gibt doch auch andere Leute, die frühmorgens im Meer baden.« Er schlug die Hände vors Gesicht. »Plötzlich wollte sie schwimmen gehen. Eine Woche davor fing sie damit an. Sie ging ganz früh am Morgen zum Strand hinunter. Ich wunderte mich, aber sie überraschte mich immer wieder mit irgendwas. Das war es ja auch, was sie so liebenswert machte.«

»Ja, ich weiß. Plötzlich hatte sie irgendeine Idee und war davon begeistert, und dann vergaß sie schnell alles wieder.«

Er nickte traurig. Der arme Dermot. Er mußte sie sehr gern gehabt haben. Ich war inzwischen zu der Erkenntnis gekommen, daß er schwach war und alles in Gordons Hände legte, um keinerlei Verantwortung übernehmen zu müssen.

»Dermot«, sagte ich. »Ich möchte etwas mit dir besprechen. Es geht um Tristan.«

Er sah mich fragend an. Tränen standen in seinen Augen.

»Dorabella«, sagte ich, »hat einmal sehr ernst mit mir geredet. Sie muß irgendeine Vorahnung gehabt haben – daß sie sterben könnte. Es war kurz vor Tristans Geburt, und sie dachte wohl, sie würde es nicht überleben. Wir waren uns sehr nahe – wie Zwillinge eben. Sie bat mich, für Tristan zu sorgen, wenn sie nicht mehr da wäre. Wir hätten ihn mit nach Caddington genommen, aber dein Vater ist dagegen. Ich habe Dorabella jedoch mein Wort gegeben, und ich *muß* es halten. Deshalb möchte ich noch eine Weile hier bleiben und mich um Tristan kümmern.«

»Das freut mich«, sagte er. »Sie hätte es sicher so gewollt.«

»Ja, das hätte sie. Ich mußte ihr ja schwören, daß ich ihn nicht verlassen würde, Dermot. Ist es also in Ordnung, wenn ich bleibe? Bis ich eine andere Lösung finde? Im Augenblick bin ich noch ganz durcheinander.«

»Aber natürlich. Du bist hier immer willkommen.«

»Wenn du Matilda und deinem Vater erklären könntest, wie wichtig es Dorabella war, daß ich bei dem Jungen bleibe ...«

»Ich werde mit meinem Vater und Matilda reden.« Plötzlich wirkte er energisch. »Weil ich weiß, daß Dorabella es so wollte. Ich danke dir, Violetta. Und ich bin sehr froh, daß du bleibst.«

Bald danach reisten meine Eltern ab. Sie ließen mich nur ungern zurück. Wie lange gedachte ich denn hier auszuharren, wollte meine Mutter wissen und hielt mir eindringlich vor, daß ich mich in die tiefste Provinz zurückzöge, statt mir von Richard Dorrington über den schrecklichen Verlust hinweghelfen zu lassen. In solchen Zeiten sei es besser, in die Zukunft zu blicken. Das Baby sei noch zu klein, um seine Mutter zu vermissen, und Nanny Crabtree bliebe doch bei ihm. Sie meinte, irgendwann würden die Tregarlands einsehen, daß Tristan bei seinen Großeltern mütterlicherseits besser aufgehoben wäre.

Nachdem ich mich von ihnen verabschiedet hatte, fühlte ich mich sehr niedergeschlagen und ging ins Kinderzimmer.

Es tröstete mich, Tristan im Arm zu halten. Nanny Crabtree stand daneben und paßte auf. Wir waren ihre Kinder – Tristan und ich –, und sie wußte, was der Verlust Dorabellas für mich bedeutete.

Sie sagte: »Er kennt dich. Schau dir sein Gesichtchen an. Du und ich, Violetta, wir passen gut auf ihn auf.«

Ein paar Tage später erhielt ich einen Brief von Richard:

»Meine Liebe,
ich habe mit Deinen Eltern gesprochen. Was für eine schreckliche Tragödie! Du willst also bei dem Kind bleiben? Deine Mutter hat mir alles erklärt.

Ich hoffe, Du denkst an unsere Hochzeit. Nichts wünsche ich mir mehr, als Dich zu heiraten. Bitte schreibe mir! Ich werde Dich besuchen kommen, sobald es meine Zeit erlaubt. Dann können wir über die Zukunft sprechen.

Ich fühle mit Dir. Von Edward und auch von Deiner Mutter habe ich gehört, wie nah Ihr beiden Schwestern Euch wart, und ich weiß, wie sehr Du jetzt leiden mußt. Ich wünschte, ich könnte bei Dir sein, um Dir zu zeigen, was ich für Dich empfinde.

Bitte schreibe mir! Ich möchte in ständiger Verbindung mit Dir bleiben.

All meine Liebe – Dein Richard.«

Es war ein tröstlicher Brief. Er erinnerte mich daran, wie gut und mitfühlend Richard war, und ich wunderte mich, daß ich seit der furchtbaren Nachricht nicht ein einziges Mal an ihn gedacht hatte.

Welche Überraschung, als Jowan auftauchte! Eine der Hausangestellten kam zu mir, um mir zu sagen, er sei in der Halle und wolle mich sprechen. Dabei sah sie mich erstaunt und aufgeregt an. Staunend natürlich darüber, daß er die Frechheit hatte, ins Haus zu kommen, und aufgeregt beim Gedanken an den Wirbel, den diese Neuigkeit verursachen würde.

Er war zwar schon einmal zum Lunch im Haus gewesen, aber das war schon lange her, und seitdem waren bestimmt viele Gerüchte im Umlauf gewesen. Zweifellos brachte man Dorabellas unheimlichen Tod mit der Familienfehde in Verbindung.

Ich ging in die Halle hinunter, und da stand er mit dem Rücken zum Kamin, die Hände hinter sich verschränkt.

Er kam mir entgegen und nahm meine Hände, die er fest in den seinen hielt.

»Es tut mir so leid«, sagte er sehr ernst.

Es fiel mir schwer, etwas zu sagen, und er setzte hinzu: »Ich mußte einfach kommen. Vielleicht war es ein Fehler. Aber wie hätte ich Sie sonst erreichen können?«

»Ich danke Ihnen, daß Sie gekommen sind«, entgegnete ich.

»Ich wollte unbedingt mit Ihnen reden«, fuhr er fort. »Wie ich gehört habe, werden Sie noch eine Weile hierbleiben, obwohl Ihre Eltern bereits abgereist sind?«

»So ist es«, sagte ich. »Das Baby ...«

»Könnten wir irgendwo zusammen Mittag essen?«

»Sie meinen heute?«

»Wenn es möglich ist? Mein Wagen steht draußen.«

Ich zögerte. Meine Stimmung hob sich. Ich konnte Matilda die Nachricht hinterlassen, daß ich zum Lunch nicht da wäre.

Als wir die Landstraßen entlangfuhren, sagte er: »Ich kenne einen ruhigen Gasthof in der Nähe des Moores. Dort wäre es möglich, daß wir in Ruhe miteinander reden.«

»Sie wissen doch schon über alles Bescheid«, sagte ich.

»Ich weiß nicht alles, obwohl im Augenblick in dieser Gegend nur über diese Tragödie gesprochen wird.«

»Ich kann es noch immer nicht fassen.«

Geradeaus starrend sah ich Dorabellas lachendes Gesicht vor mir, die sich wieder einmal wegen einer besserwisserischen Bemerkung von mir über mich lustig machte. Alles hätte ich gegeben, um sie noch einmal so lachen zu hören!

Er nahm seine Hand vom Lenkrad und legte sie sekundenlang auf meine.

»Sie bleiben also hier, obwohl Ihre Eltern heimgefahren sind«, sagte er.

»Ja, ich kümmere mich um das Baby.«

»Gemeinsam mit dem Kindermädchen, das Crabtree heißt.«

»Sie war auch unser Kindermädchen – meins und Dorabellas. Mutter engagierte sie für Tristan.«

»Ihr Name wird oft erwähnt.«

»Sie meinen, es wird über sie getratscht?«

»O ja, sie scheint eine Art Drachen zu sein, wie ich höre. Jedenfalls hat sie für die Leute hier nicht viel übrig.«

»Ich glaube, sie verabscheut alle Menschen, die nicht in der Londoner City geboren sind.«

»Oh, ich verstehe.«

Wir schwiegen eine Weile. Ich spürte, daß er über das Unglück sprechen wollte, aber nicht sicher war, ob mir das recht wäre.

In dem kleinen Gasthof am Rande des Moors saßen wir uns dann gegenüber. »Macht es Ihnen etwas aus, darüber zu reden?« fragte er.

»Ich denke an nichts anderes«, gestand ich.

»Finden Sie es ein bißchen merkwürdig?«

»Oh, ja«, antwortete ich.

»Glauben Sie an Zufälle?«

»So etwas kann es geben.«

»Ja, sicher, aber ...«

»Sie meinen die Art, wie sie starb?«

»Ja. Zweimal die gleiche Todesursache. Kommt Ihnen das nicht auch seltsam vor?«

»Doch, sehr.«

»Wissen Sie, was die Leute sagen?«

»Ich kann es mir vorstellen.«

»Es ist die Rache der Jermyns an den Tregarlands.«

»Das glaubt aber doch niemand im Ernst!«

»Meinen Sie? Für die Leute ist es ein Beweis, daß die Fehde noch genauso existent ist wie eh und je. Und der Versuch, sie zu beenden, hat meiner unglückseligen Ahne nicht gefallen.«

»Ich denke, es war ein Unglücksfall. Dorabella war keine gute Schwimmerin. Dermots erste Frau dagegen war es, wie mir ihre Mutter versicherte. Ich verstehe nur nicht, warum Dorabella plötzlich auf die Idee kam, frühmorgens baden zu gehen. Wenn ich doch nur dagewesen wäre! Ich hätte nie abreisen dürfen! Sie wollte nicht, daß ich gehe. Sie flehte mich an, bei ihr zu bleiben. Und ich versprach, bald zurückzukommen und sagte, sobald das Baby ein wenig größer sei, könne sie uns besuchen. Das Unglück ist passiert, als ich nicht da war.«

»Glauben Sie, daß Sie es hätten verhindern können?«

»Ich denke – ja, vielleicht.«

Er schwieg.

Dann sagte er: »Es ist schon merkwürdig, daß beide Frauen auf diese Weise umgekommen sind. Es kann tatsächlich ein tragisches Unglück gewesen sein. Meine Urahne wollte nicht leben und ging ins Wasser. Sie hatte nicht die Absicht, zurückzukehren. Annette bekam vielleicht Krämpfe. Und Ihre Schwester – nun, ihr kann es genauso ergangen sein. Es ist trotzdem ein ungewöhnlicher Zufall, daß die beiden Ehefrauen eines Mannes an der gleichen Stelle ertranken.«

»Was sagen denn die Leute?«

»Ich weiß es nicht genau. Aber mir ist bei der ganzen Sache nicht wohl. Ich finde, Sie sollten vorsichtig sein.«

»Was meinen Sie damit? Haben Sie irgendeinen Verdacht?«

»Ich weiß nicht, warum mich ein so komisches Gefühl beunruhigt, aber es gefällt mir nicht, daß Sie in diesem Haus sind, wo solch ein Unglück gleich zweimal passieren konnte.«

Ich war überrascht, hatte ich ihn doch immer für einen nüchternen Mann gehalten, der für abergläubische Fantasien nur Spott übrig hatte.

»Was, um alles in der Welt, soll *mir* denn passieren?«

»Ich weiß nicht. Sie halten sich aber in einem Haus auf, in dem außergewöhnliche Dinge geschehen. Deshalb möchte ich, daß Sie aufpassen.«

»Worauf soll ich aufpassen?«

»Keine Ahnung. Das ist es ja. Ich habe nur so ein komisches Gefühl. Wenn es sich um jemand anderen handelte, dächte ich nicht weiter drüber nach.«

Ich sah ihn fragend an, und er blickte mir ernst in die Augen.

»Es ist mir nicht egal, was mit Ihnen geschieht«, sagte er. »Vielleicht bin ich deshalb so unruhig.«

»Das ist sehr lieb von Ihnen«, erwiderte ich.

Er schüttelte den Kopf. »Ich kann mich des Gefühls nicht erwehren, daß Planung dahintersteckt. Und es gefällt mir nicht, daß Sie mittendrin sind.«

»Wäre es Ihnen lieber, wenn ich nach Hause führe?«

Er lächelte mich wehmütig an. »Es hat mir gar nicht gefallen, daß Sie so lange wegblieben. Es mißfiel mir ganz und gar. Aber ich hätte es lieber gesehen, wenn Sie aus anderen Gründen zurückgekommen wären.«

»Wie sehr ich Ihnen da beistimme!«

»Rufen Sie mich sofort an, wenn Sie Hilfe brauchen! Haben Sie meine Nummer?«

Ich verneinte es, und er gab sie mir. Ich steckte den Zettel in meine Handtasche. Seit ich von Dorabellas Tod erfahren hatte, war es mir nicht mehr so gut gegangen wie in diesem Augenblick. Ich war sehr dankbar, daß er sich um mich sorgte.

Impulsiv erzählte ich ihm von meinem Versprechen, mich um Tristan zu kümmern, wenn meine Schwester nicht mehr da wäre.

»Es war sehr merkwürdig«, sagte ich. »Es war, als habe sie gewußt, daß sie sterben müsse. Ich mußte schwören, daß ich für ihn sorgen würde, weil sie nicht wollte, daß es jemand anderes täte. Deshalb bin ich hier. Weil uns die Tregarlands nicht erlauben wollten, Tristan mitzunehmen.«

»Dafür müßte ich der Familie dankbar sein. Wenn sie nichts dagegen gehabt hätten, wären Sie nicht hier.«

»Kann sein. Zumindest wären meine Besuche seltener geworden.«

Er streckte die Hand aus und nahm meine.

»Ich hätte Sie zu Hause aufsuchen müssen«, sagte er. »Sie wissen, daß ich es getan hätte, nicht wahr?«

»Nein, auf die Idee wäre ich nicht gekommen.«

»Aber jetzt wissen Sie's hoffentlich.«

»Wenn Sie es sagen ...«

»Hören Sie – ich habe viel darüber nachgedacht. Wenn Sie jemanden brauchen, einen Menschen, dem Sie sich anvertrauen können, falls Sie Hilfe brauchen ...«

Ich klopfte auf meine Handtasche und sagte: »Ich habe Ihre Nummer. Ich kann Sie jederzeit anrufen ... und werde es tun.«

Im Stall traf ich Seth. Als er mich sah, verzog er das Gesicht. Verstohlen blickte er sich um.

»Ich hab's Ihnen ja gleich gesagt, Miss.«

Ich wußte, was er meinte. Er hatte mich vor dem Meeresgeist gewarnt, und ich hatte ihm nicht geglaubt. Jetzt wollte er mir sagen, es sei ein Fehler gewesen, so skeptisch zu sein.

»Die arme Lady ... weg wie die andere. Sie hat sie angelockt ... die da ... aber nicht wie die andere.«

Er verschluckte die Hälfte der Wörter, und ich hatte Schwierigkeiten, ihn zu verstehen. Ob er überhaupt wußte, was er sagte? Aber ganz ohne Verstand konnte sein wirrer Kopf nicht sein.

Er lehnte seinen großen, schlaksigen Körper an die Stallwand.

»Sie woll'n Starlight, Miss?« fragte er.

Plötzlich änderte ich meine Meinung.

»Nein, danke«, sagte ich. »Ich glaube, ich gehe lieber zu Fuß.«

Er nickte und murmelte: »Ich hab's Ihnen gleich gesagt,

was, Miss? Ham's nicht geglaubt, was? Die arme Lady … sowas. Immer gelacht wie die andere. Wollten nicht hören … immer gelacht. Aber dann hat sie's erwischt.«

»Hast du meine Schwester zum Schwimmen gehen sehen?« fragte ich.

Er schüttelte den Kopf. »Die nicht«, sagte er.

»Aber die erste Mrs. Tregarland hast du ans Wasser gehen sehen, Seth?«

Verschmitzt sah er mich an. »Nein … nein. Hab' nix gesehen. Fragen Sie sie nur … hab' nix gesehen.«

»Wen soll ich fragen, Seth?«

Er wandte sich kopfschüttelnd ab, und ich sah Angst in seinen Augen.

»Hab' nix gesehen«, plapperte er weiter. »Nix. Sie ist einfach ins Meer rein. Hab' nix damit zu tun.«

Der arme Seth. Er wußte wirklich nicht, was er sagte, war besessen von der alten Geschichte. Besorgt sah er aus, der Mund stand ihm halb offen. Es schien, als versuche er, etwas zu verstehen, und als habe meine Frage ihn verwirrt.

Dann verschwand er in einem der Ställe, und ich hörte, wie er mit einem Pferd redete.

»Alles gut, meine Schöne. 's ist nur der alte Seth. Keine Angst … nur der alte Seth.«

Ich ging hinaus. Es blieb mir ungefähr eine Stunde, bevor ich ins Haus zurück mußte. Nanny Crabtree hatte im Kinderzimmer zu tun und wollte dann frei haben. Erst wenn sie den Herrn und Meister zum Schlafen gebracht hätte, könnte sie die Dinge erledigen, die getan werden müßten, sagte sie oft.

Die Luft war frisch und belebend. Eine leichte Brise blies vom Meer herüber und roch nach salzigem Tang und Seegras.

Ich nahm den Klippenpfad nach Poldown, aber kaum hatte ich den Ort erreicht, wünschte ich, ich hätte die andere Richtung genommen.

Zu viele Leute standen herum, und wegen der Tragödie war ich von besonderem Interesse.

Ich ging am Wolladen vorbei. Miss Polgenny stand im Eingang.

»Guten Tag, Miss Denver. Wie geht's? Schöner Tag heute, nicht wahr?«

Ihre kleinen Augen funkelten vor Neugier. Ich konnte ihre Gedanken lesen. Ich war die Schwester von ›der, die schwimmen ging und ertrunken ist – alles wegen dem Fluch‹.

Sie glaubten daran, die meisten jedenfalls. Ihr Leben war vom Aberglauben beherrscht.

»Schön, Sie zu sehen, Miss.« Das war einer der Fischer, der seine Netze flickte. Ich wußte, daß er, sobald ich vorüber war, zu dem Mann neben ihm sagen würde: »Das war die von Tregarlands. Ihre Schwester …«

Es gab kein Entrinnen.

Ich überquerte die Brücke und machte mich an den Aufstieg zu den Westklippen.

Das Meer sah sanft aus. Es kräuselte sich, und die Wellen, die rhythmisch an die schwarzen Felsen schlugen, trugen nur winzige weiße Schaumkronen. Vor und zurück strömte das Wasser und murmelte dabei leise.

Schließlich kam ich zum Cliff Cottage und blieb am Zaun stehen. Im Garten stand die Rose, die ich mitgebracht hatte. Sie gedieh prächtig, wie ich sah.

Mrs. Pardell mußte mich hinter dem Spitzenvorhang beobachtet haben, denn die Tür öffnete sich, und sie kam den Pfad entlang auf mich zu.

»Hallo, Miss Denver«, sagte sie.

»Guten Morgen, Mrs. Pardell.«

Sie blieb am Zaun stehen und fragte, wie mir schien nervös: »Wie geht's?«

»Mir geht es gut. Und Ihnen?«

»Sie schauen sich die Blumen an«, sagte sie und nickte. »Kommen Sie einen Augenblick ins Haus? Vielleicht können wir uns ein bißchen unterhalten … eine Tasse Tee trinken?«

»Gern«, erwiderte ich schnell.

Dann saß ich im Wohnzimmer und betrachtete Annettes Bild, während Mrs. Pardell in die Küche ging, um Tee zu machen.

Mit einem Tablett kam sie wieder, und als sie den Tee eingeschenkt hatte, murmelte sie: »Es war schrecklich.«

Ich wußte, was sie meinte, und sagte: »Ja.«

»Ich weiß, was Sie empfinden. Keiner weiß es besser.«

»Das stimmt.«

»Es war genauso, nicht wahr? Ich fand das sehr seltsam.«

»Ein Zufall …«

Sie sah mich mit festem Blick an. »Es gefällt mir nicht«, sagte sie. »Man kommt ins Grübeln, oder?«

»Ins Grübeln?« wiederholte ich.

Sie zog ihren Stuhl näher heran. »Sie wohnen jetzt dort?«

»Nur wegen des Babys.«

»Ist nicht ein Kindermädchen da? Aus London, glaube ich.«

»Ja. Sie war auch mein Kindermädchen – meins und das meiner Schwester. Meine Mutter hat sie hergeholt. Sie vertraut ihr.«

»Das ist gut«, sagte sie. »Ich bin froh, daß sie da ist.«

»Ich versprach meiner Schwester auf das Baby aufzupassen, wenn irgendwas passieren sollte«, erklärte ich.

Sie nickte. »Und nun sind Sie da. Die Leute hier – sie reden über Geister und solche Sachen. Auf solches Geschwätz hab' ich nie viel gegeben. Von wegen Geister! Es waren keine Geister, die meine Annette aus dem Weg geräumt haben.«

»Aus dem Weg geräumt haben?«

»Annette wußte genau, was sie tat, wenn sie zum Schwimmen ging. Und Ihre Schwester?«

»Sie war keine besonders gute Schwimmerin. Deshalb habe ich mich ja auch gewundert, daß sie so früh am Morgen baden ging.«

»Mir ist klar …«

»Was ist klar?«

»Nun, ein Mann hat zwei Frauen. Beide kommen auf die gleiche Weise um … und nicht lange nach der Hochzeit. Sagt Ihnen das nichts?«

»Was sagt es Ihnen?«

»Daß etwas nicht stimmt. Er heiratet, hat die Frau satt … und dann heißt es adieu, war schön, dich kennengelernt zu haben, aber ich hab' genug, es ist Zeit für was Neues.«

»Oh, nein«, sagte ich.

»Was sonst? Beide sind den gleichen Weg gegangen. Praktisch, oder nicht? Das Meer lag da und wartete ...«

»Aber wie ...?«

»Wer weiß? Jedenfalls hat es einmal funktioniert ... warum nicht zweimal?«

»Sie kennen Dermot nicht.«

»Ich kenn' den Mann meiner Tochter nicht? Meinen Schwiegersohn sozusagen?«

»Das war er, aber Sie kannten ihn nicht.«

»Ich wurde nie eingeladen, aber ich kannte ihn genau. Jedenfalls sind sie jetzt weg. Meine Tochter ... Ihre Schwester ... natürlich hat er sie aus dem Weg geräumt.«

»Mrs. Pardell, das ist absurd. Wenn er sie loswerden wollte, hätte er die zweite Frau nicht genauso wie die erste umgebracht. Die Leute reden doch. Es wäre zu auffällig gewesen.«

»Hören Sie, Miss Denver – Sie sind zu naiv. Sie kennen doch sicher die Geschichte von den Bräuten im Bad? Da hat einer gleich nach der Hochzeit seine Frauen ermordet, und nur wegen ihrem Geld. Im Bad hat er sie ersäuft. Eine wie die andere.«

»Das hier ist anders.«

»Wieso?«

»Ich kenne Dermot sehr gut. Er könnte keinen Mord begehen ... und zwei schon gar nicht.«

»Sie sind zu vertrauensvoll, Miss Denver. Wenn Sie Kriminalromane lesen würden, dann wäre Ihnen klar, was alles passieren kann. Es ist immer der, von dem man's nicht erwartet.«

»Es kann doch auch zweimal ein Unfall gewesen sein.«

Sie schüttelte den Kopf. »Nie und nimmer glaube ich das. Ich weiß, was Sie wegen Ihrer Schwester empfinden. Hab' ich nicht das gleiche durchgemacht? Sie leben dort oben, in diesem Haus, Miss Denver. Sie müssen die Augen offenhalten ... unbedingt offenhalten. Passen Sie gut auf! Irgendwas ist faul. Noch eine Tasse Tee?«

»Nein, danke. Ich bin sicher, daß Sie Dermot falsch einschätzen.«

»Ich wünschte, meine Annette hätt' ihn nicht geheiratet. Sie wäre noch am Leben. Über das uneheliche Kind wäre ich schon hinweggekommen, aber über ihren Tod niemals. Ich will nur wissen … wenn ich nur wüßte …«

»Ich verstehe Sie gut«, sagte ich. »Wenn man es weiß, läßt es sich nicht mehr ändern, und man akzeptiert es.«

»So ist es.« Sie sah mich durchdringend an. »Sie sind ein vernünftiges Mädchen, Miss Denver. Halten Sie die Augen offen! Schauen Sie, ob's schon eine Nummer Drei gibt.«

»Bestimmt nicht. Er ist ja ganz verzweifelt.«

Sie warf mir einen ungläubigen Blick zu. »Der tut doch nur so!«

»Es ist echt. Ich weiß es.«

»Mörder sind schlau. Sie müssen schlau sein, damit's nicht rauskommt.«

»Aber nicht gleich zwei Frauen, Mrs. Pardell. Nicht zwei auf die gleiche Art.«

»Und der Blaubart?«

Trotz allem mußte ich lächeln.

»Hören Sie«, sagte sie. »Seien Sie nicht zu vertrauensselig. Passen Sie auf sich auf! Ich bin froh, daß Sie vorbeigekommen sind. Ich habe an Sie gedacht. Es war nett von Ihnen, mir die Rose zu bringen. Ich möchte nicht, daß Ihnen was passiert.«

»Mir?«

»Wenn Leute Dinge rausfinden wollen, die andere lieber im Verborgenen halten, sind sie in Gefahr. Das ist immer so. Passen Sie auf, aber lassen Sie es ihn nicht wissen.«

Annettes Bild lächelte mich an. Sie war tot. Ihre Leiche war an den Strand gespült worden. Und Dorabella … vielleicht fände man auch sie eines Tages.

Ich verabschiedete mich von Mrs. Pardell und versprach ihr, sie wieder zu besuchen.

Auf dem Rückweg dachte ich über sie nach. Die Arme! Wir waren alle gleich. Wenn unser Kummer zu groß wurde, wollten wir einen Schuldigen finden. Sie hatte sich Dermot ausgesucht. Den armen, untröstlichen und ziemlich untauglichen Dermot. Es war schwierig, sich ihn in der Rolle des

Ritters Blaubart vorzustellen und tatsächlich so absurd, daß ich lachen mußte, was schon lange nicht mehr vorgekommen war.

Als ich Dermot gegenüberstand, mußte ich an Mrs. Pardell denken. Wie sehr sie sich doch irrte.

Er saß im Park und blickte den Abhang hinunter aufs Meer, wo die Wellen gegen die schwarzen Felsen schlugen.

Ich setzte mich neben ihn, und er lächelte mich kaum merklich an.

»Dermot«, sagte ich, »du darfst nicht so viel grübeln.«

»Und du?« fragte er. »Grübelst du etwa nicht?«

»Wir müssen beide damit aufhören.«

»Es will mir nicht aus dem Kopf. Warum hat sie es getan? Und warum war ich nicht da?«

Ich berührte seinen Arm.

»Wir müssen versuchen, darüber hinwegzukommen.«

»Kannst du das?« fragte er fast böse.

»Nein. Aber wir müssen es versuchen.«

»Ich muß immerzu an sie denken. Weißt du noch, wie ich euch zum erstenmal sah? Draußen vor dem Café? Ich sah sie an und wußte, daß sie die Richtige für mich war. Sie war anders als alle, die ich jemals kennengelernt hatte. Sie war so fröhlich, und alles schien ihr Spaß zu machen. Du weißt, was ich meine. Ihr habt über Dinge gelacht, weil ihr euch glücklich gefühlt habt, und nicht, weil sie besonders lustig waren.«

»Ich weiß, was du meinst.«

»Niemand war wie sie … und jetzt ist sie fort. Irgendwo da draußen. Glaubst du, wir werden sie jemals finden?«

»Ja, ich glaube schon. Dermot, du Armer, du hast das alles zweimal erlebt …«

Seine Züge wurden hart.

»Das«, sagte er, »war etwas anderes.«

»Sie ist doch auch ertrunken.«

»Es war nicht das gleiche. Dorabella war alles für mich.«

»Annette …«

»Ich rede nicht viel darüber. Aber … ich weiß, du hast

Dorabella sehr lieb gehabt – wie ich. Ihr wart euch sehr nahe, nicht wahr? Ich hatte Angst – immer Angst, ich könnte sie verlieren. Nicht auf diese Weise natürlich. Ich dachte immer, ich würde ihr nicht genügen. Ich hatte Angst, sie würde einen anderen finden. Manchmal ...«

»Sie war deine Frau, Dermot.«

»Ich weiß, aber ...«

»Ich verstehe nicht«, murmelte ich. Er runzelte die Stirn, und ich setzte hinzu: »Sag mir ...«

»Nun, sie war keine Frau, die eine Sache fortsetzte, nur weil man es von ihr erwartete. Für Konventionen hatte sie nichts übrig. Sie wollte sich immer davon befreien.«

»Was willst du damit sagen?« fragte ich.

Er schwieg, und ich konnte sehen, daß er seine Worte bereute.

»Annette war lebenslustig«, sagte er. »Gutmütig. Aber wenn sie das Kind nicht erwartet hätte, wäre nichts aus uns geworden. Mit Dorabella war es anders.«

»Ich verstehe.«

»Ich kann mich nicht konzentrieren. Alles erscheint mir vage und nicht der Mühe wert. Ich überlasse alles Gordon ... mehr denn je.«

»Das hast du doch immer schon getan, nicht wahr?«

»Ja. Er ist so tüchtig. Und gibt mir das Gefühl, ein Versager zu sein. Als Tristan kam, hatte ich plötzlich mehr Interesse. Irgendwann wird er ja alles erben ... zuerst natürlich ich. Aber Gordon wird immer da sein. Und nun ist dies passiert. Jetzt ist mir alles egal.«

»Aber du mußt doch an Tristan denken.«

Er saß nur da und starrte aufs Meer.

»Ich bin froh, daß du hier bist, Violetta. Ich bin froh, daß du bei dem Baby bist.«

»Es war ihr Wunsch, weißt du?«

»Ich weiß. Die Nanny ist gut, aber sie wird alt. Es ist besser für das Baby, eine Jüngere um sich zu haben, und du ... du bist wie Tristans eigene Mutter. Du bleibst doch hier, nicht wahr?«

»Im Augenblick ist alles ungewiß«, sagte ich. »Wahrscheinlich wäre es besser, ich würde nach Caddington zurückkehren und Tristan und Nanny Crabtree mitnehmen.«

»Mein Vater ist dagegen.«

»Ich weiß. Er hat sich deutlich genug ausgedrückt. Wir werden sehen, wie alles läuft.«

Ich saß noch eine Weile neben ihm. Wir blickten aufs Meer hinaus und dachten an Dorabella.

Nanny Crabtree war beunruhigt.

»Tristan schnieft. Nicht sehr, aber es gefällt mir nicht, und ich lasse ihn heute nicht raus.«

»Ich komm' rauf und schau' nach ihm«, sagte ich.

Er lag in seinem Bettchen und wimmerte.

Ich ging zu ihm und nahm ihn hoch. Das tröstete ihn für ein paar Minuten. Er hatte es sich angewöhnt, nach meinem Finger zu greifen und so fest zuzupacken, als wolle er mich nie wieder loslassen.

»Sein Gesicht ist ein bißchen gerötet«, sagte ich.

»Ja, aber es ist nicht schlimm«, sagte sie. »Er muß schön warm eingepackt bleiben, das ist alles.«

Mittags kam ein Brief von Richard.

Liebste Violetta,
ich komme am Donnerstag an. Wie ich herausgefunden habe, gibt es in Poldown – in West Poldown – ein Hotel. Ich habe ein Zimmer reserviert und werde ein paar Tage bleiben. Ich habe die Nummer der Tregarlands und werde Dich gleich nach meinem Eintreffen anrufen. Es gibt so vieles zu bereden.

Bis bald.

All meine Liebe – Richard.

Donnerstag – und heute war bereits Mittwoch!

Meine Gefühle waren gemischt. Ich wollte ihn natürlich wiedersehen, aber er würde versuchen, mich zur Abreise zu bewegen, und daran war nicht zu denken. Jedenfalls jetzt noch nicht.

Nun, ich würde mir anhören, was er zu sagen hatte, und

ihm erklären, daß ich Dorabella versprochen hatte, für ihren Sohn zu sorgen, und daß es ein heiliges Versprechen war, das eingehalten werden mußte, koste es, was es wolle.

Er war vernünftig. Er würde es einsehen.

Den ganzen Nachmittag dachte ich an ihn, erinnerte mich an die schönen Stunden in London und freute mich sehr auf unser Wiedersehen.

Am folgenden Morgen ging ich als erstes ins Kinderzimmer, um nach Tristan zu schauen.

»Schnieft immer noch«, sagte Nanny. »Also noch einen Tag im Hause für dich, Mylord.«

Am späten Nachmittag rief Richard an. Er war gerade im Hotel eingetroffen und wollte abends mit mir essen. Könnte ich zum Hotel kommen, oder sollte er mich aufsuchen? Wenn ich zu ihm ins Hotel käme, könnten wir allein sein. Er hatte sich erkundigt, wollte einen Wagen leihen und mich abholen.

Ich sagte Matilda, daß mich der Bruder von Mary Grace abholen würde, und sie schien sich darüber zu freuen. Sie sagte, es würde mir gut tun, ihn zu sehen und war sehr freundlich, als er ankam. Gordon war zufällig auch im Haus, und ich machte sie miteinander bekannt. Kurz danach fuhr ich mit Richard nach Poldown.

Es war ein freundliches Hotel mit Meerblick. Der schwarze Felsen, der dem Hotel seinen Namen gab, war deutlich zu sehen, und Richard und ich saßen am Fenster und genossen die Aussicht.

»Du kommst bald wieder nach Hause?« fragte Richard.

»Ich weiß nicht, was geschehen wird. Im Augenblick lassen wir uns treiben.«

»Ich weiß. Es war ein schrecklicher Schock.«

»Und dann ist da ja auch noch das Baby.«

»Soviel ich weiß, hat es ein ausgezeichnetes Kindermädchen.«

»Ja, aber das ist nicht das gleiche …«

»Nein?«

»Oh, nein. Tristan hat seine Mutter verloren, und er braucht mich … das weiß ich.«

»Er ist doch noch viel zu klein, um seine Mutter zu vermissen.«

»Das schon – aber irgendwie habe ich das Gefühl, daß er mich braucht.«

Richard machte ein ungläubiges Gesicht.

»Vielleicht ist es schwer für dich, das zu verstehen«, fing ich an.

»Oh, nein ... nein«, sagte er. »Ich verstehe ganz genau, was du empfindest. Alles kam so plötzlich ... und es ist zum Verzweifeln. Man weiß anfangs gar nicht, was man tun soll. Ich habe mit deiner Mutter gesprochen.«

»Was hat sie gesagt?«

»Sie meint, du sollst Cornwall verlassen und nach Hause kommen. Sicher würden die Leute hier doch noch vernünftig werden und ließen dich das Baby mitnehmen. Es wäre das beste für alle, sagte sie.«

»Ich weiß nicht.«

»Es wäre sicher das beste. Wenn du dich entschließen könntest ... auch im Hinblick auf das, was uns betrifft ... also, es wäre doch nur natürlich, daß deine Mutter das Kind aufnimmt.«

»Der Kleine gehört aber hierher. Eines Tages wird er alles erben. Sein Großvater will, daß er hier aufwächst.«

»Wie mir deine Mutter sagte, ist der Großvater ein ziemlich komischer Kauz, und sie fragt sich, ob er nur aus Trotz Widerstand leistet. Sie sagt, daß sie sich ziemlich sicher wäre, daß es ihm im Grunde seines Herzens gleichgültig ist, was mit dem Jungen geschieht.«

»Tristan hat aber auch einen Vater.«

»Ein ziemlich schwacher Charakter, wie deine Mutter meint. Er tut, was man ihm sagt.«

»Das stimmt nicht ganz. Aber im Augenblick leidet er schrecklich.«

»Natürlich. Aber genug jetzt von diesen Leuten. Was ist mit uns? Sag, hast du über uns nachgedacht?«

»Ich habe nur immer an Dorabella gedacht.«

»Du wirst darüber hinwegkommen. Und dann ...«

»Dorabella war bis zu ihrer Hochzeit mit mir zusammen

– das ganze Leben lang. Und jetzt ist sie fort. Ich kann es nicht fassen. Ich kann an nichts anderes denken.«

Er sah enttäuscht aus und auch ein bißchen ungeduldig.

»Es tut mir leid, Richard«, sagte ich, »aber es ist einfach unmöglich für mich, an die Zukunft zu denken.«

»Ich verstehe dich ja«, entgegnete er mitfühlend. »Laß mich dir erzählen, was in London los ist. Meine Mutter hatte gehofft, du würdest mit mir zurückfahren und eine Weile bei uns bleiben. Sie möchte dir eine Menge zeigen.«

»Ach«, sagte ich leise.

»Auch Mary Grace mag dich sehr.«

»Hat sie das neue Porträt gemalt?«

»Ja, und es wurde sehr bewundert. Zwei neue Kunden bedrängen sie bereits. Du siehst, was du schon alles für die Familie getan hast. Oh, Violetta, es könnte so schön sein – ich weiß es. Bitte, bitte, denk drüber nach! Ich bin sicher, daß du die Richtige für mich bist.«

Ich war es nicht. Es war verständlich, daß er meinte, meine Mutter sollte für das Baby sorgen, weil er die Situation einfach nicht verstand. Und ich war froh, ihn wiederzusehen. Aber irgendwie war jetzt alles anders als in London.

Er sagte, er könne nur noch zwei Tage bleiben. Am Montag müsse er wieder in London sein und deshalb schon am Sonntag abreisen. Leider, denn die Fahrt sei doch recht lang.

»Ich komme bald wieder«, sagte er. »Ruf mich an, wenn du dich entschlossen hast. Ich werde darauf warten.«

Ich hatte das Gefühl, daß er zu viel für selbstverständlich hielt. Er konnte meine Unsicherheit nicht verstehen. Und schien fest damit zu rechnen, daß ich ihn heiraten würde.

Ich wäre froh gewesen, wie er empfinden zu können, aber offensichtlich begriff er nicht, daß ich keine Pläne mehr schmieden konnte. Meine Gedanken waren immer noch bei Dorabella, und ich konnte dieses seltsame Gefühl nicht unterdrücken, daß sie nicht tot war. Weil ich sie nicht tot *gesehen* hatte.

Es war ein unbefriedigender Abend, und als es Zeit wurde, zum Haus zurückzufahren, tat es mir nicht leid.

Früh am nächsten Morgen kam Nanny aufgeregt zu mir gelaufen.

»Ich möchte, daß der Doktor kommt und sich Tristan anschaut. Seine Erkältung gefällt mir gar nicht.«

»Aber Nanny, geht es ihm schlechter?«

»Er keucht. Schniefen tut er nicht mehr. Und jetzt scheint sich's in der Brust festzusetzen. Ich möchte, daß der Doktor ihn untersucht.«

»Ich ruf' gleich an.«

Sie nickte. »Zumindest kann er uns beruhigen.«

Ich ging zu Tristan. Er sah blaß aus und lag mit geschlossenen Augen in seinem Bettchen. Es ging ihm nicht gut, und ich wollte dabei sein, wenn der Arzt kam.

Besorgt rief ich Richard an, denn er wollte mich um zehn Uhr abholen. Ich hatte ihm versprochen, ihm die Gegend zu zeigen, irgendwo mit ihm Mittag zu essen und um vier zurückzukehren. Später wollte er mich im Haus Tregarland wieder abholen, um in seinem Hotel mit ihm zu Abend zu essen.

Ich sagte, daß ich ihn später, nachdem der Arzt dagewesen sei, wieder anrufen würde und daß wir uns vielleicht anschließend treffen könnten.

Der Arzt kam erst um elf und entschuldigte sich, daß es so lang gedauert hatte. Eine seiner Patientinnen stand kurz vor der Entbindung, und er war aufgehalten worden.

Er untersuchte Tristan.

»Eine heftige Erkältung«, sagte er. »Achten Sie darauf, daß er keine Zugluft bekommt. In ein oder zwei Tagen wird es ihm besser gehen.«

Matilda, die auch anwesend war, versicherte: »Nanny Crabtree wird gut auf ihn aufpassen.«

»Worauf Sie sich verlassen können«, erklärte sie.

»Sie wissen, wie es mit Kindern ist«, sagte der Arzt. »Es geht immer auf und ab. Wir wollen aber dafür sorgen, daß sich die Erkältung nicht festsetzt. Packen Sie ihn warm ein … verhätscheln Sie ihn ein bißchen. In ein, zwei Tagen ist alles wieder gut.«

»Das beruhigt mich«, sagte Nanny Crabtree.

Als der Arzt gegangen war, sagte Matilda zu mir: »Was ist mit Ihrem Freund?«

»Ich habe unsere Verabredung verschoben. Ich rufe ihn gleich nochmal an.«

»Es ist fast Mittagszeit. Warum fragen Sie ihn nicht, ob er mit uns essen will?«

Ich rief Richard an und lud ihn ein. Er nahm die Einladung an, aber ich spürte, daß er sich nicht darüber freute. Ich begriff, daß er es nicht mochte, wenn ihm jemand die Pläne durcheinanderbrachte.

Er kam, und unsere gemeinsame Mahlzeit verlief harmonisch. Dermot war nicht dabei. Er wollte niemanden sehen. Gordon saß mit am Tisch, und er und Richard verstanden sich gut.

Als wir fertig waren, war es halb drei. Für einen größeren Ausflug blieb uns wenig Zeit, deshalb beschlossen wir, uns in den Park zu setzen.

Es war sehr angenehm, sich dort aufzuhalten – das Haus im Hintergrund und die See im Gesichtsfeld. Wege wanden sich zum Privatstrand hinunter. Unwillkürlich sah ich Dorabella vor mir – wie sie ihren Bademantel auszog und ihn mit ihren Schuhen auf den Felsen legte, damit sie von den Wellen nicht davongetragen wurden.

Natürlich war der Tag irgendwie verdorben, und Richard war wegen der umgeworfenen Pläne verstimmt. Das Kind war erkältet, und aus diesem nichtigen Grund hatte sein Kurzaufenthalt in Cornwall einen anderen Verlauf genommen. Er blieb jedoch charmant und erzählte mir von London. Wir sprachen von Edward und Gretchen und den Theaterstücken, die er in den letzten Wochen gesehen hatte. Damit wollte er mir, glaube ich, klarmachen, was für ein interessantes Leben ich an seiner Seite führen würde. Er erzählte mir auch von seiner Arbeit und dem Fall, mit dem er zu tun hatte. Sein Klient war wegen Betruges angeklagt, und er begann allmählich, an seiner Unschuld zu zweifeln.

»Was geschieht, wenn du die Geschworenen von einer Sache überzeugen mußt, von der du selbst nicht vollkommen überzeugt bist?« fragte ich.

»Ich versuche, das Beste für ihn herauszuholen, wenn er schuldig gesprochen wird.«

»Du erfährst bestimmt eine Menge über die menschliche Natur«, sagte ich.

»Ja … vielleicht.«

Wir sprachen auch über die Lage in Europa, die, wie er erklärte, immer deprimierender würde. Er wisse nicht, wie das alles noch enden solle. Es sei ein Fehler Englands und Frankreichs gewesen, im Hinblick auf Österreich nachzugeben, denn das sei nicht das Ende gewesen. Als nächstes würde es in der Tschechoslowakei Ärger geben. Dann könne Hitler es mit Polen versuchen – und danach? »Es sind immer die Leute, die nach Frieden schreien, die die Kriege verursachen.«

»Hoffen wir, daß es keinen gibt.«

»Keine dieser Katastrophen würde eintreten, wenn die Leute nur fähig wären, ein bißchen vorauszuschauen.«

»Glaubst du, daß noch etwas zu retten ist?«

»Fast ist es schon zu spät. Aber wenn wir und die Franzosen und der Rest der Welt sich Hitler entgegenstellten, könnte dies Hitlers Machtwahn beenden.«

»Ich muß an Gretchen denken.«

»Ja, das arme Mädchen. Ich weiß, daß sie sich große Sorgen macht.«

»Ich bin froh, daß sie bei Edward ist.«

»Sie denkt an ihre Familie und ihr Land.«

»Ist es nicht traurig, daß man sich Gedanken machen muß, was mit Leuten geschehen kann?«

Ich blickte zum Strand hinunter, und in meiner Fantasie war sie da … warf den Bademantel ab … lief ins Meer …

Nein, nein, dachte ich. Ich glaube es einfach nicht. Das Meer war kalt. Die meisten Leute badeten erst ab Mai. Dorabella mochte es gemütlich. Sie neigte zur Faulheit. Ich glaubte es nicht. Ich konnte es nicht glauben.

Mir fiel ein, daß ich nicht allein war. Richard saß neben mir. »Du mußt nicht denken, daß mich nicht interessiert, was du sagst«, murmelte ich. »Aber ich muß einfach immer wieder an Dorabella denken.«

»Du solltest nicht hier bleiben«, sagte er. »Das beste wäre, du fährst weg. Lös dich von allem hier.« Er nahm meine Hand und drückte sie. »In London wäre alles anders. Es gibt so viel zu tun. Du hättest keine Zeit zum Grübeln.«

»Vielleicht hast du recht«, sagte ich. »Aber noch nicht, Richard. Ich muß noch warten. Ich muß herausfinden, was ich tun möchte.«

Er nickte geduldig. Dann kam Matilda und setzte sich zu uns.

»Ich hoffe, Sie bleiben zum Essen«, sagte sie. »Es ist so schön für Violetta, wenn Freunde aus London sie besuchen.«

Richard nahm die Einladung an.

Bevor er zum Hotel zurückkehrte, erinnerte er mich, daß der folgende Tag sein letzter in Cornwall wäre.

»Wir unternehmen etwas Besonderes«, sagte er.

Früh am Morgen stürzte Nanny in mein Zimmer. Ich war gerade aufgewacht und überlegte, ob ich aufstehen sollte. Richard käme um zehn. Ich wollte versuchen, die Enttäuschung des vorangegangenen Tages wiedergutzumachen.

Sofort sah ich, daß etwas nicht stimmte. Nanny Crabtree war bleich, und ihre Augen blitzten. Sie war sehr aufgeregt.

»Der Doktor muß kommen!« stieß sie hervor.

Ich rappelte mich hoch.

»Was ist mit Tristan?« rief ich. »Ist es schlimmer geworden? Ich ruf' gleich den Arzt an.«

»Tu das! Es ist die Brust – er kriegt kaum Luft. Der Doktor muß kommen!«

Ich warf meinen Morgenrock über und rannte die Treppe hinunter, Nanny Crabtree dicht auf den Fersen.

Während ich telefonierte, stand sie neben mir.

Der Arzt sagte, er würde in spätestens einer Stunde bei uns sein.

»Wie schlimm ist es?« fragte ich Nanny.

»Das weiß nur der liebe Gott. Heute früh um vier dachte ich, ich hör' ihn husten. Ich bin davon aufgewacht. Es ist so eine Gewohnheit, wenn man immer mit Kindern zusammen ist. Ich bin also rein zu ihm, und da lag er ... das ganze Bettzeug weg ... und das Fenster neben seinem Bett sperrangelweit offen. Kannst du dir das vorstellen? Unglaublich. Ich hatte ihn so ins Bett gesteckt, daß er nicht alles wegstrampeln konnte, und das Fenster hatte ich fest geschlossen. Vom Meer kommt kalte Luft. Es muß eins von den Dienstmädchen gewesen sein, aber was die in meinem Kinderzimmer zu suchen haben, ist mir schleierhaft. Ich hatte ihn versorgt, und er ist eingeschlafen ...«

»Er muß schrecklich gefroren haben.«

»Bis auf die Knochen. Deshalb geht es ihm jetzt so schlecht. Ich hoffe nur, daß keine Lungenentzündung draus wird. Er ist noch so klein. Wenn ich rausfinde, wer das Fenster aufgemacht hat – den bring' ich um!«

Ich ging zu Tristan, der in mehrere Decken gewickelt, Wärmflaschen rechts und links neben ihm, im Bett lag. Sein Gesicht war feuerrot, und Schüttelfrost beutelte seinen kleinen Körper. Seine Augen waren trüb. Er öffnete sie ein, zwei Sekunden lang und schloß sie dann wieder. Mir wurde vor Angst ganz schlecht. Ich wußte, daß er sehr krank war.

»Wenn doch der Doktor endlich käme!« jammerte Nanny. »Warum dauert das denn so lang?«

»Er sagte in einer Stunde. Es sind noch keine fünfzehn Minuten vergangen. Nanny, wie steht es um ihn?«

»Nicht gut. Bis vier Uhr früh lag er in der Kälte. Er schlief und war schön warm eingepackt, als ich aus dem Zimmer ging. Ich dachte, es würde ihm heute besser gehen. Kinder bringen sowas schnell hinter sich. Man macht sich schreckliche Gedanken um sie, und eine halbe Stunde später sind sie wieder wohlauf. Natürlich war ich ein bißchen unruhig. Das ist man immer, man weiß ja nie, was sich draus entwickelt. Es war vier Uhr früh ... ich hörte ihn husten, war sofort wach und spürte die Zugluft, als ich reinging. Er lag da ... völlig aufgedeckt. Und der Wind blies ihm ins Gesicht. Ich hab' schnell das Fenster geschlossen und ihn zugedeckt. Er war eiskalt und hat sich bestimmt ganz schrecklich erkältet. Wann kommt denn endlich der Doktor?«

Ich wusch mich, zog mich an und war für den Arzt bereit, als er kam. Er ging sofort zu Tristan, und ich konnte an seinem Gesichtsausdruck sehen, daß es richtig war, ihn gerufen zu haben.

»Wir müssen gut auf ihn aufpassen«, sagte er. »Es ist keine Lungenentzündung – noch nicht, und wir werden unser Bestes tun. Er ist ein kräftiges Bürschchen, aber noch sehr klein … sehr, sehr klein. Beim letztenmal schien es ihm doch gar nicht so schlecht zu gehen …«

»Er war völlig aufgedeckt«, sagte Nanny, »hatte nur sein Nachthemdchen an und …«

»Wir werden sehen, was wir tun können.«

Ich konnte es nicht fassen. Dorabella tot, und jetzt das Kind in Gefahr. In diesem Haus ging es nicht mit rechten Dingen zu.

Matilda war äußerst besorgt.

»Armes Kerlchen«, sagte sie. »Ich dachte, es wäre nur eine harmlose Erkältung. Und gestern hielt ich es sogar für unnötig, den Arzt zu rufen.«

»Ich bin froh, daß er gestern hier war«, sagte ich. »So konnte er sehen, wie sehr sich sein Zustand verschlechterte.«

»Es ist also doch gefährlich?«

»Der Arzt meint, es könnte gefährlich werden. Es ist so plötzlich gekommen. Ich habe das Gefühl …« Ich wandte mich ab, und sie hängte sich bei mir ein.

»Ich weiß«, sagte sie. »Ein Unglück nach dem anderen. Das Leben ist manchmal so. Alles scheint sich gegen einen zu verschwören.«

»Nanny ging heute morgen ins Kinderzimmer und fand ihn halb erfroren im Bett. Er hatte sich freigestrampelt, und das Fenster stand offen.«

»Hatte Nanny es denn geöffnet?«

»O nein! So etwas hätte sie nie getan! Der Wind blies direkt in sein Bett! Ein Glück, daß sie so früh aufgewacht ist.«

»Wer kann das Fenster denn geöffnet haben?«

»Nanny sagt, sie versteht es nicht. Sie sagt, sie habe ihn so fest eingepackt, daß er sich niemals hätte freistrampeln können. Und das Fenster habe sie auf keinen Fall offen gelassen.«

»Sie muß es aber getan haben. Wahrscheinlich hat sie's vergessen. Sie wird alt.«

»An ihr Alter habe ich nie gedacht. Sie ist noch genauso tüchtig wie eh und je und sorgt so gut für Tristan, wie sie es für uns getan hat. Nanny übersieht nichts.«

»Aber ein Fenster offen zu lassen!«

»Ich glaube nicht, daß sie es getan hat.«

Matilda zuckte mit den Schultern. »Nun ja, es ist passiert. Wichtig ist, daß Tristan wieder gesund wird. Dr. Luce ist ein sehr guter Arzt. Er wird tun, was notwendig ist. Könnte ich Tristan sehen?«

»Ich weiß nicht, was der Arzt angeordnet hat. Gehen wir rauf und fragen wir Nanny.«

Nanny Crabtree kam an die Tür.

»Ich muß ihn beobachten«, sagte sie. »Sobald sich etwas ändert, soll ich sofort den Doktor rufen.«

Matilda sah erschrocken aus. »Ist es so schlimm?«

»Ich laß ihn nicht allein. Und, Violetta – ich möchte, daß du hierbleibst.«

»Ihr Freund ...«, fing Matilda an.

Ich hatte Richard vergessen und blickte auf meine Uhr. Neun Uhr dreißig. Und ich hatte versprochen, um zehn bereit zu sein.

»Sie sollten ausgehen und einen schönen Tag mit ihm verbringen«, sagte Matilda.

»Ich hätte keinen schönen Tag. Ich würde immer nur an Tristan denken.«

»Ich möchte, daß du hierbleibst, Violetta«, sagte Nanny. »Damit nicht wieder Leute ins Zimmer kommen und Fenster aufreißen.«

Sie sah böse aus. Matilda warf mir einen Blick zu.

»Sie sehen, daß er wirklich krank ist«, sagte ich zu ihr.

Auf Zehenspitzen schlich sie ans Kinderbett.

»Armes kleines Ding«, sagte sie. »Er sieht wirklich nicht gut aus.«

»Ich krieg' ihn schon durch«, sagte Nanny. »Und wehe,

wenn ich einen erwische, der das Fenster öffnet!« Sie wandte sich mir zu. »Er darf sich nicht wieder freistrampeln. Er muß unbedingt warm gehalten werden. Der Arzt kommt heute nachmittag, um nach ihm zu schauen.«

»Wenn ich irgendwie behilflich sein kann ...«

»Das ist sehr nett von Ihnen, Mrs. Lewyth«, sagte Nanny. »Aber wir schaffen es schon allein.«

Matilda sah mich hilflos an.

»Ich bin gleich wieder da«, sagte ich zu Nanny und ging mit Matilda hinaus.

»Sie sollten den netten jungen Mann nicht enttäuschen«, meinte sie.

»Ich kann es nicht ändern.«

»Aber ich könnte Nanny doch helfen. Sie sollten mit Ihrem Freund wegfahren.«

»Das bring' ich nicht fertig. Ich muß wissen, was mit Tristan passiert ist. Ich werde ihn anrufen und es ihm erklären.«

Richard wunderte sich und war bestürzt, ja, sogar ein wenig ungehalten. Ich konnte ihn verstehen. Er hatte diese Reise gemacht, um mich zu sehen; der gestrige Tag war bereits enttäuschend verlaufen, und nun dies.

Er sagte, er würde sich am Nachmittag melden und legte auf.

Es tat mir sehr leid, aber meine Gedanken waren bei Tristan. Sein Zustand war bedenklich. Der Arzt hatte es angedeutet, und die Tatsache, daß er es für nötig hielt, am Nachmittag wieder nach ihm zu sehen, bestätigte meine Vermutung.

Nanny Crabtree und ich saßen in Tristans Zimmer und blickten immer wieder zum Kinderbett hinüber. Sobald er sich rührte, war Nanny an seiner Seite, murmelte liebevolle Worte und betrachtete ihn zärtlich.

Als wir über die Geschehnisse sprachen, machte sie ihrer Empörung Luft.

Jemand hatte das Zimmer betreten und das Fenster geöffnet. Warum? War es einer von diesen Frischluftfanatikern, die glaubten, daß man nur dann gesund lebt, wenn man umgeblasen wird und von der Kälte Gänsehaut bekommt? Würde sie denjenigen finden, der das Fenster geöffnet hatte – dem gnade Gott! Sie würde schon dafür sorgen, daß er den Kopf nicht nochmal in ihr Kinderzimmer steckte!

»Was denkt sich so einer denn … das Fenster einfach aufzumachen! Und warum?«

Ich wußte es auch nicht. Matildas Bemerkung, daß Nanny alt wurde, fiel mir ein. Aber nein … niemals! Nicht, nachdem sie Tristan eingepackt und vom Arzt die Anweisung erhalten hatte, ihn warmzuhalten.

Aber wer sonst? Eines der Dienstmädchen vielleicht, nachdem Nanny aus dem Zimmer gegangen war? Lächerlich. Aber wenn jemand noch etwas hereingebracht hätte, dem das Zimmer stickig vorgekommen wäre – und der dann das Fenster geöffnet hätte? Niemand wäre so töricht gewesen. Es blieb nur Nanny.

Was auch immer geschehen war, es war passiert, und die Folgen waren schlimm.

Den ganzen Vormittag blieben wir bei Tristan im Zimmer. Nanny Crabtree ließ ihn keinen Augenblick allein. Wenn sie den Raum für ein paar Minuten verlassen mußte, hatte ich an seiner Seite zu wachen.

Richard kam gegen Abend vorbei und wollte, daß ich mit ihm zum Hotel zurückkehren solle. Ich sagte, ich könne mich auf nichts konzentrieren. »Tristan ist wirklich sehr krank«, versuchte ich ihm zu erklären. »Und Nanny Crabtree möchte, daß ich bei ihm bleibe.«

Er entgegnete wenig, und Matilda schlug vor, er solle zum Abendessen bleiben, was er tat. Ich ging hinunter, weil ich wußte, daß Nanny mir Bescheid geben würde, wenn eine Änderung einträte. Der Arzt war da gewesen und hatte gesagt, der Zustand des Kindes habe sich nicht verschlechtert.

Über uns allen hing eine düstere Wolke. Dermot setzte sich zu uns. Sein Gesicht war verzerrt. Gordon versuchte, Richard zu unterhalten, und sie redeten schließlich über das Gut, über Gesetze und die Lage auf dem Kontinent. Ich war froh, als die Mahlzeit beendet war.

Richard verabschiedete sich bald danach. Ziemlich kühl hatte er gesagt, er würde frühmorgens abreisen, denn er wisse nicht genau, wie sonntags die Verbindungen seien, und er müsse auf jeden Fall am Montag wieder in London sein.

Es war ein katastrophaler Besuch gewesen, aber mir war es fast gleichgültig. Meine Gedanken waren nur bei Tristan.

In der Nacht wechselten Nanny und ich uns an Tristans Seite ab. Ich schlief ein paar Stunden auf ihrem Bett, während sie Wache hielt.

Am Morgen schien Tristan etwas leichter zu atmen. Der Arzt kam und sagte, es würde sicherlich keine Lungenentzündung werden.

»Und heute nacht«, sagte Nanny Crabtree zu mir, »schläfst du dich richtig aus.«

»Und du?«

»Ich werde auch schlafen, aber in der Nähe bleiben. Ich glaube, er ist über den Berg. Ich kann nur immer wieder staunen, wie schnell sich die Kleinen erholen.«

Tatsächlich schlief ich tief und fest, erschöpft wie ich war. Als erstes lief ich am Morgen ins Kinderzimmer.

Nanny Crabtree lächelte glücklich.

»Komm und schau! Da liegt er. Warum hast du uns so viel Kummer gemacht, Mylord? Du kleiner Frechdachs, du! Wir haben uns so große Sorgen um dich gemacht. Und jetzt schau ihn an!«

Ich gab ihm einen Kuß, und er gluckste zufrieden.

Wie dankbar ich war!

Am gleichen Tag noch schrieb ich Richard und versicherte ihm, wie leid es mir täte, daß sein Besuch einen solchen Verlauf genommen habe. Tristan sei fast gesund. Der Arzt habe gesagt, in ein paar Tagen ginge es ihm wieder gut.

»Es war so schade, Richard«, schrieb ich, »daß es gerade dann passieren mußte, als du hier warst. Es tut mir wirklich leid …«

Ich stellte ihn mir beim Lesen des Briefes vor. Er war sehr enttäuscht gewesen, und ich war sicher, daß er unsere Fürsorge für übertrieben hielt. Schließlich war das Kind schon wieder gesund.

Ob der Besuch seine Gefühle verändert hatte? Meine schon. Was natürlich unfair war.

Später am Tag rief Jowan an. Würde ich mit ihm nach Brackenleigh reiten, das auf der anderen Seite des Moores lag?

Ich war einverstanden, und um halb elf ritten wir los. In einem Gasthof, den er kannte, wollten wir Mittag essen. Er hätte auf einer der Farmen zu tun, sagte er, vielleicht wäre ich interessiert daran.

Es war genau das, was ich brauchte.

Der Ausflug war schön. Der Frühling kam, und die Hekken blühten in den patriotischen Farben Rot, Weiß und Blau.

Er wußte, daß ich Besuch aus London hatte.

»Der Nachrichtendienst funktioniert also immer noch ausgezeichnet«, sagte ich.

»Man kann sich wie immer voll darauf verlassen«, erwiderte er. »Der kleine Junge war krank?«

»Wir hatten uns große Sorgen gemacht. Tristan geht es jetzt aber wieder gut, wofür wir sehr dankbar sind. Aber er war wirklich in Gefahr.«

»Wie ich hörte, mußte der Arzt mehrmals kommen.«

»Die arme Nanny war schrecklich aufgeregt.«

»Sie müssen mir beim Lunch davon erzählen. Hier sollten wir hintereinander reiten. Folgen Sie mir!«

Das tat ich, bis wir ins Moor kamen, dann galoppierten wir bis zum King's Head, einem einladend aussehenden Wirtshaus. Das Schild über dem Eingang stellte den gekrönten Kopf eines Monarchen dar – vielleicht einer der Georges.

Bei Tisch bat Jowan: »Erzählen Sie mir von Ihrem Besucher.«

»Es war ein Freund aus London. Ein Rechtsanwalt.«

»Und er kam, um Sie zu sehen?«

»Ja.«

»Ein guter Freund?«

»Wir haben uns in London kennengelernt. Er ist ein Freund Edwards. Sie wissen, wer Edward ist?«

Er wußte es nicht, also faßte ich kurz zusammen, welchen Platz er in unserer Familie einnahm. Jowan war fasziniert von der Geschichte.

»Meine Mutter betrachtet ihn als ihren Sohn«, sagte ich.

»Sie haben ihr Talent geerbt, sich um mutterlose Babys zu kümmern.«

»Sie meinen Tristan? Nun ja, er ist der Sohn meiner Schwester.«

Er nickte. »Und der Anwalt? Sie konnten ihm nicht die Gastgeberin sein, die er erwartet hatte?«

Ich mußte unwillkürlich lächeln. »Warum soll ich Ihnen überhaupt etwas erzählen? Bei diesem hervorragenden Nachrichtendienst?«

»Erzählen Sie mir trotzdem alles! Ich höre es gern aus erster Quelle.«

»Tristan war erkältet ... ziemlich schlimm. Nanny Crabtree rief den Arzt, der sagte, er müsse im Bett bleiben und schön warm gehalten werden.« Dann erzählte ich ihm vom offenen Fenster und daß Tristan sich freigestrampelt hatte, was ihm beinahe eine Lungenentzündung bescherte.

»Wir saßen die ganze Nacht an seinem Bett, Nanny Crabtree und ich. Sie wollte niemand anderes in der Nähe haben. Sie glaubt, daß jemand ins Zimmer gekommen ist und das Fenster geöffnet hat.«

»Und das Baby aufdeckte?«

»Wir dachten, er habe es selbst getan.«

»Macht er das öfter?«

»Nein, eigentlich nie.«

»Also nur, wenn es zieht.«

Ich starrte ihn an.

»Hat er es nun getan oder nicht?«

»Was denken Sie?« fragte ich.

»Weshalb sollte er sich aufdecken, wenn es kalt ist?«

»Wir können Tristan nicht fragen, warum er sich freigestrampelt hat. Wahrscheinlich war er unruhig, vielleicht hatte er Fieber, und es war ihm zu heiß.«

»Aber warum sollte jemand wohl das Kinderzimmer betreten und das Fenster öffnen?«

»Mrs. Lewyth denkt, daß Nanny Crabtree es selbst getan hat und dann vergaß, es zu schließen.«

»Das wäre immerhin möglich. Ist sie vergeßlich?«

»Soweit ich weiß, nicht – vor allem nicht, wenn es um ihre Schützlinge geht.«

»Und erst recht nicht bei einem kranken Kind. Kommt Ihnen das alles nicht etwas merkwürdig vor? Ich wünschte, Sie würden nicht in dem Haus bleiben.«

»Wo sollte ich denn sonst hingehen?«

»Schade, daß Sie das Kind nicht zu Ihrer Mutter bringen können. Aber nein – ich bin nicht ehrlich. Was würde dann mit mir geschehen?«

»Mit Ihnen?«

»Stellen Sie sich doch mal vor, wie verzweifelt ich wäre, wenn ich Sie nicht sehen könnte.«

»Wären Sie wirklich verzweifelt?«

»Es paßt nicht zu Ihnen, alberne Fragen zu stellen, wenn Sie die Antwort bereits wissen.«

Darauf erwiderte ich nichts, und es wurde still zwischen uns.

Ich aß ein wenig vom Lachs, den die Wirtin vor mich hingestellt hatte, und war so glücklich wie schon lange nicht mehr. Tristans rasche Genesung hatte meine Stimmung gehoben, und mit Jowan war ich immer gern zusammen.

»Haben Sie inzwischen irgendwelche Pläne?« fragte er schließlich.

Ich schüttelte den Kopf. »Ich bin mir nach wie vor nicht sicher, was ich tun soll.«

»Es kann sein, daß uns in Kürze die Entscheidungen abgenommen werden«, sagte er.

Ich schaute ihn fragend an, und er fuhr fort: »Ich denke an die Lage im Ausland.«

»Werden wir mit hineingezogen?«

»Möglicherweise. So, wie die Dinge laufen, eigentlich mit ziemlicher Sicherheit. Schmeckt Ihnen das Essen?«

»Sehr.«

»Vielleicht kommen wir wieder her. Ich muß öfter hier vorbeischauen.«

Er erzählte mir von der Farm, die wir aufsuchen müßten. Eine neue Scheune wäre nötig.

»Es wird nicht lange dauern. Ich dachte, Sie würden sich vielleicht gern auf dem Gut umsehen.«

Es war ein interessanter Nachmittag. Ich unterhielt mich mit der Frau des Bauern, während Jowan mit ihrem Mann unterwegs war, und erfuhr von ihr, wie gut er seine Pächter behandelte.

»Wir könnten es nicht besser haben«, sagte sie. »Welch Glück, daß wir zum Besitz der Jermyns gehören. Bei Tregarlands ist es nicht so gut. Oh, Verzeihung, Miss, ich hab' vergessen, daß Sie von dort gekommen sind. Es war schrecklich, was Ihrer armen Schwester passiert ist, und ich hab' gehört, dem Kleinen ging's gar nicht gut.«

Die Nachrichten hatten sich also bis hierher verbreitet. Obwohl mich Dorabellas tragisches Verschwinden nach wie vor beschäftigte, begann ich fast, mich ein wenig zu amüsieren.

Als ich mich von Jowan verabschiedete, nahm er meine Hand und sah mir in die Augen.

»Passen Sie gut auf sich auf«, sagte er. »Ganz besonders gut.« Mit einem kaum merklichen Stirnrunzeln fügte er hinzu: »Und denken Sie dran – ich bin nicht weit.«

»Ein tröstlicher Gedanke«, erwiderte ich leichthin, obwohl ich es ehrlich meinte.

Der Tod im Haus

Der Sommer war fast da. Richard schrieb ab und zu, von einem erneuten Besuch in Cornwall war aber nie die Rede. Auch von meiner Mutter kamen Briefe. Sie wollte wissen, wann ich endlich nach Caddington käme. Sicher könnte ich mit dem Baby und Nanny Crabtree jetzt ohne weiteres reisen. Seit der Geburt von Gretchens Baby, einem kleinen Mädchen, das sie Hildegard genannt hatten, fuhr sie selbst ziemlich häufig nach London.

Es war Juni geworden. Ich hatte Mrs. Pardell wieder besucht, und sie schien sich zu freuen, mich zu sehen. Immer noch war sie von dem Gedanken besessen, daß Dermot seine beiden Ehefrauen ermordet hatte, und nichts konnte sie davon abbringen. Sie glaubte, er habe sie erwürgt, aus dem Haus geschleppt und dann ins Meer geworfen.

»Annettes Leiche wies aber keine Würgemale auf, als man sie fand«, protestierte ich. »Das wäre doch sofort aufgefallen.«

»Sie lag ziemlich lang im Wasser, nicht wahr?« wandte sie ein.

»Ich denke, es ließe sich trotzdem nachweisen.«

Nichts konnte sie vom Gegenteil überzeugen. Trotzdem, meinte sie, sei es gut, mit jemandem darüber sprechen zu können. »Sie haben Ihre Schwester verloren, ich meine Tochter. Das verbindet uns, wenn Sie wissen, was ich meine.«

Nach meinem Besuch bei ihr war ich recht deprimiert.

Jowan sah ich jetzt häufiger. Er stellte mich Joe Tregarth vor, seinem Verwalter, der Jowan offensichtlich treu ergeben war. Er sagte zu mir, es sei schade, daß Jowan so spät geerbt habe; es sei ein Vergnügen, für jemanden zu arbeiten, der seine Sache verstehe.

Wenn ich in die Stadt ging, wurde ich von allen Leuten angestarrt. Das Interesse an meiner Person hatte zwar etwas nachgelassen, weil die Nachricht von Dorabellas Verschwinden an Aktualität verloren hatte, aber ich wurde immer noch mit den alten Geschichten in Verbindung gebracht.

Der Park hinter dem Haus zog mich magisch an. Ich verbrachte viele Nachmittage dort, schaute zum Strand hinunter und dachte an Dorabella. Immer wieder stellte ich mir vor, wie sie an jenem Morgen ans Ufer gegangen, ins kalte Wasser getaucht und für immer verschwunden war. Nur konnte ich nicht wirklich glauben, daß es sich so ereignet hatte.

Es war später Nachmittag. Ich hatte ungefähr eine halbe Stunde auf der Bank gesessen, als ich Schritte hörte und zu meiner Überraschung Gordon auf mich zukommen sah.

»Hallo«, sagte er. »Kommen Sie oft hierher?«

»Ja.«

»Darf ich mich zu Ihnen setzen?«

Es war eine Steinbank, aus einem Felsen gehauen, auf der vier Leute Platz hatten.

Er setzte sich. »Kein reines Vergnügen, hier zu sitzen, nicht wahr? Die Erinnerungen kommen zurück.«

»Ja, Sie haben recht.«

»Und doch können Sie es nicht lassen.«

»Ich kann nicht verstehen«, sagte ich, »daß meine Schwester plötzlich schwimmen gegangen sein soll. Es war doch noch sehr kalt, und sie war absolut kein spartanischer Typ.«

»Die Menschen haben manchmal komische Vorlieben.«

»Ich kann auch nicht glauben, daß sie tot ist.«

»Nun, sie ist fort, das ist leider eine Tatsache.«

»Ihre Leiche wurde nie angespült.«

»Das bedeutet aber nicht, daß sie noch lebt. Manche tauchen nie wieder auf. Sie kann hinausgetrieben worden sein oder auf dem Meeresboden liegen.«

Ich schauderte.

»Es tut mir leid«, sagte er. »Aber ich finde, je schneller Sie sich mit der Tatsache abfinden, daß sie nicht mehr da ist, desto besser. Dann kommen Sie auch darüber hinweg. Es wäre sicher gut für Sie, wenn Sie nach Hause zurückkehrten.«

»Ja, das glaube ich auch. Aber ich kann nicht ohne Tristan gehen.«

»Sie werden ihn nicht mitnehmen können.«

»Ich verstehe ja, daß er hierher gehört, aber Dermot würde nichts dagegen haben.«

»Dermot ist im Augenblick alles egal.«

»Es war ein furchtbarer Schlag für ihn.«

»Wie auch für Sie. Tatsächlich, bei Ihren Eltern wären Sie glücklicher. Es ist nicht gut, daß Sie hier sitzen und grübeln – Sie können dem Geschehen doch nicht entfliehen.«

»Wenn ich nur Tristan mitnehmen könnte …«

»Das Kind muß hierbleiben. Sein Großvater besteht darauf.«

»Und ich habe meiner Schwester versprochen, mich um ihn zu kümmern.«

»Hatte sie eine Vorahnung?«

»Es scheint so.«

»Merkwürdig.«

»So viele seltsame Dinge sind passiert.«

»Es kommt immer drauf an, wie man sie auslegt. Wir in Cornwall sind von Natur aus abergläubisch. Ich weiß nicht, warum. Vielleicht, weil unser Leben oft schwerer ist als das anderer Leute. Das Volk setzt sich aus Fischern und Bergleuten zusammen – beides gefährliche Berufe. Wenn schlimme Unfälle auf See oder im Bergwerk passieren, entstehen Legenden. Man wird Ihnen erzählen, daß die Knackers, die unter der Erde leben, die Geister jener Menschen sind, die Jesus Christus ermordet haben. Viele behaupten, sie gesehen zu haben. ›So groß wie ein Sixpenny-Püppchen‹, erzählte mir mal ein Mann. Ich nehme an, daß ein Sixpenny-Püppchen in alter Zeit höchstens sechs Zoll groß und wie ein alter Tinner – so nennt man die Bergleute hier in der Gegend – gekleidet war. Die Bergleute mußten für die Knackers immer ein ›Didjan‹, einen Teil ihres Mittagsbrots, stehen lassen, sonst gab's Ärger. Stellen Sie sich vor, was für ein Opfer das für die Leute war, die nur mit Mühe ihre spärliche Mahlzeit zusammenkratzen konnten.«

»Sie wissen eine Menge über alte Sagen und Bräuche.«

»Im Laufe der Jahre bleibt einiges hängen, und ich habe schließlich mein ganzes Leben hier verbracht, wenn auch nicht in diesem Haus. Ich gehöre nicht zur Familie.«

»Ich dachte, Sie wären entfernte Verwandte.«

Er zögerte einen Augenblick. Dann verzog er den Mund zu einem schiefen Lächeln.

»Ach – vielleicht. Aber jetzt habe ich Ihnen alte Geschichten erzählt, die mit gefährlichen Berufen zu tun haben. Die Leute denken an Unglück, das sie treffen könnte. Sie reden von schwarzen Hunden und weißen Hasen, die sie in den Minen gesehen haben wollen und die Böses ankündigen. Sie müssen verstehen, daß Menschen, die oft großen Gefahren ausgesetzt sind, nach Zeichen suchen. Jetzt sagt man in der Gegend, die Jermyns und Tregarlands hätten sich nicht wieder befreunden dürfen, und daß es nun doch geschehen ist, wäre unser Verhängnis.«

»Glauben die Leute wirklich, daß der Tod meiner Schwester darauf zurückzuführen ist?«

»Sicher. Sie sagen, daß jemand dieses Böse heraufbeschworen hat.«

»Ich?«

Er nickte und sah mich seltsam an.

»Man meint auch, es wäre nicht richtig, daß Ausländer hierherkommen und sich in Dinge einmischen, die seit Generationen existieren.«

»Ausländer!«

»Auf der falschen Seite des Tamar geboren«, sagte er grinsend.

»Das ist ja lächerlich.«

»Natürlich. Aber sie glauben es eben.«

»Diese Familienfehde – absurd! Das ist doch auch *Ihre* Meinung, oder etwa nicht? Jeder mit ein wenig Verstand denkt so. Auch Mr. Jermyn.«

»Trotzdem gibt es sehr viele, die anders denken. Die Leute lieben ihren Aberglauben. Sie wollen nicht, daß sich was ändert. Die Bergleute und Fischer ganz bestimmt nicht. Sie fürchten die Minen und das Meer. Schauen Sie! Sehen Sie die Wellen? Wir nennen die Schaumkronen weiße Pferde. Die See ist heute ziemlich rauh.«

»Während ich hier gesessen bin, hat der Wind aufgefrischt.«

»Das Meer ist heimtückisch, unberechenbar.« Er rückte etwas näher. »Es kann glatt sein, einladend. Und plötzlich kommt Wind auf. Sie haben noch keinen richtigen Sturm hier erlebt. Sie haben noch keine richtigen Wellen gesehen – zwölf, fünfzehn Meter hohe Wellen. Sie können gegen die Felsen donnern, sich wie wütende Ungeheuer dagegenwerfen. O ja – vor dem Meer muß man sich in acht nehmen.«

Ich spürte, daß er mich beobachtete, als er hinzusetzte: »Dort unten lauert Gefahr. Selbst in diesem Park. Sie brauchen nur den Halt zu verlieren ... ein loser Stein ... ein kleiner Erdrutsch. Und schon ist es passiert. Sie können in die Tiefe stürzen – hinab auf die schwarzen Felsen.«

Plötzlich wurde mir angst. Ich hatte das Gefühl, daß er noch näher rückte.

»Ich hab' mir nie Gedanken darüber gemacht«, sagte ich.

»Natürlich nicht. Aber Sie sollten aufpassen. Alles sieht friedlich aus, aber die Dinge sind nicht immer so, wie sie erscheinen. Behalten Sie stets die Gefahr im Auge.«

»Mr. Lewyth – Mr. Lewyth, sind Sie da?« Eines der Dienstmädchen lief den Abhang herunter. Es war, als ob ein Zauberbann gebrochen wäre. Ich seufzte erleichtert.

»Etwas Schreckliches ist passiert, Sir!« schrie das Mädchen schon von weitem. »Mr. Dermot hat einen Unfall gehabt! Sie haben ihn ins Krankenhaus gebracht!«

»Unfall?« rief Gordon.

»Er ist vom Pferd gefallen, Sir. Mrs. Lewyth hat mich zu Ihnen geschickt – ich soll Sie holen.«

Gordon rannte bereits zum Haus hinauf. Ich hinterher.

Gordon, Matilda und ich fuhren nach Plymouth ins Krankenhaus, in das man Dermot eingeliefert hatte. Wir durften ihn nicht gleich sehen, aber mit dem Arzt sprechen.

»Er hat schwere Verletzungen erlitten«, sagte er.

»Ist er etwa ...?« begann Matilda.

»Er wird überleben, aber es kann lange dauern, und möglicherweise wird er …«

»Oh, mein Gott«, murmelte Matilda.

»Sie wollten sagen, er wird bleibende Schäden davontragen?« fragte Gordon.

»Möglicherweise. Das Rückgrat ist betroffen. Es war ein schwerer Sturz, der tödlich hätte ausgehen können.«

»Weiß man, wie es passiert ist?«

»Offenbar ist er zu schnell geritten, und … äh … es scheint, daß er … äh … nicht gerade betrunken, aber auch nicht ganz nüchtern war.«

»Er hat erst vor kurzem seine Frau verloren«, sagte ich.

Der Arzt nickte.

»Sie dürfen zu ihm, wenn er aus der Narkose erwacht. Wir mußten ihn operieren – nur eine kleine Operation, die uns aber gezeigt hat, daß wir nicht viel für ihn tun können.«

»Heißt das, er muß hierbleiben?«

»Oh, nein. Er wird in wenigen Tagen entlassen. Natürlich braucht er eine gezielte Therapie, aber erst später. Wir müssen abwarten.«

Wir blieben im Wartezimmer allein und warteten, daß man uns zu Dermot rief.

»Es ist schrecklich«, sagte Matilda. »Was ist denn nur los? Seit Annettes Tod war nichts mehr, wie es sein sollte. Man weiß gar nicht, was man denken soll.«

»Das Leben ist manchmal so«, sagte Gordon zu seiner Mutter. »Es war ein Unfall. Niemand hat Schuld.«

»Sicher wird es heißen, die bösen Mächte wären es gewesen«, sagte ich.

Gordon nickte. »Vielleicht wird er wieder ganz gesund«, murmelte er. »Die Ärzte täuschen sich manchmal.«

Nach einer Weile kam eine Krankenschwester zu uns. Sie sagte, wir könnten jetzt zu Dermot, dürften aber nicht lange bleiben.

Dermot lag allein im Zimmer. Die Schwester zog den Vorhang an seinem Bett zurück.

Er sah blaß und sehr krank aus.

»Da hab' ich was Schönes angerichtet«, sagte er und lächelte schwach.

»Mein lieber Dermot«, sagte Matilda, »wir machen uns große Sorgen um dich.«

»Ich bin noch da«, sagte er und schien es zu bedauern.

»Wie ist es passiert?« wollte Gordon wissen.

»Ich weiß nicht. Ich bin übers Feld galoppiert, und plötzlich lag ich auf der Erde. Die arme alte Sable lief einfach weiter.«

»Ich weiß«, sagte Gordon. »Sie lief in ihren Stall zurück.«

»Wahrscheinlich habe ich nicht aufgepaßt«, flüsterte Dermot.

»Nun ruh dich schön aus«, sagte Matilda leise. »Du wirst wieder gesund. Aber alles braucht seine Zeit.«

»Zeit ...«, sagte er und schloß die Augen.

Eine Krankenschwester trat heran und bedeutete uns, zu gehen.

Wir warfen Dermot einen letzten Blick zu. Seine Augen waren geschlossen, und er schien nicht zu bemerken, daß wir ihn verließen.

Wie erwartet, waren die tollsten Gerüchte im Umlauf. Was geschah bloß auf Tregarland? Es war deutlich genug, irgend etwas stimmte da nicht. Ein Unglück nach dem anderen. Die erste Mrs. Tregarland kommt zu Tode. Dann fängt die junge Frau von jenseits des Tamar an, sich einzumischen und lädt einen Jermyn nach Tregarland ein. Logisch, daß der Geist sich das nicht gefallen läßt. Das Problem mit den Ausländern war, daß sie nichts von der Geisterwelt verstanden. Vielleicht würden sie es jetzt endlich kapieren.

Zwei junge Frauen waren bereits ins Meer gelockt worden, wenn die erste auch schon ertrunken war, bevor das zudringliche Weib in Cornwall Unruhe gestiftet hatte. Eine Warnung sollte es sein, daß der Streit zwischen den Familien noch längst nicht beigelegt war. Dann fiel der Herr vom Pferd, und es würde wohl lange dauern, bis er wieder im Sattel säße. Eine zweite Warnung, die klar und deutlich besagte: Misch dich nicht in Sachen ein, von denen du nichts verstehst!

Der Wunsch, diesen Ort zu verlassen, wurde übermächtig. Natürlich könnte ich sofort meine Sachen packen und abreisen. Aber was sollte dann aus Tristan werden? Das Kindermädchen sei durchaus fähig, sich allein um das Baby zu kümmern, hatte Richard gesagt. Ach, wenn ich Tristan doch nur hätte mitnehmen können!

Außerdem würde ich Jowan nicht mehr sehen, und dieser Gedanke gefiel mir gar nicht. Meine Treffen mit ihm waren das einzige, was mich aufrecht hielt. Jedenfalls kam es mir so vor. Er schien an meinem Wohlergehen interessiert zu sein, lachte mit mir über das Geflüster um mich herum und verstand, daß ich Tristan nicht im Stich lassen konnte. Jowan nahm meine Ängste, meine Frustrationen und meine Unentschlossenheit ernst. Er schien mich besser als alle anderen zu verstehen.

Dermot wurde aus dem Krankenhaus entlassen, aber er konnte kaum gehen und legte sich sofort ins Bett, weil die Fahrt vom Krankenhaus ihn so erschöpft hatte.

Im ganzen Haus war die Stimmung gedrückt. Zum erstenmal schien dem Alten die Freude, sich heimlich über irgend etwas oder irgendwen lustig zu machen, abhanden gekommen zu sein. Er sah aus wie ein gebrochener Mann. Diesmal ging es schließlich um seinen eigenen Sohn.

In den folgenden Tagen wurde uns allen bewußt, wie sehr Dermots Gesundheit beeinträchtigt war. Wie wir erfahren hatten, bestand für ihn wenig Hoffnung, seine frühere Geistes- und Körperkraft zurückzugewinnen, auch wenn sich die Ärzte Besserung erhofften.

James Tregarland mischte sich in die Diskussion darüber ein, wie es weitergehen sollte. Ein Rollstuhl müßte für Dermot beschafft und ein Zimmer zu ebener Erde eingerichtet werden. Das wäre nicht allzu problematisch. Auf Jack, den Stallburschen, war Verlaß. Er war stark, und im Notfall konnte man auch Seth dazurufen, der mit seiner Körperkraft wettmachte, was ihm geistig fehlte.

Wichtig war vor allem, Dermot bei Laune zu halten. Dieses Unglück kurz nach Dorabellas Tod war zu viel für ihn gewesen. Der Sturz war ja ohnehin auf seine schlechte seelische Verfassung zurückzuführen.

Jeder war bereit, alles nur Denkbare für ihn zu tun. Ein schönes Zimmer mit Sprossenfenstern, die aufs Meer blickten, wurde für ihn im Erdgeschoß vorbereitet. Mit dem Rollstuhl konnte er überall herumfahren. Oft hatte er Schmerzen und mußte starke Mittel nehmen. Der Arzt kam regelmäßig einmal die Woche, und auch zwischendurch, wenn man ihn rief. Man tat für ihn, was man konnte.

Niemand wurde besser versorgt als er. Unaufhörlich kamen Besucher. Wir achteten darauf, daß er möglichst nie allein blieb, und Jack, sein ergebener Sklave, hielt sich sowieso in seiner Nähe auf. Setzte ich mich zu Dermot, sprach er jedesmal von Dorabella – wie wundervoll sie gewesen sei, wie sehr er sie vom ersten Augenblick an geliebt hätte. Und wie schlimm es gewesen sei, sie plötzlich zu verlieren.

Frisch rasiert und gewaschen saß er in seinem seidenen Morgenrock im Rollstuhl, und ich sah ihn an und dachte, wie sehr er sich doch verändert hatte. Er war nicht mehr der junge Mann, dem wir vor dem Café begegnet waren – so klug und so fröhlich, ein Mann, der das Leben und Dorabella liebte. Wie traurig alles geworden war!

Ich erzählte ihm von Tristan, wie er wuchs, wie er Nanny und mich anlächelte ... was für ein Segen er wäre.

Dermot nickte und lächelte, aber seine Gedanken waren bei Dorabella.

Die Wochen vergingen. Spannung lag in der Luft. Hauptgesprächsthema war wieder einmal die politische Lage. Es herrschte Unsicherheit. Die Menschen hatten Angst vor einem Krieg.

Hitler machte erneut Ärger. Wo immer man hinging, wurde vom Sudetenland und der Tschechoslowakei geredet. Würde Hitler in die Gebiete einfallen? Und wenn ja, was konnten England und Frankreich tun? Würden sie wieder nur untätig zuschauen? Würden sie ihm erlauben, seine Forderungen nach Lebensraum für die deutsche Nation durchzusetzen?

Sein Volk stand begeistert hinter ihm.

Auch dieser unruhige Sommer ging vorüber, und ich hörte von Richard.

»Ich kann nicht verstehen«, schrieb er, »weshalb du dort bleiben mußt. Kommst Du nie mehr nach Hause? Du scheinst von diesem einen Gedanken besessen zu sein. Das Kind hat eine gute Pflegerin. Deine Mutter sagt, sie sei absolut vertrauenswürdig. Warum mußt Du dann bleiben?«

Ich las Ungeduld und verdeckte Kritik heraus. Er hielt mich für albern oder traute mir zu, einen anderen Grund für mein Bleiben zu haben.

Es war klar, daß wir uns trennen würden. Zwar tat es mir leid, ihn verletzt zu haben, aber ich wußte inzwischen, daß meine Gefühle für eine ernsthafte Beziehung nicht ausreichten. Die seinen übrigens wohl auch nicht.

Wieder einmal suchte ich Mrs. Pardell auf. In ihrer etwas herben Art begrüßte sie mich freundlich. Sie führte mich ins Wohnzimmer, wo ich – wie immer – Annettes Bild im Silberrahmen betrachtete.

»Und wie ist alles dort oben?« fragte sie.

»Traurig«, sagte ich.

»Ja, ja, da hat's ihn nun selbst erwischt – die gerechte Strafe, würd' ich sagen. Wie's in der Bibel steht. Der Herr hat es für richtig gefunden, ihn für seine Untaten zu bestrafen.«

»Ach, Mrs. Pardell, Sie dürfen ihn nicht verurteilen!«

Sie schüttelte den Kopf. »Er hat meine Tochter getötet. Ich weiß, daß er's getan hat. Ich hab's immer gewußt. Und Ihre Schwester. Es gibt solche Männer. Und natürlich wird er bestens gepflegt. Hab' ich recht?«

»Es wird gut für ihn gesorgt.«

»Hmm. Geschieht ihm recht, sag' ich. Weiß der Himmel, wer die nächste gewesen wäre. Ehefrau Nummer Drei wahrscheinlich.«

Es hatte keinen Sinn, sie vom Gegenteil überzeugen zu wollen. Sie blieb bei ihrer festgefaßten Meinung. Dermot hatte ihre Tochter und meine Schwester ermordet und jetzt seine wohlverdiente Strafe bekommen. Niemand konnte sie davon abbringen.

Nach diesem Besuch fühlte ich mich sehr niedergeschlagen. Alles war so ungewiß. Niemand wußte, was als nächstes geschähe. Es könnte Krieg geben. Alle dachten daran, und meine Probleme schienen unwichtig im Vergleich zu einer solchen Katastrophe.

Ich dachte oft an Gretchen und Edward und ihr kleines Mädchen. Meine Mutter schrieb ab und zu von ihnen:

»Wir sind entzückt, und Edward ist außer sich vor Freude. Gretchen ist trotz ihrer Sorgen eine begeisterte Mutter, doch ängstigt sie sich von Tag zu Tag mehr um ihre Eltern. Dein Vater hält die Lage für sehr ernst und traut Hitler noch Schlimmeres zu, wenn sie es ihm gestatten, in die Tschechoslowakei einzumarschieren. Was für ein Ärgernis dieser Hitler ist! Ich wünschte, man könnte ihn wegfegen.

Wie geht es Dir dort unten? Ich finde es sehr unvernünftig von den Tregarlands, daß Tristan in Cornwall bleiben soll. Schließlich seid Ihr es doch – Du und Nanny –, die sich um ihn kümmern.

Auch kann ich wirklich nicht verstehen, warum Du nicht nach Hause kommen kannst, noch nicht einmal für einen Besuch! Zu Weihnachten mußt Du unbedingt kommen und Tristan und Nanny mitbringen. Bestimmt kann er jetzt reisen. Er wird schon ein großer Junge sein. Ich würde ihn so gerne wiedersehen! Komm bald! Dein Vater vermißt Dich, und ich auch.

Wie geht es Dermot? Es war schrecklich, was ihm passiert ist. Du schreibst, er kann sich im Rollstuhl fortbewegen? Das ist immerhin etwas, und mit der Zeit wird sich sein Zustand sicherlich bessern. Der arme Junge. Hoffen wir, daß ihm eines Tages geholfen werden kann.

Vergiß nicht, mein Schatz – wir wollen Dich wieder bei uns haben. Mit Tristan! Irgendwann werden sie einsehen, daß es das Beste wäre.«

Das bezweifelte ich zwar, aber in ein paar Monaten könnte ich meine Eltern wahrscheinlich mit dem Baby besuchen.

Oft holte ich die Miniatur von Dorabella hervor, hielt sie in den Händen und dachte an die vergangenen Jahre. Es war eine dumme Gewohnheit und machte mich jedesmal sehr traurig. Dorabella hatte einmal gesagt, über Dinge nachzugrübeln, die sich nicht ändern ließen, wäre so, als nähme man seine Sorgen zum Schwimmen mit, anstatt sie zu ertränken. Das hatte sie irgendwo gehört, und es gefiel ihr.

Wenn sie doch nur zu mir zurückkehren könnte!

Dann fiel mir ein, daß sie mir einmal gesagt hatte, sie wolle meine Miniatur immer bei sich haben. Sie bewahre sie im Ankleidezimmer neben dem Schlafzimmer auf, das sie mit Dermot teilte.

Dieser Raum wurde nicht mehr benutzt, weil Dermot jetzt im Erdgeschoß schlief. Ich wollte die Miniatur suchen. Das Bilderpaar sollte nebeneinander stehen.

Also ging ich die Treppe hinauf in das Zimmer mit dem Himmelbett und den großen Fenstern, vor denen schwere Vorhänge hingen.

Ich hatte die Miniatur einmal auf einem Tischchen im Ankleideraum gesehen. Jetzt stand sie nicht mehr da. Mir fiel ein, daß sie gesagt hatte, sie würde sie manchmal in eine Schublade legen, um nicht ständig an mich erinnert zu werden.

Einmal hatte ich beobachtet, wie sie sie aus einer bestimmten Schublade nahm. Dort würde sie liegen, denn ich war ja nicht dagewesen, als sie zum Schwimmen ans Meer ging.

Ich zog die Schublade auf. Handschuhe lagen drin, Taschentücher und ein Gürtel, aber keine Miniatur. Ich nahm alles heraus und tastete den Boden ab. Nichts.

Wo war die Miniatur? Vielleicht in einer anderen Schublade? Es gab noch drei. Ich durchsuchte alle und fand nichts.

Verblüfft sah ich mich um und ging dann ins Schlafzimmer. Im Kleiderschrank war ein Ablagebrett und noch eine Schublade. Aber auch dort lag die Miniatur nicht.

Wo konnte sie nur sein?

Die sorgenvollen Wochen verflogen. An langen Sommertagen traf ich mich mit Jowan, drei- oder viermal in der Woche, und lernte dabei auch einige seiner Pächter kennen. Er hatte immer zu tun und nahm mich oft mit, wenn er die Bauern besuchte.

Mit seiner Großmutter verstand ich mich prächtig. Er und sie waren sich sehr nahe. Sie liebte ihn abgöttisch, und mir gefiel, wie er mit ihr umging – gutgelaunt und zärtlich.

Unsere Treffen waren die Höhepunkte des Sommers. Alles war irgendwie unwirklich geworden – mein Leben und die Welt. Am Horizont zogen finstere Wolken auf. Man rechnete mit Krieg, und ich hatte oft das Gefühl, daß eine Ära zu Ende ginge. Willenlos driftete ich dahin. Es war, als ob alles von höherer Warte für mich entschieden würde.

Das Verschwinden der Miniatur gab mir immer noch Rätsel auf, was ich Matilda gegenüber erwähnte. »Ich habe im Ankleideraum und im Schlafzimmer nachgesehen. Dort hatte sie sie aufbewahrt. Ich kann mir nicht vorstellen, wo sie das Bild hingetan haben könnte.«

»Irgendwo muß es ja liegen.«

»Aber wo? Sie wissen doch, ich habe auch ein Bild von ihr. Die Rahmen passen zusammen, und die Bilder würden nebeneinander gut aussehen.«

»Sie hatte ihres sehr gern. Es wird ganz bestimmt irgendwann auftauchen.«

Einmal, als ich bei Dermot saß, fragte ich ihn, ob er wüßte, wo die Miniatur sein könnte.

»Im Ankleidezimmer, denke ich«, sagte er. »Sie legte sie in eine Schublade und holte sie nur raus, wenn du da warst. Hast du dich anderswo aufgehalten, wollte sie dein Bild nicht anschauen. Sie sagte, es wäre gar nicht nett von dir, so lange von ihr wegzubleiben, und war verletzt, als du abgereist bist. Du weißt doch, wie sie war.«

»Ja. Sie hat es mir auch gesagt.«

»Das Bild muß irgendwo sein.«

Er war traurig, und ich wünschte, ich hätte das Thema nicht angeschnitten.

»Sie sind wunderschön, diese Miniaturen«, setzte er gedankenverloren hinzu. »Die Malerin hat euer Wesen erfaßt.

Das Bild gab Dorabella wider – wie sie leibte und lebte, nicht wahr?«

»Ja, Dermot.«

»Am Ende beschäftigte sie irgendwas. Es machte mir Sorgen.«

»Was denn?«

»Ich wußte nicht, was es war. Ich hatte nur das Gefühl, daß etwas nicht stimmte.«

»Was meinst du damit?«

»Manchmal war sie zu fröhlich … ein bißchen … nun, nicht spontan. So, als ob sie nur vorgebe, daß alles in bester Ordnung sei und daß sie im geheimen etwas plane. Sie hatte irgendein Geheimnis. Ich glaube, es gefiel ihr bei uns nicht besonders. Meist war es ihr hier zu langweilig. Manchmal dachte ich …«

»Was hast du gedacht?« stieß ich hervor.

»Ich fragte mich, ob sie vorhatte, mich zu verlassen.«

»Nein!«

»Es war nur so ein Gedanke.«

»Das kann nicht sein. Sie war glücklich. Allerdings war sie immer die Ruhelose von uns beiden. Sie hätte mir aber gesagt, wenn etwas nicht in Ordnung gewesen wäre.«

»Wirklich?«

»Das hat sie immer getan.«

»Aber du warst nicht da.«

»Nein, aber sie hätte geschrieben. Sie hat mir immer alles erzählt. Seit unserem zweiten Lebensjahr war ich ihre Vertraute. Wenn sie ein Problem hatte, kam sie zu mir – ich mußte es für sie lösen.«

»Ich hatte aber den Eindruck … Nun, ich machte mir Sorgen.«

»Nein, Dermot, alles war in Ordnung.«

Ein gequälter Ausdruck lag auf seinem Gesicht, und ich machte mir von neuem Vorwürfe, das Bild erwähnt zu haben.

»Sie war alles für mich, Violetta«, sagte er. »Das verstehst du doch?«

»Ja, das verstehe ich.«

»Mein Leben ist ohne sie leer.«

»Dermot, hast du jemals das Gefühl, daß sie gar nicht tot ist?«

»Was meinst du damit?«

»Schließlich haben sie ihre Leiche nicht gefunden.«

»Das ist wohl auch nicht möglich. Sie liegt draußen auf dem Meeresboden. Ich kann es nicht ertragen, an sie zu denken. Sie war so lebenslustig. Deshalb glaubte ich ja auch, daß es ihr hier nicht gefiele. Sie wollte vom Leben immer nur das Beste, wollte alles genießen. Es war für sie ein Vergnügen ... wenn sie bekam, was sie sich wünschte. Ich machte mir Sorgen um sie. Ich glaubte, sie würde mich verlassen – und sie hat mich verlassen.«

»Nicht freiwillig«, sagte ich.

Wir halfen einander nicht – Dermot und ich.

Ich überlegte, worüber wir sonst noch reden könnten. Die politische Lage? Die würde ihn auch nicht aufheitern, obwohl sie ihm augenblicklich wohl genauso gleichgültig war wie mir. Ich redete von der Farm, die ich mit Jowan besucht hatte, und er tat, als ob er mir zuhöre, aber seine Gedanken waren in der Vergangenheit bei Dorabella.

September. Meine Mutter beschwerte sich in ihren Briefen, daß sie mich seit einer Ewigkeit nicht mehr gesehen hätte. »Es ist wie früher, als ihr noch auf dem Internat wart, nur dauert es inzwischen sogar schon länger als ein Schulsemester. Dein Vater und ich werden nach Cornwall fahren und versuchen, die Familie zu überreden, Dich und Tristan über Weihnachten zu uns reisen zu lassen.«

Mitte September trafen sie ein, und Matilda nahm sie herzlich auf. Es war wunderbar, sie bei mir zu haben. Ich hörte, daß Hildegard ein schönes Kind wäre, daß meine Mutter häufig nach London fuhr, um sie zu besuchen, und daß die kleine Familie genauso häufig nach Caddington kam.

»Wir vermissen dich alle so sehr, Violetta«, sagte meine Mutter. »Es ist so schade, daß du dich hier unten versteckst, besonders seitdem ...«

Sie wollte sagen, seit sie Dorabella verloren hätten.

Gordon nahm meinen Vater mit, wenn er auf dem Gut nach dem Rechten sehen mußte, so verlief der Besuch für alle sehr angenehm. Aber Matilda machte meinen Eltern auch klar, daß der alte Tregarland im Augenblick noch strikt dagegen wäre, Tristan ziehen zu lassen.

»Er hat Angst, daß ihm etwas passiert«, erklärte sie. »Gleich nach dem Unglück hatte Dermot diesen schrecklichen Unfall. Sie verstehen sicher, was ich meine. Und Sie wissen, daß Sie hier jederzeit willkommen sind. Besuchen Sie uns doch an Weihnachten!«

Meine Mutter sagte, sie würden gerne kommen. »Wir müssen Violetta und unseren kleinen Enkel sehen«, fügte sie hinzu.

Im September wurde die politische Situation noch brenzliger, und als ich mit Jowan ausritt, sagte ich zu ihm, daß ich die Namen Adolf Hitler und Sudetenland nicht mehr hören könne.

»Das geht uns allen so«, erwiderte er. »Aber die Lage ist tatsächlich ernst. Jeden Augenblick kann der Krieg ausbrechen.«

»Viele Leute denken, wir sollten uns aus allem raushalten.«

»Es gibt immer Vogel-Strauß-Typen, die am liebsten den Kopf in den Sand stecken und glauben, wenn sie nichts sehen, geht der Ärger vorbei.«

»Glauben Sie, daß es Krieg geben wird?«

»Es wird sich nicht vermeiden lassen.«

Bei den Mahlzeiten gab es kein anderes Thema mehr. Gordon und mein Vater konnten nicht aufhören, darüber zu diskutieren. James Tregarland hörte aufmerksam zu und gab hin und wieder einen Kommentar ab. Seit Dermots Unfall hatte er sich verändert. Der frühere, zynisch amüsierte Gesichtsausdruck war verschwunden, er sah jetzt älter und ernster aus. Wahrscheinlich nahm er an Dermots Schicksal auf seine Art Anteil. Nach Tristan fragte er selten. Offensichtlich interessierte er sich nicht für Babys. Manchmal erkundigte er sich bei mir nach ihm, weil er wußte, daß wir – Nanny Crabtree und ich – mehr Zeit als alle anderen mit ihm verbrachten. Er tat es, seit Tristan fast an Lungenentzündung erkrankt war.

In jenem September, während des Besuchs meiner Eltern auf Tregarland, gab es große Umwälzungen auf dem Kontinent.

Deutschlands Forderungen hinsichtlich der Tschechoslowakei erreichten ihren Gipfel, und wir standen am Rande eines Krieges. Der Premierminister, Neville Chamberlain, flog nach München, um mit Hitler zu verhandeln, was einige Entspannung brachte.

Chamberlain und Daladier aus Frankreich hatten mit Hitler einen Pakt geschlossen. Er sollte das Sudetenland bekommen, an dem ihm so viel lag, dann würde niemand eingreifen. Mit diesem Zugeständnis sollte der Frieden gesichert werden.

Zurück aus München wurde Chamberlain am Flughafen von Reportern umringt, die etwas über die Ergebnisse der Verhandlungen erfahren wollten. Man fotografierte ihn, wie er ein Stück Papier in den Händen schwenkte und die bekannten Worte von Disraeli zitierte. Er sagte zu den wartenden Reportern, es gebe »Peace in our Time. Peace in Honour«.

Im ganzen Land herrschte große Freude.

Meine Eltern verabschiedeten sich mit dem Versprechen, Weihnachten wieder da zu sein.

»Und vielleicht«, sagte meine Mutter, »sieht der alte Mr. Tregarland bis dahin ein, daß Tristan alt genug ist, mit der Eisenbahn zu seinen Großeltern zu fahren.«

Jowan hielt nicht viel von dem Pakt mit Hitler.

»Ich traue ihm nicht«, sagte er. »Er will die ganze Tschechoslowakei, nicht nur das Sudetenland. Und was kommt danach?«

»Tatsächlich, was geschieht, wenn er versucht, sich mehr zu nehmen?«

»Ich weiß es nicht. Wir haben schon viel zu lang gezögert, aber irgendwo muß Schluß sein. Ich habe gehört, daß Chamberlain kurz nach seiner Rückkehr mit dem Kabinett konferierte und die Aufrüstung plante.«

»Das bedeutet ...«

»Daß er Hitler nicht traut.«

»Glauben Sie, daß er diesen Pakt geschlossen hat, um ...«

»Um Zeit zu gewinnen? Vielleicht. Hitler ist bis an die Zähne bewaffnet und für einen Krieg vorbereitet. Wir nicht. Aber wir werden sehen. Deutschland erlebt einen unglaublichen Aufschwung und hat sich von der Niederlage 1918 bestens erholt. Man kann nur hoffen, daß sie mit dem zufrieden sind, was sie haben und es dabei bewenden lassen. Bis jetzt sind sie mit allem durchgekommen. England und Frankreich haben zugesehen, aber das hat natürlich seine Grenzen ... jeder weitere Schritt kann die Lage verändern.«

»So vieles hängt von einem einzigen Mann ab.«

»Der den Juden Schreckliches angetan hat.«

»Er ist ein Ungeheuer, aber eines, das planvoll vorgeht.«

»Ich muß an Edwards Frau denken. Sie sorgt sich zu Tode.«

»Ich weiß ... und mit Recht.«

»Ich wünschte, sie hätte ihre Familie mitbringen können!«

»Ich glaube, man sagt, es ist fünf vor zwölf. Aber vielleicht geht ja auch alles gut. Haben Sie nicht auch schon erlebt, daß im Leben etwas, das wir fürchten, niemals eintritt und unsere Ängste umsonst waren? Als Sie wegfuhren, dachte ich, ich würde Sie nie wiedersehen. Und jetzt? Jetzt treffen wir uns ständig.« Er sah mich ernst an. »Es war eine unnötige Angst. Zumindest hoffe ich das.«

»Ich stelle mir gern vor, daß wir uns noch oft treffen können«, sagte ich.

»Wirklich?«

»Natürlich! Manchmal denke ich, unsere Verabredungen sind das einzige, was mir Spaß macht.«

»Wie mich das freut«, sagte er.

Ich glaube, er wußte, was mir durch den Kopf ging. Er

wußte, daß ich erst dann akzeptieren würde, Dorabella verloren zu haben, wenn ich den Beweis hatte, daß sie tot war.

Weihnachten kam und ging vorüber. Ich freute mich, meine Eltern wiederzusehen. Von Richard bekam ich einen Brief. Er bat mich nicht mehr, zurückzukehren. Die Aussicht auf eine ernsthafte Beziehung mit ihm schwand immer mehr. Er war von mir enttäuscht, und ich wohl auch von ihm. Damals hatte ich die Wahl zwischen ihm und Tristan getroffen. Aber hatte ich Dorabella nicht mein Wort gegeben? Auch im Tod war sie mir näher als jeder andere Mensch.

Es gab Zeiten, in denen ich es bedauerte, Richard verloren zu haben, aber dann fühlte ich mich auch wieder erleichtert. Wenn seine Liebe so leicht zu beeinträchtigen war, konnte sie nicht sehr tief gewesen sein. Ich kam zu der Einsicht, daß wir nicht zusammenpaßten.

Dermots Zustand hatte sich nicht gebessert, und der Arzt meinte, eine Heilung wäre nicht zu erwarten. Natürlich wußte Dermot davon nichts. Aber er hatte sich völlig verändert. Der sorglose junge Mann war launisch geworden, und ich konnte das verstehen. Er war nun einmal kein Mann mit Innenleben, hatte statt dessen das Leben genossen, war gerne umhergereist und auf Partys gegangen. Wie leid er mir tat. An düsteren Wintertagen war er oft melancholisch.

Das Klima in Cornwall ist milder als anderswo in England. Es schneite deshalb selten, regnete aber heftig, und manchmal stürmte es aus Südwest. Hin und wieder gab es auch sonnige Tage, und dann fuhr Jack mit Dermot in den Park, half ihm aus dem Rollstuhl und saß eine Zeitlang mit ihm auf einer der Steinbänke mit Blick aufs Meer. Es war nicht der richtige Platz für ihn, fand ich. Man konnte von da aus die Felsen sehen, auf denen Dorabellas Bademantel gelegen hatte.

Manchmal setzte sich sein Vater zu ihm, so sehr hatte sich der Alte verändert. Ich freute mich darüber und mochte ihn mehr, weil er Dermot jetzt seine Zuneigung zeigte.

Es war März geworden, und die ersten Frühlingsboten

tauchten auf Wiesen und Hecken auf. Die Nachrichten wurden immer ernster. Die Frist seit der Rückkehr Neville Chamberlains war abgelaufen. Hitler brach sein Versprechen und marschierte in der Tschechoslowakei ein.

Es war alarmierend und bestätigte, was viele Leute für möglich gehalten hatten und was der Premierminister gedacht haben mußte, als er auf Aufrüstung drängte.

Inzwischen sahen selbst diejenigen, die gegen die Kriegsvorbereitungen waren, deren Notwendigkeit ein.

Was wäre das nächste Ziel des deutschen Diktators? Mit der Beschwichtigungspolitik war es vorbei. Man konnte nicht länger einfach nur zusehen. Der britische Premierminister traf sich mit dem französischen Staatsoberhaupt, und zwischen den beiden Ländern wurde ein Abkommen getroffen. Falls Hitler Polen, Rumänien und Griechenland angriffe, würde man diesen Ländern Beistand leisten.

Die Menschen konnten nicht mehr vor der Wahrheit davonlaufen. Sturmwolken ballten sich über Europa zusammen. Wie lange würde es dauern, bis Hitler in Polen einmarschierte?

Schon machte er Ansprüche geltend.

Wir warteten jeden Tag auf schlimme Meldungen und waren erleichtert, wenn nichts geschah.

Oft ritt ich mit Jowan aus. Am liebsten trabten wir durchs Moor, und wenn es warm genug war, banden wir unsere Pferde an und setzten uns in der Nähe eines alten Bergwerks ins Gras. Jowan erzählte mir kornische Sagen und zeigte mir die prähistorischen Steine, zu denen meist eine Geschichte gehörte.

Eines Tages, als ich mich wieder einmal mit ihm verabredet hatte, ging ich in den Stall und traf Seth an.

Wie immer zeigte er großes Interesse an mir, was mit der Tatsache zusammenhängen mußte, daß Dorabella, die er für ein Opfer der Gespensterlady aus dem Hause Jermyn hielt, meine Schwester war.

Am Tag davor war ich wieder einmal zum Strand gegangen, der mich magisch anzog. Ich stand gern am Ufer, beobachtete die Wellen und dachte an Dorabella.

Seth hatte mich gesehen. Er stand im Park und blickte zu mir herunter. Ich hatte die Hand zum Gruß erhoben, und er hatte ihn erwidert und den Kopf geschüttelt. Damit wollte er mich wohl warnen, mir sagen, ich solle nicht so nah ans Wasser gehen.

»Nicht da runtergehen, Miss!« sagte er jetzt. »Das is' schlecht.«

»Meinst du den Strand?« fragte ich. »Ich passe immer auf, daß die Flut nicht kommt, und kann ja notfalls in den Park zurückgehen. Damals, als mich die Flut überraschte, war alles ganz anders.«

Er schüttelte den Kopf. »Nich' richtig, Miss. Irgendwann holt sie Sie. Sie ham ihn ja hergebracht.«

Er sprach natürlich von Jowan und der Familienfehde, die ich mißachtet hatte.

»Es ist alles in Ordnung, Seth«, sagte ich.

Wieder schüttelte er den Kopf, und sekundenlang sah es so aus, als würde er in Tränen ausbrechen.

»Ich war's nicht«, sagte er. »Ich hab' nix damit zu tun. Nix ...«

Ich konnte seinen Gedanken nicht mehr folgen, aber er sah so verzweifelt aus, daß ich mehr hören wollte.

»Was hast du nicht getan, Seth?« fragte ich.

»Ich hab' nicht geholfen. Hab' sie nicht rein ... Hab' nur ...«

Etwas machte ihm offenbar fürchterliche Probleme.

»Wer, Seth?« fragte ich. »Wem hast du nicht geholfen?«

Er schwieg einen Augenblick. Dann murmelte er: »Darf nicht sagen. Nix sagen. Geheimnis.«

»Meinst du meine Schwester?«

»Nein. Weiß nix über sie. Die andere.«

»Die erste Mrs. Tregarland?«

Er sah mich an und nickte kaum merklich. »Darf nix sagen«, fuhr er fort. »Hat sie gelockt. Sie mußte rein. Sie wollt's so haben.«

»Ich verstehe dich nicht, Seth. Wer wollte was?«

»Sie wollt's nicht. Sie mußte einfach. Aber ich war's nicht, Miss. Sie mußte ja rein.«

Gordon hatte den Stall betreten, und ich fragte mich, wieviel er von unserem Gespräch mitbekommen hatte.

»Oh, hallo, Violetta«, sagte er. »Wollen Sie ausreiten?«

»Ja.«

»Ein schöner Tag.«

Ob er verstand, was Seth mir zu sagen versuchte?

»Seth hat mir gerade erzählt ...«, begann ich, da sah ich, wie sich Seths Gesicht vor Entsetzen zu einer Grimasse verzerrte.

»Hab' nix gesagt«, murmelte er. »Weiß nix.«

»Es ging um den Unfall der ersten Mrs. Tregarland, nicht wahr, Seth?« fragte ich.

»Nein, nein – hab' nix gesagt.«

Gordon sah ihn scharf an, und Seth senkte den Blick und schlurfte davon.

Sich mir wieder zuwendend, tätschelte Gordon Starlights Flanke und half mir in den Sattel.

»Der arme Seth«, sagte er leise. »An manchen Tagen ist es schlimmer als an anderen. Viel Spaß!«

Beim Hinausreiten hörte ich noch, wie er zu Seth sagte: »Ich möchte mir den Black Eagle mal ansehen. Ich glaube, mit ihm stimmt irgendwas nicht.«

Ich ritt davon und dachte über Seths Gestammel nach. Wie schade, daß er sich so schlecht ausdrücken konnte. Man wußte nie genau, ob es sich bei dem, was er sagte, um eine Tatsache handelte, oder ob es nur eine Erfindung seines wirren Verstandes war. In diesem Fall war ich aber sicher, daß er mir etwas hatte sagen wollen, das ihm Sorgen machte und wofür er sich rechtfertigen mußte.

Jowan erwartete mich und schien sich wie immer zu freuen, mich zu sehen. Wir ritten zum Moor, und an einer geschützten Stelle banden wir die Pferde fest.

Wir saßen an einen Findling gelehnt – einem von sechs, die sich um einen viel größeren gruppierten. Ich sagte, sie sähen aus wie Schafe, die sich um ihren Hirten scharten, konnte aber mein Gespräch mit Seth nicht vergessen und erzählte Jowan davon.

»Der arme Seth«, sagte Jowan. »Es ist schade, daß er den

Unfall hatte. Er wäre sonst ein intelligenter Bursche geworden.«

»Ist es nicht ernüchternd zu wissen, daß ein einziger kleiner Unfall unser Leben verändern kann? Ich wünschte, ich wüßte, was er mir zu sagen versuchte. Es klang, als wollte er sich rechtfertigen.«

»Weswegen?«

»Wegen irgendeiner Sache, die er in Verbindung mit der ersten Mrs. Tregarland getan hatte.«

»Ach! Was genau hat er denn erzählt?«

»Es ist schwer zu sagen. Er hat irgendwas nicht getan. Es war, als wollte er sich rausreden. Er wiederholte immer wieder, es sei der Geist gewesen, der sie ins Wasser lockte.«

»Er wollte sich rechtfertigen?«

»Es war ein Durcheinander, aber es klang, als ob man ihm die Schuld für etwas in die Schuhe schieben wolle, das er nicht getan hat.«

»Sagte er, daß er dabei war?«

»So genau drückte er sich nicht aus.«

»*Klang* es so, als sei er dabei gewesen?«

»Also ... ja. Und er hätte mir vielleicht noch mehr erzählt, aber dann kam Gordon in den Stall, und Seth hielt schnell den Mund.«

»Hat Gordon gehört, was er sagte?«

»Einiges schon, denke ich.«

»Was er dabei wohl gedacht hat?«

»Niemand nimmt Seth richtig ernst.«

»Manchmal wissen solche Leute mehr als man denkt. Es ist immerhin möglich, daß er etwas weiß, von dem wir alle keine Ahnung haben.«

»Sie meinen hinsichtlich Annettes Tod?«

»Hmm. Es kam mir schon immer etwas merkwürdig vor, daß die Schwimmeisterin ertrunken sein soll. Es war nicht einmal stürmisch an dem Tag.«

»Vielleicht hatte sie Krämpfe ...«

»Schon möglich. Aber weshalb sollte Seth dann sagen, es sei nicht seine Schuld gewesen?«

»Er ist besessen von diesem Gedanken.«

»Warum?«

»Weil er glaubt, daß Ihre Urahnin, die sich ertränkte, will, daß andere junge Frauen es ihr nachtun … wenn sie mit den Tregarlands zu tun haben. Als eine Art Rache an der Familie.«

»Kann sein. Es wäre sicher interessant herauszufinden, was sich in Seths Kopf wirklich abspielt.«

»Ich werde sehen, was ich tun kann«, sagte ich. »Und was ist los in der Außenwelt?«

»Sie meinen jenen Teil des Erdballs, den wir zur Zeit besonders besorgt betrachten?«

»Genau den.«

»Nun, die Lage hat sich nicht verbessert. Die Dinge spitzen sich zu. Das Neueste ist, daß es zum erstenmal in der britischen Geschichte in Friedenszeiten eine Wehrpflicht geben wird.«

»Das klingt, als ob die Regierung wirklich Krieg erwartet.«

»Wenn Hitler Polen überfällt, wird es Krieg geben. Ich glaube nicht, daß an seinem Vorhaben gezweifelt wird, und die Zeiten der Beschwichtigungspolitik sind vorbei. An unseren Intentionen und an denen der Franzosen kann es jetzt keinen Zweifel mehr geben.«

»Wehrpflicht? Bedeutet das …?«

»Wehrfähige junge Männer werden eingezogen.«

Ich schaute ihn erschrocken an.

»Möglicherweise könnte die Behörde sagen, daß ich auf meinem Gut nutzbringende Arbeit leiste. Andererseits – wenn es zum Konflikt kommt – müßte ich dabei sein.«

Ich starrte ihn immer noch an. Plötzlich lachte er, nahm meine Hand und küßte sie.

»Es ist schön zu wissen, daß du um mich bangst.«

Es war ein wunderschöner Tag. Der Mai war gekommen, und die Luft war warm. Ich trat aus dem Haus und sah Dermot auf seiner Steinbank im Park, ging hin und setzte mich neben ihn.

»Ist es nicht herrlich heute?«

Er nickte. Dabei schaute er traurig zum Strand hinunter und dachte, wie ich wußte, an Dorabella.

»Was wohl auf uns zukommt?« Ich wollte ihn auf andere Gedanken bringen. »Glaubst du, es gibt Krieg?«

»Wahrscheinlich.«

»Alles ist so ungewiß.«

Er nickte wieder, und es wurde still zwischen uns. Ich sah ein, daß es keinen Zweck hatte, ihn aus seiner Melancholie zu reißen.

Plötzlich sagte er: »Die Zeit vergeht. Sie werden sie niemals finden. Sie ist fort ... für immer.«

Ich legte meine Hand auf seine, und er murmelte: »Du und ich – wir liebten sie am meisten.«

»Meine Eltern liebten sie auch sehr.«

»Das ist nicht das gleiche.«

»Meine Mutter läßt sich ihren Kummer nicht anmerken, aber sie trauert sehr. Die Miniatur, die ich Dorabella geschenkt hatte, habe ich übrigens bis heute nicht gefunden.«

»Sie gefiel ihr sehr. Sie hat mir oft gesagt, wie lieb sie dich hatte. Sie lachte über die Art, wie du ihr immer wieder aus der Patsche halfst. Sie sagte, sie sei ein Ungeheuer, das sich die wildesten Abenteuer ausdenkt und im Hinterkopf immer den Gedanken hat, Violetta muß mich rausholen.«

»Ja, so war es bei uns.«

»Sie sagte auch, du seist ihre andere Hälfte. Ein Band verbinde euch. Sie sagte, du seist die *bessere* Hälfte.«

»Ach, Dermot, ich kann es nicht ertragen, an sie zu denken.«

»Ich auch nicht.«

Danach schwiegen wir. Es hatte keinen Zweck, über andere Dinge zu reden. Dorabella war stets in unseren Gedanken und würde sich immer wieder vordrängen. Einmal hatte sie gesagt: »Glaube nicht, daß du mich jemals loswirst. Ich werde immer da sein.«

Es stimmte natürlich.

Ich saß bei ihm, bis Jack ihn ins Haus holte, und sah ihnen nach. Jack war stark und sanft und half Dermot in den

Rollstuhl. Als er ihn ins Haus schob, hob Dermot noch einmal grüßend die Hand.

Traurig kletterte ich den Abhang hinunter zum Strand und beobachtete die Wellen.

»Dorabella«, flüsterte ich. »Wo bist du?«

Als Jack am nächsten Morgen Dermots Zimmer betrat, sah er, daß er tot war.

Der Geist auf den Klippen

Das Haus war in großem Aufruhr. Ich erfuhr es, als Matilda zu mir ins Zimmer kam, während ich mich zurechtmachte, um frühstücken zu gehen. Sie war kreidebleich und zitterte am ganzen Körper.

»Etwas Furchtbares ist passiert«, jammerte sie. Und dann berichtete sie, wie Jack in Dermots Zimmer gegangen war, um ihn mit seinem Morgentee zu wecken.

»Er berichtete, er habe an die Tür geklopft, und als niemand antwortete, sei er reingegangen. Er sagte guten Morgen, und als keine Antwort kam, ging er ans Bett und entdeckte, was geschehen war. Das Pillenfläschchen lag neben dem Bett und war leer. Jack wußte sofort, was Dermot getan hatte. In einem Glas war noch ein Rest Whisky. Der arme Jack – er ist schrecklich aufgeregt. Wir alle sind aufgeregt.«

»Armer Dermot«, seufzte ich. »Er war so unglücklich.«

»Er ist nie über Dorabellas Tod hinweggekommen. Trotzdem kann ich nicht glauben, daß so etwas passiert ist. Gordon kümmert sich um alles. Er hat den Doktor angerufen. Ach, Violetta, es ist schrecklich. Was wird denn noch alles in diesem Haus geschehen?«

Es war ein verwirrender Tag: das Kommen und Gehen, das Geflüster, die furchtbare Erkenntnis, von einer neuen Tragödie heimgesucht worden zu sein und den Tod im Haus zu haben.

Ich dachte an unser Gespräch im Park. Im Grunde überraschte mich nicht, was er getan hatte. Ich hätte es kommen sehen müssen. Er war verzweifelt gewesen, und ich konnte es verstehen. Seine Ehe hatte ihn glücklich gemacht ... und dann war Dorabella verschwunden. Wegen eines ungestümen, dummen, albernen Einfalls war sie uns genommen worden.

Das ganze Haus stand unter Schock, und selbst Matilda hatte ihre übliche Gelassenheit verloren. Sie war so erschüttert, daß der Arzt ihr ein Beruhigungsmittel verabreichte und ihr riet, sich hinzulegen.

Gordon blieb ruhig und sachlich. Der Arzt redete mit ihm – offensichtlich erleichtert, mit einem vernünftigen Menschen über die Dinge sprechen zu können, die getan werden mußten.

Der Tag war ein Alptraum.

Abends sprach ich mit Gordon.

»Es wird natürlich eine Untersuchung geben«, sagte er. »Der Arzt weiß, was geschehen ist, und ist nicht allzu überrascht. Er sagt, Dermot sei depressiv gewesen. Früher war er oft himmelhoch jauchzend und dann wieder zu Tode betrübt. Mit tragischen Ereignissen konnte er nicht umgehen. Seit dem Tag, an dem er erfuhr, daß er mit großer Wahrscheinlichkeit nie mehr würde gehen können, war zu befürchten, daß er sich das Leben nehmen könnte. Der Arzt wollte schon vorschlagen, die Schmerztabletten nur von Jack oder jemandem, der im Bedarfsfall in der Nähe wäre, verabreichen zu lassen. Ein sehr trauriger Fall, aber – wie der Doktor sagte – unter den Umständen nicht völlig unerwartet.«

Im ganzen Haus herrschte Trauer.

Matilda war nicht in der Lage, das Bett zu verlassen, und Gordon mußte dem Alten Bescheid sagen.

Erschüttert kam er danach aus dem Zimmer. Ich wartete vor der Tür, um zu hören, wie er die Nachricht vom Tod seines Sohnes aufgenommen hatte.

»Ich dachte, wir würden noch einen Toten zu beklagen haben«, sagte Gordon. »Sein Gesicht wurde dunkelrot. Er öffnete den Mund, aber es kam kein Laut. Er starrte mich nur an und zitterte am ganzen Körper. Ich dachte, ihn würde der Schlag treffen. Nach allem, was schon passiert war, ist dies ein weiteres furchtbares Unglück. Er kann es kaum verkraften. Wir müssen sehr vorsichtig sein mit ihm. Der Schock war zu viel.«

Mr. Tregarland blieb mehrere Tage in seinem Zimmer. Matilda schlich wie in einem dunklen Traum durchs Haus. Ich ging nicht in die Stadt, weil ich mir vorstellen konnte, was die Leute sagten. Auf dem Haus Tregarland lag ein Fluch. Und das nun schon seit hundert Jahren. Daß Dermot sich das Leben genommen haben könnte, weil seine Seele krank war, wurde gar nicht erst in Betracht gezogen.

Finsternis senkte sich auf das Haus. Aber nicht nur darauf. Die Möglichkeit eines Krieges war unaufhörlich im Gespräch. Es war sicher, daß die Deutschen die Auseinandersetzung wollten.

Jowan und ich trafen uns wie üblich, doch fühlte ich mich nicht wohl dabei. Die Angestellten wisperten. Schaut nur, was los ist! Ein Unglück nach dem anderen bei Tregarlands!

»Es ist mysteriös«, sagte Jowan, »und ich wünschte, du müßtest nicht dortbleiben. Andererseits will ich nicht, daß du gehst!«

»Diese Katastrophen sind eine Reihe von Zufällen«, sagte ich. »Das Leben ist so seltsam. Dermots Tod läßt sich erklären. Ich weiß, wie unglücklich er war. Er hat zwei Frauen verloren, und es ist schon merkwürdig, daß beide ertranken. Als er vom Pferd stürzte, hieß es, er sei nicht nüchtern gewesen. Das ist doch verständlich.«

»Stimmt. Was wohl als nächstes geschieht? Es wird Krieg geben, der für uns alle vieles verändert.«

»Du bist so sicher …«

»Wenn man die Vorkommnisse verfolgt – dieses Bündnis, das Hitler mit Italien schloß … Es sieht aus, als wolle er sich eines starken Verbündeten vergewissern, bevor er den nächsten Schritt wagt.«

»Die Briten und Franzosen wird er doch nicht angreifen!«

»Wir werden sehen. In der Vergangenheit hat es zu viel Beschwichtigungspolitik gegeben. Vielleicht denkt er, daß es immer so weitergeht. Hoffen wir, daß er rechtzeitig innehält, bevor wir alle in einen Krieg gestürzt werden.«

»Alles ist so deprimierend, und ich hatte mich gefreut, von dir ein wenig aufgeheitert zu werden!«

»O weh! Tut mir leid. Ist es denn so schlimm auf Tregarland?«

»Natürlich. Der Alte ist völlig verwandelt. Dermots Tod

hat ihn furchtbar mitgenommen. Er starrt nur noch ins Leere. Es ist, als versuche er es zu begreifen, als suche er nach einer Erklärung für all diese Katastrophen.«

»Armer alter Mann! Zum Glück hat er Gordon, der sich um alles kümmert.«

»Gordon hat die Funktion eines großen Bollwerks. Matilda, die sonst immer so ruhig und nüchtern war, ist völlig durcheinander.«

»Lassen wir uns nicht von all dem runterziehen, ja? Versuchen wir zu vergessen, was passiert ist. Schließlich muß es irgendwann wieder bessere Zeiten geben.«

Wir waren zu einem freien Feld gekommen.

»Machen wir den Pferden eine Freude«, sagte er und galoppierte davon. Ich folgte ihm.

Das Unglück wollte kein Ende nehmen.

Beim Dinner erzählte uns Matilda, daß Mrs. Pengellys Baby tot aufgefunden worden sei.

»Die arme Frau ist völlig gebrochen«, sagte sie. »Es war ein schrecklicher Schock. Sie hatte das Baby gefüttert, es in seinen Wagen gelegt und im Garten stehen lassen. Dann ging sie ins Haus, und zwanzig Minuten später war das Kind tot.«

»Aber was war passiert?« fragte ich.

»Sie wissen es noch nicht. Das Kind ist auf irgendeine Weise erstickt. Es war blau im Gesicht und atmete nicht mehr.«

»Es muß aber doch einen Grund geben!« rief ich aus.

»Es ist nicht das erstemal«, sagte Gordon, »daß so etwas passiert. Die Ärzte haben keine Erklärung dafür. Das Kind hört einfach auf zu atmen, und Augenblicke später ist es tot.«

»Aber ...«, begann ich.

»Es gibt natürlich einen Grund«, fuhr Gordon fort. »Aber die Ärzte kennen ihn nicht. Dieser Kindstod kommt nicht oft vor, aber es sind schon einige Babys auf diese Weise gestorben. Die Mediziner forschen, und irgendwann werden sie die Ursache finden. Bis jetzt bleibt dieses Phänomen jedoch ein Rätsel.«

»Vor ein paar Monaten hat es einen ähnlichen Fall drüben in St. Ives gegeben«, sagte Matilda. »Die arme Mrs. Pengelly. Für sie ist es kein Trost, aber zumindest weiß sie, daß es nicht ihre Schuld war.«

»Wollen Sie damit sagen, daß Babys tatsächlich einfach so sterben können?« fragte ich.

»Ja, sie sterben in ihren Betten«, erklärte Gordon. »Meist im Alter von drei Monaten. Soviel ich weiß, können sie aber auch zwei oder drei Jahre alt sein. Leider hat man eben keine Ahnung, wie es dazu kommt.«

»Wie kann man die Babys dagegen schützen?« fragte Matilda.

»Ich hab' noch nie davon gehört«, sagte ich und dachte besorgt an Tristan.

Gleich nach dem Essen ging ich ins Kinderzimmer.

»Er schläft«, sagte Nanny. »Komm rein und erzähl mir was.«

»Zuerst möchte ich sicher sein, daß es Tristan gut geht«, sagte ich.

»Gut? Er schläft den Schlaf der Gerechten, der kleine Schatz.«

Ich schaute auf ihn hinunter. Er hielt seinen Teddy an sich gedrückt und sah aus wie ein kleiner Engel. Erleichtert stellte ich fest, daß er regelmäßig atmete.

»Was hast du erwartet?« fragte Nanny. »Ich bin froh, daß er den Teddy hat. Endlich was anderes als die alte Decke, an der er immer nuckelte. Meine Güte – es war Schwerstarbeit, ihm das abzugewöhnen! Und was für ein Theater er machte, als ich sie wusch! Es hat ihm schier das kleine Herz gebrochen. Aber jetzt liebt er seinen Teddybär. Nur die Schuhknopfaugen machen mir ein bißchen angst. Können die abgehen?«

Ich setzte mich und erzählte Nanny vom Baby der Pengellys.

»Ich hab' von dem Baby in St. Ives gehört«, sagte sie. »Man wundert sich.«

»Ich mußte an Tristan denken.«

»Ihm wird nichts passieren. Ich paß' auf ihn auf. Was hast du denn auf einmal?«

»Ich weiß nicht, Nanny. So viele schreckliche Dinge sind hier geschehen ...«

Sie kam zu mir und legte ihre Arme um mich.

»Alles wird wieder gut«, tröstete sie. »Nichts wird unserem Baby und dir passieren ... nicht, solange ihr Nanny Crabtree habt, die auf euch aufpaßt.«

Ich kuschelte mich an sie und war wieder ein kleines Mädchen. Alles würde gut werden, weil meine allmächtige Nanny Crabtree dafür sorgte.

Es gab große Aufregung, als Polly Rowe, eines der Küchenmädchen, eines Nachmittags angelaufen kam und erklärte, sie habe ein Gespenst gesehen.

Die Köchin brachte sie zu mir und sagte: »Hören Sie sich das lieber an, Miss. Es betrifft nämlich auch Sie.«

Polly, mit gerötetem Gesicht und sich ihrer neu erworbenen Wichtigkeit bewußt, konnte vor Aufregung kaum sprechen.

»Dort auf dem Felsen, Miss«, sagte sie. »Auf der Westseite. Ich war bei meiner Mutter und kam zurück ... drüben in Millingarth ... und dann hab' ich dieses Gespenst gesehen. Die Frau kam direkt auf mich zu. Wir waren uns ganz nah ... sind dort, wo es steil zum Meer runter geht, aneinander vorbeigegangen ...«

Sie schauderte.

»Sie hatte was über den Kopf gezogen, so konnte ich ihr Gesicht nicht sehen. Aber ich hab' sie trotzdem erkannt. Sie war's! Sie hat was gesucht, hat zum Meer rausgeschaut. Sie sah aus wie früher ... nur anders.«

»Wer war's denn?« fragte ich.

»Ein Geist, Miss. Sie war wie ein Schatten und hat mir trotzdem direkt ins Gesicht geschaut. Ich glaub', sie erkannte mich. Ich hab' sie ja manchmal gesehen, nicht? Sie ging an mir vorbei ... schwebte vorbei, wie's die Gespenster so an sich haben. Ich bin so erschrocken ... ich konnte mich nicht rühren. Und dann war sie weg.«

»Aber wer war es?«

Sie sah mich ängstlich an. »Sie war's – Mrs. Tregarland.«

»Du meinst … die erste Mrs. Tregarland?«

Sie schüttelte den Kopf. »O nein, Miss, die zweite … die zweite Mrs. Tregarland.«

»Meine Schwester?«

Ängstlich sah sie mich an und nickte.

Ich streckte eine Hand aus, um mich abzustützen, und lehnte mich an einen Tisch.

»Ist alles in Ordnung, Miss?« fragte die Köchin.

»Ja … ja … danke. Wo warst du, als du sie gesehen hast, Polly?« fragte ich.

»Draußen auf den Westklippen, Miss … nicht weit vom Cliff Cottage.«

»Und du bist sicher, daß du sie erkannt hast?«

»Sie hatte einen Schal um den Kopf … versteckte ihr Gesicht … ein bißchen. Aber sie war's. Sie war ganz nah. An der schmalen Stelle haben wir uns fast berührt. Da war sie, und als ich mich umdrehte, war sie weg.«

»Weg? Wohin?«

»Ich weiß nicht, Miss. Die Geister kommen und gehen, wie sie wollen. Sie gehen durch Mauern und Felsen …«

»Du hast dich sicher getäuscht, Polly.«

Polly schüttelte den Kopf. »Ganz bestimmt nicht … sie war's, nur als Geist. Das war der einzige Unterschied.«

Was hat das zu bedeuten? Fragte ich mich selbst, aber Polly antwortete: »Sie findet keine Ruhe. Wegen Mr. Dermot. Er ist ja auch tot. Wahrscheinlich suchen sie sich. Es heißt, daß man das tut, wenn man auf der anderen Seite ist.«

Ich sagte: »Danke, daß du es mir erzählt hast, Polly.«

»Ich dachte, Sie hätten ein Recht drauf, es zu erfahren, Miss, weil Sie ihre Schwester sind.«

Als sie gegangen war, setzte ich mich, um meine Gefühle zu ordnen. Dorabella war auf den Klippen gesehen worden? Dann sagte ich mir: Sei nicht albern. Polly war jemandem begegnet, der ihr ähnlich sah und hatte sich den Rest nur eingebildet. Der ganze Haushalt war nervös. Polly mußte jemandem begegnet sein, der Dorabella glich. Das war alles.

In der Küche würden alle über Pollys Erlebnis reden. Sie

würde es genießen, plötzlich Mittelpunkt zu sein, und die Geschichte noch ausschmücken.

Doch in der Nacht konnte ich nicht schlafen. Ich sah Dorabellas verschmitztes Lächeln vor mir. Ich erinnerte mich an eine Sache, die passierte, als wir elf waren. In der Nachbarschaft stand ein Haus, in dem es angeblich spukte. Oft durchstreiften wir es mit klopfenden Herzen, denn es gab ein zerbrochenes Fenster, durch das wir hineinklettern konnten. Nachdem wir erst einmal drin waren, taten es uns andere Kinder nach. Wir kauerten in einem der Zimmer und lauschten den zaghaften Schritten.

»Komm, wir spielen Gespenster«, hatte Dorabella gesagt. Wir trugen helle Capes, zogen sie aus und stülpten sie uns über den Kopf. Dann tauchten wir vor den Kindern auf.

»Haut ab, oder wir kriegen euch!« heulte Dorabella mit schauriger Stimme. »Wir sind Gespenster!«

Die Kinder machten kehrt und flohen, während Dorabella und ich uns vor Lachen auf dem Boden wälzten.

Und jetzt hatte Polly *ihren* Geist auf den Klippen gesehen.

Was für eine lange Nacht es wurde! Es war Unsinn, sagte ich mir immer wieder. Es konnte nichts dahinter stecken und war eben typisch für den Aberglauben, der in den Köpfen der Leute spukte.

Erst als es dämmerte, schlief ich ein.

Ich wollte mit jemandem reden, und der einzige Mensch, der dafür in Frage kam, war Jowan. Also wählte ich seine Nummer.

»Mr. Jermyn ist nicht da«, wurde mir gesagt.

Ich fragte, ob sie wüßten, wann er zurück wäre. »Hier spricht Miss Denver«, fügte ich hinzu.

»Oh, Miss Denver … er ist nach London gefahren.«

»Ach? Wann kommt er wieder?«

»Ich weiß es nicht genau. Es hängt davon ab, wie lange er dort zu tun hat. Ich werde ihm eine Notiz hinlegen, daß Sie angerufen haben.«

Ich fühlte mich so allein. Er hatte mir nicht gesagt, daß er vorhatte, zu verreisen. Aber weshalb sollte er mich denn auch über seine Geschäfte informieren?

Trotzdem war ich sehr niedergeschlagen, denn ich hatte mich daran gewöhnt, ihn um Rat zu fragen.

Ich grübelte und grübelte. Sie war also auf den Westklippen gesehen worden. Es war natürlich Unsinn – nur die lebhafte Fantasie eines hysterischen Mädchens, das es genoß, plötzlich eine Berühmtheit zu sein, eine von den höheren Mächten Auserwählte.

Wenn es Geister gab und wenn Dorabella einer war, dann wäre sie doch sicherlich mir und keiner anderen erschienen.

Wie sehr ich Jowan vermißte! Ich wollte unbedingt mit ihm sprechen, seinen nüchternen Ansichten lauschen. Vielleicht verließ ich mich zu sehr auf ihn. Zu meiner eigenen Verwunderung war ich zutiefst verletzt, daß er mir nichts von seiner Reise nach London erzählt hatte. Vielleicht bildete ich mir nur ein, daß er sich mehr für meine Angelegenheiten interessierte als es tatsächlich der Fall war?

Daß man im Ort unsere Beziehung mißbilligte, amüsierte ihn, und natürlich war er an alten Bräuchen und Aberglauben interessiert. Und was auf Tregarland passierte, hing damit zusammen. Seine Hauptsorge war jedoch sein Besitz, und wenn er dringend nach London mußte, sah er wohl keinen Grund, mir das vorher zu sagen.

Ich mußte mit jemandem sprechen! Dann fiel mir Mrs. Pardell ein. Ihr Häuschen war in der Nähe. Ich würde sie aufsuchen und fragen, was sie von der Gespenstergeschichte hielt.

Ob ihr schon jemand davon berichtet hatte? Es wäre in jedem Fall interessant, ihre Meinung zu hören.

Bald stand ich vor dem Haus und betrachtete den ordentlichen Garten. Während ich das Tor öffnete, bemerkte ich beim Aufblicken eine Gestalt hinter dem Vorhang. Mrs. Pardell mußte das Quietschen des Tores gehört haben. Ich stand vor der Tür und erwartete, daß sie sich öffnete. Als nichts geschah, klopfte ich.

Nichts.

Ich hob den schweren Türklopfer und probierte es noch

einmal. Dann meinte ich, Schritte zu hören, aber niemand kam an die Tür.

Ich trat zurück und blickte zu den Fenstern hinauf. Hinter einem von ihnen war ein Schatten zu sehen … jemand stand hinter den Spitzenvorhängen. Was hatte das zu bedeuten? Sie wußte, daß ich da war und wollte mich nicht reinlassen.

Unschlüssig ging ich den Gartenweg zurück und drehte mich noch einmal um. Bildete ich es mir ein, oder sah ich tatsächlich wieder eine Gestalt hinter dem Vorhang? In diesem Moment war sie da … und im nächsten wieder weg.

Seltsam. Ich war sicher, daß Mrs. Pardell im Haus war. Sie wollte also nicht mit mir sprechen.

Es vergingen einige Tage. Die Geschichte von Dorabellas Erscheinen machte die Runde.

»Sie ist zurückgekommen«, sagten die Leute. »Sie sucht ihren Mann. Er ist rübergegangen, und jetzt sucht sie ihn.«

Fragte sich eigentlich keiner, weshalb sie ihn hier suchen sollte, wenn er ›rübergegangen‹ war, um bei ihr zu sein?

Ich erwartete, auch von anderen zu hören, daß jemand sie gesehen hätte, aber es kam niemand zu mir. Wenn ich in die Stadt ging, starrten mich die Leute an. Ich stand im Mittelpunkt des Dramas, und sie vergaßen nicht, daß ich, die die Beziehung zwischen den beiden Familien zu kitten versuchte, an allem schuld war.

Mehr denn je wünschte ich, Jowan wäre da. Ich fühlte mich einsam ohne ihn. Wie gern hätte ich ihm von Dorabellas ›Geist‹ erzählt und davon, daß Mrs. Pardell mich nicht sehen wollte. Ich wußte, daß sie auf ihre Direktheit stolz war und wunderte mich um so mehr über ihr Verhalten. Sie gehörte nicht zu der Sorte, die sich hinter Vorhängen versteckt. Normal wäre gewesen, wenn sie die Tür geöffnet und gesagt hätte: »Ich will nicht mit Ihnen sprechen.« Und den Grund hätte sie mir auch genannt.

Dann rief mich Jowan an. Gleich fühlte ich mich besser.

»Ich bin zurück«, sagte er, »Und ich würde gerne mit dir reden.«

»Ja, ja«, sagte ich hastig. »Wann?«

»Ich kann dich in einer Stunde abholen. Wir können im Stag's Head im Moor zu Mittag essen. Dann erzähl' ich dir alles.«

Natürlich war ich aufgeregt. Und meine düstere Stimmung war verflogen.

Er kam pünktlich und begrüßte mich herzlich, sagte aber nichts Bedeutsames, bis wir den Gasthof erreichten. Dort wählte er einen ruhigen Tisch aus, an dem wir uns ungestört unterhalten konnten.

Es fiel mir schwer, meine Ungeduld zu zügeln, aber ich wußte, er würde erst dann reden, wenn er es für richtig hielt.

Wir bestellten unser Essen, und erst als es auf dem Tisch stand beugte er sich zu mir und sagte: »Ich habe eine bemerkenswerte Entdeckung gemacht.«

»In London?« fragte ich.

Er nickte. »Nur dort konnte ich erfahren, was ich wollte. Ich hatte dir nichts davon erzählt, weil ich nicht sicher war, ob ich mit meinen Nachforschungen Erfolg hätte. Es war nicht leicht. Ich hatte keine genauen Daten und konnte nur raten. Es wäre schneller gegangen, wenn ich Genaueres gewußt hätte.«

»Du machst es sehr spannend.«

»Ich habe Gordons Geburtsurkunde ausgegraben. Er ist der Sohn von Matilda Lewyth und James Tregarland.«

»Oh!«

»Ich hatte diese Vermutung schon lange, aber ich wollte sicher sein.«

»Sein Vater sei tot, wurde mir gesagt.« Erstaunt schüttelte ich den Kopf. »Sie wären ins Haus gekommen, weil Matilda eine entfernte Verwandte sei.«

»So hat man es dargestellt. Es hätte einen Riesenskandal gegeben, wenn seine Geliebte und sein unehelicher Sohn in Tregarland aufgetaucht wären. Nicht, daß er sich viel daraus gemacht hätte. Aber er muß seine Gründe gehabt haben. Ist dir klar, was das bedeuten könnte?«

»Sag mir, was du denkst.«

»Nun, bei meinem Besuch neulich – das Haus wirkte bedrohlich auf mich. Ich kann nicht an all diese Zufälle glauben. Annette Pardell war die erste, die sterben mußte.«

»Die Leute sagen bestimmt, deine Urahne war's.«

»Sie ertränkte sich – und das kann jemanden auf eine ganz bestimmte Idee gebracht haben.«

»Wen?«

»Schauen wir mal, ob wir dahinterkommen. Der wichtige Punkt ist, daß Annette schwanger war. Nach Dermot hätte das Kind Tregarland geerbt. Es ist ein großer Besitz, der in den vergangenen Jahren noch wertvoller geworden ist.«

»Dank Gordon.«

»Genau. Alles, was ich sage, ist natürlich reine Spekulation. Aber mehr ist nicht möglich. Du bist es, um die ich mir Sorgen mache.«

Eine angenehme Wärme durchströmte mich, die nichts mit dem Apfelmost zu tun hatte.

»Ich würde dich so schnell wie möglich dort rausholen«, fuhr er fort, »aber du gehst ja nicht ohne das Kind. Entführen kannst du den Kleinen auch nicht. Was, wenn Annette sterben mußte, weil sie den zukünftigen Erben erwartete? Und jetzt ist Dermot tot.«

»Und Dorabella ...?«

»Das ist der Teil, der nicht paßt. Ihr Sohn war bereits geboren. Ich verstehe es nicht. Warum deine Schwester? Es macht meine Theorie zunichte.«

»Du glaubst, jemand hat Annette ermordet, weil sie ein Kind erwartete?«

»Ja. Und das Kind wäre Dermots Nachfolger gewesen.«

»Aber sie ging doch schwimmen!«

»Das glaube ich nicht. Sie wurde davor gewarnt, und sie hatte zu viel Erfahrung, um so etwas Dummes zu tun.«

»Das gleiche hat Mrs. Pardell gesagt. Sie ist überzeugt, daß Dermot sie tötete.«

»Dermot hätte niemanden getötet.«

»Mrs. Pardell dachte, er hätte Annette satt gehabt und später auch meine Schwester – daß er eine Art Blaubart gewesen wäre, der Frauen heiratete und sie einfach umbrachte, wenn er sie loswerden wollte.«

»Völliger Blödsinn!«

Plötzlich wurde mir angst, und ich sagte: »Tristan war doch so krank. Jemand muß sein Zimmer betreten, ihn aufgedeckt und das Fenster geöffnet haben – in der Hoffnung, daß es ihn umbrächte, was wohl auch passiert wäre, wenn Nanny es nicht noch rechtzeitig bemerkt hätte.«

»Das paßt«, sagte er. »Annettes möglichen Erben ... dann Tristan. Und Dermot.«

»Willst du damit sagen, daß jemand, der zum Haus gehört, ihn ermordet hat?«

»Um den Weg freizumachen – ja!«

Ich starrte ihn ungläubig an. »Für Gordon?«

Er nickte. »Hör zu! Gordon ist dort aufgewachsen. Er kümmert sich um alles, und zwar in hervorragender Weise. Er opfert sich auf. Er betrachtet Gut und Ländereien als sein Eigentum. Er ist der Sohn des alten Tregarland, aber weil seine Mutter nicht mit seinem Vater verheiratet war, als er geboren wurde ...«

»Glaubst du, daß sie inzwischen verheiratet sind?«

»Nein. Ich weiß nicht, warum James sie nicht geheiratet hat. Aber wenn er keine legitimen Erben hätte, würde alles an Gordon gehen.«

»Soll das heißen, daß Gordon Annette umgebracht hat ... und vielleicht auch Dermot?«

»Wer sonst?«

»Aber Annette soll doch ertrunken sein ... vielleicht wegen einer Gegenströmung, oder sie hatte Krämpfe!«

»Ist das plausibel?«

»Nicht sehr.«

»Und Dermot?«

»Er kann die Tabletten tatsächlich selbst genommen haben. Andererseits – vielleicht auch nicht. Damit wäre der Weg frei – bis auf ...«

Ich starrte ihn entsetzt an. »Wenn das so ist, ist Tristan in Gefahr – in großer Gefahr!«

Er nickte.

»Jowan, ich habe Angst!«

»Ich weiß. Ihr müßt den Jungen Tag und Nacht bewachen. Wenn ich mit meinen Vermutungen recht habe, trachtet ihm jemand nach dem Leben.«

»Wie …?«

»*Ein* Versuch ist gescheitert. Aber der Tod deiner Schwester ist mir ein Rätsel. Sie war nicht im Weg. Dermot war es … und Tristan ist es noch. Dermot ist tot, und wir können nicht sicher sein, wie es passiert ist. Vielleicht war er es ja – wie gerichtlich entschieden wurde – selbst. Eine Schlußfolgerung, die scheinbar Sinn ergibt. Eines darf man dabei jedoch nicht vergessen: Jemand profitiert von seinem Tod. Deine Schwester loszuwerden, erscheint aber sinnlos. Wäre ein weiteres Kind unterwegs gewesen, dann ja. Aber so … Und da fällt meine Theorie in sich zusammen.«

»In Gordons Gegenwart habe ich mich nie so richtig wohl gefühlt, aber es ist schwer, sich Leute, die man kennt, als Mörder vorzustellen.«

»Oft sind es Personen, denen man es am wenigsten zutraut. Als ich herausfand, daß er tatsächlich James Tregarlands Sohn ist, war ich mir sehr sicher. Erst als ich gründlich darüber nachdachte, kamen mir Zweifel.«

»Jowan, was sollen wir tun?«

»Ich denke, wir müssen Beweise finden.«

»Wie denn?«

Er hob die Schultern. »Es ist schwierig. Aber ihr müßt auf das Baby gut aufpassen.«

»Es wäre gar nicht so schwer«, sagte ich. »Neuerdings hört man viel von Babys, die plötzlich gestorben sind. Plötzlicher Kindstod, sagt man, für den die Ärzte keine Erklärung haben.«

»Ich habe einen Bericht gelesen. Kleine Kinder sterben ganz unvermittelt und scheinbar grundlos. Die Mediziner stehen vor einem Rätsel und suchen verzweifelt nach der Ursache.«

»Ach, Jowan, ich bin so froh, daß du da bist.«

Er streckte mir die Hand über den Tisch hinweg entgegen und berührte meine.

»Und ich bin froh, daß du nach London gefahren bist«, setzte ich hinzu.

Er ließ meine Hand los und lächelte. »Du steckst mittendrin, und ich wünschte, es wäre nicht so.«

»Ich bin froh, daß ich da bin und auf das Kind aufpassen kann. Ob ich Nanny ins Vertrauen ziehen sollte? Hieltest du das für richtig?«

Er dachte nach. »Es ist nur eine Theorie«, sagte er.

»Ja, aber das Kind ist in Gefahr.«

»Du hast mir von ihr erzählt. Sie war dein Kindermädchen, und du kennst sie gut. Ich nehme an, für die ihr anvertrauten Kinder täte sie alles.«

»Worauf du dich verlassen kannst.«

»Dann zieh sie ins Vertrauen. Erzähl ihr von deinen Ängsten und entscheide selbst, was du ihr sagen kannst. Das Kind muß bewacht werden.«

»Ich werde es ihr sagen. Und ich bin froh, daß wir jetzt endlich etwas unternehmen können. Nach allem, was bisher passiert ist, frage ich mich, was als nächstes kommt.«

Dann erzählte ich ihm von Pollys Begegnung.

»Auf was für Ideen die Leute kommen!«

Ich erwähnte auch, daß ich Mrs. Pardell aufsuchen wollte und daß sie mich nicht ins Haus gelassen hatte, obwohl sie da war.

»Schlechte Laune vielleicht. Aber ich wundere mich trotzdem, daß sie dir nicht die Tür geöffnet und laut und deutlich erklärt hat, was ihr nicht paßt.«

Ich lächelte.

»Ach, ich bin so froh, daß du hier bist«, sagte ich noch einmal.

»Schön zu hören, daß einen jemand schätzt«, meinte er leichthin, doch ich spürte, wie sehr er sich freute.

Gleich anschließend ging ich zu Nanny Crabtree und sagte, daß ich etwas Ernstes mit ihr zu besprechen hätte, das nur für ihre Ohren bestimmt sei. Möglicherweise handele es sich nur um eine Theorie, aber wenn diese stimme, dann sei Tristan in Gefahr.

Sie war sofort hellwach und hörte mir zur Abwechslung einmal aufmerksam zu.

»Da scheint was dran zu sein«, sagte sie. Und es war typisch für sie, daß sie sofort an das offene Fenster dachte.

»Ich hab' es nicht geöffnet«, sagte sie. »Das weiß ich genau. Es war jemand andres. Und der Kleine hat sich auch nicht freigestrampelt. Und das bei der schlimmen Erkältung, die er hatte! Erwürgen könnt' ich diejenigen, die sich an kleinen Kindern vergreifen.«

»Wir müssen darauf achten, daß er nie allein gelassen wird … Tag und Nacht.«

Sie nickte. »Und Dorabella?«

»Da paßt etwas nicht zusammen. Wir können uns nicht vorstellen, wer sie aus dem Weg haben wollte.«

»Nun, sie hatte es sich vielleicht wirklich in den Kopf gesetzt, schwimmen zu gehen, und wenn sie was wollte, gab's kein Halten. ›Ich will's und ich krieg's.‹ So war sie doch. Und Mr. Dermot …?«

»Bei ihm könnte es so oder so gewesen sein. Ach, Nanny, begreifst du, wie vorsichtig wir sein müssen? Wir dürfen kein Risiko eingehen. Vielleicht sind wir zu mißtrauisch, aber Tristan zuliebe müssen wir auf alles gefaßt sein.«

»Das verstehe ich vollkommen. Egal, ob wir auf dem Holzweg sind oder nicht – wir müssen dafür sorgen, daß unserem Kleinen nichts passiert. Ich sag dir, was wir machen werden – und das bleibt unter uns! Ich werde auf dem komischen Diwan im Kinderzimmer schlafen. Niemand darf es erfahren. Dann stehe ich Tag und Nacht zur Verfügung.«

»Nanny«, sagte ich, »ich werde in meinem Bett keine Ruhe finden. Wir sollten uns abwechseln. Laß mich bei Tristan im Kinderzimmer schlafen.«

»Das ist nicht nötig«, sagte Nanny. »Ich paß schon auf.«

»Ich werde in meinem Zimmer nicht einschlafen können«, sagte ich, »sondern dauernd daran denken, daß irgendwas passieren könnte.«

Sie sah mich an und nickte langsam. »Ich kenne dich«, sagte sie. »Na gut – dann schläfst du eben hier auf dem Diwan, und ich werde in meinem Zimmer bleiben und die Tür offen lassen.«

»Ich werde mich raufschleichen, wenn alle im Bett sind, und wieder in mein Zimmer gehen, bevor sie aufwachen. Es ist sehr wichtig, daß niemand etwas davon erfährt. Niemand!«

»Ich verstehe. Wir dürfen es keinem verraten.«

»Heute nacht also ...«

»Heute nacht«, sagte Nanny Crabtree.

Und so geschah es. Ich lag auf dem Diwan, und im Sternenlicht konnte ich den Umriß des Bettchens sehen. Bei meinem leichten Schlaf würde mich das kleinste Geräusch aus Tristans Ecke wecken.

Manchmal dachte ich: Ist es wirklich möglich? Dramatisieren wir die Sache nicht zu sehr? Konnte Gordon wirklich Mordgedanken hegen? Er war dabei gewesen, als seine Mutter vom Pengelly-Baby sprach. Bildete ich mir ein, daß er besonders aufmerksam zugehört hatte? Ich versuchte, mich zu erinnern. Dann ging meine Gedanken zurück zu jenem Tag, an dem mich die Flut überraschte. Er hatte sich sehr bemüht, mein Leben zu retten. Aber mich wollte er ja nicht loswerden. Ich stand ihm nicht im Weg.

Es war schwer, einem Menschen, dem man täglich begegnete, so etwas zuzutrauen. Aber wie gut kannte ich ihn überhaupt? Er war mir immer ein Rätsel gewesen und ein wenig unheimlich. Oder bildete ich mir das plötzlich nur ein?

Ich hatte zwei Nächte lang auf dem Diwan geschlafen, und dies war die dritte Nacht.

Es schien kein Mond, aber der Himmel war wolkenlos, und die Sterne funkelten.

Ich blickte aus dem Fenster auf einen besonders hellen Stern – ein Planet vielleicht – und dachte an Dorabella, die in einer solchen Nacht einmal gesagt hatte: »Es ist Gottes Auge, das uns beobachtet. Er hat dich den Kuchen stibitzen sehen, als die Köchin nicht hergeschaut hat. Du hast ihn dir in die Tasche gestopft. Er hat es in sein Büchlein geschrieben, und eines Tages mußt da dafür büßen.« Und ich hatte erwidert: »Du hast das meiste davon gegessen, also wirst du noch härter bestraft.«

»Essen zählt nicht, nur Stehlen«, war ihre Antwort gewesen.

Immer wieder fiel mir etwas ein, das ich mit Dorabella erlebt hatte.

Eine Stufe knarrte, und sofort war ich hellwach. Mein Herz schlug wild, als ich mich aufsetzte und lauschte. Da war es wieder. Vorsichtige Schritte näherten sich dem Kinderzimmer!

Ich schlüpfte aus dem Bett und stellte mich hinter die Tür. Gleich darauf öffnete sie sich langsam.

Ich konnte nicht glauben, daß dies wirklich geschah, obwohl ich darauf gewartet hatte. Es war wie im Theater – ein Stück, wofür ich geprobt hatte. Zuerst sah ich das Kissen, weiß leuchtete es im Sternenschein.

Dann – wie in einem Traum, einem Alptraum – passierte, was wir befürchtet hatten.

Eine Gestalt näherte sich dem Kinderbett und beugte sich über das schlafende Kind. Ich sprang hinter der Tür vor und schrie: »Nanny! Nanny! Schnell!«

Die Gestalt fuhr herum. Es war nicht Gordon. Es war Matilda!

Nanny Crabtree stand da, einen Spazierstock in der Hand, mit dem sie zum Schlag ausholen wollte.

Matilda Lewyth starrte uns an. Ihr Blick war wild, wie der einer Wahnsinnigen.

»Was … was tun Sie da?« kreischte sie. »Was tun *Sie* da?« brüllte Nanny.

»Raus!« schrie Matilda. »Alle beide – raus hier!«

»*Sie* machen, daß Sie aus dem Kinderzimmer kommen!« schrie Nanny zurück. »Wie können Sie es wagen, hier reinzukommen und mein Baby töten zu wollen!«

»Was sagen Sie da?«

Matilda ließ das Kissen fallen. Sie sank auf einen Stuhl und schlug die Hände vors Gesicht.

»Nanny« sagte ich. »Geh und weck Mr. Lewyth. Ich glaube, er weiß am besten, was hier zu tun ist.«

»Dann paß du auf, und gib mir das Kissen.«

Matilda und ich waren allein. Sie ließ die Hände sinken und sah mich an.

Ich sagte mit ruhiger Stimme: »Sie wollten ihn umbringen. Sie wollten Tristan umbringen. Sie dachten, es würde leicht sein. Sie wollten so tun, als sei das, was Mrs. Pengellys Baby passiert ist, auch ihm passiert.«

Sie antwortete nicht.

»Und die anderen …«, sagte ich. »Matilda, was hat das zu bedeuten?«

Aber ich wußte bereits, was es bedeutete. Jowans Entdeckung war die Erklärung dafür. Sie wollte Tregarland für ihren Sohn – ihren und James Tregarlands Sohn. Und sie war bereit gewesen, jeden, der im Weg stand, zu beseitigen. Sie, die Sanfte, Bescheidene, Selbstlose war eine Mörderin.

Wie dankbar mußte ich Jowan sein. Hätte er mich nicht gewarnt, wäre Tristan heute nacht gestorben.

Niemals werde ich den Augenblick vergessen, in dem Gordon den Raum betrat, und den Blick, mit dem er seine Mutter betrachtete. Nanny mußte ihm gesagt haben, was geschehen war. Und was ich in seinem Gesicht sah, war Entsetzen, aber keine Verwunderung.

Tief erschüttert ging er zu ihr und legte den Arm um sie.

»Mutter«, murmelte er. »Mutter, was hast du nur gemacht?«

Sie fing an zu schluchzen. Er streichelte sie und sagte zu uns: »Ich bringe sie auf ihr Zimmer und werde ihr etwas zum Schlafen geben. Sie verliert sonst den Verstand. Es ist schrecklich – mein Gott! Bitte erlauben Sie mir, sie wegzubringen. Ich komme gleich zurück, um Ihnen einiges zu erzählen, und ich würde mich freuen, wenn Sie versuchten, mich zu verstehen.«

»Mein Baby wäre fast gestorben«, sagte Nanny Crabtree.

Matilda zitterte. Wie eine Wahnsinnige begann sie, an ihrem Kleid und an ihren Haaren zu zerren. Dann stürzte sie sich auf Gordon.

»Es war für Dich!« schrie sie. »Für dich, mein Junge! Es war dein gutes Recht ...«

Gordon versuchte, sie zu beruhigen. Ich hatte noch nie zuvor einer solch herzzerreißenden Szene beigewohnt.

Den Arm um seine Mutter gelegt, führte er sie hinaus.

Nanny und ich gingen ans Kinderbett. Tristan hatte offensichtlich den ganzen Tumult verschlafen.

»Du hattest also recht«, sagte Nanny. »Gott sei Dank warst du hier. Sie ist verrückt – eine Wahnsinnige! Ich weiß, wenn eine verrückt ist – und sie ist es! Ausgerechnet sie. Du siehst mitgenommen aus, mein Schatz. Kein Wunder. Das hast du gut gemacht. Wenn man sich vorstellt, was hätte passieren können? Gordon ist auch ganz erledigt. Ich hatte das Gefühl, er war nicht allzu überrascht. Meinst du, wir sollten noch jemand anderes wecken? Falls er zurückkommt und uns umbringen will?«

»Es ist nur noch der Alte im Haus. Die Bediensteten sollten wir aus der Sache raushalten. Er hätte uns längst angreifen könne, wenn er das vorgehabt hätte. Ich glaube eher, daß er sich große Sorgen macht. Ich habe ihn falsch beurteilt. Sie war es, und sie ist wirklich nicht bei Verstand.«

Nanny blickte auf Tristan hinunter.

»Und der Kleine hat alles verschlafen.«

Es dauerte lang, bis Gordon zurückkehrte. Er sah blaß und verzweifelt aus. Nanny Crabtree brachte ihm einen Stuhl. Er setzte sich und blickte uns fast flehentlich an.

Ich dachte: Er liebt seine Mutter und hat Angst um sie.

»Wie soll ich Ihnen alles erklären?« begann er. »Ich muß von Anfang an erzählen und hoffe, daß Sie mich verstehen werden. Natürlich gibt es für das Vorgefallene keine Entschuldigung. Sie hat versucht, etwas Furchtbares zu tun. Seit einiger Zeit hat sie nur noch ein Ziel im Leben. Sie will mich als Herr des Hauses Tregarland sehen. Und sie ist besessen von dieser Idee.

James Tregarland ist mein Vater. Er und meine Mutter kennen sich seit vielen Jahren und hatten eine lange Beziehung miteinander. Meine Mutter stammte aus einer armen, aber angesehenen Familie. Sie arbeitete als Zimmermädchen in einem Hotel in Plymoth. Mein Vater übernachtete dort hin und wieder, und so kamen sie sich näher. Er fühlte sich zu ihr hingezogen. Natürlich war er verheiratet, und als ihre Eltern von meiner bevorstehenden Geburt erfuhren, waren sie sehr schockiert. Sie hatten sie entehrt, und sie wollten nichts mehr mit ihr zu tun haben. Mein Vater richtete ihr ein Haus ein, in dem ich geboren wurde, und kam weiter zu Besuch. Ich erinnere mich daran. Er zeigte Interesse an mir. Mit amüsiertem Blick beobachtete er mich, als ob er unsere Situation zum Lachen fände.

Aber für meine Mutter war das Leben nicht zum Lachen. Sie hatte eine strenge Erziehung genossen und fühlte sich in ihrer Lage nicht wohl. Als die Frau meines Vaters starb, rechnete sie damit, daß er sie heiraten würde. Aber das tat er nicht, sondern bot uns nur an, nach Tregarland zu kommen. Ich weiß, meine Mutter glaubte, dies wäre ein Anfang – ein Schritt in die richtige Richtung – und daß sie irgendwann Herrin des Hauses sein würde. Damals starb die Frau meines Vaters, doch vorher hatte sie Dermot zur Welt gebracht.

Ich erinnere mich noch an den Tag, an dem meine Mutter mir sagte, wir würden in das große Haus ziehen. Es wurde erzählt, daß meine Mutter eine ferne, verarmte Verwandte der Tregarlands sei; deshalb führte sie den Haushalt, und das mit großem Erfolg. Aber sie wollte zweierlei: die Ehe für sich und den Besitz für mich. Dies wurde ihr Lebensinhalt. Und mein Vater wußte das. Die Idee amüsierte ihn, und sie hinzuhalten machte ihm Spaß. Hochzeit ja? Hochzeit nein? Er verunsicherte meine Mutter. Vielleicht hat er angedeutet, daß der Besitz mir zufiele, wenn es keine rechtmäßigen Erben gäbe. Dermot zum Beispiel. Wer hätte gedacht, daß ihm so etwas zustoßen könnte? Er war jung und stark. Natürlich war er an Haus und Ländereien nicht sonderlich interessiert, aber solange ich sie verwaltete, lief alles gut.

Das war die Rolle, die mein Vater für mich vorgesehen hatte, und das verdroß meine Mutter. Ich war ihr Sohn und der Älteste meines Vaters. Ich hatte die Wirtschaft hochgebracht. Dermot hätte das nie geschafft. Und doch sollte er alles bekommen, weil ich unehelich war. Er hätte sie heiraten können, aber er tat es einfach nicht. Ich weiß nicht, warum er starrsinnig war, denn eigentlich mochte er sie sehr. Es gefiel ihm anscheinend, sie zu verunsichern. Er wollte sehen, wie sie reagierte, wie wir alle reagierten. Auch die Familienehre war ihm sehr wichtig. Vielleicht hielt er es nicht für schicklich, ein früheres Zimmermädchen zu heiraten.

Bitte verstehen Sie – seit vielen Jahren mußte sie mit dieser Situation leben. Ihre Hoffnungen wurden geschürt und dann wieder zerstört. Wie ich schon sagte, es wurde zu einer fixen Idee. Wenn sie öfter darüber gesprochen, nicht versucht hätte, ihre Gefühle zu verstecken – vielleicht hätte ihr das geholfen. Aber sie machte alles mit sich allein ab. Nur ich wußte, wie es in ihrem Innern aussah, wußte von ihrer Bitterkeit. Sie sprach lautstark von meinen Rechten – aber nur vor mir. Ich mache mir schon lange Sorgen um sie.«

»Hätten Sie damit gerechnet, daß sie einen Mord begehen würde?« fragte ich.

Er zögerte. Dann sagte er: »Ich letzter Zeit hatte ich Befürchtungen …«

»Die erste Mrs. Tregarland?«

»Davon weiß ich nichts. Sie ging schwimmen, was in ihrem Zustand sehr unvernünftig war.«

»Und Dermot?«

Er zögerte wieder. »Ich … ich habe nicht mit ihr darüber gesprochen. Ich wollte lieber daran glauben, daß er es selbst tat. Er war sehr deprimiert und ahnte sicher, daß er nie wieder würde gehen können. Immerhin schien es genug Gründe für einen Selbstmord zu geben.«

»Und jetzt?«

»Jetzt lebt nur noch das Kind.«

Nanny Crabtree lauschte wortlos.

»Was sollen wir tun?« fragte ich.

»Ich weiß nicht«, entgegnete Gordon hilflos. »Wir müssen abwarten. Ich werde gleich morgen früh den Arzt anrufen.«

»Werden Sie ihm sagen, was passiert ist?«

»Ja, ich denke, er muß alles erfahren.«

»Was, glauben Sie, wird mit ihr geschehen?«

»Man wird sie in eine psychiatrische Klinik bringen. Inzwischen sind in der Behandlung psychisch Kranker große Fortschritte gemacht worden. Sie braucht dringend Hilfe.«

»Wir müssen also bis morgen warten. Es tut mir so leid für Sie, Gordon.«

Er lächelte mich traurig an. »Es mußte so kommen. Ich war darauf vorbereitet. Ich wußte, daß sie früher oder später in Behandlung müßte. Zumindest wird sie jetzt endlich Hilfe bekommen.«

Die Uhr in Nannys Zimmer schlug zwei.

»Ich finde, wir sollten versuchen, etwas Schlaf zu bekommen«, sagte sie. »Violetta, leg dich auf den Diwan. Und Sie« – sie sah Gordon an, als wäre er eines ihrer Kinder – »sollten auch zu schlafen versuchen. Sie haben morgen eine Menge zu tun.«

Er lächelte uns beide kläglich, aber auch dankbar an.

»Ich weiß«, sagte er, »daß Sie beide alles tun werden, um uns zu helfen.«

Dann ging er hinaus.

»Der arme Mann«, murmelte Nanny. »Heute war er mir viel sympathischer. Er liebt seine Mutter sehr. Ein Mann, der seine Mutter liebt, kann nicht durch und durch schlecht sein. Jetzt mach' ich uns erst mal einen Tee, und dann werden wir sehen, ob wir nicht doch noch ein bißchen zur Ruhe kommen. Wie ich schon sagte – morgen, nein, heute gibt's viel zu tun.«

Ich saß gedankenverloren da. Wir brauchten uns nicht zu beeilen. Keiner von uns würde schlafen.

Wir schauten noch einmal nach Tristan. Der Teddybär war ihm aus den Händen gerutscht, aber er lächelte im Schlaf.

Die nächsten beiden Tage waren chaotisch. Zwei Ärzte kamen, um Matilda zu untersuchen.

Am Morgen nach der Aufregung war sie verwirrt erwacht. Gordon war bei ihr. Er hatte den Rest der Nacht an ihrem Bett verbracht.

Sie war sich nicht vollständig bewußt, was in der Nacht passiert war, und weite unablässig.

Der Hausarzt kam zuerst. Er sagte, sie brauche sofortige Hilfe und rief einen anderen Arzt an, wie es in solchen Fällen wohl üblich ist. Am Ende des zweiten Tages brachte man sie weg. Sie mußten ihr Beruhigungsmittel geben, weil sie zu Wutausbrüchen neigte. Gordon war sehr niedergeschlagen, und ich war gerührt, weil er bei mir Trost suchte.

Er vertraute mir vieles an und sagte, sie habe ihm schon seit langem Kummer bereitet. Vergeblich hatte er versucht, ihr verständlich zu machen, daß er seine Position akzeptiere und mit der Tatsache leben könne, niemals Erbe von Tregarland zu werden.

Ihm war vor allem seine Arbeit wichtig und daß er der einzige war, der über alles Bescheid wußte. Es würde Jahrzehnte dauern, bis Tristan die Verwaltung übernehmen könnte, und vorher wollte er dem Jungen alles Notwendige beibringen. Damit war er zufrieden.

Seiner Mutter hatte das jedoch nicht gereicht. Sie wollte unbedingt durchsetzen, daß er als Familienmitglied und Herr des Hauses anerkannt würde.

»Besessenheit«, sagte er. »So etwas kann ein Leben ruinieren, ein Leben wie das ihre.«

»Sie werden sie oft besuchen«, sagte ich.

»Ja. Sie kommt nach Bodmin. Ich werde mindestens einmal in der Woche hinfahren. Vielleicht kann man ihr dort ja helfen. Heutzutage gibt es viele Behandlungsmöglichkeiten.«

»Ich hoffe es, Gordon.«

»Ich werde Ihnen immer dankbar sein«, erwiderte er. »Wenn Sie nicht dagewesen wären, hätte sie das Kind getötet und wäre dann nie darüber hinweggekommen.«

Ich mußte an Annette denken, von der ich immer noch nicht glaubte, daß sie freiwillig ins Meer gegangen war.

Ob Matilda zumindest diesen einen Menschen auf dem Gewissen hatte? Und war es vielleicht diese Tat, die ihr endgültig den Verstand geraubt hatte?«

James Tregarland zeigte sich über das, was geschehen war, sehr aufgebracht. Er blieb in seinem Zimmer, und nachdem Matilda aus dem Haus war, ließ er mich rufen.

Ich ging sofort zu ihm und fand einen völlig veränderten Menschen vor. Alt und zusammengesunken saß er da.

»Oh, Violetta«, sagte er. »Sie sind in ein merkwürdiges Haus gekommen, nicht wahr? Was müssen Sie nur von uns denken? Nichts als Kummer und Sorgen. Jahrelang haben wir in Frieden gelebt, nichts Außergewöhnliches geschah ... und dann ... wie der Ausbruch eines Vulkans, der sich viele Jahre nicht rührte und dann keine Ruhe mehr geben kann.«

»Es ist tatsächlich viel geschehen«, sagte ich. »Ich glaube, eins kam zum anderen.«

Er nickte. »Meine arme Matty. Ich hatte sie gern, glauben Sie mir. Sie war immer ein sehr interessantes Mädchen. Ein ruhiges Äußeres, unter dem sich ihre Leidenschaft verbarg. Ich habe sie schlecht behandelt. Ja – Inzwischen habe ich entdeckt, daß ich ein Gewissen habe. Keine angenehme Entdeckung am Ende eines Lebens ... wenn es zu spät ist, irgend etwas gutzumachen. Sie wollte, daß ich sie heirate. Warum habe ich es nicht getan? Es hätte ihr Frieden gegeben. Arme Matty. Ihre Eltern klammerten sich an Konventionen. Wer davon abwich, den erwartete das Höllenfeuer. So war sie erzogen worden. Arme Matty. Ich neckte sie oft, und ich schäme mich, zugeben zu müssen, daß es mir Spaß machte. Seinerzeit setzte ich mein Testament auf – alles für meine legitimen Erben, und wenn diese nicht in der Lage wären zu erben, sollte alles an meinen unehelichen Sohn Gordon gehen. Nachdem sie den Inhalt des Testaments erfahren hatte, fing es an. Ich machte mir einen Spaß daraus, sie zu beobachten, verstehen Sie? Ich kannte Matty ziemlich gut. Spröde war sie am Anfang … später gar nicht mehr. Ich dachte nicht, daß unsere Beziehung so lange dauern würde. Ich wollte ihr eine Abfindung geben, das hatte ich vor, und dann adieu! Aber so funktionierte es nicht. Es ging weiter. Dann war der Junge da. Ich hatte ihn gern, und er machte sich verdammt nützlich hier, als er größer wurde. Der konnte arbeiten! Anders als einige Tregarlands, die das Zeitliche bereits gesegnet hatten. Ich selbst trage große Schuld, Violetta.«

»Sie wußten nicht, wie weit Matilda gehen würde.«

»Ich hätte es wissen müssen. Sie versuchte sogar meinen Enkel zu töten! Zum Glück schliefen Sie in seinem Zimmer.«

»Ja. Ich hatte herausgefunden, daß Gordon Ihr Sohn ist – habe ihn aber falsch eingeschätzt. Ich dachte, er würde versuchen, Tristan umzubringen. Wir hatten nämlich davon gesprochen, daß manche Babys auf mysteriöse Art in ihren Betten sterben. Nanny Crabtree und ich überlegten uns dann, was wir tun könnten, um so etwas zu verhindern.«

»Ich bin Ihnen beiden dankbar. Er ist ein schlaues Kerlchen, unser kleiner Tristan. Wenn ich mir vorstelle, sie hätte sein Leben wie eine Kerze ausgeblasen … Ich bin Ihnen überaus dankbar.«

»Auch Nanny Crabtree gebührt Dank.«

»In der Tat. Sie ist eine alte, treue Seele – ein richtiger Drachen … eine Kämpferin. Das gefällt mir. Die läßt sich nicht die Butter vom Brot nehmen, was?«

Sein Kinn fing an zu zittern, und ein paar Sekunden lang sah er wie früher aus.

»Sie liebt ›ihre‹ Kinder sehr«, sagte ich. »Ich bin so froh, daß meine Mutter es in die Wege leitete, daß sie herkam, um sich um Tristan zu kümmern.«

»Oh, ja, dafür müssen wir dankbar sein. Aber vor allem danken wir Ihnen, meine Liebe! Es ist ein gutes Gefühl zu wissen, daß mein Enkel so gut bei Ihnen aufgehoben ist. Und was wird mit meiner armen Matty geschehen?«

»Gordon meint, daß man ihr vielleicht helfen kann.«

»Im Augenblick wird sie nicht wissen, wo sie ist und was sie getan hat. Und das ist auch besser so.«

»Und was sie möglicherweise davor getan hat.«

»Sie denken an Dermots erste Frau …?«

»Ja, Annette.«

»Das war eine seltsame Affäre. Ich war froh, als Dermot Ihre Schwester ins Haus brachte …«

»Haben Sie eine Ahnung, was geschehen sein könnte?«

Er schüttelte den Kopf. »Ich habe viel darüber nachgedacht. Die erste Frau ertrank, als sie schwanger war. Erst später kam mir der Gedanke, daß Matty ihre Hand im Spiel gehabt haben könnte. Damals, als es passierte, kam mir so etwas natürlich nicht in den Sinn.«

Glauben Sie, daß sie Annette getötet haben könnte?«

»Ich weiß es nicht.«

»Und Dermot?«

»Sie hätte ihn die Pillen ohne weiteres verabreichen können. Aber wäre sie wirklich dazu fähig gewesen?«

»Er stand ihrem Sohn im Weg, genau wie Tristan. Und vorher Annette. Nur meine Schwester …«

»Meine Liebe, Sie haben mit uns gelitten. Ihr Aufenthalt bei uns war von Tragik überschattet. Zu viele Tragödien.«

»Ja, zu viele«, sagte ich. »Und jetzt, wo wir wissen, daß es ein Motiv gab …«

Er nickte bedächtig. »Wie dankbar wir Ihnen sind! Dieses Haus braucht Sie jetzt mehr denn je. Wollen Sie mir versprechen, uns nicht zu verlassen?«

»Ich kann nicht sagen, was die Zukunft bringen wird. Auf jeden Fall werde ich noch eine Weile hierbleiben. Tristan bedeutet mir sehr viel.«

»Das ist gut. Meine arme Matty! Wie ich mir wünsche, daß ihr dies nicht passiert wäre! Sie ist fort, nicht wahr? Und wird nie mehr zurückkehren. So ruhig und tüchtig nach außen hin und ein brodelnder Vulkan des Hasses im Innern. Zeigt das nicht wieder einmal, wie kompliziert wir Menschen sind? Es war immer ein Hobby von mir, Menschen zu beobachten.«

»Sie sind wirklich kompliziert. Und jetzt entschuldigen

Sie mich bitte – ich habe Nanny Crabtree versprochen, den Vormittag im Kinderzimmer zu verbringen.«

Er nickte. »Wir brauchen Sie hier«, sagte er. »Ich ... Gordon ... Tristan. Oh, ja. Ich hätte Angst um das Kind, wenn Sie uns verlassen würden.«

»Eine Weile bleibe ich noch.«

Zufrieden nickte er noch einmal und schloß die Augen. Er sah sehr müde und unendlich traurig aus.

Seth hatte sich verändert. Es war schon eigenartig, daß ein großer, starker Mann wie ein hilfloses Kind wirken konnte. Seltsamerweise schien er Vertrauen zu mir zu haben. Ich wußte, daß er Matilda mit großer Ehrfurcht betrachtet hatte. Manchmal war es mir vorgekommen, als sehe er ein höheres Wesen in ihr.

Sie war freundlich zu ihm gewesen. Wie merkwürdig, daß sie, die den Mord eines Kindes geplant hatte, einem armen Kerl wie Seth so nett entgegengekommen war. Und jetzt, wo sie fort war, machte Seth einen verlorenen Eindruck. Der arme, unsichere Seth, dessen Leben sich einschneidend verändert hatte, als er zehn war. Danach war seine Entwicklung stehengeblieben.

Oft stellte ich fest, daß er sich in meiner Nähe herumdrückte, und plötzlich wurde mir klar, daß er in mir eine Art Ersatz für Matilda sah. Wenn ich etwas tragen mußte, kam er schnell, nahm es mir ab und zeigte deutlich, wie dankbar er für jede Chance war, mir helfen zu können.

So kamen wir auch einmal ins Gespräch, und ich erfuhr von ihm, was ich schon lange wissen wollte.

Oft plauderte ich mit ihm über Pferde und den Park. Eines Tages sah ich ihn dort arbeiten, ging zu der Steinbank in seiner Nähe und sagte: »Hallo, Seth. Wie geht es dir heute?«

Freudestrahlend blickte er auf. »Gut, Miss Violetta.« Er sprach meinen Namen stets ein wenig schlurfend aus.

»Das Meer ist ein bißchen rauh«, fuhr ich fort. »War es auch an dem Morgen so, als die erste Mrs. Tregarland baden ging?«

Er sah mich nicht mehr so ängstlich an wie früher, wenn ich dieses Geschehen erwähnte.

»Oh, 's war nicht am Morgen ... 's war nachts, nicht wahr?«

Ich war überrascht. Eine plötzliche Wende der Geschichte!

»Nachts?«

»Nachts ist das Meer anders«, sagte er und kratzte sich am Kopf. »Weiß nicht warum, aber 's ist anders.«

»Wo warst du damals, Seth?«

Er sah mich verblüfft an und schien sich in sein Schneckenhaus zurückziehen zu wollen.

»Du kannst es mir ruhig sagen, Seth.«

So ehrfurchtsvoll, wie er Matilda früher betrachtet hatte, schaute er jetzt mich an.

»Es war nachts«, sagte er, »und sie war mit ihr da.«

»Mrs. Lewyth war da ... mit der ersten Mrs. Tregarland?«

Er nickte, drehte sich um und zeigte auf die Glastür zur Terrasse, von der vier Stufen in den Park führten.

»Im Wohnzimmer waren sie.«

»Und sie haben was gemacht?« soufflierte ich.

»Nur die zwei ... sie redeten. Von dem Baby.«

»Woher willst du das wissen?«

»Weiß nicht. Sie haben immer vom Baby geredet.«

»Und was ist dann passiert?«

»Sie kamen raus. Die Miss. stolperte. Ich hab's genau gesehen.«

Er fing an zu kichern. »Sie war betrunken, glaub' ich. Die Misses war betrunken.«

»Und dann?«

»Mrs. Lewyth hat sie am Arm gehalten. Sie sind in den Garten gegangen.«

»Haben sie dich gesehen?«

»Nein, aber ich hab' sie gesehen. Mrs. Lewyth ging mit ihr runter. War nicht leicht am Abhang. Sie war betrunken, glaub' ich. Sie sind an den Strand gegangen, und dann ist sie umgefallen.«

»Wer?«

»Die andere.«

»Die erste Mrs. Tregarland?«

»Ja. Ich hab' aufgepaßt. Richtig besoffen war sie.«

»Und dann?«

»Mrs. Lewyth hat ihr die Sachen ausgezogen und den Badeanzug angezogen. Dann wollt' sie sie ins Wasser ziehen, aber es ging nicht. Sie war so schwer. Dann bin ich hin und hab' ihr geholfen.«

»Seth! Und was hat Mrs. Lewyth gesagt?«

»Sie wollt's erst nicht. Sie war böse mit mir ... zuerst. Dann war sie nett. Sie hat gesagt, der Geist der toten Lady will mit der ersten Mrs. Tregarland reden und will sie im Wasser haben ... weil's sein muß. Wir müssen sie reinschaffen. ›Du siehst doch, daß sie uns zuwinkt‹, hat sie gesagt.«

»Hast du sie winken sehen?«

»Mrs. Lewyth hat gesagt, ich seh's, also hab' ich ihr geholfen und hab' sie ins Wasser gestoßen. ›Sie will nur mit ihr reden‹, hat Mrs. Lewyth gesagt. ›Nur 'n bissel quatschen.‹ Ihre Sachen hat sie mitgenommen und ist später mit dem Bademantel wiedergekommen, damit sie ihn hat, wenn sie rauskommt. Aber sie ist nicht wieder rausgekommen. Der Geist wollt' wahrscheinlich, daß sie bleibt.«

»Seth«, sagte ich. »Das hast du alles gewußt und niemandem davon erzählt?«

»Sie hat gesagt, ich darf nix sagen. Sie hat gesagt, sie sind Freundinnen geworden, und sie kommt jetzt nicht mehr und spukt rum, weil sie sich so freut, daß die erste Mrs. Tregarland bei ihr ist.«

Ich saß da, starrte aufs Meer und dachte: Jetzt weiß ich es. Und Dorabella?

Ich sagte: »Seth, weiß du, was mit der zweiten Mrs. Tregarland passiert ist?«

»Von ihr weiß ich nix. Die hab' ich nie gesehen.«

»Sie ist auch zum Meer runter gegangen«, sagte ich.

»Vielleicht. Aber ich hab' sie nicht gesehen.«

»Danke, Seth«, sagte ich. »Du hast mir sehr geholfen.«

Ein zaghaftes Lächeln breitete sich auf seinem Gesicht aus, und es war deutlich, daß er jetzt in mir eine Freundin und Beschützerin sah.

Jetzt wußte ich also, daß Matilda eine Mörderin war. Tatsächlich war schwer zu begreifen, wie sich jemand, der solche Schuld auf sich geladen hatte, so ruhig und wohlwollend geben konnte.

Ich konnte mir jetzt leicht zusammenreimen, was geschehen war. Sie hatte Annette betrunken gemacht, sie an den Strand gezerrt und ins Meer gestoßen.

Wie erleichtert ich war, daß sie fort war und keinen Schaden mehr anrichten konnte.

Einige Zeit war vergangen, seit ich Jowan zum letztenmal gesehen hatte. Bestimmt war er von dem Drama unterrichtet worden, denn alle Gespräche im Ort drehten sich um nichts anderes. Ich wußte, er machte sich Sorgen, und rief ich an.

Wir trafen uns im Park, wo ich ihm alles erzählte.

Er war zutiefst schockiert.

»Wir müssen dir dankbar sein, Jowan«, sagte ich, »daß du entdeckt hast, welche Beziehung zwischen James Tregarland und Gordon besteht.«

»Aber ihr – du und Nanny Crabtree – habt das Kind gerettet.«

»Ja, aber du hast uns gewarnt, und dann ist mir eingefallen, daß Matilda und Gordon von den unerklärlichen Todesfällen sprachen.«

Ich beschrieb jene Augenblicke, als Matilda mit dem Kissen in den Händen das Kinderzimmer betrat.

»Der arme Gordon«, sagte ich. »Er ist ein sehr trauriger Mann. Sie ist jetzt sicher untergebracht und kann keinen Schaden mehr anrichten. Jowan, was sollen wir machen? Ich weiß jetzt, daß Annette ermordet wurde. Was mit Dermot geschah, können wir nicht mit Sicherheit sagen, aber wahrscheinlich war es ebenfalls Mord. Und Dorabella?«

»Es gab keinen Grund, Dorabella umzubringen. Matilda Lewyth war konsequent. Grundlos tötete sie nicht. Annette erwartete ein Kind, das den Besitz nach seinem Vater erben würde. Also räumte sie Annette und das Kind aus dem Weg. Sie hätte warten können, bis es geboren war, aber vielleicht hatte sie vom plötzlichen Kindstod noch nichts gehört.

Außerdem hätte Annette noch mehr Kinder bekommen können. Also entschloß sie sich zu einer radikalen Lösung.«

»Könnte es nicht sein, daß sie auch Dorabella loswerden wollte? Schließlich hatte es mit der ersten Frau geklappt – warum sollte sie es nicht auch mit der zweiten probieren?«

»Nein. So ohne weiteres hätte sie nicht mehr gemordet. Und das Kind war bereits da. Außerdem war es ja auch nicht einfach gewesen. Seth hatte sie beobachtet. Sicher hatte sie sich deswegen Sorgen gemacht. Es wundert einen, daß sie ihm nichts getan hat.«

»Das wäre schwierig gewesen. Sie hatte ja schon Probleme damit, Annette zu überwältigen. Seth ist groß und sehr kräftig. Nein, sie vertraute ihm, und er hat sie ja auch erst verraten, nachdem sie fort war und ich – wie er es sah – an ihre Stelle getreten war. Er betrachtete mich als eine Art Ersatz und redete mit mir wie mit keinem anderen. Aber was sollen wir jetzt tun?«

»Am besten gar nichts. Was würde geschehen, wenn wir die Polizei informierten? Ob die Seths Aussage akzeptieren würde? Und was könnte daraus entstehen? Was, wenn es zu einer Gerichtsverhandlung käme? Mrs. Lewyth, die nicht bei Verstand ist, könnte nicht vernommen werden. Und das Ergebnis? Schuldig, aber unzurechnungsfähig. Sie würde den Rest ihres Lebens in einer Nervenheilanstalt verbringen, was ihr höchstwahrscheinlich ohnehin blüht. Nichts läßt sich tun. Das einzige, was man erreichte, wäre eine juristische Aufdeckung der Tatsachen.«

»Was ist mit Mrs. Pardell. Sie hat Dermot beschuldigt, Annette und Dorabella ermordet zu haben.«

Er schwieg. »Sie könnte vielleicht wollen, daß die Sache ans Tageslicht kommt«, sagte er schließlich.

»Sie ist eine seltsame Frau. Seit ich bei ihr war und sie mir nicht aufmachte, verstehe ich sie nicht mehr.«

»Zumindest haben wir alles Wichtige erfahren.«

»Du glaubst Seth, nicht wahr?«

»Ja. Es paßt zusammen. Matilda Lewyth hatte einen Mord begangen und wollte einen zweiten begehen, weil sie nicht erwischt wurde. Diese Besessenheit hatte von ihr Besitz ergriffen. Sie hatte sich selbst eingeredet, daß ihr Sohn bekommen müsse, was ihm ihrer Meinung nach zustand, und nichts hätte sie davon abbringen können.«

»Also unternehmen wir nichts.«

»Im Augenblick ist es wohl das beste.«

»Jowan, ich bin so erleichtert, dich in meiner Nähe zu haben.«

»Danke«, sagte er. »Und ich bin froh, daß du bei mir bist. Du wirst uns nicht verlassen, oder?«

»Ich habe mit James Tregarland gesprochen. Er war sehr nett und hat viel erzählt. Ich mußte ihm versprechen, noch eine Weile zu bleiben.«

»Das wundert mich nicht. Du und deine tüchtige Nanny – ihr habt seinem Enkel das Leben gerettet.«

»Im Ort wird sicher darüber geredet.«

»Die Leute sagen, daß Mrs. Lewyth infolge von alldem, was auf Tregarland neuerdings passiert ist, den Verstand verloren hat. Bald werden sie jedoch über etwas ganz anderes reden.«

»Über was?«

»Krieg.«

Dorabella

Matildas Abwesenheit hatte den Haushalt auf Tregarland ziemlich durcheinander gebracht, doch dann übernahm Mrs. Yeo, die Köchin, das Kommando, und danach schien alles wieder seine Ordnung zu haben.

Eines Morgens kam ein Brief für mich. Er war von Mrs. Pardell. Sie schrieb, viel Zeit sei seit unserer letzten Begegnung vergangen, und sie wäre sehr froh, wenn ich sie am Nachmittag, drei Uhr, besuchen würde.

Ich staunte. Es war rätselhaft, nach allem, was passiert war. Schließlich hatte sie mir beim letztenmal nicht die Tür geöffnet, und nun war sie plötzlich dazu bereit.

Um drei Uhr stand ich vor dem Cottage, blickte zu den Fenstern und sah wieder einen Schatten hinter den Vorhängen. Ich klopfte an die Tür, und sie öffnete sich sofort.

Ich stand da, und das Blut schoß mir ins Gesicht. Dann fing ich an zu zittern. Eine Hand zog mich ins Haus. Erschrocken und ungläubig starrte ich die Frau an.

Sie lachte und weinte gleichzeitig.

»Violetta! Violetta! Ich konnte nicht mehr länger ohne dich sein. Das alte Band zerrte an mir. Ich bin zurückgekommen!«

»Ist das … wirklich?« stammelte ich. »Bist du es tatsächlich, Dorabella?«

Einen Schritt zurück tretend mustere sie mich. Sie war wunderschön, schluchzte und war glücklich – froh, wieder mit mir vereint zu sein.

»Dorabella …«, murmelte ich.

»Ja, ja, ich bin es wirklich. Ich bin wieder bei dir. Die verlorene Tochter ist wieder da. Oh, Vee … liebste Schwester, meine liebe, liebe Zwillingsschwester. Du mußt mir helfen!«

»Wann bist du …? Warum …? Wie …?«

»Es ist wunderbar, wieder bei dir zu sein. Ich hätte nie fortgehen dürfen. Und ich werde es nie wieder tun.«

Sie sah mich fragend an. »Du siehst so komisch aus, Schwesterchen. Ich bin wirklich da! Hältst du mich für ein Gespenst.«

»Bitte sag mir, was los ist!«

»Zu allererst – ich bin da. Ich bin zurück. Ich bin wirklich hier. Und wir müssen miteinander reden. Schnell!«

»Ja, wir müssen reden. Was machst du hier ... in Mrs. Pardells Haus?«

»Komm ins Wohnzimmer. Du siehst aus, als würdest du gleich in Ohnmacht fallen.«

»Dorabella, ich kann es nicht glauben.«

»Ich weiß.« Sie machte den mir sehr vertrauten Schmollmund. »Daher dachte ich, du würdest dich freuen, mich zu sehen.«

»Ach, Dorabella, ich habe mir nichts sehnlicher gewünscht.«

»Dann sei doch froh! Zeig mir, daß du dich freust!«

»Natürlich freue ich mich, aber ich bin noch immer ganz verwirrt.«

»Dann mach dich bereit!«

»Ich bin bereit. Schieß los!«

»Es gibt zwei Versionen.« Schon war sie wieder die alte. Sie lächelte. »Eine für die Öffentlichkeit, die andere nur für deine Ohren. Dann kannst du mir sagen, was ich tun soll.«

»Nun erzähl schon.«

»Wir sind eine Person, nicht wahr? Egal, was passiert. Wir müssen zusammenhalten, einander helfen.«

»Bitte fang an.«

»Zuerst die Version für dich.«

»Ich möchte die Wahrheit wissen.«

»Gut. Aber du wirst schockiert sein. Vielleicht erzähl' ich lieber die andere Version zuerst. Sie ist anständiger.«

»Ich will die Wahrheit wissen.«

»Dann deine Version.«

»Um Himmels willen, hör auf, dich herauszureden!«

»Nun, es war so: Ich hielt es hier nicht mehr aus. Ich hatte genug. Ich wußte, es war ein Fehler gewesen – Dermot und ich. Er hatte sich völlig verändert. In Deutschland war er so lustig, so galant. Weißt du noch, wie er uns aus dem Nebel führte? Auf Tregarland war alles anders. Immer schaute der Alte uns seltsam an. Matilda war so spröde. Und Gordon – ihn habe ich nie verstanden. Dann das Meer. Ich hörte es nachts. Es war, als ob Stimmen flüsterten … mich verhöhnten. Jedenfalls war mir klar geworden, daß ich einen großen Fehler begangen hatte. Ich wollte weg. Dann lernte ich diesen Mann kennen …«

»Welchen Mann?«

»Warte – immer der Reihe nach. Er saß auf dem Felsen und malte. Du hast ihn einmal gesehen. Weihnachten bei Jermyns, weißt du noch? Er und der Deutsche waren da. Im meine den Franzosen, Jacques Dubois, ein Künstler – und ich hab' mich weiter mit ihm getroffen. Er wollte, daß ich mit ihm nach Paris fahre. Ich sagte, wie kann ich denn? Und er sagte, es sei möglich. Wir fingen an, Pläne zu schmieden. Zuerst nur im Spaß. Aber ich mußte einfach von hier weg – dieser ganze Spuk …«, sie sah mich flehend an. »Ich sehe, du bist ziemlich schockiert. Soll ich weitererzählen?«

»Sei nicht albern! Natürlich sollst du weiterzählen.«

»Na schön. Mach dich auf das Schlimmste gefaßt. Wie ich schon sagte, ich mußte weg. Ich dachte, es würde mir Spaß machen, nach Paris zu gehen – *La vie bohème*. Mimi und Rudolfo. Wie eiskalt dies Händchen und so weiter. Es klang so romantisch. Wir überlegten uns, wie wir es anstellen sollten, ohne zu großen Ärger zu machen. Und dann kamen wir drauf. Es wurde so viel von dem Mädchen aus der Jermyn-Familie geredet, daß vor langer Zeit mal ins Wasser ging und die Tregarlands auf ewig verfluchte. Und Dermots Frau war doch auch im Meer ertrunken, und du weißt ja, daß alle glaubten, es hätte mit dem Fluch zu tun gehabt. Also dachte ich, wenn ich es genauso machte, könnten mich alle für ein neues Opfer des Jermyn-Fluches halten und Dermot würde nicht so verletzt sein. Deshalb fing ich an, morgens schwimmen zu gehen. Vorher schmuggelte ich ein paar Sachen aus dem Haus. Jacques wartete mit dem Auto in der Nähe. So war es mir möglich, mich schnell und problemlos davonzumachen.«

»Du hattest meine Miniatur mitgenommen.«

»Die mußte dabei sein, damit ein Teil von dir mit auf Reisen ging. Obwohl ich schon Angst hatte, daß sie vermißt würde. Aber ich konnte sie nicht zurücklassen. Jacques sagte, was ich brauchte, könnte ich in Paris kaufen. Wir überlegten uns lange, was am glaubhaftesten wirken würde. Dann warteten wir auf die Nacht, in der Dermot unterwegs war. Ich legte meinen Bademantel und meine Schuhe auf einen Felsen. Es war fast Mitternacht. Alle schliefen, und Jacques holte mich ab. Wir fuhren zur Fähre nach Portsmouth. Als alle erwachten, überquerten wir bereits den Kanal.«

Ich starrte sie ungläubig an.

»Das hast du fertiggebracht? Du konntest Tristan allein lassen?«

»Ich wußte, daß du dich um ihn kümmern würdest ... und besser als ich. Du hattest es mir versprochen. Und Dermot, dachte ich, würde eine andere finden. Die Eltern natürlich, der Gedanke daran war schlimm ...«

»Dorabella! Wie konntest du nur!«

»Ich wußte, daß du das sagst. Das hast du schon hundertmal zu mir gesagt. Du müßtest inzwischen wissen, wozu ich imstande bin. Aber du sagst es immer wieder. Nun ja – ich hab's also mal wieder geschafft.«

»Und was machst du *hier*?«

»Wie ich schon sagte, es funktionierte nicht. Das wurde mir schnell klar. Die vielen Maler langweilten mich. Paris war eine Zeitlang wunderbar. Ich hab' mir Kleider gekauft – das war aufregend. Aber ich mußte immer an dich und unsere Eltern denken und was ich euch angetan hatte. Außerdem wollte ich Tristan wiederhaben. Na ja, ich wußte plötzlich, daß ich einen großen Fehler gemacht hatte.«

»Und dieser Jacques?«

»Für ihn war es nur eine kleine Affäre, Spaß für eine Weile. Und für mich war es eben doch nicht das richtige Leben. Dann fingen alle an, über den Krieg zu reden. In Paris lernte ich ein paar Engländer kennen, die ständig sagten, wir sollten nach Hause gehen. Außerdem hatte ich Heimweh. Nicht nach Tregarland und all dem, aber ich wollte dich wiedersehen ... Daddy und Mummy ... und Tristan. Wie geht es Tristan?«

»Es geht ihm gut. Nanny Crabtree und ich sorgen dafür.«

»Ich wußte es ja. Das war mein Trost. Ich bin also wieder da. Seit zwei Wochen schon. Als ich zurückkehrte, wußte ich nicht, was ich tun sollte. Ich konnte doch nicht einfach so auftauchen. Erst hielt ich mich eine Weile in London auf. Dann hatte ich Angst, Edward in die Arme zu laufen. Vor allem wollte ich dich wiedersehen und Tristan. Ich wußte, daß dir was einfallen würde und daß wir gemeinsam entscheiden könnten, wie es weitergehen soll.«

»Ich kann nicht glauben, was ich da höre – selbst von dir nicht. Und warum bist du hier in Mrs. Pardells Haus gelandet?«

»Ich wollte in eurer Nähe sein, wollte mich mit dir in Verbindung setzen, und da fiel mir Mrs. Pardell ein. Sie hat die Tregarlands doch immer gehaßt, vor allem Dermot wegen ihrer Tochter Annette. Ich wußte, daß du dich mit Mrs. Pardell angefreundet hattest und daß sie sich von den Tratschweibern fernhält. Außerdem liegt ihr Häuschen etwas abseits. Ich wartete, bis es dunkel wurde, und ging dann zu ihr.«

»Grundgütiger Himmel – du mußt sie furchtbar erschreckt haben!«

»Es hielt sich in Grenzen. Sie glaubt nämlich nicht an Gespenster. Ich stand an der Tür und sagte: ›Mrs. Pardell, Sie glauben, ich sei tot, aber ich bin hier und lebendig, und ich hoffe, sie werden mir helfen.‹ Sie wurde ziemlich blaß, und ich konnte sehen, daß ihr gesunder nordischer Menschenverstand, der Gespenster und all das andere blödsinnige Zeug ablehnt, unheimlich mit ihr kämpfte – und schließlich triumphierte.

Also ließ sie mich ins Haus, und ich gab die Geschichte zum Besten, die ich mir extra ausgedacht hatte. Stell dir vor, ich hätte ihr erzählt, daß ich mit einem französischen Maler durchgebrannt bin – ich wäre rückwärts rausgeflogen! Ich könnte auf Tregarland nicht glücklich sein, sagte ich. Irgendwas in dem Haus mache mir angst. Ich müsse immer an die erste Mrs. Tregarland denken, ihre Tochter, die auf so mysteriöse Weise umgekommen sei. Sie schluckte es, stellte ich fest. Dann erzählte ich ihr noch, daß ich mir angewöhnt hätte, frühmorgens im Meer zu schwimmen. Normalerweise täte ich sowas nicht, aber wenn jemand in so einer komischen Verfassung wäre, wie ich es gewesen sei, tue er manchmal seltsame Sachen. Ich sei an jenem Morgen also ins Wasser gestapft und müsse mit dem Kopf gegen einen Felsen gestoßen sein, denn ich sei nur noch halb bei Bewußtsein gewesen und ins Meer hinausgetrieben. Durch einen außerordentlich glücklichen Zufall sei ein Fischerboot vorbeigekommen, das mich bewußtlos aus der See angelte. Sie hätten mich mitgenommen – nach Nordengland an einen Ort namens Grimsby. Dort hätte ich im Krankenhaus gelegen, aber meinen Namen nicht mehr gewußt. Allmählich sei die Erinnerung zurückgekehrt, und mir sei eingefallen, daß ich eine Schwester habe. Aber zu Tregarlands wollte ich nicht mehr. Vor denen hätte ich Angst gehabt. Ich hätte einfach nicht gewußt, was ich tun sollte. Mrs. Pardell zeigte großes Verständnis für mich, als ich die Tregarlands erwähnte. Sie meinte, ich dürfe nicht in dieses Haus zurückkehren. Sie habe ein Zimmer für mich, und ich könne es benutzen, bis ich mich für irgendwas entschieden hätte. Sie sagte: ›Natürlich müssen Sie Ihrer Schwester bald Bescheid geben, denn sie war furchtbar aufgeregt wegen der Sache.‹ Sie hat mir auch erzählt, daß Dermot gestorben ist und wie. Glaube mir, Violetta, es hat mich sehr, sehr traurig gemacht. Ich fühlte mich schuldig, was sicher nicht ganz verkehrt ist. Mrs. Pardell verstand, daß ich abwarten wollte, vor allem weil ich mich vor dem Haus fürchtete.«

»Hat sie dir diese fantastische Geschichte wirklich geglaubt?«

»Ja – warum denn nicht?«

»Weil sie so unlogisch ist. Du schlägst dir den Schädel an und verlierst das Gedächtnis, treibt's anmutig aufs Meer hinaus und wirst von einem Fischerboot aufgelesen? Was macht ein Fischerboot aus Grimsby an der Kornischen Kü-

ste? Selbst wenn die Geschichte von deinem Kopf und dem Felsen stimmte, hätte das Boot, das dich auflas, einem der Fischer aus Poldown gehört. Und der hätte sofort gesagt: ›Das ist doch Mrs. Tregarland, die frühmorgens immer zum Schwimmen gegangen ist.‹ Und dann wärst du ins Krankenhaus von West Poldown gekommen, und die Familie hätte unverzüglich Bescheid gekriegt.«

»Es war eine gute Geschichte. Du mußt nicht daran herumkritteln.«

»Es ist eine unmögliche Geschichte. Red trotzdem weiter!«

»Mrs. Pardell glaubte sie mir jedenfalls. Ich hatte sie eben richtig gut erzählt. Viel ausführlicher als jetzt. Wenn's schwierig wird, geh' ich schnell drüber weg, und wenn mir jemand Fragen stellt, schau ich ihn nur unschuldig an. Schließlich hatte ich mein Gedächtnis verloren.«

»Eines der Hausmädchen sah dich auf den Klippen.«

»Ich weiß. Aber sie dachte natürlich, ich wäre ein Geist.«

»Stimmt.«

»Jetzt weißt du, wie alles war. Und was mach' ich jetzt?«

»Zu allererst werden wir unsere Eltern benachrichtigen. Kannst du dir vorstellen, was sie durchgemacht haben?«

»Ich weiß. Es war schrecklich von mir. Aber, nun ja ... Ich wollte dir ja schreiben – und ihr hättet mich alle in Paris besuchen können, wenn ich geblieben wäre.«

»Du kommst zu uns zurück? Und zwar je früher desto besser.«

»Ich kann den Leuten nicht erzählen, daß ich fortgelaufen bin, einfach so, und mein Verschwinden inszeniert habe. Das mach' ich nicht!«

»Es wird schwierig werden. Ich weiß auch nicht, was die Behörden dazu sagen. Sie haben dich gesucht, weißt du? Die ganze Küste lang. Bestimmt sind sie nicht sehr erfreut nach all den Anstrengungen. Wahrscheinlich kriegst du eine saftige Strafe. Die wahre Geschichte gefällt mir erst recht nicht. Du läßt deinen Mann und dein Kind, das nur wenige Monate alt ist, im Stich und haust mit einem Maler, den du kaum kennst, nach Paris ab.«

»Wenn du es so ausdrückst, klingt es ziemlich leichtsinnig.«

»Leichtsinnig! Die Leute werden es böswillig nennen. Du wirst es nie wiedergutmachen können. Die Menschen könnten so etwas nie vergessen. Tristan würde es erfahren, sobald er alt genug wäre, es zu verstehen. Die anderen werden sich daran erinnern, auch wenn du es vergißt.«

»Du hast dich nicht verändert, Violetta. Immer noch die alte Kämpferin für Recht und Ordnung. Was soll ich tun?«

»Wir müssen uns eine bessere Geschichte ausdenken.«

»Ja. Und was für eine?«

»Beim Schwimmen sollten wir bleiben, sonst kommen wir in Schwierigkeiten. Also – das Meer war kalt. Du warst erschöpft. Du bist zu weit hinausgeschwommen und bist beinahe ertrunken. Der Besitzer einer Yacht fischte dich aus dem Wasser. Er stammte aus dem Norden Englands, kam gerade aus Spanien und war auf dem Heimweg. Was passiert ist, hat dir einen solchen Schock versetzt, daß du vorübergehend das Gedächtnis verloren hast. So wurdest du nach Grimsby oder sonstwohin gebracht.«

»Ich hab' nur an den Ort gedacht, weil er auf der Landkarte ein bißchen größer und weit weg ist.«

»Wir müssen alles etwas vage beschreiben.«

»Aber wenn ich mein Gedächtnis verloren ...«

»In der Zeitung waren Bilder. Die Leute von der Yacht hätten sie gesehen. Außerdem hattest du deinen Badeanzug an. Du konntest also nur aus Cornwall stammen. Ach – es klingt alles so unwahrscheinlich. Die einzige, der du das Märchen erzählt hast, war Mrs. Pardell?«

»Ja.«

»Und sie hat keine Fragen gestellt?«

»Nein. Sie war nur an Tregarlands interessiert und was ich von der Familie halte.«

»Unsere Eltern mußt du natürlich die Wahrheit sagen.«

»Muß ich?«

»Selbstverständlich! Daddy wird einen Weg aus dem Schlamassel finden, und zwar je früher desto besser. Sie waren so unglücklich.«

»Die Guten! Violetta, du wirst es ihnen erklären, nicht wahr?«

»Ja, sofort. Dann werden sie herfahren, und wir können mit ihnen reden und gemeinsam eine Lösung finden.«

»Ich wußte, daß dir was einfallen würde.«

»Erstaunlich, daß dir mit deiner blühenden Fantasie nichts Besseres in den Sinn gekommen ist.«

»Der Hintergedanke war die alte Legende. Ich wollte, daß alle glaubten, ich sei ein neues Opfer des Jermyn-Gespensts.«

»Wirklich genial! Aber was nutzt es, sich eine raffinierte Geschichte auszudenken, wenn das Ende nicht stimmt? Du warst also hier im Haus, als ich Mrs. Pardell besuchen wollte. Du hast durch die Vorhänge gespäht?«

»Ja, ich wollte so gern mit dir reden, aber ich war noch nicht so weit. Ich war wütend mit mir selber, weil ich dich nicht reinließ, aber es ging einfach noch nicht. Mrs. Pardell verstand mich. Sie war mir wirklich eine große Hilfe. Wer hätte das gedacht!«

»Du weißt, was auf Tregarland passiert ist?«

»Ich weiß, daß Dermot tot ist und daß Matilda den Verstand verloren hat.«

Was sollte ich tun? Ich beschloß, daß dies nicht der richtige Zeitpunkt wäre, ihr zu sagen, daß Tristan nur dank unserer Wachsamkeit überlebt hatte.

Außerdem war ich überglücklich, sie wiederzuhaben, und vergaß allen Kummer und alle Ängste, die sie uns bereitet hatte. Sie war wieder da, und etwas Besseres hätte nicht passieren können.

So froh und glücklich war ich, daß ich lachen mußte – und wieder einmal schaute mich Dorabella voller Vertrauen an. Mich, die ich da war, um alles wieder gutzumachen. So, wie ich es unser Leben lang getan habe.

Im Haus Tregarland rief ich sofort unsere Eltern an. Zum Glück nahm meine Mutter ab.

»Ich habe eine wunderbare Nachricht für euch«, sagte ich. »Dorabella lebt.«

Ich hörte, wie sie nach Luft schnappte.

»Es geht ihr gut«, fuhr ich fort. »Ich habe mit ihr geredet, kann dir aber am Telefon nicht alles erzählen, deshalb nehmt am besten den nächsten Zug und kommt her. Macht euch keine Sorgen. Es geht ihr gut! Wir freuen uns auf euch. Ich bin so glücklich!«

Ich sah sie vor mir. Sie würde zu meinem Vater laufen, sie würden einander umarmen, lachen und weinen. Es wäre ihnen völlig egal, was sich ereignet hatte, nur daß sie lebte, war wichtig.

Dann würden sie den nächsten Zug nehmen und wahrscheinlich um Mitternacht oder später ankommen.

Ich rannte zu Nanny Crabtree. Sie starrte mich verwundert an. Tränen liefen mir übers Gesicht, und wir fielen uns in die Arme.

»Ich habe sie gesehen! Ich habe sie gesehen! Oh, Nanny, ist es nicht wunderbar?«

Dann kamen die unausweichliche Frage. Ich schob sie beiseite, was gar nicht so schwierig war, denn schließlich zählte vor allem, daß Dorabella wieder bei uns war.

Gordon und James Tregarland sagte ich, daß sie wieder aufgetaucht wäre. Sie hätte ihr Gedächtnis verloren, doch man habe sie gerettet. Einzelheiten würden sie später erfahren. Die Nachricht breitete sich im Haus wie ein Lauffeuer aus, was bedeutete, daß bald die ganz Nachbarschaft Bescheid wüßte.

Ich ging zum Cliff Cottage zurück, holte Dorabella ab und brachte sie ins Haus Tregarland, wo sie Nanny Crabtree in die Arme schloß. Tristan schaute sie staunend an. Dann streckte er mir die Ärmchen entgegen.

»Er wird sich mit der Zeit schon wieder an dich gewöhnen«, sagte ich.

Es war erstaunlich, daß die Geschichte, die wir schließlich unseren Eltern auftischten, ohne weiteres akzeptiert wurde. Wahrscheinlich lag es an den schwerwiegenden Nachrichten, die das Verschwinden und Wiederauftauchen der zweiten Mrs. Tregarland in den Schatten stellten.

In jenem August schloß Hitler einen Nichtangriffspakt mit der Sowjetunion. Dieser und der Pakt mit Italien deuteten darauf hin, daß sich Hitler auf den Einmarsch in Polen vorbereitete.

»Wird es Krieg geben?« Das war die Frage, die alle stellten, und nicht: »Kann es wirklich sein, daß Mrs. Tregarland ihr Gedächtnis verloren hat?«

Und am ersten September hieß es: Trotz des Ultimatums von Großbritannien und Frankreich hat Hitler Polen überfallen.

Am dritten September hörten wir die Stimme von Neville Chamberlain im Radio, der uns mitteilte, daß wir mit Deutschland Krieg führten.

Alles hat sich verändert. Alle möglichen Gerüchte waren im Umlauf. Die Menschen konnten von nichts anderem reden.

Ich sah Jowan mehrere Tage nicht und überlegte mir, wieviel ich ihm von Dorabellas Eskapaden wirklich erzählen konnte.

Schließlich entschied ich mich für die ganze Wahrheit. Ihm konnte ich vertrauen.

Als er schließlich nach Tregarland kam, sah ich gleich, daß er mir etwas Wichtiges mitteilen wollte. Wir setzten uns in den Park.

»Ich bin gekommen, um dir zu sagen, daß ich Soldat geworden bin.«

Entsetzt starrte ich ihn an.

»Wir haben Krieg«, sagte er. »Was sollte ich sonst tun?«

Plötzlich fühlte ich mich einsam und verlassen. Und dabei war ich gerade so froh gewesen. Seit Dorabellas Rückkehr hatte sich alles verändert. Meine Eltern waren überglücklich, und wir alle hatten an Hitler nicht all zu viele Gedanken verschwendet.

Doch jetzt kam mir auf einmal die ganze Tragweite des Geschehens zu Bewußtsein – die Unsicherheit der Zukunft, die Angst um Menschen, die man liebt, das ganze Herzeleid, das ein Krieg mit sich bringt.

Ich konnte den Gedanken, daß sich Jowan in Gefahr begab, kaum ertragen und wußte plötzlich, wie wichtig er mir geworden war. Ich wußte, daß ich ihn liebte.

»Und dein Besitz?« stammelte ich.

»Ist in guten Händen. Es wird ja nicht lange dauern. Bis Weihnachten, heißt es, ist der Krieg vorbei.«

Ich konnte mich nicht länger beherrschen. Meine Lippen zitterten.

Er sah es und legte die Arme um mich.

»Ich werde bald zurück sein«, sagte er. »Wirst du auf mich warten, Violetta?«

»Ja«, entgegnete ich. »Ich werde warten.«